Catherine Rihoit

Retour
à Cythère

Gallimard

Catherine Rihoit est née à Caen. Elle est agrégée d'anglais, maître de conférences à l'université de Paris-Sorbonne. Depuis *Portrait de Gabriel* publié en 1977, elle a écrit neuf romans et deux biographies. Elle est aussi auteur dramatique, scénariste et journaliste.

Voyage

A la gare, j'ai froid. J'achète deux magazines. Le wagon de première est presque vide.

J'ai effectué le même trajet en sens inverse, dix ans plus tôt. C'était dans un wagon de seconde, au début des vacances. Le train était bondé. Je quittais la France. Je regardais les blés qui doraient dans les champs.

J'avais accompli plusieurs fois ce voyage, parfois en première, parfois en seconde. Avec lui c'était en première. Il ne supportait pas la foule. La dernière fois c'était en seconde et sans lui. Je l'abandonnais. Il avait tout fait pour que je l'abandonne. J'avais vécu un amour. C'était une vie qui coulait vers la mort. Un autre homme était venu qui m'avait arrachée à cet amour. Dans ma poche, le billet d'avion. Je voulais le nouvel homme, je pensais encore à l'ancien.

Parfois, ensemble, nous allions à Paris. Les heures du voyage passaient dans un enchantement. Il y avait peu de monde. Je buvais du thé dans des gobelets blancs. La campagne passait dans la pénombre.

C'est en voyant le nom de la ville, Cythère-sur-Largeau, sur le panneau horaire de la gare que je me suis rappelé cet homme-là, pour la première fois

7

depuis des années. Pourtant mon voyage était prévu depuis un mois. J'avais repensé à la ville, aux lieux familiers, aux amis perdus. Je me souvenais de la gare de Cythère, une gare comme les autres. Le matin, le soir, un train de campagne. Je me souvenais des attentes, le froid, la brume, les lumières jaunes sur le quai. La salle d'attente des secondes, glaciale, le buffet où l'on servait un thé imbuvable. J'achetais des magazines. En ce temps-là je n'avais pas voyagé, je n'avais pas vécu, je ne connaissais rien. Les photos des magazines ouvraient des mondes magiques. C'étaient des vies somptueuses, passionnantes. Moi, je me trouvais là, déplacée, dans cette ville où je n'avais rien à faire, au milieu de gens pour qui j'étais, manifestement, autre chose que ce que j'étais. Jusqu'au jour où je partis vraiment trouver ma patrie dans l'exil.

J'étais une personne déplacée, je l'ai toujours été, je le suis toujours. Ça se voyait, je ne cadrais pas. J'essayais de prendre l'air « maison ». Rien à faire. Tout me trahissait. Quelque chose en moi disait un refus, une distance. J'étais soupçonnée de délinquance. Aux États-Unis tout le monde est en fuite de quelque chose. On ne me reproche rien.

D'une certaine façon j'étais heureuse en ce temps-là. Chaque kilomètre parcouru me rapprochait de lui. Et puis aussi j'étais mal à l'aise, en souffrance. Il habitait à l'autre bout de la ville dans un quartier éloigné, un appartement aux fenêtres banales dans un immeuble moderne, en face d'une boucherie. Je n'avais pas encore de voiture, il n'avait pas le téléphone. Je ne pouvais me rapprocher de lui. D'ailleurs nos relations étaient distantes. Il ne me serait pas venu à l'idée de lui proposer un rendez-vous rapide, une heure passée dans un café à se regarder dans la fumée des cigarettes, les vapeurs de thé, comme je n'aurais aucun scrupule à le faire plus tard parfois, avec d'autres hommes. Des rendez-vous de femme mariée. Des rêves d'homme. Très vite c'est le retour à la maison, la sagesse. Quand même, parfois, un coup de téléphone, « je veux te voir ».

Avec celui-là, jamais. C'était le premier. Pas le premier homme, le premier amant. Il était l'Homme. Il était tout. C'était tout.

Dans le train, je m'interroge. Avec le recul, cette passivité de ma part, cette obéissance, m'apparaît comme une froideur. L'ai-je vraiment aimé, cet homme-là ? Ou ai-je seulement aimé son amour ?

« Je veux te voir. » Jamais, à cet homme-là, je n'ai dit : « Je veux te voir. » Pourtant, je le pensais tout le temps. Peut-être après tout, ne voulais-je pas vraiment le voir.

Plus tard, dans le cabinet d'un psychiatre, je pleurais. Comme chaque fois que je pensais à cet homme-là, à cette époque-là, je pleurais.

« Qu'est-ce que vous en attendez, de cet homme-là ? » demandait la blouse.

« Je veux le voir. »

« Vous voulez le voir, ou bien vous voulez être avec lui ? »

Je voulais le voir. Je ne voulais pas être avec lui. A l'époque, je n'avais pas su répondre à la question. Maintenant, je sais. Bien qu'il m'en coûte, pour ce que cela dit de ce que je suis, de mes échecs. J'aurais voulu être avec lui, s'il avait été autre chose que ce qu'il était.

Lui non plus ne voulait rien d'autre que me voir. C'est pour cela sans doute que nous n'avons rien fait d'autre que nous voir, pendant tant d'années.

Je ne demandais rien. Je ne lui demandais rien, à lui, et à la vie je ne demandais pas grand-chose. Je

9

restais là. J'attendais. Je bougeais le moins possible. J'étais comme un paquet qu'on pose et dépose.

Certes, je faisais des choses. Je travaillais. Je prenais le train, l'autobus. Je marchais. Pourtant, j'étais immobile.

J'étais comme dans ce train : je bougeais, mais c'était la vie qui m'entraînait. J'étais dans un mouvement figé. Rien ne venait de moi, car aucun lieu n'était moi.

Je regarde les voyageurs. Je détaille leurs visages. Je ne sais plus si c'est elle ou moi qui regarde. Elle, ce que j'étais alors, ou moi, ce que je suis aujourd'hui.

Je ne sais pourquoi c'est cela qui me revient en mémoire. Son visage, dans le train. Cet homme avait un visage mobile, un visage de fuite, un visage de trains. Je me souviens de lui alors que les villes défilent grises dans le matin brumeux. Déjà les fermes se nichent dans les labours. Je songe aux voyages d'autrefois, lorsqu'il était en face de moi, cet homme-là. Il est là, il est revenu. Son ombre a été plus présente que lui-même. Je le regarde et je saisis que ses yeux à lui, perdus dans la pénombre, m'observent voilés par le lever du jour qui fait de mon visage un masque de carnaval.

A cette époque, parfois, nous prenions le train, pour suivre un séminaire à Paris. Je le regardais, la tête appuyée contre le rideau qui tremblait, une toile beige. Je pensais que je ne cesserais jamais de le regarder sans le voir, lui qui demeurait à demi invisible, qui était toujours un peu caché.

Le train était un lieu privilégié en ce temps-là, car il n'y avait d'autre fuite possible que celle de l'ombre. C'était le seul endroit où nous nous trouvions forcés au face-à-face. On ne pouvait pas descendre du train en marche, on ne pouvait se lever de sa place que pour regarder devant soi, regarder l'ombre de l'autre. Et nous ne pouvions pas non plus nous livrer à notre occupation favorite, celle dans laquelle nous nous trouvions pour mieux nous fuir. Nous ne pouvions pas faire l'amour. Nous ne pouvions pas nous chercher dans l'aveuglement de nos corps nus, nous ne pouvions pas guetter centimètre par centimètre la peau de l'autre, nous ne pouvions pas chercher son odeur.

Je me rappelle encore tout de lui, dix ans après. La couleur de ses cravates, la texture de ses vestons — celui-là qui était fait d'une espèce de tweed rêche et l'autre, un velours frappé, de mode alors. Mieux encore que des couleurs, des reliefs du tissu, je me souviens de ce qu'ils étaient pour ma main. Nous avions un code secret, de petits arrangements. Nous savions nous frôler subrepticement devant les autres, une légère pression, un affleurement. Ainsi, nous étions présents l'un à l'autre. Un tel geste pouvait nous occuper une heure durant, mobiliser tous nos sens. Les autres étaient dans un brouillard. Ils nous étaient absents. Nous étions seuls parmi ces présences effacées.

L'intimité du train créait une atmosphère de famille. Des enfants jouaient, des mères tricotaient, des hommes d'affaires lisaient leur journal. Je buvais la tasse de thé qu'il m'avait offerte. Je chauffais mes doigts au contact du gobelet de plastique. Il ne m'avait donné que ces tasses de thé, quelques repas au restaurant, un peu de sperme. Et il m'avait apporté, un jour, une chaîne d'or pour mettre autour de mon cou, une chaîne d'où pendait une boule d'ivoire.

J'ai toujours ce collier aujourd'hui. Je ne m'en sers jamais, il est le signe d'une servitude ancienne. Pourtant je l'ai gardé, il est dans le tiroir de ma coiffeuse.

Il frôlait accidentellement ma main de son bras, il me donnait un léger coup de coude. Je recevais, sur le bout de mes doigts, le tissu de cette veste, chaud, imprégné de lui. Du coin de l'œil je percevais sa profonde couleur moutarde, une couleur de terre labourée et de pluie, d'automne, une matière riche dans laquelle le pied s'enfonce, dans laquelle on pourrait se coucher pour mourir. J'aurais voulu être minuscule, pour me coucher dans les fibres de cette étoffe comme dans les sillons d'un champ.

Il y avait des gens autour de nous. Il parlait, souriait, faisait du charme. Je savais déjà que c'était fini. Avant que notre histoire ne commence, pendant les années où nous nous étions guettés de loin, tout ce temps où nous n'en finissions pas de nous attendre, j'avais su que c'était fini.

Je ne me coucherais pas dans le tissu de sa veste pour le respirer jusqu'à en mourir. J'allais être obligée de vivre. Quelque chose de plus fort encore que cet amour bizarre me poussait en avant. Me pousse à être moi-même, dix ans plus tard, dans ce train, avec ce regard sur un passé oublié mais trop appris qui se déchire soudain comme une brume, comme une chanson qu'on a beaucoup fredonnée autrefois, comme une vieille récitation d'école.

Nous prenions soin de ne jamais rester seuls. Quand nous étions deux dans une chambre, seuls avec les gestes de l'amour, même alors l'air bruissait de fantômes.

Le contact bref du tissu de sa veste sur mes doigts traversait mon corps pendant des heures.

J'avais voulu qu'il n'y ait plus rien après lui et c'était déjà après lui puisque c'était fini avant d'avoir commencé, donc il ne me restait plus qu'à regarder mourir l'amour. Car j'étais la gardienne de cet amour impossible.

J'avais été jeune et folle, en ce temps-là. Je n'avais

12

rien voulu voir d'autre que cet élan, que cette perte. Aujourd'hui, par contraste, je me sens sereine, ma vie semble pleine de bonheurs faciles.

En ce temps-là... J'avais voulu mourir pour lui, puis j'avais compris qu'on ne meurt pas comme ça, j'avais compris que je ne voulais pas mourir. Je ne voulais pas mourir pour si peu, ou pour tant. J'aurais d'autres hommes, d'autres bonheurs, d'autres raisons.

J'aurais voulu arrêter le train en ce temps-là. Ou qu'il continue sans s'arrêter jamais. Des choses impossibles.

*

Dix ans après, le train file. Le matin se lève. Des lambeaux de brume sale traînent sur les champs comme des chiffons abandonnés. Je frissonne. J'ai encore froid. Un homme passe avec le chariot du petit déjeuner. Je commande du thé. Il m'en sert dans un gobelet de plastique blanc. Je réchauffe mes doigts contre les parois brûlantes. Je me demande pourquoi il est si présent soudain, celui auquel je n'ai pas pensé depuis tant d'années. Un homme qui avait disparu. Que j'avais passé au ruban correcteur de la mémoire. Maintenant il est tellement là que c'est comme s'il était assis en face de moi, comme autrefois, près de la fenêtre. Ce serait seulement à cause du contre-jour que je ne le verrais pas. Nous nous regarderions, puis détournerions le regard et ce serait encore l'autre que chacun verrait dans les prés, dans l'ombre mouvante des arbres. Le monde entier ne serait pour chacun de nous qu'un portrait de l'autre.

Il m'avait dit :

« Je suis obsédé par vous, Colombine. »

C'était ainsi qu'il s'était expliqué, qu'il avait justifié

13

son désir de moi, ce que je n'osais pas encore nommer son amour. Lorsqu'il avait dit cela, je n'avais rien répondu. Cela m'avait un peu effrayée. J'avais perçu dans cette obsession autre chose que de l'amour. Quelque chose d'obscur et de filant, d'impalpable et de poisseux. J'avais compris qu'il n'accueillait pas cet amour, qu'il le vivrait malgré lui, à contrecœur. Lui aussi avait vu là, dès l'abord, une chose condamnée. Nous n'y arriverions pas tous les deux, non, ni alors ni plus tard. Nous nous étions cherchés longtemps dans l'obscurité et nos mains s'étaient refermées sur le vide. Et lorsque nous nous étions enfin trouvés, nous avions été dans l'embarras.

J'avais vu dans mon amour une prison. J'avais eu si peur de ne pas en sortir. Peur de ce qu'il pourrait faire de moi. Peur de ne plus être moi-même.

Je me souviens aujourd'hui de son corps très blanc, très lisse. Il avait la peau d'une nonne ou d'une statue. Une fine pellicule de marbre et dessous, tout près, on voyait courir les veines bleues. Il avait une peau vulnérable et toujours froide. Je le caressais pour le réchauffer. Il me disait merci, qu'il avait moins froid. Il tremblait.

Il n'avait pas été l'homme de la maturité. Il avait été l'homme de la jeunesse. Il n'avait pas été l'homme des plaisirs partagés. Il avait été l'homme des plaisirs volés.

Il ne me reste plus une photo, plus une lettre. J'ai déchiré la seule photo que j'avais de lui, prise dans une occasion professionnelle, par un ami commun. On le voyait de trois quarts, souriant, l'air gêné. Il tenait une coupe de champagne à la main. Un jour, je l'ai déchirée. Les débris frangés de blanc, irréguliers, comme une côte marine vue d'avion, sont tombés dans la corbeille à papiers. Je n'ai pas pu les savoir là, je suis allée les jeter au vide-ordures.

Je lui avais ordonné de brûler les lettres que je lui avais écrites. Je lui avais rendu les siennes. Nous nous étions revus dans un restaurant triste. L'avion partait deux jours plus tard. Je n'avais pas faim. Il n'avait pas compris que je n'aie pas faim. Il avait voulu me faire manger quelque chose. Les gens autour de nous commandaient de la choucroute. Il aimait ces plats-là, des plats de province. L'odeur de choucroute, dans le restaurant, m'avait paru si triste que j'avais pensé m'évanouir. Je le voyais à travers une vapeur. J'avais voulu partir, très vite. Je lui avais demandé les lettres. Il avait dit :

« C'était vraiment pour cela que vous vouliez me voir ? »

J'avais répondu :

« Oui. »

Il m'avait tendu le paquet de lettres avec embarras, regardant de droite et de gauche comme s'il y avait eu des témoins, des gens qui auraient compris tout de suite, voyant son geste, ce que nous étions venus faire là tous les deux, dans ce restaurant. J'avais sorti ses lettres à lui de mon sac, je les lui avais tendues. J'avais dit :

« Il faut les brûler. Je brûlerai les miennes, et vous les vôtres. »

Il avait protesté. Il aurait voulu garder une des lettres que je lui avais envoyées. Je savais laquelle. C'était une lettre que je lui avais écrite à la fin, une lettre de rupture. J'étais sous le coup de la douleur, du deuil. Nous ne nous verrions plus, nous ne nous toucherions plus. Il ne serait plus dans ma vie, présent dans son absence même, toujours là au fond de ma tête, accompagnant chacune de mes pensées. Il ne serait plus ma référence. A chaque décision que je prendrais, je ne consulterais pas l'image de lui que je transportais dans ma tête. Il n'y aurait plus d'icône. Je blanchirais les murs de mon cerveau.

Je souffrais de toute la douleur que j'allais m'épargner. J'avais acquis l'habitude de la douleur. Le plaisir que je prenais avec lui, le bonheur que j'avais à le voir étaient devenus inséparables de ses refus, de son absence imminente. Et de cette douleur plus forte encore de savoir que même lorsqu'il était là, il était absent — c'était quelqu'un d'autre que je cherchais. Avec le temps, le plaisir s'était estompé. Je m'étais mise à le haïr, à le craindre, à le refuser, parce qu'il amenait avec lui ces vagues terribles et sombres, ces tempêtes de souffrance dans lesquelles, prise d'une terreur indicible, à chaque fois qu'il s'en allait, je sombrais, croyant que la mort entrait en moi, par ma bouche ouverte sur le silence, ma bouche sans air qui cherchait désespérément un souffle dans cette eau noire, étouffante.

Je n'en pouvais plus de souffrir. Je ne voulais plus de lui, de tout ce qu'il m'avait amené, de cet envahissement de ma vie. Dans la prison de mon amour, je frappais ma tête contre les murs, cassais mes ongles contre les parois. Je sortirais. De toute mon énergie, de tout mon amour de la vie, de tout mon goût du bonheur, je m'en sortirais.

J'avais dû prendre la décision. Puisqu'il fermait les yeux sur cette destruction qu'il opérait. Puisque apparemment il souffrait moins. S'accommodait de la souffrance. Était plus âgé, plus expérimenté, avait appris les parades. Puisque, peut-être, il aimait moins.

Ainsi j'étais parvenue à admettre la nécessité de le quitter. Je m'étais dit qu'il avait trahi notre amour. Il l'avait abîmé. Ou bien il n'y avait pas eu d'amour après tout, rien qu'une illusion.

A l'hôpital je sanglotais dans les draps, noyée de larmes. La blouse blanche était assise près de la fenêtre et répétait : « Vous vous trompez... Cet homme... Vous vous faites des illusions... Pour lui vous avez été une distraction... une aventure... Ce n'est pas un homme pour vous... Il ne vous aime pas... »

J'étais si faible et ne savais que sangloter. Je savais qu'il m'aimait.

L'autre continuait... avec son ton moelleux de psychiatre... sa voix condescendante... Il continuait calmement, assis près de la fenêtre qui donnait sur une espèce de terrain vague avec au loin des grilles, de la boue. Quand j'avais le courage de me lever et de regarder, je me disais que c'était un paysage de camp de concentration.

« Ce n'est pas vrai, interrompis-je, la figure dans le drap trempé de salive. Il me l'a dit, que ce n'est pas vrai... Il vient me le dire tous les jours... »

La blouse blanche s'était levée, avait changé de ton, avait dit, très sèche.

« Si j'osais... Je vous interdirais les visites ! »

« Et pourquoi vous ne le faites pas ? »

Je l'avais défié du fond des draps.

« Parce que... Je vous connais... Ça serait pire ! » avait répondu le psychiatre, d'une voix cette fois tremblante de colère. Il était sorti brusquement en claquant la porte. Seulement, c'était une de ces portes d'hôpital qui ne font pas de bruit, pour feinter les fous.

Malgré le psychiatre, il venait me voir tous les jours, cet homme-là. Tous les midis à la même heure il poussait la porte, avec un petit paquet dans les bras. Il m'apportait des fruits, des yaourts, des artichauts. J'aimais les artichauts.

17

Seulement je ne voulais plus manger. Je ne mangeais rien du tout. Un jour, la femme du psychiatre était venue me voir. C'était une dame entre deux âges, très gentille, avec chignon et tailleur de tweed. Elle m'avait apporté des roses. Et elle avait dit :

« Si vous ne vous décidez pas à manger, il faudra vous nourrir par piqûre. »

Je ne voulais pas manger les artichauts de mon amant, mon amant avec qui je ne couchais plus. Il m'avait apporté de la vinaigrette.

« C'est Aline qui l'a faite », avait-il déclaré d'un ton satisfait.

Je m'étais retournée contre le mur.

« Comment pouvez-vous ?... »

« Elle ne comprend rien », avait-il affirmé, toujours content de lui.

J'avais cru d'abord m'évanouir dans le drap. Puis j'avais été très en colère. Je m'étais dressée dans le lit d'hôpital étroit, le dos appuyé contre les gros oreillers, la tête contre le métal des barreaux. Par intervalles je me donnais les coups que je ne pouvais pas lui donner.

Il avait des gestes comme ça, qui me rendaient folle. C'était pour cela que le psychiatre avait voulu interdire les visites. D'ailleurs, je ne lui demandais pas de venir me voir, à cet homme-là. Et même, c'était pour le fuir que j'étais venue ici, dans cette chambre désolée, cette cabine minuscule de l'immense nef des fous.

« Il n'y a pas de place dans les cliniques, en ce moment », avait dit le psychiatre.

« Je m'en fous. Mettez-moi n'importe où, je m'en fous. Enfermez-moi quelque part ! »

A cette époque, je me prenais souvent à rêver tout éveillée qu'on me mettait en prison. Je n'avais commis aucun délit, c'était une erreur. Mais on m'emprisonnait. J'étais seule toute la journée et toute la nuit dans une cellule minuscule et froide. Il n'y avait qu'une paillasse, une table, une chaise. Mais je pouvais aller à la bibliothèque de la prison, chaque semaine, prendre des livres. Une amie venait me voir une fois par mois, et m'en apportait d'autres. J'apprenais les langues étrangères, l'espagnol, l'allemand, le grec. Et j'écrivais. Seule toute la journée sans personne pour m'en empêcher, je ne pouvais qu'écrire. Je savais qu'un jour j'écrirais la vie des autres. Je leur fabriquerais des existences arrangées, embellies. Ce serait ma façon de corriger la mienne.

A l'hôpital, parfois, je me levais, allais à la petite table sous la fenêtre, et prenais un stylo. Mais je voyais trouble. Ma main tremblait, je n'arrivais à rien.

« Ce sont les médicaments », disait le psychiatre. Il ricanait. « Vous feriez mieux d'écouter la radio. »

Quand j'affirmais que je devais écrire, il me regardait avec commisération. Un jour, il me dit que ça n'était pas pour moi, que j'avais des illusions de grandeur.

Mais c'était vrai, que c'étaient les médicaments. Au bout de quinze jours, mes mains tremblaient tellement que je ne parvenais plus à tenir des objets.

Je restais là toute la journée à attendre, regardant par la fenêtre le désert de pluie et de boue. Quelquefois j'aurais voulu l'ouvrir pour avoir un peu d'air frais, mais on ne pouvait pas, elle était scellée à cause des fous qui font n'importe quoi.

Tous les matins, le psychiatre venait. Il s'asseyait sur une chaise et il recommençait à me dire qu'il fallait que j'oublie cet homme, que je ne le voie plus. Je savais que c'était vrai mais quand il me le disait, cela me faisait souhaiter le contraire. Il fallait que ça vienne de moi, ce départ, pas de quelqu'un d'autre qui m'interdirait l'Homme comme mes parents l'avaient fait, comme ils m'avaient interdit d'être une femme parce que c'était mal et c'était faible. Je ne voulais plus de leur univers de règles, de goûters à cinq heures et de désherbage le dimanche. Je voulais ma vie à moi, de la grâce, du rire, de l'envol, du plaisir. Il avait incarné tout cela, cet homme-là, non pas cela vraiment mais le chemin qui y menait.

*

Ce matin, dans le train, mon ventre se noue d'angoisse quand je repense à l'hôpital, à cette période terrible pendant laquelle il m'avait menée, cet homme, non pas vers la vie mais vers la mort, où attachée à lui par les chaînes de la passion je l'avais suivi un moment. Je m'étais débattue, comprenant qu'il m'avait trompée, qu'il nous avait tendu à tous deux un piège. Ces chaînes étaient très lourdes et très épaisses, il avait été très difficile de les rompre. Cela avait pris du temps, m'avait épuisée. Oui, me dis-je dans la chaleur qui monte doucement maintenant que le train a pris de la vitesse, je peux le comprendre maintenant, sans doute je n'avais pas voulu être avec lui. J'avais voulu marcher un peu en sa compagnie, qu'il me guide, qu'il me soutienne, j'avais souhaité qu'il me conduise quelque part. Et c'était là ce qu'il avait refusé, ce qui lui avait tant fait peur. Car il ne pouvait bouger, cet homme. J'avais bien vu, très vite, qu'il était figé sur place, pris dans la mort, arrivé au bout de son trajet à lui, dans un endroit sans partage, un lieu de solitude.

Il avait attendu de moi l'illusion de la jeunesse, l'illusion du mouvement, l'illusion de l'avenir. Il ne m'avait jamais regardée, n'avait rien vu de ce que j'étais, n'avait rien compris. Il avait attendu que je l'anime et le réchauffe et je n'avais pu le faire car son

20

âme était prise dans les glaces et je ne pouvais réchauffer son âme. Je ne pouvais pas non plus lui donner la mienne en échange. C'était cela qu'il aurait voulu : se nourrir de moi, boire mon sang, ma vie. C'était ce qu'il avait fait. Il m'avait laissée exsangue et s'était trouvé encore plus faible car désespéré, comprenant que jamais plus il ne serait jeune, que jamais plus les choses ne seraient faciles et insouciantes, qu'une seconde vie ne lui serait pas donnée, qu'il n'était pas éternel.

Et je n'étais pas morte. J'avais bien failli y laisser ma vie mais j'avais été plus forte malgré tout. Je m'étais débattue terriblement, quand j'avais compris vers quelles profondeurs saumâtres il nous entraînait tous deux. J'avais eu une irrésistible impulsion vers le haut, l'air et la lumière.

Le train avance toujours. Je ne veux plus penser à cette période affreuse de l'hôpital, de la fin de cette liaison, à toute l'époque où je m'étais mise à le fuir, où je sauvais ma peau. Je me souviens des débuts, de la première rencontre.

Rencontres

J'avais dix-sept ans. Je venais d'entrer à l'université. J'avais peur et j'avais froid. Il était dix heures du matin, un samedi. C'était un beau mois d'octobre. Par les portes de l'amphithéâtre encore ouvertes pour accueillir les derniers étudiants, s'engouffrent, poussées par les rafales d'automne, les premières feuilles mortes. Je me suis assise vers le haut, là où le professeur ne pourra pas me voir et les étudiants non plus. Ils sont là, ils bavardent, ils se connaissent déjà. Moi, je ne connais personne. Je suis habillée comme les autres filles, avec un chandail de shetland vert trop petit, un kilt, des bas blancs, des chaussures vernies. Pourtant je ne me sens pas comme elles. Il faudrait que je m'achète un béret. Peut-être qu'avec un béret je leur ressemblerais.

Toute la semaine j'ai eu froid. Les cours ont lieu dans des baraques préfabriquées, sur un plateau battu par les vents. Ce n'est pas l'université telle que je l'avais imaginée, une bâtisse glorieuse, pleine de gens intelligents qui ont des conversations brillantes.

Je frissonne encore en pensant à ce que j'étais en ce temps-là. A mes efforts pour essayer d'être ressemblante, de me fondre dans la foule. Depuis, j'ai compris qu'il y en a beaucoup d'autres comme moi, que la plupart des gens portent en eux l'appréhension tenaillante d'une différence irréductible, qu'ils craignent de ne pas être, au jeu de la vie, des élèves consciencieux. Du jour où j'ai compris cela, j'ai osé être moi-même. Étant différente, je ne suis jamais que semblable à la foule.

Je me sentais seule, très seule dans la vie. J'avais commencé à me sentir seule trois ans auparavant, quand j'étais encore une petite fille qui allait au lycée. J'étais descendue dans la salle à manger familiale pour prendre le petit déjeuner, un matin d'hiver. Ma mère portait une robe de chambre de Courtelle bleu pâle. Elle grignotait un morceau de baguette grillée, tout en relevant par intervalles, d'un geste las, une mèche qui tombait sur ses yeux.

Mon père était assis en face de moi. Il avait poussé dans ma direction un ramequin de confiture.

« A quelle heure es-tu rentrée cette nuit ? » avait-il demandé d'un ton théâtral. Il avait regardé autour de lui, attendant que les murs de la pièce lui renvoient l'écho de sa propre voix.

« Tard », avais-je répondu.

« Je ne veux pas que tu découches. Si jamais tu découches, je te fiche à la rue. Ça ne sera pas la peine d'essayer de revenir. »

Je l'avais regardé. Ses yeux étaient tournés vers le haut, comme s'il avait parlé à quelqu'un d'autre que moi, quelqu'un d'invisible qui l'écoutait. Toute la vie de mon père s'écoulait dans un commerce avec des fantômes. C'était la raison du malaise que j'avais toujours ressenti en sa présence, l'impression que je n'existais pas, qu'il parlait à travers moi et non pas à moi. Cette phrase : « Je te fiche à la rue, ce ne sera pas la peine de revenir », avait mis un nom sur ce dont je souffrais depuis longtemps. Mon père m'avait ouvert une porte qui n'avait en fait jamais été fermée, puisque je n'étais jamais vraiment entrée dans cette maison, sa maison. Du moment où il avait dit qu'il me ficherait dehors, je m'étais sentie dans le soleil, au milieu des arbres du parc rongés de givre.

Mon père avait abaissé son regard vers la table. A nouveau, il avait poussé vers moi le ramequin auquel je n'avais pas touché.

« Je n'ai pas faim », avais-je dit.

Je m'étais levée de table. Je m'étais hâtée de prendre mon cartable, mon manteau et de sortir au milieu des arbres sous lesquels, en fait, je me trouvais depuis tout à l'heure, lorsque mon père parlait à Dieu en feignant de s'adresser à moi. Depuis ce jour-là, je n'avais plus été une enfant mais une jeune fille. Depuis ce jour-là aussi, j'avais eu froid. Le temps s'était fixé à jamais à cette matinée d'un février lointain, avec son ciel dur, sa lumière éclatante, son soleil glacé. Depuis ce jour-là, je m'étais toujours sentie seule, comme si tous ceux qui m'entouraient s'adressaient à d'autres, regardaient d'autres que moi. J'étais devenue pour le monde entier une de ces ombres avec lesquelles mon père dialoguait.

Le temps avait passé. J'avais grandi dans ce sommeil de glace, avec des jours de réveil, des jours de printemps qui brillaient. Dans l'autobus qui me ramenait du lycée, je passais devant les cafés d'étudiants. On les voyait assis aux tables des terrasses, derrière les vitres décorées d'autocollants Viandox, Campari. Les sodas de l'enfance disparaissaient : Vérigoud, Pschitt citron (« Pour toi mon ange, Pschitt orange, pour moi garçon, Pschitt citron »). Les marchands de glaces ambulants se faisaient plus rares. Même les parfums changeaient, on ne trouvait plus celui que j'aimais, tutti-frutti, avec des morceaux de fruits confits.

Ces changements se faisaient insensiblement, je ne m'en étais rendu compte que plus tard. Sur le moment je n'avais pensé qu'à échanger le pschitt de petite fille contre un Coca-Cola ou un diabolo menthe. Les houla-hoop avaient disparu, du jour au lendemain on n'en avait plus vu dans les rues. Cela non plus je ne m'en étais pas aperçue. Je ne pensais qu'à obtenir de ma mère ma première paire de bas, des bas Dimanche sans couture. L'été du bac, mon père m'avait offert un Solex pour aller à la fac. Je craignais qu'on ne voie le haut de mes bas quand ma jupe remontait. Les types sifflaient. J'étais arrivée comme ça, ce samedi matin de la fin du mois d'octobre, avec mes livres dans la sacoche, retenus par une sangle. Les cartables, ça faisait gamine.

Je m'étais assise et je l'avais vu entrer. C'était un nouveau professeur. Il revenait de plusieurs années à l'étranger. Parisien d'origine. Il était jeune. On l'avait affecté, pour son retour, à une faculté de province. J'avais su cela avant même de le voir pour la première fois, car j'entendais parler autour de moi les étudiants qui semblaient tous se connaître alors que je ne connaissais personne, que je tentais de me tenir très droite au milieu d'eux pour avoir l'air grande. Il était en retard pour ce premier cours.

Il était entré. La rumeur avait parcouru l'amphi depuis les premiers rangs jusqu'en haut, comme une vague qui monterait à l'assaut d'une falaise. C'étaient des claquements de pupitres, des grincements de cartables, des chuchotements violents — « Le voilà, c'est lui ! »

J'avais su tout de suite que c'était lui. Du fond de la salle où je me trouvais, je le voyais mal. Assez bien pourtant pour constater qu'il n'était pas très beau. C'était un dégingandé, un de ces hommes qui ne savent

25

pas où mettre leurs membres trop longs, un homme araignée avec de grandes mains maladroites au bout de poignets noueux dépassant des manches trop courtes de la chemise. Cette maladresse lui donnait un charme qui séduisait au premier abord. Cette façon d'avoir l'air de s'excuser d'être là, de prendre tant de place donnait envie d'être aimable avec lui, de le consoler, de le mettre à l'aise.

Cette maladresse contrastait avec un certain dandysme. La chemise aux poignets trop courts, qu'on devinait élimée, était de bonne coupe. Il la portait ouverte au col, sans cravate, avec ce jour-là un foulard de soie négligemment noué qui disparaîtrait au printemps. Les cheveux châtains se clairsemaient à l'avant du crâne, mais il les portait un peu longs, frisant sur les oreilles et sur le cou, ce qui pour l'époque était aussi une audace.

Je l'avais reconnu tout de suite, j'avais su que je l'attendais. Pourtant, toute une part de moi-même refusait d'y croire, se voyait avec stupéfaction et sarcasme emportée par un sentiment pour midinette. Cette distance, cette ironie me clouait sur place. Si j'avais pu m'écouter, si j'avais pu croire en moi-même et en la vie, je serais allée vers cet homme dès ce jour-là.

J'étais très jeune et pourtant je savais déjà. Je savais qu'une femme ne peut aller vers l'amour, qu'elle doit attendre qu'il aille à elle. J'avais su cela très tôt, avant même que cela m'arrive, par les conversations cruelles de récréations, les confidences des filles plus âgées, plus délurées, les larmes secrètes pendant les cours, les billets passés. Sans doute ces exemples n'avaient-ils été aussi parlants que parce que ma mère était allée au-devant de mon père et qu'il le lui avait fait payer toute sa vie. Je me souvenais des repas familiaux, quand elle se levait soudain, s'approchait de mon père et l'embrassait. Il se détournait, se secouait comme on se débarrasse d'un animal importun, d'un chien affectueux qui vous embête. Ces scènes me donnaient envie de vomir. Elles m'avaient appris à voir l'amour comme un jeu où la femme était perdante.

Cela n'avait fait que se surajouter à autre chose qui était en moi, un élément de ma nature profonde qui me poussait vers la franchise de la passion. Cette nappe de feu souterraine avait failli jaillir ce jour-là dans l'impulsion que j'avais eue vers l'homme, dans l'amphithéâtre. L'élément surajouté, la correction de l'expérience, avait refréné toute action. J'avais passé l'heure recroquevillée, entourant mon corps de mes bras comme pour le protéger. Je n'avais pas pris de notes. Je voyais les autres autour qui écrivaient sans relâche, une mer de dos courbés. L'homme là-bas parlait, je n'entendais aucune de ses paroles. J'entendais un bruit de ressac, la plainte du vent, une chanson naturelle. J'étais bercée par les phrases, je ne pouvais empêcher mon corps de se balancer doucement. Je savais qu'il ne me voyait pas. J'étais trop loin, perdue dans ce firmament de visages. Lui, au contraire, était unique.

Lorsque le cours s'était terminé, j'avais descendu avec hésitation l'allée qui menait vers la chaire. J'aurais voulu aller en sens inverse, sortir par les portes du fond, mais le flot des étudiants me portait. Ils se dirigeaient vers l'issue d'en bas, à droite de la chaire, car le cours suivant se trouvait dans cette direction. En passant devant le bureau je l'avais vu assailli par un groupe de jeunes gens, quatre filles et un garçon blond qui le pressaient de questions. J'en entendis une au passage et me dis qu'elle était stupide. J'en aurais eu d'autres plus intelligentes à proposer. Déjà il répon-

27

dait, lentement, cherchant ses paroles, et à nouveau cela n'avait plus de sens pour moi, il parlait une langue étrangère. Mais le flot continuait à avancer, j'étais portée vers lui. Je ne pouvais pas lutter, je devais partir.

J'étais sortie de l'amphithéâtre. Alors que je me rendais au cours suivant, je pensais à ces filles et à ce garçon qui n'avaient pas hésité, qui avaient été charmés, intrigués par cet homme et qui étaient tout naturellement allés vers lui pour lui poser des questions dont j'avais senti, à leur ton, qu'elles n'étaient qu'un prétexte. Ce qui les intéressait véritablement, c'était la personnalité d'un professeur pas comme les autres. Ils pressentaient qu'il pourrait leur apporter ce qu'ils étaient venus chercher à l'université : une façon de grandir, de s'ouvrir à l'intelligence, à la vie. Ils avaient attendu cela au long de leur première semaine de vie estudiantine, et ils avaient été déçus. Ils avaient trouvé devant eux des hommes et des femmes bien élevés qui débitaient d'une voix monocorde, avec, parfois, des envols planifiés, un texte écrit. Les uns après les autres, heure après heure, comme des discours se succèdent dans une cérémonie funèbre.

Mes camarades n'avaient pas craint d'étendre la main pour prendre ce dont ils avaient besoin, alors que je ne pouvais pas me le permettre. Ce qui les rendait libres ainsi, c'était leur indifférence. Ils se débrouillaient donc mieux que moi dans la vie. Ces choses avaient pour eux peu d'importance. Ce qui comptait avant tout c'était ce qu'ils trouveraient en sortant du cours, la camaraderie, les rencontres. Ils compareraient leurs vêtements respectifs, se rendraient les uns chez les autres pour boire des pots, organiser un weekend de voile, un match de tennis, un rallye automobile.

Alors que pour moi, ce qui s'était passé là avait été

vital. C'était la possibilité de sortir des glaces dans lesquelles je me trouvais prise, de cette hibernation épouvantable. Je craignais que le temps ne passe, les années. Bientôt je ne serais plus jeune et je serais toujours là, à attendre que la gangue se brise, sans qu'il m'arrive rien.

Je n'avais prêté aucune attention à la seconde heure de cours. Un autre professeur dessinait une carte de géographie au tableau, comme un enfant dessine un mouton. Tout cela n'avait aucun intérêt. Je commençais à me réchauffer, un soleil blanc entrait par les vitres. Je pensais aux vacances, à l'été.

Dehors, l'esplanade était battue par les vents. J'allais rentrer chez moi lorsque je me rappelai que j'avais rendez-vous à la maison des étudiants, avec un Allemand qui m'avait hélée dans un couloir, la veille. Une feuille de notes s'était échappée de la pile de livres que je tenais au creux de mon bras. Il avait couru après moi pour me la rendre. J'avais regardé le papier couvert de mon écriture. Je savais que je ne relirais jamais ces notes, ne les classerais même pas. Je me détournai, je ne voulais pas parler au garçon. Puis je me souvins de mon incapacité à faire des rencontres et je me dis qu'une autre, à ma place, se serait arrêtée, aurait répondu gentiment. De plus en plus souvent je définissais une stratégie de comportement par rapport à ce qu'une autre ferait, une autre qui serait comme les autres, précisément. Dans de nombreuses occasions c'était cette autre, ce double inconnu, qui répondait à ma place.

Je m'étais arrêtée, m'étais retournée vers le garçon. J'avais dit merci d'un ton sincère, comme si ce papier avait été de la plus grande importance. J'avais même souri. Il ne s'était pas embarrassé de préliminaires. Il m'avait demandé quand il pourrait me voir : le lendemain ? J'avais répondu que je terminais à midi. Il m'avait fixé rendez-vous alors.

La maison des étudiants était une baraque bétonnée, posée par erreur au milieu d'un terre-plein boueux. L'intérieur tenait du vestiaire sportif. Des papiers traînaient par terre, les tables étaient déglinguées. On s'asseyait pour refaire le monde, les coudes dans les miettes et les éclaboussures de café. C'était le lieu favori des étudiants de gauche — on ne disait pas encore des gauchistes. Il était de bon ton d'être communiste. L'égérie du lieu, surnommée Jeanne d'Arc par dérision politique, était une fille squelettique, au sourire édenté, au cheveu rare. Des mèches maigres s'échappaient d'un chignon, lui donnant l'apparence d'un oiseau malade. Cette éternelle étudiante en philosophie glissait doucement vers la cloche. Elle buvait en suisse, le soir dans sa mansarde sans chauffage, et ne pouvait se détacher de l'université où elle n'était plus inscrite mais où elle continuait à assister à des cours, s'avachissant au fond des amphis, s'endormant dans une parka bleue qui ne la quittait pas. Le reste du temps elle séjournait à la maison des étudiants, dont elle était la tenancière officieuse. Elle servait au bar, ou bien elle s'installait à une table, haranguant une foule imaginaire qu'elle cherchait à convaincre des bienfaits de l'anarchie. Jeanne d'Arc était un bruit de fond, une photo sur le mur. La ville entière plaignait ses parents. La mère directrice d'école, le père employé à la Trésorerie générale, vivaient un calvaire, toute respectabilité détruite, toute façade plastiquée par cette rejetonne tanguante et tonitruante.

Elle s'affairait à essuyer d'un chiffon sale une table qui en avait grand besoin lorsque j'entrai. A une autre table, près du bar, était assis Conrad, l'étudiant allemand. Son visage rasé de près, au menton volontaire, émergeait d'un col roulé noir. Il lisait une biographie de Mahler tout en buvant un café. Ils étaient très bons dans cet endroit, contrairement à ce qu'on aurait pu croire, servis dans des tasses de bistrot de porcelaine épaisse à pans coupés.

« Voilà la demoiselle mystérieuse », dit-il avec un accent chantant qui hachait les mots.

« Pourquoi mystérieuse ? »

« Parce que... Je ne sais rien de vous, n'est-ce pas ? »

« Nous ne savons rien l'un de l'autre. » Je m'assis, fixai la table. Je n'avais pas envie de regarder le garçon. Il me faisait peur.

Il ne prête pas attention à mes paroles. Il me demande si mes cours sont intéressants. Non, pas vraiment. Je me demande ce que je fais ici, dans cette université, dans cette ville, dans cette vie. Je me sens toujours décalée, je regarde les autres comme au spectacle, je leur réponds comme on donne la réplique. J'ai l'impression de débiter un texte appris je ne sais où, écrit je ne sais par qui. Je me demande pourquoi je raconte à cet inconnu des choses que je pense tout le temps, que je ne dis jamais.

Il répond avec effort :

« Je comprends ce que vous voulez dire. Vous ne m'ennuyez pas. »

Puis il dit encore :

« Moi aussi, je... »

Il se tait et il reprend :

« Je voudrais être sculpteur. »

Et il me demande si j'ai faim.

Oui, j'avais faim. Mais je ne voulais pas aller au restaurant universitaire avec son odeur de friture et les morceaux de pain qui volaient d'une table à l'autre. Nous commençâmes par commander des grands

31

crèmes et des pains aux raisins qu'on servait bien chauds, puis des hot-dogs, des œufs durs, des pommes. Tout en mangeant nous parlions. Je me sentais bien avec ce garçon qui ne m'intimidait plus. J'éprouvais soudain une curieuse facilité à être moi-même. Il me raccompagna à mon Solex et me donna rendez-vous le lendemain soir, pour aller voir le dernier film des Beatles. Tout le monde allait voir ça. Moi aussi j'avais envie d'y aller, pour faire comme les autres.

En rentrant je m'étais allongée sur mon lit étroit, mon lit d'enfant, et j'avais passé le doigt sur les fleurs du papier peint. Puis j'avais essayé de lire un livre du programme, mais je n'y étais pas parvenue. Les lignes dansaient devant mes yeux. Je ne comprenais rien. J'ânonnais trois fois la même phrase, et celle-ci disparaissait immédiatement, sans laisser de traces. Ma mémoire était un puits sans fond. Je devenais bête. La rencontre avec le garçon avait éveillé en moi un désir vague — ou bien était-ce l'autre, le Professeur, qui avait produit cela ? Il me semblait que non. Ce que cet homme-là avait provoqué n'était pas de l'ordre du corps. C'était plutôt une effervescence de la tête, un tumulte de la pensée qui m'avait exaltée, me délivrant un instant des glaces où je me sentais prise, me tirant de ce demi-sommeil perpétuel dans lequel je me trouvais plongée. La rencontre avec le garçon, ensuite, m'avait libérée de l'angoisse intense qui accompagnait cet éveil de l'intelligence. J'avais vu un piège mortel dans le fait de penser, de vivre. Le garçon m'avait endormie à nouveau, m'avait bercée de la chaleur paisible et froide qui se dégageait de lui, de ses gestes, de sa façon de parler, d'écouter. A son contact j'étais redevenue une enfant, plus même, un animal. Nous avions été ensemble dans un compagnonnage d'étable, malgré l'apparence des paroles, des discussions. Une fois rentrée chez moi, je me trouvai flottante entre ces deux mondes. Je savais encore moins qu'à l'habitude qui j'étais.

J'avais eu peur de l'homme, là-bas dans l'amphithéâtre, qui ne m'avait même pas vue. Je m'étais dit que je ne pouvais me laisser submerger par un sentiment si fort que je risquais de m'en trouver entraînée dans le néant, puisque pour cet homme je n'existais pas. Il était marié, il était heureux, il était libre. Il faisait partie d'une autre catégorie d'êtres humains. Mais en moi quelque chose était mort, ou plutôt n'était pas né.

Je ne retournerais pas à son cours. Je ne le verrais plus, je l'oublierais. je ferais comme s'il n'existait pas, comme si je ne l'avais jamais rencontré.

Quelque chose m'était arrivé qui m'avait plongée dans un malheur plus grand. J'avais entrevu une échappée, compris que je pourrais voir, sentir, vivre. Un instant après, j'avais su aussi que cela n'était pas possible. J'étais au fond d'une fosse et j'étais remontée vers la lumière, mais on m'avait laissée retomber aussitôt.

Il ne m'avait pas vue, cet homme-là, il ne s'occuperait pas de moi. J'étais passée à quelques mètres de lui mais il ne m'avait pas tendu la main, il n'avait rien perçu de ma douleur. Il ne m'aiderait pas. J'étais seule.

Désormais j'allais être obligée de faire comme si je vivais. Je savais bien que je ne vivais pas. Mais puisque personne ne pouvait m'entendre et qu'en même temps je ne pouvais pas mourir, j'imiterais. Je m'attacherais à donner les apparences de la vie. Il faudrait que les autres ne s'aperçoivent de rien.

Je me sentais coupable. J'avais commis la faute de percevoir ce rien que j'étais, qui m'entourait. J'avais commis la faute de vouloir être ailleurs et autrement, alors que je n'en avais pas la force.

33

J'étais la petite sirène d'Andersen, mais je n'avais personne à aimer.

Je sortis avec l'étudiant allemand. Nous allâmes voir les Beatles. Il m'offrit une boîte de chocolats. Il avait une courtoisie pataude qui le faisait paraître plus âgé qu'il n'était, et qui me rassurait. Il était manifestement amoureux, et avait, comme il disait, des intentions sérieuses. Il s'entendait très bien avec mes parents qui aimaient l'écouter jouer du piano le dimanche après-midi. Il apportait de petits bouquets de fleurs à ma mère lorsqu'il venait déjeuner. Il dévorait sa cuisine avec un plaisir évident. Ça le changeait du restaurant universitaire.

Au début, mes parents n'avaient pas été contents de voir leur fille fréquenter un Allemand. La ville gardait de nombreux vestiges de la guerre. On n'allait dans une certaine charcuterie qu'en grommelant, le jour où l'autre était fermée, parce que « c'étaient des collabos ». Vingt ans plus tard, c'étaient toujours des collabos.

Conrad était un Allemand bon genre. Sa famille était originaire de Prusse-Orientale d'où elle avait souffert, successivement, sous les nazis et sous les Russes. Il devait son prénom romantique à la difficulté qu'avaient éprouvée ses parents à trouver pour leurs sept enfants des prénoms qui n'eussent pas de connotation hitlérienne. Junkers, ils avaient tout perdu avec la guerre, en tentant de préserver leurs traditions. Ils habitaient aujourd'hui la Bavière. Conrad étudiait le droit. Il était le deuxième enfant. Son frère aîné était dans l'armée. Conrad, lui, avait fui le déchirement familial.

Oui, répétait mon père, c'était un vrai Allemand, un d'avant Hitler, amoureux de musique, de littérature, de campagne et de vieilles légendes. Il avait un côté à la fois doux et viril qui plaisait aux amies de ma mère. Elles soupiraient qu'elles en auraient bien voulu pour leurs filles.

Il n'avait pas d'argent. Sa famille avait tout perdu. C'était ennuyeux dans un milieu où l'on existait grâce à son patrimoine. Mais enfin, c'était un étudiant doué. Il avait d'excellentes notes à ses examens. Il se destinait au droit international, ce qui lui promettait une belle carrière.

Il répétait d'un air triste qu'il ne souhaitait pas retourner en Allemagne. Il avait fui une caste brisée, rigide dans sa décadence. Si je l'épousais, nous vivrions en France. Nous y éléverions nos enfants.

Je disais que je ne voulais pas me marier. Conrad riait doucement comme s'il avait entendu une enfant déraisonner. Il répétait que je ne savais pas moi-même ce que je voulais. Lui, il le savait : dans le fond de mon cœur, je souhaitais, comme toutes les jeunes filles, fonder un foyer.

Dans ces moments je le regardais tel un étranger total. Je me demandais qui était cet homme qui pouvait s'imaginer connaître les désirs des autres mieux qu'eux-mêmes. Cela m'effrayait. J'en avais parlé à une de mes amies qui avait ri aussi. Cela signifiait seulement que Conrad était très amoureux, avait-elle dit. Tous les hommes étaient comme cela. Ils pensaient savoir mieux que les femmes. Il ne fallait pas s'en inquiéter. Je finirais bien par comprendre ce que je voulais avec le temps.

Tout le monde admirait Conrad et Colombine qui faisaient un si gentil petit couple, qui allaient partout ensemble, qui s'entendaient bien. Depuis que je connaissais Conrad, je m'étais calmée, une agitation en moi s'était arrêtée. Tout le monde pensait que c'était là une excellente chose.

35

Souvent, j'essayais de fuir Conrad. Je lui disais que je ne voulais plus le voir. Je partais chez une amie, disparaissais quelques jours. Conrad me cherchait partout, téléphonait à tout le monde. On me rapportait qu'on l'avait rencontré sur le campus, hâve et défait. Il ne mangeait plus rien. Je revenais. Mon inquiétude à propos de la santé du jeune homme était un excellent alibi pour dissimuler l'angoisse et la sensation de vide qui m'étreignaient dès qu'il ne se trouvait plus à mes côtés. Conrad, qui avait une conception simple de l'existence, évitait de me poser des questions auxquelles je ne parviendrais pas à trouver de réponse.

Chaque fois que je parlais de ces choses, Conrad me disait que je n'allais pas bien en ce moment. Il changeait de sujet de conversation. Il avait raison, cela me rassurait, légitimait une couardise que je m'étais toujours reprochée et à laquelle le jeune homme donnait allure de vertu. Je rêvais d'être comme lui. J'essayais d'apprendre les lois de son univers avec l'ardeur de l'immigré qui cherche à connaître les secrets de son pays d'adoption.

Conrad était bien élevé. Il avait le sens des usages, des traditions, des fêtes. Il n'oubliait ni les anniversaires, ni d'écrire à ses amis.

A mesure que les mois passaient il se dépliait. Ce qu'il y avait en lui de sombre semblait disparaître. Je me demandais si j'avais imaginé cet aspect de mon ami, ou si cela avait été le fait d'un sentiment de solitude à son arrivée en France. Lorsque je l'avais interrogé, il m'avait répondu que oui, c'était bien cela. Il s'y ajoutait la tristesse d'avoir dû quitter sa famille, à laquelle il était très attaché et dont pourtant il ne supportait plus l'atmosphère.

Conrad se disait satisfait de sa vie. Il affirmait qu'il était très facile de s'en contenter. J'essayais, à travers lui, d'apprendre les règles du bonheur ordinaire. Ensemble, nous nous rendions à des soirées d'étudiants. Il y en avait de toutes les nationalités, ils confrontaient leurs solitudes pour se tenir chaud. Moi, je n'avais pas chaud. Je restais assise sur un divan recouvert de la toile écossaise des résidences universitaires, un verre de vin à la main pour me donner une contenance. Par ma fenêtre je regardais les arbres nus dans la nappe de lumière ocre du réverbère.

J'avais pris l'habitude d'imaginer d'autres mondes. Je me voyais ailleurs, très loin. J'étais au Canada, la neige tombait. C'était le même paysage que j'avais sous les yeux, enseveli sous la neige. Je touchais presque les flocons. Je portais un manteau de mouton retourné, une toque, des moufles. Je sortais, j'allais vers ma voiture, une Buick bleue. Dans le rêve je savais conduire.

Autour de moi, les autres parlaient, riaient. Un couple dansait, un autre s'embrassait dans un coin. J'étais très loin. Personne ne s'inquiétait de mon absence. Parfois, mon fiancé me disait que j'étais mystérieuse.

Je lisais de plus en plus de livres. C'était là que je trouvais le mieux matière à m'enfuir. J'avais l'impression de pénétrer à l'intérieur. Une porte s'ouvrait, je sentais l'odeur grise de l'encre sur le papier des murs. Une autre porte et j'étais dehors, dans le monde du livre qui me paraissait plus réel que celui que je venais de quitter, et qui était pourtant toujours là, autour de moi, le divan, la lampe, la voix familière qui m'appelait.

J'avais pris une telle habitude de ces escapades qu'elles ne me surprenaient plus. Une publicité dans un magazine, une image à la télévision me suffisaient pour décoller. Je possédais des dizaines de mondes. Personne n'en savait rien.

Conrad m'emmenait voir des films policiers qui me faisaient peur. Je nichais ma tête dans la laine rêche du pull-over que sa mère avait tricoté et envoyé à Noël. Je fermais les yeux. Je respirais la laine. J'étais comme un enfant qui tète.

Mai 68 éclata. Je ne lisais jamais les journaux, n'écoutais pas la radio. Un matin, j'arrivai à la fac. L'esplanade était vide et silencieuse. Un groupe d'étudiants gardait les portes. Ils m'empêchèrent d'entrer. La grève était décrétée.

Je rentrai chez moi et me plongeai dans mes livres de cours. Je ne voulais pas qu'on m'empêche de travailler. Cela me maintenait en vie.

Ce soir-là, j'allai dîner chez mes parents. Ils étaient affolés. La chienlit s'installait. Le pays était foutu. Les hordes barbares se préparaient à déferler. Mon père parlait de cacher des louis d'or dans un trou au fond du parc, sous le grand arbre, pour que les Russes ne les trouvent pas quand ils arriveraient. Car ils arrivaient. La cinquième colonne était en marche. D'ailleurs, la bonne avait cessé de venir sans prévenir, quinze jours auparavant.

Fiançailles

Mes parents avaient déménagé. Ils s'étaient installés à cinq kilomètres de la ville dans une haute maison au toit de vieilles tuiles, aux murs couverts de lierre. Je ne me sentais pas à l'aise dans ma chambre sous les combles. La nuit, lorsque le vent soufflait, les branches d'un vieux poirier venaient gratter à la fenêtre. J'avais peur. Mes parents étaient fiers de cette maison. Ils passaient beaucoup de temps en conférence avec le tapissier, le jardinier. J'errais dans les couloirs comme une invitée du week-end.

Je pris le prétexte de la distance et obtins une chambre dans une résidence universitaire qu'on venait de construire à l'autre bout de la ville. En fait, c'était aussi loin que la maison de mes parents mais pour cette raison même, l'administration avait du mal à remplir le bâtiment qui sentait la peinture fraîche, le caoutchouc neuf. Alors que je n'étais pas un cas social et n'aurais pas dû bénéficier de l'aide de l'État, je pus m'y installer. Tous les matins, j'allais à la fac à Solex. Je travaillais à la bibliothèque ou lisais dans la chambre de Conrad qui se trouvait sur le vieux campus, derrière les bâtiments où se déroulaient les cours.

39

Je trouvais triste la petite chambre blanche aux rideaux bleus, avec son placard à deux portes, son lavabo dans un coin. Je l'avais prise sur les instances de Conrad qui souhaitait que je reste avec lui tard dans la nuit. Il s'était acheté une vieille deux-chevaux et il me raccompagnait. Le bâtiment des filles fermait à minuit mais si l'on rentrait plus tard on pouvait se faire ouvrir la porte par un gardien, complaisant quand on lui graissait la patte. Après mai 68, le gardien disparut, on put aller et venir à sa guise.

Ma nouvelle chambre ressemblait à ce que ma vie était devenue : propre, sans histoires, et glaciale.

Je m'exerçais à ne pas réagir. Je tentais d'aborder les choses de l'extérieur, comme si j'avais été une troisième personne de qui j'aurais parlé, à qui, indirectement, j'aurais donné des ordres. Parfois je pleurais sans raison. Les larmes coulaient sur mon visage. Je ne savais pas pourquoi. Je m'en voulais car cela prouvait que je n'étais pas vraiment comme les autres. « Les autres », tels que je m'y référais constamment, ne pleuraient pas. Ils étaient perpétuellement raisonnables, efficaces. Les autres femmes étaient douces, tranquilles, satisfaites de leur sort. Elles ne se révoltaient pas, ne posaient pas de questions.

Lorsque je sentais affleurer la violence qui sommeillait en moi, je prenais peur. Cela n'étonnait pas Conrad, il le supportait très bien. Mes crises de larmes intempestives lui étaient une preuve de ma féminité.

« Tu as des émotions à fleur de peau. Cette sensibilité fait partie de ton charme », répétait-il gentiment.

Il m'apaisait. J'avais besoin de lui.

Un soir, je rentrai au pavillon universitaire, puis allai prendre ma douche. Les cabines étaient au bout du couloir, des cubes de béton carrelé, dont les parois de séparation ne touchaient pas le sol. Ensuite, je me couchai. Je grelottais dans mon lit. J'entendais, assourdie, la musique d'une chanson à la mode, qui provenait sans doute d'une radio tardivement allumée, dans une autre chambrette.

Lorsque je me réveillai, la pendule marquait sept heures moins le quart. Je me levai. Les bouleaux devant la fenêtre étaient noyés de brume. J'entendis, devant la porte du bâtiment, un bruit de moteur. Je me penchai et vis une ambulance stationnée devant les marches. Deux infirmiers apparurent, portant une civière. Ils s'engouffrèrent dans la voiture dont les portes arrière étaient ouvertes, y placèrent leur fardeau. Puis l'un d'eux referma les portes et alla s'asseoir à l'avant du véhicule qui démarra.

Je sortis et vis ma voisine de chambre, une rouquine à l'air triste qui ne parlait jamais, que je rencontrais souvent déambulant dans les couloirs comme une somnambule. Elle allait se faire du café dans la cuisine commune où il y avait des plaques électriques destinées à cet usage. Elle conversait avec une femme de ménage en blouse de nylon bleue, appuyée sur son balai.

« Ils viennent toujours les chercher tôt le matin, comme ça ça se remarque moins », disait-elle.

J'appris que mon autre voisine, une fille que je n'avais jamais vue, qui ne faisait jamais de bruit et dont je ne connaissais l'existence que par le son de sa porte qui s'ouvrait et se refermait, s'était pendue la veille au soir dans la douche voisine de celle que j'avais utilisée.

Je rentrai dans ma chambre et me recouchai. Il n'était que sept heures et quart, je pourrais me rendormir un peu. Mais je ne parvenais pas à me laisser couler dans le sommeil. Dès que je commençais à perdre conscience, je me trouvais bloquée dans cette

41

zone intermédiaire entre la veille et l'endormissement, un univers gris dans lequel la silhouette de la fille pendue au tuyau de la douche apparaissait, obsédante et floue. Alors, je me réveillais en sursaut, prise d'une angoisse qui me tordait le ventre, me serrait la gorge. La même question revenait : la fille était-elle déjà dans la douche quand j'avais pris la mienne ? Ou bien était-ce arrivé plus tard ? Avec le bruit de l'eau j'avais très bien pu ne rien entendre. Peut-être l'autre était-elle entrée dans la cabine alors même que je faisais couler sur mon corps le jet qui me rendait comme sourde et aveugle car il était toujours soit froid, soit bouillant, et je fermais les yeux, serrais les dents pendant ce temps-là.

Je me levai, m'habillai et sortis. J'allai frapper à la porte de Conrad qui se tint quelques instants sur le seuil, en pyjama, pas rasé, comme beurré de sommeil, et qui considéra mon visage défait, blanc. Il m'offrit de partager son petit déjeuner, biscotte et Nescafé. Mais je ne pouvais rien avaler, je ne pouvais même pas lui raconter ce qui m'avait amenée là si tôt.

« Ma petite chérie a un problème. » Le jeune homme était maintenant assis en face de moi, dans un fauteuil, et bourrait sa première pipe du matin. Son visage rond dépassait de son col roulé. Il ressemble à une quille, pensai-je.

Comme il voyait que je restais là, blanche et sans rien dire, il laissa sa pipe et vint s'asseoir à côté de moi, sur le lit déjà fait — car c'était un garçon toujours impeccable, méticuleux.

Au contact de cette affection j'émergeai du froid, pus utiliser mon stratagème habituel. J'imaginai que j'étais quelqu'un d'autre, entrant dans cette pièce et voyant cette jeune fille pâle serrée dans les bras de ce jeune homme qui la consolait. Et je me dis que j'avais de la chance, d'avoir un beau fiancé qui m'aimait, et que je devais être heureuse.

Comme d'habitude, ça marcha. J'eus l'impression qu'un peu de couleur revenait à mon visage. Je racontai à Conrad l'histoire de la morte dans la douche.

Il sembla d'abord effrayé, puis se mit en colère. Il s'était levé, il marchait de long en large dans la chambre.

« Tu n'aurais pas dû habiter là-bas... C'est triste, c'est isolé... je suis toujours inquiet la nuit de t'y savoir, au premier étage... N'importe qui pourrait grimper par la fenêtre... Il y a des bruits qui courent... On dit qu'il y a eu des viols... »

Ce soir-là, je ne retournai pas au pavillon. Je dormis dans la chambre de Conrad, serrée contre lui dans son lit de célibataire. J'aimais bien son odeur lorsqu'il dormait.

Je ne retournai dans ma chambre que trois jours plus tard. En entrant, je vis qu'un mot avait été laissé sur mon bureau. « Vous êtes priée de passer au bureau de la directrice. »

Je descendis, mal. Déjà, il m'avait fallu tout mon courage pour revenir dans cette chambre, passer devant la porte de la morte. Cet incident résumait toute ma vie depuis deux mois que je séjournais là. Cela faisait tomber les barrières de mensonges que je m'étais construites, tentant de me dire que c'était de moi qu'émanait la mélancolie mortelle qui se dégageait de ce lieu. Je ne savais plus faire confiance à mes perceptions, et je me sentais triste si souvent que je m'accusais toujours désormais. C'était plus sûr et cela évitait de se révolter inutilement contre le monde, un monde que j'essayais de trouver bon, plaisant, juste, agréable.

Je frappai, on me dit d'entrer, je poussai la porte et

me trouvai dans une petite pièce blanche, meublée de mobilier administratif en bois verni. Le sol était recouvert d'une moquette verte, contrairement au reste du pavillon qui était carrelé.

Je dis mon nom. La directrice me proposa de m'asseoir. C'était une femme aux cheveux courts et prématurément blancs. Elle devait avoir une quarantaine d'années. Elle semblait efficace et pressée, arborait le sourire de circonstance de ceux qui ne craignent pas de juger les autres. J'eus peur. Quelque chose, dans ce visage, donnait à penser qu'on avait un crime à se reprocher, même si on ne le savait pas : il suffirait de bien réfléchir, et on le trouverait.

La femme me considérait, son sourire s'élargissait. Je devais me tromper en attribuant aux autres des intentions mauvaises.

« Je suis heureuse que nous nous rencontrions, commença la femme. J'aimerais pouvoir connaître toutes les jeunes filles qui résident ici, seulement c'est difficile. Vous êtes bien nombreuses, et puis il y a tellement de choses à faire... »

Elle se tut. Elle recula un peu son fauteuil. Elle me regardait toujours avec ce sourire qui s'ouvrait comme un fruit qui éclate.

« J'aimerais savoir si vous vous plaisez au pavillon... Nous faisons tout pour que la vie y soit agréable, seulement... nous ne pouvons pas toujours veiller à tout... »

« Les chambres sont très jolies », mentis-je.

« Oui, vous êtes sur le devant... On a planté de beaux arbres... Dans quelques années ce sera encore mieux, parce qu'ils auront grandi... Mais à ce moment-là, évidemment, vous ne serez pas là pour les voir... Alors que moi, sans doute... »

Je m'efforçais de trouver sympathique cette femme

qui faisait tout pour me mettre à l'aise, mais je n'y parvenais pas. Quelque chose en moi résistait.

« Seulement, vous ne dormez pas beaucoup, ajouta-t-elle. Ce n'est pas bon pour la santé, vous savez... »

« Comment cela, je ne dors pas ? »

« Cela fait trois jours que la lumière reste constamment allumée dans votre chambre, même la nuit... La femme de ménage la trouve allumée le matin, et le veilleur de nuit m'a confirmé que la lampe n'avait pas cessé de briller derrière votre fenêtre... Alors je me suis inquiétée pour votre santé... »

Je ne pus rien répondre. J'avais dû, partant précipitamment trois jours auparavant, oublier d'éteindre l'ampoule électrique qui m'avait été nécessaire dans ce matin gris.

La femme me dévisageait. Son sourire prenait une nuance ironique, satisfaite.

« Ou bien... Peut-être aviez-vous oublié d'éteindre en partant, et n'étiez-vous pas rentrée depuis trois jours ? » demanda-t-elle.

« Non, répondis-je avec l'impression qu'une autre parlait à ma place. Non, effectivement... Je n'étais pas rentrée... »

« Ah bon... Et où étiez-vous, alors ? »

« J'étais chez mes parents... »

J'avais parlé instinctivement. Je ne pouvais me résoudre à parler de Conrad, pas plus que de la morte.

« Chez vos parents... Très bien. Vous tâcherez seulement de faire attention à l'avenir... L'électricité coûte cher à l'administration... »

J'éclatai en sanglots.

Le ton de la femme se durcit.

« Voyons, ma petite... Il ne faut pas le prendre comme cela... Si vous allez mal, il faut vous soigner... Vous devriez vous rendre à la consultation du Dr

45

Malingrard, qui s'occupe de nos jeunes filles dépressives, et dont les honoraires sont intégralement remboursés par la Mutuelle étudiante... Encore une victoire du mutualisme, dont je suis depuis fort longtemps, je ne crains pas de le dire, une militante active... »

Je me levai, me dirigeai vers la porte. La femme l'ouvrit pour me laisser passer. Elle fourra dans ma main un prospectus contenant les renseignements nécessaires au traitement des maux estudiantins de toutes sortes, dentaires, mentaux, digestifs. Elle dit alors que j'étais déjà dans le couloir :

« Je téléphonerai à vos parents... Vous n'êtes pas dans un état normal, il faut qu'on s'occupe de vous... Je suis une seconde maman pour toutes les jeunes filles qui vivent ici... C'est une grave responsabilité... Vous devez être entourée et guidée... Je dirai à vos parents ce que j'en pense... »

Conrad, apprenant cette conversation, prit un air raide, enfila une veste et descendit l'escalier. Je restai à lire le premier chapitre d'une histoire de la philosophie du Moyen Age à laquelle je ne comprenais rien, entendis la quinte de toux de la deux-chevaux qui démarrait.

Je me penchai en arrière, m'enfonçai dans le fauteuil.

Je sentais l'odeur de Conrad, sa vie autour de moi. Le livre tomba de mes mains. Je m'endormis.

Le lendemain, mon père se rendit avec moi chez la directrice du pavillon. D'emblée elle fut plus aimable que la veille. On aurait cru une autre femme. Avant de s'asseoir à son bureau, elle voleta çà et là dans la pièce, avançant les fauteuils pour que les visiteurs s'assoient, jouant de la main avec la chaîne de plastique qui retenait ses lunettes. Elle parlait sans arrêt, une espèce de pépiement qui contrastait avec le ton bienveillant mais sec de la veille.

« Je suis vraiment très contente de vous voir, cher monsieur... Nous sommes toujours heureux d'avoir des contacts avec les parents de nos jeunes filles... Nous essayons d'ailleurs de reconstituer ici pour elles, n'est-ce pas, une grande famille... C'est un âge difficile... Elles ont tant besoin de conseils et d'attention... Elles sont, n'est-ce pas, tels des oiseaux perchés au bord du nid, hésitant à s'envoler... »

J'écoutai ce discours, partagée entre la sidération et l'envie de rire. En même temps, le changement qui s'était opéré chez la directrice me remplissait d'inquiétude. C'était étrange de penser que les gens cachaient en eux des personnalités si différentes, qu'ils pouvaient se transformer si complètement au gré des interlocuteurs.

Mon père se tenait assis très raide. On avait soupçonné sa fille qui faisait partie de ses propriétés au même titre que sa maison, sa femme, sa voiture et son chien. On avait osé supposer qu'elle était fêlée, ce qui était comme d'insinuer que son toit fuyait, sa pelouse était envahie de chiendent, son chien avait la gale. Il écoutait la directrice dans un silence glacial.

« Je suis d'autant plus contente de vous rencontrer, monsieur, poursuivait celle-ci qui m'ignorait totalement, s'adressant à mon père seul — si bien que je commençais à me demander si vraiment j'étais bien là, assise dans ce fauteuil, si par hasard je ne me serais pas volatilisée sans m'en rendre compte — que n'est-ce pas, je me suis un peu inquiétée au sujet de cette jeune fille; elle semble avoir disparu quelques jours, nous avons craint... Comment dire... Une fugue. A cet âge... on est

47

impressionnable... irréfléchi, c'est cela la jeunesse...
Et puis cette enfant me paraît fragile, pour tout
dire, nerveuse... »

« Ma fille va très bien, interrompit mon père. Elle
est venue passer quelques jours à la maison, car elle
était choquée par le déplorable incident qui s'est
produit dans les douches. Un suicide, parlons net. Je
me suis laissé dire que ce n'était pas le premier cas
de ce genre. Le fiancé de ma fille, qui est étudiant
en droit, m'assure que le climat dans ces pavillons
n'est pas d'ordre à faciliter une atmosphère studieuse. Des incidents se seraient produits la nuit...
Je pense qu'à l'avenir ma fille reviendra habiter
chez nous. L'inconvénient de la distance me paraît
moins grand que les risques présentés par un climat
douteux. »

Mon père se leva. Il tendit la main à la directrice
et lui dit au revoir. Celle-ci balbutia :

« Je suis surprise, monsieur... »

Il sortait déjà du bureau, je lui emboîtai le pas. Je
vis au passage le visage défait de la directrice dont
la coiffure, soudain, semblait désordonnée, les
mèches pendantes. En suivant mon père dans le
couloir, je songeai que le traitement qui consistait à
parler au-dessus des gens était aussi efficace sur
d'autres que sur moi-même.

« Fais tes bagages, je t'attends dans la voiture »,
dit mon père lorsque nous arrivâmes dans le hall.

Une demi-heure plus tard, je jetai un dernier coup
d'œil aux murs nus de la petite chambre avec vue
sur les bouleaux. Je ne regrettais pas de la quitter,
mais je ne me félicitais pas non plus de la décision
que mon père avait prise pour moi et que je ne
pouvais contester. Les jours qui s'annonçaient semblaient devoir être aussi privés de sens que ceux qui

venaient de s'écouler. Pour contester il faut vouloir quelque chose. Or, je ne voulais plus rien.

La directrice avait raison. J'allais mal. J'étais malade de la volonté. Pour cela il n'existait aucun remède.

Ce soir-là, Conrad me proposa d'aller choisir une bague de fiançailles. Il ne m'avait pas demandée en mariage. La transaction s'était faite entre mon père et lui. Les deux hommes avaient décidé de m'échanger. Je me demandai si le marchandage avait duré longtemps, et combien je cotais à l'Argus.

Mon père me donna un chèque, en me conseillant « d'aller m'arranger un peu ». Je me souvins que chaque fois qu'il vendait sa voiture, il prenait soin de la faire astiquer.

Je me rendis chez le coiffeur et changeai de tête. Lorsque M. Raoul, souriant sous sa moustache, me tendit un miroir, je ne reconnus pas mon visage. Mes traits s'étaient dilués, comme un château de sable après le passage d'une vague. On reconnaissait encore les vestiges de l'ancien dessin. Ce reflet me médusait, si bien que M. Raoul, d'un ton mi-badin, mi-inquiet, me dit :

« Mademoiselle se plaît tellement qu'elle ne peut plus se quitter ? » J'écoutai résonner dans ma tête l'écho cent fois multiplié de ce « Mademoiselle se plaît tellement ». Il semblait arriver de très loin comme un caillou lancé d'une main experte. Je m'inquiétai de ce sentiment d'étrangeté devant ce qui pourtant devait bien être mon propre visage, de cette impossibilité de quitter des yeux l'image dans le miroir. Cessant de la regarder je craignais qu'elle ne disparaisse, car soudain je n'avais plus d'autre existence que dans cette glace. C'était cela, se plaire, se plaire tellement, ce cramponnement désespéré à un mirage qui n'était que l'écho très affaibli d'une réalité disparue ?

Je me tournai vers les moustaches souriantes de M. Raoul, un homme qui s'était acheté une Dauphine Gordini avec ses économies pour frimer le dimanche, un homme bien réel, lui, avec un vrai sourire qui enchantait les clientes du salon, toutes ces dames qui lui confiaient leurs secrets tandis qu'il faisait couler sur leur crâne des ruisseaux d'eau chaude bienfaisante. Il disait ensuite, mi-plaintif, mi-vantard : « Heureusement que je suis une tombe. » M. Raoul me voyait, je me voyais, nous voyions tous les deux cette jeune fille qui était dans le miroir, et donc j'étais bien devant le miroir, puisque les miroirs réfléchissent.

Je pensai, tandis que M. Raoul armé d'une petite brosse faisait tomber de mes épaules des mèches de cheveux égarées qui iraient rejoindre celles qui s'étalaient à mes pieds en un lac sombre sur le carrelage bleu, que je ne m'étais jamais sentie vraie. Je n'avais jamais été autre chose qu'une imitation. Tandis que je me levais machinalement, les mains habiles de M. Raoul dégrafaient le peignoir qui protégeait ma robe, geste réservé aux clientes favorites. J'étais une des clientes favorites de cet homme que je ne connaissais pas, qui n'était pour moi rien d'autre qu'une ombre, une photographie mouvante. Habituellement, la petite apprentie qui se tenait derrière, l'air embarrassé, se chargeait des peignoirs. C'était pour cela que je plaisais soudain à M. Raoul, parce que je n'existais que par lui, que par ses yeux. Ce sentiment d'irréalité, je fus soudain persuadée que je le traînerais toute ma vie comme une maladie honteuse.

En sortant de chez le coiffeur je retrouvai Conrad à la maison des étudiants. Je le vis de loin, avant même d'entrer, derrière les vitres, éclairé par un des derniers rayons du soleil de février. Il était assis seul à une table, devant un café, lisant Kafka. Une mèche barrait son front, il avait l'air fiévreux, une expression que je ne lui avais vue que lorsqu'il se croyait seul, ignorait qu'on l'observait. Le reste du temps, il avait son masque calme, solide. Cela me rassura de savoir un peu qui il était vraiment. Seulement un peu. Je me contentais de deviner. Je ne posais pas de questions. Il ne l'aurait pas toléré. D'ailleurs, lui non plus ne savait pas qui j'étais, ne posait pas de questions. Nous ne voulions pas nous approcher trop près l'un de l'autre. Nous étions ensemble parce que nous savions garder nos distances. C'était cela que nous avions en commun.

Je m'assis en face de lui. Je sentais encore sur moi l'odeur du shampooing, de la laque, un parfum artificiel qui me gênait.

Conrad avait levé les yeux et me regardait, incrédule.

« Qu'est-ce que tu as fait ? » demanda-t-il.

« J'ai coupé mes cheveux. La coupe Beatles, avec la frange... C'est nouveau... Ça te plaît ? »

Il bégayait :

« Tu l'as fait exprès... C'est pour me faire de la peine... Tu n'avais pas le droit... Tu n'avais pas le droit de faire cela à tes cheveux... »

J'étais stupéfaite. C'était la première fois que je le voyais en colère. Je me demandai s'il avait raison, si cette nouvelle coiffure était, de ma part, un geste de défi. Si je recelais, au fond de moi-même, là où je ne voyais rien, ne voulais pas voir, de la colère, de la révolte. Je décidai de ne plus y penser.

« Tu te trompes. Je voulais juste faire peau neuve, pour notre nouvelle vie ensemble. Je croyais te faire plaisir. »

Je me souvins alors que pas une seule fois, tandis que j'étais chez le coiffeur, feuilletant le catalogue de

51

photos et disant : « Je veux cette coupe-là », je n'avais pensé à lui.

Ce n'était pas à celui qui était devenu, sans que j'y prenne garde mais sans que je proteste, mon fiancé, que je pensais à ce moment-là. C'était à l'autre Colombine. Celle que j'imaginais pouvoir être. Non pas celle que j'aurais pu être si j'avais eu davantage de courage, si je ne m'étais pas sentie ligotée par ces fils qu'une main invisible tirait, si bien que j'avais le sentiment que ce n'était pas moi qui bougeais, qu'on faisait bouger. Celle-là, je préférais ne pas l'imaginer. Je ne serais jamais cette fille en blue-jean qui vivait librement, qui remuait tout le temps, qui prenait le train, qui partait, qui ne revenait pas. Non, ce n'était pas la peine. J'avais suivi l'autre chemin, celui qui se terminait très vite, celui de la fille qui restait là, qui serait toujours là. Mais cette fille-là non plus n'était rien, elle ne ressemblait pas aux autres qui avaient des fiancés, dont les parents habitaient de jolies maisons à la campagne, que les papas conduisaient à leurs cours dans des DS métallisées. J'essayais vainement de ressembler à ces filles-là, de copier des coiffures dans les magazines, des idées de décoration pour ma chambre. J'avais vu la coupe de cheveux qu'on venait de me faire dans *Mademoiselle Age Tendre*, un journal qui montrait tout ce que je n'étais pas, tout ce que j'aurais mieux fait d'être pour être heureuse : un petit animal qui ne pense pas.

Pendant que je me trouvais sous le casque, une amie de lycée était entrée, s'était penchée vers moi, m'avait embrassée — « Bonjour ma chérie. » Elle m'avait invitée à assister à sa soirée d'anniversaire. Les joues brûlantes du séchoir, maîtrisant mon envie de me lever, d'arracher tous ces rouleaux que j'avais sur la tête, d'aller courir dehors sous la pluie qui teintait les rues d'ardoise, j'avais accepté.

Cet homme-là

Je suis dans le train, maintenant, et je me souviens. Je ne suis plus la petite jeune fille aux joues rougies par le casque, dans le salon de coiffure. J'ai l'impression d'avoir eu plusieurs existences. C'est sans doute pour ça que je fais ce que je fais aujourd'hui. J'entre volontiers dans la peau de doubles imaginaires, je vis leur vie. Je suis tout aussi à l'aise que dans la mienne. Vrai, pas vrai, vécu, pas vécu — quelle différence ? A chaque fois, c'est comme un rêve dont je me réveille.

Je ne suis plus cette jeune fille-là depuis longtemps. Elle n'est pas plus réelle pour moi maintenant que l'héroïne d'un roman lu autrefois. J'ai passé un peu de temps avec elle. Je lui ai dit au revoir en refermant la couverture.

Le train passe entre deux falaises de maisons. Je prends mon sac pour y ranger le journal que je ne lirai pas. Les journaux me donnent mal au cœur. Leurs histoires affreuses n'ont pas plus de sens que les cauchemars qui troublent mes nuits. Elles viennent du même pays, je n'y crois pas davantage. C'est cela qui est affreux, ne plus croire à la réalité.

Je n'y crois plus et pourtant je suis fermement ancrée dedans. Autrefois, du temps de la jeune fille, celle que j'ai été vraiment — je l'ai été vraiment puisque je me souviens d'elle et que pourtant elle n'est enfermée derrière la porte d'aucun livre —, je croyais très fortement en une réalité imaginaire. J'avais conscience d'évoluer sur la scène d'un théâtre. Je jouais un rôle difficile, un rôle de composition, dans un drame trop long dont je ne parvenais pas à m'échapper. Je me disais : « Il ne faut pas que j'oublie d'être la jeune fille, il ne faut pas qu'une expression de mon visage trahisse mon malaise de jouer ce rôle qui n'est pas fait pour moi, il ne faut pas que je déçoive le metteur en scène qui m'a choisie et le public qui est dur, implacable. »

Alors que je regarde défiler les maisons rouges ou blanches, la campagne noire, petites gares auxquelles le train ne s'arrête pas, je me souviens comme je jouais, dix ans auparavant. Je pensais que j'étais là-bas sur le quai, regardant passer l'express. Je choisissais une de ces maisons minuscules, avec le linge qui sèche au-dessus du carré de choux. Je pensais que j'habitais là. Je m'imaginais une vie conforme à ce décor. Je me sentais cette fille-là, étendant le linge dans ce jardin. J'étais elle quelques instants. Elle n'avait pas une vie confortable mais de toute façon, c'était moins inconfortable que d'être moi.

J'avais déjà changé, à l'époque où je prenais souvent le train. J'habitais une petite ville de bord de mer, à trente kilomètres de Cythère-sur-Largeau. Je m'approchais de celle que je suis aujourd'hui. Je souffrais beaucoup, je souffrais encore à chaque instant de ma vie. J'étais la petite sirène qui a quitté l'eau pour apprendre à marcher sur terre avec ses pieds déformés qui saignent.

Par moments, je replongeais, je me déplaçais dans le jardin en bordure de la voie ferrée, ou dans un autre, et j'étais celle qui ne bouge pas. Qui regarde passer les trains. Dans sa tête.

Mais je prenais le train, déjà. Avec cet homme-là. Je ne peux pas dire que l'homme de tweed m'avait sortie du carré de choux, emmenée dans le pays du voyage. Il n'avait été qu'un compagnon de route. Mais j'avais tant de mal à marcher à cette époque, que je croyais avoir besoin d'un bâton de voyage. Il était ce bâton, je croyais que je m'appuyais sur lui.

J'avais cru que je m'appuierais sur Conrad aussi. Pourtant je n'avais pas pu compter vraiment sur celui qui était devenu, sans que j'aie rien à en dire, mon fiancé. Il n'avait jamais eu à mes yeux d'existence suffisante pour cela. Il avait été un décor, une scène, un univers factice. Il racontait, il évoquait et je l'écoutais : j'étais un enfant à qui on récite une histoire, pour s'endormir. Il disait :

« Il était une fois une belle jeune fille à la peau blanche. Elle vivait dans une maison couverte de lierre avec son père et sa mère. Un jour, un jeune homme passa par là. Il venait d'un pays lointain, au-delà des brumes. Il avait longtemps voyagé et son cheval était fatigué. Il s'arrêta devant la maison couverte de lierre ; la jeune fille était à sa fenêtre. Il lui demanda de lui donner à boire. »

Conrad racontait l'histoire, il en était aussi le héros, il me faisait entrer dedans avec lui. Il m'offrait une place dans le monde, celle d'un personnage imaginaire. J'avais accepté. C'était mieux que rien. Je ne voyais pas comment espérer davantage.

J'ai eu une vraie bague de fiançailles : Conrad y tenait. Il se cramponnait très fort à cette vie qu'il nous inventait à tous les deux. Tous les objets qui pouvaient donner à ce décor l'apparence de la réalité lui étaient essentiels. Il se les procurait, me les rapportait, me les montrait avec insistance, comme pour dire : « Tu vois, je te disais bien... Je ne t'ai pas menti... Il faut me croire ! »

Je regardais, à mon doigt, la bague carrée, à monture d'or, où luisaient deux perles, une perle blanche, une perle noire. Pour me l'offrir, Conrad avait déchargé des caisses pendant un mois. Cent fois par jour, je regardais les perles, leur brillance lunaire me calmait. Je les touchais : elles avaient la même douceur nacrée sous le doigt qu'aux yeux.

J'étais une jeune fille qui réussissait depuis que j'avais un fiancé. Lorsque j'allais m'asseoir dans l'amphi, à l'heure des cours, souvent une autre fille venait se mettre à côté de moi, regardait mon doigt et disait :

« C'est une bague de fiançailles ? »

Je répondais oui.

« C'est vraiment joli », ajoutait-elle avec envie.

Moi aussi, je regardais l'annulaire gauche des autres filles. Cette année-là, les perles étaient à la mode. Ça faisait moins sérieux que les brillants, et surtout c'était moins cher. Il y avait de plus en plus de jeunes couples. Tous les journaux, tous les livres disaient qu'il fallait faire l'amour pour être heureux. Tout l'entourage, la famille, l'Église et les autorités disaient qu'il fallait être mariés pour faire l'amour. On prenait la solution de compromis : on se fiançait.

Quand on était fiancés, on pouvait faire l'amour tranquilles. On avait donné des gages d'amour-toujours aux familles et on pouvait maintenant montrer à soi-même et à ses contemporains qu'on n'avait peur de rien, qu'on était modernes. Si l'on avait attendu le mariage, on se serait sentis ridicules, incapables d'affronter les copains et les copines qui demandaient : « Alors c'est comment, et la première fois, comment vous avez fait ? »

La virginité des filles était un problème gênant. On se demandait si ça faisait très mal, s'il fallait faire ça progressivement ou d'un seul coup. Les avis et les expériences différaient. De toute façon, tout se savait. Les pavillons universitaires étaient mal insonorisés. Le samedi après-midi, assise dans le fauteuil de Conrad, j'entendais les roucoulades de la petite amie du voisin, un Danois qui, lui, ne se manifestait qu'à la fin, par un grognement violent. Rencontrant le Danois et la fille dans les escaliers, j'avais le plus grand mal à les imaginer dans les situations qui les conduisaient à émettre ces bruits étranges. Conrad écoutait aussi. Il ne disait rien, me regardait. Il attendait que je me décide.

Je ne me suis jamais vraiment décidée. Plutôt, je décidai de me retirer de la scène, et de laisser les choses se produire en mon absence. Mon fiancé, et la jeune fille qui était étendue à ma place sur le lit pouvaient bien faire ce qu'ils voudraient. Moi, je me réveillerais quand tout serait réglé. Consommé, comme on disait. Je ne pouvais pas expliquer à mon fiancé que je n'avais pas envie de faire l'amour : ç'aurait été ridicule. D'ailleurs j'avais envie : c'est-à-dire, j'avais envie de l'avoir fait, pour pouvoir mettre derrière moi cette sensation perpétuelle d'être au bord d'un ruisseau, sauterait, sauterait pas ?

Je passais des heures allongée sur le lit de Conrad. Nous nous embrassions, nous nous caressions. Conrad m'appelait son petit chat, son poussin bleu. Il avait raison. Je me blottissais dans ses bras comme un chat sur les genoux de son maître. Mon angoisse, ma peur du monde s'en trouvaient un instant abolies. Je me plaisais à être le petit chat, le poussin bleu. Je retrouvais là quelque chose que j'avais perdu pendant long-temps, dont j'étais restée orpheline.

Je bêtifiais dans ses bras, je faisais la petite fille. Il riait. Il m'appelait « son bébé ».

Petit à petit, mon incapacité à vivre se justifiait. Conrad me parlait de moi à la troisième personne. Il disait :

« Mon bébé ne peut pas faire ça. Il est trop fragile. Il n'y arrivera pas. »

Je faisais de moins en moins de choses. Je ne passais pas le permis de conduire. Je ne me préoccupais plus de mon avenir. Mon avenir était dans les bras de Conrad. Je ne lisais plus de livres dangereux. Il choisissait pour moi. Il disait :

« Oh ça, ça n'est pas pour mon bébé. Mon bébé est trop sensible. Ça va le rendre malade. »

Je ne lisais plus les journaux. Il y avait des choses terribles dans les journaux, des choses pas pour les bébés.

Conrad disait que j'étais normale. C'était normal. Tout était normal. J'étais un être à part, une fille pas comme les autres. C'est ça qui était normal. Ce qui était normal pour moi, c'était d'être son bébé à lui.

Ma mère se félicitait :

« Ce garçon a parfaitement compris comment il faut s'y prendre avec toi. Tu ne peux pas savoir comme je suis soulagée de te savoir casée. »

Tout le monde était soulagé. Moi aussi, je finissais par être soulagée. Je n'aurais plus besoin de me battre.

Un jour, Conrad décida de passer aux choses sérieuses. Il ne pouvait plus attendre. D'ailleurs ça n'était pas sain. Il me mit dans la main cette chose rose et végétale qui ressemblait à une asperge. Je la regardai avec curiosité. Je ne savais pas quoi faire avec. Il avait l'air d'en être fier. Je baladai un doigt le long, par politesse. Je ne parvins pas à m'y intéresser davantage. Conrad semblait très content. Il me regardait le regarder.

Il dit :

« Petit à petit, tu y prendras goût. »

Ça me parut impossible. J'avais attendu autre chose. Je pensai que je ne m'y ferais jamais.

Il ajouta :

« Maintenant, il faut arrêter. Sans ça, je pourrais venir, et ça t'impressionnerait. »

« Comment ça fait, quand ça vient ? »

« Jusqu'aux murs. Jusqu'au plafond. »

Je regardai le plafond. Je ne vis pas de traces.

« Ça ressemble à quoi ? » demandai-je encore.

« Un peu à du yaourt, un peu à du blanc d'œuf. »

Il fallait se comporter en amour comme en classe de sciences naturelles. Il fallait feindre de s'intéresser à un tas de choses répugnantes censées représenter le mystère de la vie. L'amour de Conrad était un « précipité », comme disait le prof de sciences nat.

« Tu l'as vu ? » demanda Amandine, ma nouvelle camarade de fac.

« Oui. »

« Qu'est-ce que ça t'a fait ? »

« Pas grand-chose. »

« Qu'est-ce que tu as fait ? »

« Pas grand-chose. »

« Tu t'habitueras », dit Amandine.

« C'est ce qu'il dit aussi. »

« Conrad est un type bien. »

« Quel goût ça a ? »

« Pas grand-chose. Un peu salé. »

« Je me demande pourquoi on en fait un tel plat. Il doit y avoir autre chose. »

« C'est comme l'alcool. Au début, ça a mauvais goût. »

Le lendemain, j'allai rendre visite à ma mère. Elle m'accueillit l'air préoccupé.

« J'ai à te parler, ma petite fille », commença-t-elle. Elle m'entraîna dans le jardin d'hiver, ferma la porte, et s'assit dans un fauteuil de rotin. Je m'installai en face d'elle.

« Il faut que je te prévienne. Tu vas bientôt devenir une femme. »

« Oui, maman. »

« Ton père a insisté pour que je te parle. Voilà. C'est naturel. Il faut le faire. Ça fait partie des mystères de la vie. On s'y habitue petit à petit. »

« C'est ce qu'on me dit. »

« Qui est-ce qui t'a dit ça ? »

« Amandine. »

« J'ai toujours pensé que cette fille n'était pas vraiment une amie pour toi. » Ma mère tira un fil de son chemisier.

Il y eut un silence.

« As-tu des questions à me poser ? » demanda-t-elle encore.

« A quel propos ? »

« Eh bien... sur ça... »

« Non, maman. »

« Très bien. De toute façon, tu n'as pas à t'inquiéter. Ton mari t'expliquera tout le moment venu. C'est un garçon sérieux et posé. Tu peux compter sur lui. Il ne te brusquera pas. »

Elle se leva.

« Comme je savais que tu venais, j'ai acheté un cake au rhum. Nous allons prendre le thé toutes les deux. »

*

60

« Je vais te saouler », dit Conrad.

Il m'expliqua que c'était une excellente façon de décontracter les vierges compréhensives.

« Je n'aime pas l'alcool », protestai-je.

« C'est du champagne. Regarde. »

Sous la douche, une bouteille de champagne reposait dans un seau de plastique rempli d'eau.

« Je l'ai mis au frais pour ce soir. J'ai aussi acheté des bougies. On fera la fête. Ça sera érotique. »

Je lui demandai comment il avait eu cette idée.

« C'est un copain qui m'a dit... Tu sais, Julius, l'Antillais... Il s'y est pris comme ça avec sa fiancée. D'abord, il a essayé la méthode progressive. A chaque fois il entrait juste un petit peu, un petit peu plus. Centimètre par centimètre. Mais ça n'a pas marché. La fiancée de Julius avait peur, elle se contractait. S'il essayait de pousser un peu, elle criait. Les voisins de chambre entendaient et ils le charriaient à la caféteria le lendemain matin. Julius est noir, alors ça pose un problème supplémentaire, à cause de la dimension. Les Noirs sont plus membrés que les Blancs. »

« Vous discutez de vos histoires de fiancées, le matin à la caféteria ? »

« Parfois... Qu'est-ce que ça fait ? On vit une époque libérée. Autrefois on ne pouvait pas parler de sexe. Aujourd'hui, c'est un sujet de discussion comme un autre. »

« Qu'est-ce que ça te ferait, si je racontais tout ce que je fais avec toi à mes amies, en faisant des comparaisons ? »

« Ça n'est pas la même chose. Les filles ne parlent pas de ces choses-là. »

« Elles parlent de quoi, alors, à ton avis ? »

« De bagues de fiançailles. De robes de mariée.

61

D'amour et de sentiments. De baisers au clair de lune. »

« C'est vrai », admis-je.

Je m'abstins d'ajouter qu'elles parlaient aussi de lits défaits, de sperme salé, et du sexe des anges. De toute façon elles n'en parlaient pas de la même façon. Elles avaient plus d'inquiétude que de vantardise. Les garçons aussi étaient inquiets mais ils ne le disaient pas. C'était féminin, l'inquiétude. Les fous rires aussi. Les garçons connaissaient l'inquiétude des filles. Ils ignoraient leurs fous rires.

Le printemps avait éclos, une brise chaude passait par la fenêtre. Conrad essaya de me faire l'amour. Le champagne me donnait mal à la tête et m'alourdissait. Je me sentais sur le lit comme une pierre moussue. Quelqu'un, en bas de moi, essayait d'en tailler un morceau, d'enfoncer un coin de moi-même. Je m'agrippais au drap. Conrad me disait de me détendre. C'était comme la visite chez le médecin, quand j'avais eu une cystite. Je m'étais sentie aussi ridicule, froide et abandonnée, les jambes en l'air avec cet homme qui fouillait dedans. Il avait dit exactement les mêmes mots :

« Détendez-vous. Ça ne vous fera pas mal. Ça sera fini si vite que vous ne vous en rendrez même pas compte. Vous êtes une grande fille maintenant. »

J'étais un bébé partout, sauf au lit.

Après, j'eus le sentiment du devoir accompli. C'était vrai, j'étais une grande fille. Je me sentais plus calme qu'avant. Quelque chose était passé sur moi qui m'avait comme aplatie. J'avais moins d'inquiétude, moins de révolte. Je n'avais plus rien à vouloir. Somme toute, je ne regrettais pas. Une responsabilité m'avait été enlevée, celle de mon corps. Il appartenait maintenant à un autre, et je le lui abandonnais volontiers. Ce corps m'avait toujours encombrée. Je n'avais jamais bien su quoi en faire. Conrad, lui, semblait savoir.

Pourtant, la chose ne s'était pas entièrement réglée ce soir-là. Conrad n'était pas très sûr d'être arrivé à ses fins. Il y avait eu un tout petit peu de sang — à peine une larme. Il n'avait pas osé insister. C'était la première fois qu'il avait affaire à une vierge. Il disait que ça le traumatisait, d'autant qu'il m'aimait et que donc il lui était plus difficile de me faire l'amour qu'à une autre. Cette logique masculine m'échappait.

Il fallut recommencer deux ou trois fois. Il n'y avait plus de champagne. Mais je m'habituais. Je m'agrippais, non plus au drap, mais aux épaules de mon fiancé, qui prenait cela pour de la passion. Et après tout, c'en était peut-être. Qu'est-ce que j'en savais, de la passion ? J'étais de plus en plus loin de tout. J'étais si éloignée de moi que je ne souffrais même plus. C'était ce que je pouvais souhaiter de mieux, cette anesthésie.

La troisième fois, nous décidâmes que c'était fait. Il n'y avait pas eu davantage de sang, et la voie était toujours aussi étroite. Mais le passage répété du soc dans le sillon semblait indiquer que tout était normal. J'étais une femme.

« C'était pas pareil avec les autres ? » demandai-je.

« Évidemment, c'était pas pareil, puisque toi je t'aime... D'ailleurs, les autres... Je ne m'en souviens même plus. »

Je posais des questions. Je voulais savoir. Je voulais qu'il me raconte sa vie amoureuse. Je me disais qu'il avait dû vivre, avec de vraies femmes, des scènes beaucoup plus excitantes que ce petit jeu de papa-maman auquel nous nous livrions maintenant plusieurs fois par semaine. Mais Conrad n'avait pas la mémoire de l'amour.

63

« Moi, je suis normal. Dans ma famille, c'était tout le temps les histoires, la guerre, le nazisme, les reproches, la souffrance, l'hystérie. C'est pour ça que j'ai fait du droit, c'est pour ça que je suis parti. Le droit, c'est connaître les lois, savoir comment on les suit. On est dans la ligne. Il n'y a qu'à appliquer. Je suis bien, ici, parce que je suis un étranger. Je suis loin de tout et de tout le monde. Personne ne me connaît vraiment. Je ne tiens pas à ce qu'on me connaisse. Moi non plus d'ailleurs, je ne tiens pas à me connaître. »

« Et moi là-dedans ? »

« Oh, toi... Tu ne poses pas de questions ! »

« C'est ce que je suis en train de faire ! »

« Mais non, tu me demandes de raconter, c'est différent... Tu es comme un enfant qui veut qu'on lui raconte des histoires... Savoir des choses sur moi, c'est un prétexte. C'est parce que tu n'oses pas carrément me dire : " Raconte-moi une histoire... " Tu as tort, j'aime te raconter des histoires. C'est un lien entre nous, se raconter des histoires... »

« Mais alors, là-dedans, la vérité ? »

« La vérité, la vérité... Ça n'existe pas tellement, la vérité, et puis quand on réussit à en voir quelque chose, en général c'est moche, alors j'aime mieux ne pas y penser... »

« Tu disais que c'est ça que tu es venu fuir ici, les histoires ! »

« Ça dépend quelles histoires. Les histoires que nous nous racontons, ce sont de belles histoires. Des espèces de contes de fées. »

« Quand on fait l'amour ensemble, tu crois que c'est un conte de fées ? »

« Oui. Tu es la belle au bois dormant, et moi je suis le prince. Ça fait longtemps que tu dors, je suis passé à travers les ronces, et je te réveille. »

Il disait qu'il me réveillait. Moi, j'avais l'impression qu'il m'apprenait à dormir. Les rideaux de ma vie étaient toujours tirés. Je vivais dans une pénombre tranquille.

Je ne demandais qu'à dormir. Quand on dort, on ne se demande pas ce qu'il faut faire. Oui, je voulais dormir, rêver peut-être, et ne plus me réveiller. Je n'avais pas besoin de me tuer pour cela. Il s'en chargeait, il me tuait doucement. J'étais complice. C'était une mort si douce que je ne m'en apercevais presque pas.

De plus en plus souvent, nous restions nus couchés l'un face à l'autre. Il regardait mon corps et je regardais le sien. Nous étions l'un pour l'autre des paysages.

Et je ne sentais rien. On ne sent rien quand on dort.

*

Conrad se trompait quand il croyait être le prince du conte. Il n'était pas le prince mais la vieille femme qui tend à la jeune fille le fuseau qui fera perler à son doigt une goutte de sang, et qui la fera dormir cent ans dans le château cerné par les ronces de la forêt. J'étais une jeune fille pleine de curiosité, j'avais voulu connaître la vie, devenir une femme, je m'étais piquée puis endormie. J'étais devenue une femme qui dort.

Celui qui passerait au travers des ronces et m'éveillerait, c'était l'homme de tweed, l'homme du train.

Noces

Je me mariai en juin. Il y avait des roses partout. Mes parents trouvaient que les fiançailles prolongées étaient malsaines. Conrad avait envie de me trouver dans son lit tous les soirs. Il aurait à la rentrée un travail de prof d'allemand dans une école de cancres, qui nous permettrait de vivre. Mon père nous louerait un deux-pièces dont il était propriétaire en ville.

Je ne me mariai pas dans des flots d'organdi : ça faisait concierge. De temps en temps je ressors les photos. Je me revois en robe au-dessus du genou, avec un camélia de soie dans le décolleté et une capeline blanche. Mariage « intime », avec une soirée pour la proche famille et les copains. J'étais plutôt contente. Le chemin était tracé. Il n'y avait qu'à monter dans la voiture et se laisser porter.

Je me souciai de tout ce qui préoccupe les jeunes mariées — le choix de la vaisselle, comment faire quand les copains viennent dîner. Je voulais être une bonne épouse. Je voulais que mon mari soit content.

Il était content. Le mariage l'avait transformé. Il était moins mélancolique. Juste un peu déçu de voir que les jeux conjugaux m'amusaient si peu. Il disait toujours que ça viendrait avec le temps.

66

J'appris par une amie de fac, épouse d'un ami de Conrad et mariée depuis trois ans, qu'on pouvait mentir à son mari. Elle me conseilla de mimer l'extase.

Un jour sur trois je feignais les transports, un jour sur trois j'avais mal à la tête — des migraines inexplicables au sujet desquelles Conrad prenait rendez-vous pour moi chez le médecin de famille. Le troisième jour, j'étais trop fatiguée.

Nous avions très peu d'argent, mais ça ne nous dérangeait pas beaucoup. Les couples étudiants étaient à la mode. Nous en rejoignions d'autres au restaurant universitaire.

Tout le monde plaisantait sur la nourriture qui était très mauvaise. Le samedi, on allait dîner chez Raymond, un ancien d'Algérie qui servait du couscous à prix réduit dans une cave aménagée. J'étais fière d'aller au restaurant comme une grande. Le dimanche matin, Conrad allait chercher des croissants. Je restais au lit. Cette léthargie, mon mari la prenait pour un signe de bonne santé, et mes amies appelaient cela « le syndrome de la jeune mariée ».

*

Je me rendis compte que les examens approchaient. Mes études étaient passées au second plan ces derniers mois. Mais je tenais à être reçue. Je commençai frénétiquement à revoir mes notes. J'avais beaucoup de mal à comprendre et à retenir. C'était pire qu'avant. Un brouillard flottait devant mes yeux. Les lignes anticipaient la loi des parallèles, elles fuyaient mon regard puis se croisaient dans un infini très proche. Je ne pouvais pas penser, je ne comprenais rien, je ne retenais rien. Je continuais quand même, le nez sur la page, avec l'impression de porter un grand poids.

Conrad, lui aussi, préparait ses examens. C'était sérieux, il ne pouvait pas se permettre de les rater. Il voulait gagner correctement sa vie au plus vite.

Je n'avais pas suivi les cours de l'homme de tweed. Maintenant, il faudrait que je rattrape en empruntant les notes d'Amandine, qui était sérieuse et copiait tout de son écriture ronde et régulière. J'étais convaincue d'échouer dans cette matière difficile. Je me récitais les pages à haute voix tout en me disant qu'il était vain de vouloir ainsi rattraper en un mois le travail d'une année.

J'avais presque oublié l'homme de tweed. Bientôt je me trouverais devant lui, il m'interrogerait, il verrait que je ne savais rien, il me mettrait une mauvaise note, il croirait que j'étais stupide ou que je ne m'intéressais pas à ses théories. Ou bien il ne croirait rien du tout. Pour lui, je serais perdue dans la masse des étudiants qu'il verrait passer toute la journée pendant la semaine des oraux.

Pourtant, à mesure que les jours passaient, je comprenais mieux les notes d'Amandine. Mes connaissances s'organisaient. L'histoire de la pensée s'ordonnait comme une fresque.

Je travaillais l'après-midi avec Amandine. Nous simulions l'examen en nous posant des questions, nous récitions mutuellement des chapitres de cours. Amandine menait la danse, n'étant pas comme moi handicapée par un perpétuel brouillard. Mais s'agissant du cours du Professeur, à ma surprise et à la sienne, et alors même que je n'avais pas travaillé durant l'année, je m'impatientais de l'entendre se tromper, et je lui expliquais le fonctionnement de tel système, la portée de tel tableau. Cela l'irritait, elle disait :

« Mais non, ce n'est pas cela... Où est-ce que tu vas chercher tout ce que tu racontes ? »

Je n'insistais pas. Il y avait dans mon illumination soudaine quelque chose qu'il valait mieux garder secret.

Après tout, mon sentiment d'intelligence devait être une illusion. Depuis longtemps j'étais aveugle, j'avais perdu tout repère intérieur. Mieux valait me fier à la pensée des autres. Eux voyaient clair.

Je me trompais sans doute à propos des théories de l'homme de tweed. J'appréhendais cela comme des contes de fées. Ainsi que le disait Conrad, j'étais une enfant qui veut qu'on lui raconte une histoire. De l'homme de tweed, comme de mon mari, j'attendais qu'il me raconte des histoires, de belles histoires pour dormir.

*

Je passai la session écrite sans problèmes. Une fois devant ma copie, une autre personne prenait possession de moi, guidait ma main et dictait. Je recopiais aussi fidèlement que possible, sans rien contester. Soudain c'était fini, la visiteuse s'envolait. J'étais épuisée d'avoir écrit si vite. Je relisais en essayant de trouver les erreurs que j'aurais pu commettre dans ma précipitation à prendre en note les commentaires de mon ange gardien. Lorsque c'était fait, je rendais ma copie avec le sentiment d'avoir commis une escroquerie. Je craignais de me faire arrêter par quelqu'un qui me dirait :

« Nous sommes au courant de votre tricherie. Une amie qui vous ressemble vient passer les examens à votre place. Vous êtes renvoyée de l'université. »

En réalité, personne de visible ne me suivait. C'était ma culpabilité qui m'emboîtait le pas. Pas plus que les autres, je ne pouvais la voir. Mais je sentais sa présence, son haleine froide sur mon épaule, dans mon dos. J'avais deux anges gardiens : le bon ange était cette jeune fille jumelle qui prenait le relais en cas d'ignorance de manière à me tirer des mauvais pas, la jeune fille efficace et responsable que je ne parvenais pas à être en permanence. L'autre, le mauvais ange, c'était la culpabilité. Ils ne m'accompagnaient jamais tous les deux en même temps : ils se relayaient. Pendant que l'un faisait son office, l'autre se reposait.

J'aurais bien voulu comprendre qui était la jeune fille efficace des examens. J'aurais voulu savoir pourquoi elle faisait tout cela pour moi. Peut-être, la connaissant mieux, aurais-je pu prendre exemple sur elle et en fin de compte parvenir à agir à sa place, c'est-à-dire à la mienne. J'aurais aimé savoir pourquoi la culpabilité m'accompagnait si souvent. Je me demandais de quoi j'étais coupable.

Mais il n'y avait rien à faire. Les anges restaient des anges, invincibles, froids, intouchables.

Ainsi veillée j'étais certaine de n'être jamais seule. Pourtant, ce genre de compagnie rend plus sensible encore cette solitude qu'on ne peut ni analyser ni espérer vaincre.

J'étais condamnée à la fréquentation contraignante de ces images de moi-même. J'étais comme une prisonnière dans sa cellule, d'autant plus abandonnée que toujours, des yeux l'observent, des gestes l'accompagnent.

La semaine des oraux approchait. Je passai la première épreuve dans l'éloignement. Je voyais vaguement, derrière un brouillard, le visage souriant de l'examinateur.

Je savais que je m'en étais tirée.

Le lendemain, je vins passer l'épreuve d'histoire de la philosophie. Conrad me conduisit. S'il ne m'avait pas accompagnée, je serais restée au fond de mon lit.

« Tu ne devrais pas te mettre dans cet état, ma chérie, disait Conrad. Tu aurais mieux fait de t'accrocher pendant l'année, et d'avaler ta potion au rythme d'une cuillerée par semaine, plutôt que d'ingurgiter la bouteille entière au dernier moment... Pas étonnant que tu en sois complètement dégoûtée... Mais inutile de trop t'inquiéter... Même si tu possèdes imparfaitement ce sujet, étant donné que tu as pris de l'avance dans les autres matières, ça devrait marcher... Il suffit de limiter les dégâts... Fais-lui du charme, ça le mettra de bonne humeur... »

Je serrai les dents. L'oral commençait à deux heures. Le soleil tapait. J'avais envie de vomir, je transpirais. Ma robe de coton bleu à fines raies blanches était marquée aux aisselles. Je me dégoûtais.

Je traversai le couloir, ouvris la porte. La salle me parut immense. Un soleil éblouissant inondait les tables blondes, sur lesquelles les dos courbés s'étalaient comme des galets échoués. Je trouvai une place dans le fond et m'y glissai. Il y avait bien dix personnes avant moi. L'examinateur n'était pas là.

« Il est probablement allé se taper un gueuleton avec les chers collègues, dit un garçon. Il arrivera sur le coup de deux heures et demie, le teint fleuri par le beaujolais. »

Je me retins de répondre. J'aurais voulu insulter mon interlocuteur. Sa bouche me paraissait déformée, tordue, visqueuse.

La porte s'ouvrit, le Professeur entra. Il ne portait pas de tweed ce jour-là, mais un costume bleu à fines rayures blanches, un coton américain, le même que celui de ma robe.

Je me répétai : « Il est habillé comme moi... » Je tentai de me dire que cela n'avait aucune signification. Le tissu était à la mode cette année-là, beaucoup de gens en portaient.

Pourtant il me semblait que cette salle immense, soudain, s'était vidée, et qu'on n'y rencontrait plus que deux personnes : lui et moi, jumeaux. Rivés l'un à l'autre, à travers l'espace.

Puis je me dis que je me trompais. Il n'y avait aucun lien entre cet homme et moi, cet homme qui ne m'avait même pas vue, et qui d'ailleurs, quand bien même, n'aurait su s'intéresser à moi, lui qui appartenait à un autre monde. Cet homme élégant, cultivé, chic, qui avait fait tout ce que je ne ferais jamais, qui vivait comme je ne vivrais jamais.

J'attendis. Je regardai par la fenêtre. Les feuilles des bouleaux et des trembles frissonnaient. Un vent léger s'était levé. L'herbe du début de l'été bougeait aussi, des bêtes ténues semblaient s'y promener. Autour de moi, dans la salle, les galets des dos eux aussi se mouvaient, déplacés sur l'échiquier des tables par une main géante et fantomatique.

J'entendis appeler mon nom. Je m'approchai.

« Asseyez-vous », dit l'homme. Je m'assis. Je regardai la table. Si je levais les yeux, une catastrophe se produirait.

« Voyons... Il ne me semble pas vous avoir beaucoup vue, cette année... »

« Non, je... »

Je rougissais. Je sentais le cramoisi envahir mon corps, brûler le bout de mes oreilles.

72

« Prenez un papier dans la corbeille. »

Je pris un papier. Il était couvert de signes bizarres, inconnus.

« Alors ? » dit la voix.

« Je ne sais pas... », répondis-je.

« Comment ça, vous ne savez pas... Montrez-moi ça... »

Il me prit le papier des mains.

« Ah oui... Pas facile. Ça ne vous dit rien ? »

« Je ne sais pas, je... »

« Tirez un autre papier. »

« Comment ? »

« Allez-y... Tirez un autre papier... »

J'avançai la main vers la corbeille. Je choisis un papillon blanc, l'ouvris. De nouveau, je me trouvai confrontée à des hiéroglyphes. Je fixais, stupide.

« Ça vous convient, cette fois ? »

« Je ne sais pas... Je ne peux pas... Je vous dis que je ne peux pas... »

« Tirez un autre papier. »

« C'est inutile... Vous ne comprenez pas ? Je ne me souviens plus de rien... J'ai un trou... Vous me comprenez, j'ai un trou... Tant pis, il vaut mieux que je m'en aille... »

« Vous n'allez quand même pas filer comme ça... Attendez... Essayez de vous souvenir... Dans tout le programme... »

« Je ne sais même plus ce que c'était, le programme... »

« Il y a bien une chose dont vous vous souvenez... Un mot, dites-moi un mot... »

Je fis un effort gigantesque.

« Je ne me souviens plus de rien... Absolument rien... »

« Vous allez essayer... Je vais faire passer quelqu'un

73

d'autre... Je vous donne une demi-heure, et vous essayez de rassembler vos souvenirs... Prenez des notes, copiez tout ce qui vous viendra à l'esprit. »

Il s'éloigna, s'adressa à un autre candidat. J'avais essayé de résister, j'avais essayé de le faire perdre et moi avec. Je lui en voulais d'être tant, perché au-dessus de moi avec sa vie supérieure. J'avais tenté de refuser son influence, de lui montrer que les belles paroles distillées chaque semaine de cette voix grave et mélodieuse ne servaient à rien, qu'elles n'avaient laissé en moi aucune trace. Cet homme-là devenait l'homme inattendu par sa manière de tout admettre, tout accepter. Il était allé vers moi alors que je m'étais barricadée. J'avais refusé de reconnaître sa valeur, son pouvoir. Il ne m'avait pas trouvée indigne. Il avait été au-dessus du mépris. Il s'était situé dans l'humilité de celui qui sait vraiment.

Je couvrais de mots la feuille qu'il m'avait tendue. J'écrivais si vite que mon poignet me faisait mal. Les connaissances oubliées se bousculaient d'un mot à l'autre, d'une ligne à l'autre.

Une demi-heure avait passé. Je n'avais plus rien à écrire. Je me levai et me dirigeai vers celui qui attendait, à la table de l'examinateur, et regardait trembler les feuilles des jeunes bouleaux dans l'air de l'été.

Je m'assis devant lui. Je n'eus qu'à ouvrir la bouche pour laisser couler de moi, comme une source, les mots qui se bousculaient en rebondissant sur le caillou de ma langue. Je ne savais même pas s'il m'écoutait. J'étais dans la précipitation et la fuite de ces mots. J'étais ces mots mêmes alors qu'ils sortaient de moi dans un bruit de cascade. J'avais peur que cela ne s'arrête soudain, qu'il n'y en ait pas eu assez. Que tout cela disparaisse dans le sol, et qu'il me dise, l'homme assis en face de moi, qu'il n'avait rien entendu.

Puis ma crainte se renversa. Il me sembla au contraire que trop de mots coulaient. Le flot refusait de s'arrêter. Je resterais toujours ainsi dans un écoulement sauvage.

Mais tout finit. Je passai la langue sur mes lèvres. J'avais la bouche sèche. J'avais recouvré la vue. Le monde autour de moi était le même. Je voyais la lumière abricotée de l'après-midi, les tables blondes, les feuilles vertes contre le ciel vermiculé de bleu. Et lui qui était en face, avec son costume jumeau, me regardait toujours sans rien dire, une gitane maïs à la main, avec un drôle de sourire carré.

« C'est très bien, dit-il. Je vous mets dix-neuf. »

Il me jeta un regard bizarre. Il semblait attendre quelque chose. Je ne pus rien dire. Il détourna les yeux, regarda par la fenêtre. A nouveau les feuilles étaient immobiles. Je sortis de la salle. Dehors, il faisait chaud. L'été faisait du monde un désert. La ville semblait recouverte par les sables. Je ne voyais plus rien de ses reliefs. J'étais dans une exaltation étrange. Pour la première fois de ma vie je connaissais la joie. Cet homme m'avait transportée au-dessus de moi-même.

C'était le deuxième souvenir. Il me faudrait bientôt l'effacer comme le premier, celui de l'amphithéâtre. Il ne disparaîtrait pas vraiment, il suffirait de l'enfouir au fond du puits de la mémoire. Il serait recouvert par les eaux des souvenirs permis dans lesquels on puise chaque jour.

Je me promenai dans les jardins de l'université, de grandes étendues de pelouse mal entretenues qui ressemblaient à des champs, avec de l'herbe haute roussie par endroits, clairsemée d'arbustes, sillonnée de chemins étroits et irréguliers, tracés, en dehors des allées officielles, par les pas des étudiants. Des couples s'abritaient sous les arbres, on entendait le bruit de foin froissé de leurs corps roulant dans les herbes. je sortis dans la rue, m'assis à la terrasse d'un café, commandai une limonade. Autour de moi, les étudiants, insouciants et graves, refaisaient le monde.

Je repensai à ce qui s'était passé. J'avais du mal à y croire. Les petits papiers dans la corbeille étaient là pour que le hasard assure une juste distribution des chances. Cet homme-là m'avait donné toutes mes chances plus une. Je me demandai pourquoi. Avait-il été touché par mon air perdu, ou bien était-il un peu démagogue, prêt, pour se faire apprécier des étudiants, à passer par-dessus le règlement ? S'était-il ou non passé, cet après-midi dans la salle d'examen, quelque chose d'extraordinaire ?

Les ombres s'allongeaient. Il faisait moins chaud à la terrasse du café. Les étudiants, autour de moi, discutaient l'emploi du temps de leur soirée. Je payai, me levai et me mis en route pour l'appartement que je partageais avec Conrad.

Il était situé aux frontières de la ville, dans un immeuble de neuf étages au sommet d'une colline. Depuis l'université, le trajet était fatigant, un kilomètre et demi de montée.

Le vent était presque constant. La proximité de la mer le déchaînait. Il passait par toutes sortes d'humeurs. Il était le plus souvent puissant et capricieux, jouait avec la ville. Ses mains habiles, fortes et caressantes, se glissaient dans les ruelles les plus étroites. Les alentours de l'université, situés sur la hauteur, étaient son terrain de jeu favori. Il y avait peu de maisons, peu d'arbres. De grandes étendues béantes étaient recouvertes d'asphalte ou de sable rose, avec par endroits des touffes d'herbes clandestines, des lilas

76

sauvages poussant dans les craquelures des murs. Les avenues étaient larges, les trottoirs comme des rues, bordés d'acacias. Les maisons de pierre aux murs épais renfermaient une vie mystérieuse. Qui pouvait vivre dans ces pièces spacieuses et confortables, sombres et humides ? On n'apercevait jamais personne dans les jardins à l'herbe mal tondue où des jouets d'enfants abandonnés rouillaient. On ne voyait jamais sécher de linge sur les cordes où attendaient, tels des oiseaux perchés, des épingles de plastique aux tons vifs.

Mensonge

Le vent me poussait en avant, gonflait ma robe que je devais tenir à deux mains plaquée contre mes jambes. Je m'arrêtai chez un charcutier. L'occasion valait d'être fêtée. Je n'avais pas envie de faire la cuisine. J'achetai du gâteau de riz, de la salade niçoise. Je parcourus le reste du chemin en tenant précautionneusement le paquet rose estampillé d'un goret à l'air obtus. Un peu d'huile tachait l'un des coins.

« Je vais te faire du thé », fit Conrad dès qu'il m'aperçut. Et il disparut dans la cuisine.

« Ça a été, finalement », annonçai-je.

« Tu crois que tu passes ? »

« Il m'a mis dix-neuf. »

Conrad se tenait sur le seuil de la salle à manger, la théière à la main.

« Comment tu t'es débrouillée ? Tu disais que tu n'y comprenais rien ? »

Je décidai de mentir.

« Question de chance... Je suis tombée sur la seule partie du programme que je connaissais vraiment, celle que j'ai révisée hier. »

« Tu peux dire que tu as de la veine ! »

Conrad retourna dans la cuisine.

J'entendis le clapotis de l'eau dans la bouilloire. Je le suivis avec le paquet rose au goret.

« J'ai pensé qu'on pouvait bien s'offrir ça. Après, on pourrait aller au cinéma ! »

« Bon, d'accord. »

Conrad versait le lait dans ma tasse. Il fronçait les sourcils. Je regardai le soleil se coucher, mauve, sur les toits.

« Dis donc, reprit Conrad. Il a l'air plutôt bien, ce type-là... Il paraît qu'il est très fort... »

« Tu sais, pour ce que j'y connais... Je ne saurais pas te dire... »

« Il est sympa, hein, en plus ? »

« Je ne sais pas... Je l'ai vu deux fois. La première, il regardait le monde du haut de sa chaire. La seconde, il tenait mon sort entre ses mains et moi, j'avais tellement peur que je ne voyais rien du tout. Alors, te dire s'il est agréable à fréquenter... »

Juste après avoir énoncé ces phrases, je compris que je venais, avec Conrad, de franchir la barrière du mensonge. J'étais passée de l'autre côté, dans un pays où il ne pourrait plus jamais m'atteindre. Jusque-là nous avions été éloignés l'un de l'autre, impuissants à nous rejoindre. Mais nous habitions la même contrée, parlions la même langue. Maintenant, c'était fini. Il ne s'était aperçu de rien. Il mettrait longtemps, sans doute, à comprendre. Je ferais de mon mieux pour l'en empêcher autant que possible. Nous continuerions à nous côtoyer. Nous utiliserions les mêmes mots qu'auparavant. Mais le langage intérieur, la doublure de ces mots avait changé.

Je ne pourrais rapporter à personne ce qui s'était passé dans la salle d'examen. Je m'imaginais racontant l'affaire à Amandine. Elle verrait cela comme une entorse à la loi, une tricherie motivée par de basses raisons. Je préférais ne pas formuler, même pour moi-même, ces raisons. Rien de ce que je pourrais me dire ne rendrait compte de cette scène. Je ne maîtrisais pas encore la langue de cet homme-là, celle qu'il avait à peine commencé de m'apprendre. Sans doute d'ailleurs n'y aurait-il jamais d'autre leçon. J'oublierais bientôt cet idiome, il ne m'en resterait que le souvenir d'une odeur, comme, longtemps après, des pays étrangers qu'on a visités.

Je pris sur le buffet le paquet de charcuterie. La tache s'était étendue. La moitié du papier était translucide. Je disposai salade et jambon sur une assiette.

« Si on veut être au cinéma à l'heure, il va falloir manger maintenant », dis-je à Conrad.

Nous nous assîmes et nous dînâmes. J'étais fière d'avoir un chez moi, une cuisinière — achetée d'occasion, le four n'avait pas de thermostat et mes gâteaux brûlaient —, de la vaisselle — Prisunic, mais enfin, de la vaisselle quand même. Je touchais ces objets. Ils avaient une vie, ils m'appartenaient, j'avais une vie moi aussi. J'avais un appartement, de la vaisselle, un mari. J'étais protégée.

C'était un autre monde que celui du Professeur. Il y avait si peu de rapport entre les deux, c'était comme sauter de la terre à la lune. Je l'avais fait, ce jour-là. J'étais encore un peu étourdie. Je mangeais ma salade et je me taisais. Après tout, si la lune m'avait éblouie de sa lumière bleutée, de ses cratères mystérieux, de ses lacs tranquilles aux teintes de lotus, la terre aussi avait du bon. Son odeur de plantes et de vent. Son odeur de terre.

Je ne me souviens plus du film que nous allâmes voir. J'avais failli m'endormir au cinéma, la joue contre l'épaule de mon mari. Au retour, je m'assoupis dans la voiture.

« Pauvre chérie, dit Conrad en me regardant me réveiller, dans le parking. Tu t'es fait trop d'émotions. Il faut avoir confiance en toi maintenant. Tu vois bien que tu peux réussir. »

Deux jours plus tard, Conrad parla à nouveau du Professeur. Je me sentis inquiète.

« Pourquoi veux-tu absolument savoir s'il est sympathique ? »

« Je me suis dit qu'il pourrait peut-être m'aider, pour ma recherche sur les systèmes d'échanges au Moyen Âge. J'ai besoin de renseignements à propos de sa période. Tu crois qu'il m'aiderait ? »

« Je n'en sais rien. Je ne sais pas pourquoi tu veux le voir lui. Il y a sûrement d'autres gens. »

« Oui, mais il paraît qu'il est le meilleur. Et puis je dirai que je suis ton mari. »

« Je ne sais pas pourquoi tu veux lui dire ça. Il ne se souvient sûrement pas de moi. »

« Ça m'étonnerait. Il ne doit pas mettre des dix-neuf tous les jours. Ça ne t'embête pas que j'aille le voir ? »

« Pourquoi voudrais-tu que ça m'embête ? »

« Tu fais une drôle de tête... On dirait que tu n'aimes pas ce type. »

« Je lui trouve quelque chose... d'arrogant. »

« Tu es vraiment étonnante... Il t'a mis dix-neuf... »

« Oui, mais il pense qu'il est au-dessus de tout le monde... Enfin, c'est sans doute seulement que j'avais peur d'être recalée. Je me sentais coupable de ne pas avoir assisté à son cours, alors je l'ai pris en grippe. »

« Tu es tellement sauvage, dit Conrad. C'est comme si tu en voulais aux gens d'avoir été gentils avec toi. »

« Mais non. Seulement, c'est les vacances. Je n'ai plus envie de penser au travail. »

Les vacances ! Lorsque je me réveillais, le soleil inondait la chambre. Le ciel couvrait la ville d'un toit indigo. J'allais faire les courses au marché. J'étais comblée par les odeurs de fruits, de fleurs, d'animaux. Je ramenais des pois mange-tout, une laitue, des carottes nouvelles, des cerises et des delphiniums qui perdaient leurs pétales en flocons dans l'escalier.

Parfois, je pensais au Professeur. Je me demandais où il était parti en vacances. J'imaginais un pays lointain, exotique, avec une mer en rouleaux d'écume. Conrad n'avait pas reparlé d'aller le voir. Je supposai qu'il avait oublié. Il travaillait, préparait sa thèse de droit. Il ne fallait pas le déranger. Je lui apportais, sur la pointe des pieds, des tasses de café.

Ce qui se passait dans le lit, le soir, ne me coûtait plus beaucoup. C'était devenu une habitude, une espèce de gymnastique. Je m'y livrais en échange de l'affection de mon mari, de sa protection.

J'occupais ma place par erreur. Moi seule le savais. C'était malhonnête de me taire, j'aurais dû signaler la maldonne, mais je n'avais pas le choix. J'avais besoin, pour survivre, de silence.

Campagne

La rentrée eut lieu sous un ciel plombé. Des rafales faisaient tournoyer des feuilles encore vertes. J'allais régulièrement écouter le Professeur, pour le remercier de m'avoir permis, quatre mois auparavant, d'être reçue. Je m'installais au fond de l'amphi. Il ne semblait pas m'avoir reconnue.

A la fin de l'heure, je partais le plus vite possible. Souvent, des étudiants me suivaient dans le couloir, me demandaient des explications. La nouvelle du dix-neuf s'était répandue. Nous allions à la cafétéria, j'expliquais en buvant un chocolat. Puis, au lieu de rester comme les autres à discuter, je rentrais à la maison.

A la fin de l'année, je fus à nouveau reçue à mes examens. Le lendemain, Conrad vint me trouver et me dit :

« Que prendras-tu comme spécialité, l'année prochaine ? »

« Je ne sais pas. Je n'ai pas encore réfléchi. »

« Tu devrais t'inscrire avec le Professeur. »

« Tu sais bien que cette matière ne me convient pas. »

« Tu as les meilleures notes. »

« Peut-être, mais je ne suis pas faite pour ça. »

« Le Professeur te trouve douée. »

« Comment le sais-tu ? »

« Je me suis enfin décidé à aller le voir. Il a été très aimable. Il a même proposé de collaborer avec moi. Et il m'a affirmé qu'il était de ton intérêt de travailler avec lui. »

« Puisque je te dis que non. »

« Si tu ne vois pas ton intérêt, tu pourrais bien voir le mien. J'ai besoin de son aide. Ça pourrait m'ouvrir des portes... »

Huit jours plus tard, j'allai m'inscrire pour l'année suivante. Dans un couloir, je rencontrai le maître-assistant de logique.

« Avez-vous décidé ce que vous ferez l'année prochaine ? »

« Je viens de m'inscrire chez le Professeur. »

« Naturellement », soupira-t-il.

« Pourquoi, naturellement ? »

« Parce que... »

Il me regarda dans les yeux. Je me détournai, murmurai « au revoir » et descendis l'escalier.

« Naturellement » ? Il savait, bien sûr, que les cours du Professeur étaient plus intéressants que les siens. Je me sentis légère. J'avais pris la bonne décision. J'étais comme une exploratrice qui décide de tenter la descente des rapides.

Ma vie se passait toujours simplement, dans cette absence, cet endormissement. Au milieu de cette troisième année, Conrad trouva une maison à la campagne, louée à bas prix par des amis qui partaient passer plusieurs années aux États-Unis. Le village, La Mesnie, était à une vingtaine de kilomètres de Cythère-sur-Largeau. La maison se situait aux abords, une grande ferme du XIIIᵉ siècle, divisée en deux. Je fus séduite par la beauté austère des pierres, l'architecture primitive, presque grandiose, le petit jardin. Il n'y avait aucun confort. Des amis avaient acheté la bâtisse en mauvais état. Nous devrions installer une salle de bains, une cuisine. Conrad disait qu'il s'en chargerait lui-même. Il avait envie de se servir à nouveau de ses mains, de reprendre la sculpture, violon d'Ingres abandonné. Nous emménageâmes en février. Un vent méchant s'engouffrait dans la deux-chevaux dont dépassaient une chaise, quelques planches. Le reste du déménagement se ferait avec une camionnette louée et l'aide de mon père. Celui-ci nous surprit en faisant un voyage supplémentaire à bord de la camionnette pour apporter une table de chêne, deux bancs rustiques et une armoire au chapiteau sculpté de colombes, achetés dans une vente locale. Mes parents étaient contents. De plus en plus, ma vie ressemblait à la leur.

Je ressentis une tristesse en approchant de l'endroit. Le chemin était boueux et glissant. Les marmots du couple qui occupait l'autre moitié du bâtiment nous regardèrent passer, accrochés au grillage, morveux, les yeux fixes. La maison, pas chauffée, était glaciale et humide. Pour dissimuler l'angoisse qui m'étreignait, je m'activai, balai à la main. Je trouvai un oiseau mort dans un coin, des crottes de souris. Conrad s'efforçait de faire du feu, mes parents disposaient les meubles.

Pourtant, lorsque le feu eut pris, que les nouveaux meubles furent installés dans la pièce, je me sentis joyeuse. La beauté des pierres et du bois ressortait à la lumière des flammes. La voisine apporta une bouteille de cidre, un pot de gelée de pommes. Ma mère sortit acheter une brioche à la boulangerie du village. J'eus le sentiment d'être vraiment chez moi.

Très vite, il me sembla avoir toujours connu cette maison. La ferme entretenait un lien ténu et vivace avec quelque part d'enfance oubliée, quelque recoin de vie enfouie.

Le lien qui m'unissait à Conrad s'en trouva renforcé. De même que je n'aurais su expliquer pourquoi je me sentais chez moi à La Mesnie, de même au bout de deux ans de mariage je n'aurais su dire ce qui m'attachait à mon mari. Ce qui me restait difficile à qualifier du nom d'amour semblait toutefois prendre de la force avec le temps. La prédiction faite par Conrad lors de nos fiançailles — que tout irait bien puisqu'il m'aimait pour deux — semblait se justifier. Je ne pouvais pas dire que j'étais heureuse. Mais je ne pouvais m'imaginer capable de mener une autre vie. Comme disait ma mère, revenant avec sa brioche, alors que je fouillais dans les caisses : « Heureusement que tu l'as, ce garçon, parce que sans ça, qu'est-ce que tu deviendrais ? Ton père et moi sommes bien soulagés. »

La nouvelle adresse restreignait mes allées et venues. Je dépendais de la bonne volonté de mon mari, et d'autobus lents et peu fréquents. Je commençais à percevoir le revers de la médaille : mon mari m'accordait sa protection, dissimulant une possessivité qu'il ne souhaitait pas regarder en face. Pour l'instant cela ne me pesait pas encore.

Conrad et le Professeur travaillaient ensemble tous les samedis après-midi, à l'université, dans le bureau de l'homme de tweed. Moi, je le voyais une fois par semaine, le jeudi, pour deux heures de cours. Nous étions maintenant en petit comité. Il ne semblait pas m'accorder plus d'attention que lorsque je pouvais me croire perdue dans la marée humaine de l'amphithéâtre. Parfois, il me regardait fixement, avec une expression proche de la colère. Je me disais qu'il devait me trouver bête. Je ne comprenais pas la moitié de ses théories compliquées. A la fin du cours, il était entouré d'un petit groupe d'enthousiastes qui l'assiégeaient alors qu'il rangeait ses papiers, l'accompagnaient dans le couloir. Il lui arrivait d'aller boire un pot avec l'un d'eux, et même, une ou deux fois par an, d'en inviter un à dîner. Je ne faisais pas partie des favoris.

C'était moi, désormais, qui posais des questions à Conrad : qu'est-ce que le Professeur lui avait dit, comment était-il ? Mais Conrad n'était pas un observateur du genre humain. Il n'avait jamais d'anecdotes, ne remarquait pas chez les gens ces petits faits qui révèlent un personnage et dont j'étais pour ma part curieuse.

Je m'étais fait quelques amis parmi mes camarades de cours. Nous bavardions entre les classes. Ils venaient me voir lorsque mon mari n'était pas là. Conrad présent, ils avaient l'impression de gêner. Parfois ma mère venait, elle aussi semblait préférer l'absence de mon mari. Nous étions en apparence plus proches. Mon statut de femme mariée nous permettait de trouver un terrain d'entente, celui des recettes de cuisine, des conseils de ménage. Elle m'apprenait à m'occuper du jardin, à planter des bulbes d'iris et de narcisses. J'avais plaisir à penser que les plantes, sourdement, poussaient sous la terre.

Par les temps froids, nous campâmes dans la grande salle. Nous n'occupions la chambre à l'étage que pour dormir, munis de bouillottes et de pulls. Au matin l'humidité avait gelé le long des vitres. Conrad se levait le premier, allumait le feu et faisait le café. Je le suivais, enfilant de grosses chaussettes et même une écharpe. En bas, déjà, il faisait bon. Je m'asseyais sur la chaise basse près de la cheminée, et je faisais rôtir des tartines au-dessus du feu. Conrad s'asseyait en face de moi et nous les mangions chaudes en écoutant les bruits de la campagne : les cris de l'âne et des vaches du voisin, la course des enfants partant pour l'école sur la route sonore. J'étais encore un peu endormie, mon mari me regardait tendrement. Puis il partait. Je faisais un peu de ménage. La voisine me vendait quelques œufs, quelques légumes. Je confectionnais des soupes au choux, des nourritures agrestes. Puis, je me rendais à mon tour à l'université. Une fois par semaine, nous dînions en ville, allions au cinéma. Le dimanche midi, nous déjeunions chez mes parents.

J'avais davantage de travail. Je désirais obtenir une bourse pour préparer la maîtrise et l'agrégation. Conrad aussi travaillait beaucoup, et il fallait aménager la maison. Il se mit au bricolage. Il parlait toujours de se remettre à la sculpture.

Je me fis un bureau de la chambre d'amis. Conrad protesta : il aimait m'avoir sous les yeux en travaillant. Mais la présence d'un regard m'empêchait de me concentrer. Nous transigeâmes. Je laisserais la porte ouverte. Il pourrait quand même me voir.

Dans un an, Conrad aurait terminé. Sa future carrière s'annonçait prometteuse. Et moi, qu'est-ce que je ferais, après mes études ? Il m'était difficile d'y penser. Je deviendrais bibliothécaire ou documentaliste, ou bien j'enseignerais. Je ne me sentais plus suspendue dans l'espace ; j'avais les pieds sur terre.

Au printemps, La Mesnie fut un enchantement. Les matins étaient encore froids, mais le soleil par la fenêtre de la chambre, les branches fleuries d'un poirier qui abritait des nids me mettaient en joie. Conrad décida d'avoir un chien, pour garder la maison et moi-même en son absence. Un dimanche matin que je paressais au lit, il m'apporta une petite boule mi-gémissante, mi-jappante. C'était un corniaud blanc à taches brunes, qu'un fermier voisin lui avait donné. Il se blottit sur mon ventre et je le baptisai Coquin. De ce jour-là, le chien me servit de réveille-matin. Il dormait en bas, dans le réduit sous l'escalier. Lorsque Conrad se levait, il descendait lui ouvrir la porte. Coquin faisait son tour de jardin à fond de train, et tout aussi vite il rentrait dans la maison et se précipitait au premier étage. Il pénétrait au galop dans la chambre, grimpait sur le lit — le drap et les couvertures furent en permanence constellés d'empreintes boueuses — et me nettoyait le visage avec sa langue.

Coquin mit de la gaieté dans ma vie. Comme tous les gens craintifs, je m'entendais mieux avec un animal qu'avec les humains. Il y avait en la bête cette innocence qui m'empêchait de participer pleinement à l'existence mais dont je refusais de me défaire, et cette part d'enfance qui ne quitte jamais les adultes fragiles. Coquin, malgré son nom, était sans malice. Il ne connaissait que des émotions simples, m'aimait sans complications, remuait la queue quand il me voyait contente et hurlait lamentablement si d'aventure je pleurais. Il était mon confident sans paroles. Lorsque j'étais triste, j'appuyais ma tête contre la sienne, caressais ses oreilles soyeuses. Avec lui, je n'avais pas besoin de jouer la comédie, de prétendre être une grande personne normale et raisonnable. J'étais plus à mon aise avec mon chien, les plantes et les oiseaux du jardin, qu'avec mes parents, mes amis ou mon mari. Il me semblait qu'il en serait toujours ainsi. J'avais décidé de m'accorder de petits bonheurs. Au début, je m'étais cachée de Conrad mais il considérait les aspects de ma personnalité dont j'avais honte avec une approbation amusée. Il m'aimait enfantine. Il ne me demandait pas de grandir, il me voulait à lui comme des fleurs ou un chien.

Un mois après l'arrivée de Coquin, alors que j'allais chercher du lait, je trouvai dans un chemin de terre deux chatons abandonnés. Ils étaient minuscules. Lamentables, les yeux fermés, ils hurlaient de faim. Je les mis dans mon sac, achetai un biberon de poupée à l'épicerie du village, le vidai des bonbons qu'il contenait, les distribuai aux enfants toujours morveux qui m'observaient de l'autre côté du grillage, fis tiédir du lait et me mis en devoir de nourrir les bestioles. L'une d'elles mourut dans la nuit, l'autre survécut. C'était une petite chatte. Pendant une semaine je la promenai partout avec moi, cachée dans la poche de mon tablier. Dès que je m'en séparais, elle miaulait. Je l'appelai Grisoune. Coquin s'habitua à elle. Elle prit l'habitude de se coucher en boule sur mes genoux lorsque je travaillais. Je vivais entre les jonquilles, les géraniums, les lilas, le chien, la chatte et les oiseaux blessés que j'accueillais dans une boîte à chaussures garnie de coton, posée sur le bord de la fenêtre. Je me constituai ainsi un monde amical et familier. Deux fois par semaine, je faisais un gâteau. La maison sentait bon. C'était un endroit préservé, une demeure de conte de fées.

Je me sentais de plus en plus éloignée de la ville et de l'université. J'écoutais les paroles du Professeur se superposer au discours léger de la pluie sur les panneaux des vitres, comme une visiteuse étrangère. Je m'asseyais au dernier rang. Cela m'éloignait des regards inquiétants du Professeur, rendait plus distant le tonnerre de ses paroles et me protégeait des discussions qui opposaient les meilleurs étudiants et leur maître.

Le Professeur était partisan des pédagogies nouvelles. Il aimait la controverse. Si celle-ci ne venait pas, il s'ennuyait. Il allait devoir parler deux heures sans interruption. Il avait envie que d'autres prennent la relève, lui renvoient la balle. La contestation manquait rarement. Elle venait d'un groupe de turbulents qui ressentaient pour le Professeur une admiration teintée d'envie. Il n'était pas pour eux une image totémique, irréelle. Ils ne recevaient pas ses paroles comme une pluie bienfaisante, un éclair d'orage. Le Professeur leur était un miroir futur. Ils voyaient en lui l'image de ce qu'ils voulaient devenir. Parfois, dans la précipitation de leurs paroles maladroites, de leurs arguments incomplets, perçait l'impatience de voir le Professeur descendre de sa chaire, leur laisser la place. Ils empruntaient les intonations du Professeur, ses fureurs, ses enthousiasmes.

Le Professeur présentait ses idées comme nouvelles et audacieuses. Il ne manquait jamais d'expliquer combien il avait dû combattre pour les affirmer. Lors de tel colloque, telle soutenance de thèse, il n'avait pas hésité, racontait-il, à exposer sa dernière découverte devant un parterre de rivaux, éminents spécialistes qui, dans un premier temps, avaient été frappés de mutité, tant la notion était forte. Mais ensuite, l'effet était toujours le même : furieux de leur impuissance démontrée, ils se liguaient contre lui. Ils usaient de toutes les influences pour tenter de faire taire l'iconoclaste. Ainsi le Professeur se trouvait-il réduit à une position marginale : il avait beaucoup d'ennemis, peu d'amis. Ses amis ne pouvaient que devenir ses disciples, ses ennemis le combattre avec mesquinerie et férocité.

Les bons étudiants avaient rapidement compris quel était leur rôle et comment le jouer. Ils se lançaient dans l'aventure avec l'abandon de la jeunesse. Dans leurs moments de dissidence ils devenaient le Professeur, et le Professeur, momentanément, prenait le rôle du collègue plus âgé, mieux assis dans la carrière mais rétrograde et borné. Les étudiants médiocres jouaient le chœur. Ils devenaient les comparses de l'adversaire, nourrissaient la controverse de leurs sourires moqueurs, de leurs réflexions hostiles. Quelques instants, le persécuté jouissait de sa gloire. Mais la pièce comportait toujours un troisième acte, lieu du coup de théâtre. L'audacieuse théorie du disciple passé adversaire était réduite en cendres. Vaincu, il était indigné, puis séduit. Le Professeur, reprenant sa place, arborait un sourire débonnaire. Il intimait au perdant de ne pas se démoraliser. Sa faiblesse était imputable à l'inexpérience. « Un jour, affirmait le Professeur, vous en saurez plus que moi. Vous me verrez comme un vieil imbécile, et vous vous demanderez pourquoi, autrefois, vous m'avez admiré. »

Habileté suprême. A ce stade du drame, le vaincu l'était doublement : il ne pouvait même plus haïr son vainqueur. Silencieux, il espérait, se ramassait sur lui-même pour se préparer à mieux sauter une autre fois. Les spectateurs se réjouissaient d'avoir assisté à une bonne pièce. Ils en avaient eu pour leur argent. Le Professeur, magnanime et vertueux, rangeait ses notes dans sa serviette.

Changements

Alors que les jonquilles du jardin s'ouvraient en de petits soleils, la révolution grondait. Les journaux parlaient des « événements parisiens ». Les étudiants de Nanterre demandaient la mixité des chambres universitaires. Tout le monde voulait faire l'amour librement, sans parents, maires ou curés. Mais les choses ne s'arrêtèrent pas là. Les étudiants continuèrent à s'agiter. Ils voulaient plus que l'amour librement, ils voulaient tout librement. La France était menacée. La ville, autrefois si calme, grondait.

J'allais à la fac suivre mes cours. Je m'y accrochais, ils me séparaient du vide. Ces gens qui voulaient tout ficher en l'air me terrifiaient. J'avais tant de mal à me persuader qu'il pouvait y avoir un semblant d'ordre et de logique dans la vie. C'était incompréhensible. Je remarquais avec étonnement l'accoutrement des étudiants. Des enfants de bourgeois que j'avais toujours vu habillés à la dernière mode de chez « Campus », la boutique « style américain » des jeunes dans le vent, arrivaient soudain vêtus en clochards comme pour une soirée de bal costumé. Seulement, la soirée ne voulait pas finir.

Les cours étaient bouleversés. Les professeurs montaient en chaire, sortaient leurs notes, scrutaient le public clairsemé, vérifiaient qu'aucun trublion ne s'y dissimulait. Beaucoup d'étudiants prenaient des vacances anticipées. Il restait les boursiers, les consciencieux et les angoissés.

Le Professeur, un jour d'agitation, commença son cours. Nous suivions avec inquiétude, une oreille vers la chaire, l'autre vers le couloir. Les guérilleros rôdaient dans l'espoir de découvrir un cours « jaune ». De loin, leur pas martial, leurs cris de guerre rythmés résonnaient. Le Professeur, la voix hésitante, continuait. Il se demandait ce qui était préférable pour la poursuite de sa carrière : partir ou rester. La seconde solution s'avéra rapidement téméraire.

Comment quitter la salle ? s'interrogeait le Professeur. Fallait-il faire semblant de se débattre, ou bien sortir dans un silence digne ?

Cette hésitation était compréhensible. Nul ne savait jusqu'où iraient les mutins. Des gens tempérés semblaient pris de folie, changeaient d'uniforme — il ne suffisait pas de retourner sa veste —, se réclamaient d'un prolétariat mythique, glorieux et fainéant, souhaitaient l'anarchie et, en l'attendant, allaient à la plage. Et si la révolution l'emportait ?

La France avait été trop sérieuse. Elle souffrait de surmenage — le mot était à la mode, tout le monde à cette époque était plus ou moins surmené. Elle pouvait s'offrir des congés : les coffres étaient pleins. Mais sur ces coffres étaient assis des vieillards qui ne pensaient qu'à faire trimer le pays davantage. Ils n'avaient pas besoin de vacances, eux : ils en connaîtraient bientôt d'éternelles et forcées.

Place aux jeunes, criaient les jeunes, qui ne voulaient plus passer le baccalauréat, ni la licence, ni partir pour le service militaire, ni se marier. Les enseignants inquiets avaient envie d'aller à la plage, eux aussi, avec leur épouse et leurs enfants. Il était difficile de travailler dans cette époque troublée et troublante. L'école buissonnière était une solution : ainsi les révolutionnaires, qui s'affirmaient futurs maîtres de la nation, ne pourraient dire qu'ils les avaient combattus ; et si toutefois ils étaient vaincus et que les choses reprennent leur cours, on n'aurait pas été vu chantant les slogans des fauteurs de troubles.

Le Professeur avait de plus en plus de mal à lire ses notes : les bruits séditieux se rapprochaient. A quelle distance les révoltés se trouvaient-ils ? Difficile à dire. Les bâtiments, construits à l'économie, étaient bruyants. Peut-être, d'ailleurs, les guérilleros ne le cherchaient-ils pas, lui, peut-être passeraient-ils devant la porte de la salle sans s'apercevoir de sa présence...

Le Professeur baissa le ton. L'assistance se découragea : entre ceux qui hurlaient dans le couloir et l'autre qui chuchotait, on n'entendait rien. Les étudiants, gênés de voir leur maître courber l'échine, s'inquiétèrent. Qui savait ce qui allait se passer demain ? Ne feraient-ils pas mieux d'être prudents, de ne pas se faire repérer par les éléments subversifs ? Ils entreprirent, eux aussi, de ranger leurs notes dans leurs besaces de l'US Army, estampillées au feutre noir du sigle du mouvement pacifiste.

Il n'était que temps. Les gardes rouges se tenaient sur le seuil, après que leur leader eut ouvert la porte d'un coup de pied. Celui-ci arborait des cheveux aux épaules et la trogne enluminée d'un Jésus éthylique. Il pratiquait, disait-on, l'art du coup-de-poing américain, ce qui faisait filer doux tout le monde. Seul de la bande, c'était un vrai prolétaire : son père était ouvrier agricole, cela lui conférait une légitimité.

95

Les révolutionnaires entrèrent et commencèrent un discours. Le chef parlait, les acolytes l'appuyaient de leurs vociférations. Le Professeur se taisait. Il n'osait pas se lever. Les étudiants non plus. Je me tenais toujours au dernier rang, entre un hippie qui sentait la marie-jeanne et une femme mariée enceinte qui se tenait le ventre et, seule de l'assistance, osait regarder ostensiblement par la fenêtre. Dans un quart d'heure l'homélie serait terminée, chacun pourrait rentrer chez soi. Le Professeur pousserait un soupir de soulagement, se dirait qu'après tout, il avait été habile. Son cours resservirait pour la prochaine fois.

Tout le monde sortit. C'était l'heure du déjeuner. Les cours de l'après-midi n'auraient pas lieu. Sur la pelouse centrale, on avait allumé un feu de joie avec les débris d'une chaise. On s'apprêtait à griller des merguez afin de fêter la victoire. L'autobus ne passerait pas avant une demi-heure. Je décidai de m'offrir un sandwich au Relax Bar, dont la terrasse était ensoleillée.

Assise et mâchonnant la baguette caoutchouteuse, je regardais passer les gens. Me trouver seule dans un café en plein air comportait un risque : celui de côtoyer autrui sans raison impérative. Je me tenais frileusement serrée contre la table. Je ne voulais pas qu'on me regarde, qu'on me touche, qu'on me parle. Les événements de la matinée, que je m'étais efforcée de prendre avec cynisme, m'avaient affectée plus que je ne l'aurais voulu.

Une ombre tomba. Je levai les yeux. Le Professeur se tenait devant moi.

« Je peux m'asseoir ? »

Je ne répondis pas. Il prit cela pour un acquiescement. Ce n'était pas le refus qui me faisait taire, mais la stupéfaction.

Il s'assit en face de moi. Je ne voyais plus le trottoir, ni le soleil, ni les passants ; seulement la masse obscure de son corps, l'épaisseur forte de sa chair d'homme.

« Qu'est-ce que vous pensez de tout ça ? ».

« Tout ça quoi ? » articulai-je.

« Ce qui se passe... Vous n'aviez pas l'air contente. Vous trouvez que je n'aurais pas dû arrêter mon cours... Qu'est-ce que je pouvais faire d'autre ? »

Il me regardait en souriant, souhaitait mon accord. C'était la première fois, depuis le dix-neuf, qu'il reconnaissait mon existence.

« Démagogue », dis-je en le regardant dans les yeux. Ils n'étaient pas bleus mais verts : je m'en rendis compte pour la première fois. Je me demandai comment j'avais pu être amoureuse de quelqu'un pendant plusieurs années sans connaître la couleur de ses yeux.

Le sourire s'effaça de son visage. Je regardai encore quelques instants les détails de cette physionomie, la gerçure au coin des lèvres, la barbe naissante : il commençait à se donner des airs de Fidel Castro.

Il ouvrit à demi la bouche, puis la referma. Je sortis de mon sac de quoi payer mon sandwich, posai l'argent sur la table et me levai. Je ne dis pas au revoir. Lui non plus. Comme je m'en allais, je l'entendis qui riait tout seul. Il riait de moi, probablement. Il secouait la tête en regardant par terre et, du pied droit, semblait écraser quelque chose sur le sol.

*

J'eus peine à guérir des paroles insolentes jetées à la figure du Professeur. Longtemps je me demandai pourquoi la violence dissimulée au fond de moi avait jailli ce jour-là. J'attribuai cela à la pression des paroles réprimées. J'aurais voulu dire beaucoup, je ne

97

pouvais dire que très peu. A ce peu, je donnai la force
de l'impossible.

Aujourd'hui, j'interprète autrement cet épisode. J'y
vois la première expression d'une haine cachée pour le
Professeur, d'un désir de tuer en moi celui qui m'anni-
hilerait si je ne l'assassinais pas. Cet homme aimerait
ma haine et haïrait mon amour. Son désir sourd et
frénétique d'être frappé par l'objet aimé découlait de
sa haine de l'amour et de son besoin de le supprimer. Il
aimerait ma haine parce qu'elle était le signe de la
force même de mon amour pour un homme comme lui,
un homme impossible. Par ce détour seul le Professeur,
homme interdit à lui-même et aux autres, parviendrait
à regarder, à accepter et même à rejoindre cet amour,
comme on aperçoit dans un miroir le reflet de qui se
tient derrière vous.

J'ignorais le tour que ma vie s'apprêtait à prendre.
Je me désolais de n'avoir pu dire à cet homme les
paroles justes. Il m'était impossible de les trouver,
puisque je refusais de mettre un nom sur ce qui me
liait à lui. Il ne m'avait pas aidée, agissant par
insinuation, me demandant de faire à sa place, de dire
à sa place. Cela m'était impossible, autant que prononcer les phrases déférentes et flatteuses que les étudiants lui adressaient d'ordinaire : nos rapports se
situaient d'emblée au-delà de l'officiel et de l'anodin.
Déjà j'étais hors la loi.

Pourquoi avait-il rompu le silence ? Par extrémité. Il
avait lu dans mes yeux le danger. Je n'avais pu me
douter qu'il attachait tant de prix à mon opinion. Il
était désemparé, comme tous à cette époque sauf les
plus fanatiques. Il hésitait entre un amour fondamen-
tal et honteux des conventions et un goût sporadique
pour le désordre, qui se devinait au changement de son
allure, à cette barbe naissante contrastant avec la

netteté générale de sa tenue. Il y avait en cet homme une rébellion semblable à la mienne. Je l'avais su dès la scène de l'examen où j'avais été frappée par la similarité de nos tenues. Je n'avais jamais remis ma robe bleue. Elle était pendue au fond de la garde-robe. Parfois je la regardais, tâtais le tissu pour vérifier la réalité de cet épisode.

Ma rébellion à moi était cachée, la sienne apparente ; la mienne profonde, la sienne de surface. Ainsi un instant, un jour, nous ne manquerions pas de nous rencontrer. Juste après, je recommençai à douter.

Je me reprochais mon hostilité à son égard ; mais aussi je m'en réjouissais. Mon silence, mon indifférence affichée ne l'avaient pas découragé. La dureté de mes paroles le ferait certainement désormais. C'était un susceptible, un hypersensible qu'il fallait constamment flatter, rassurer. Il y avait en moi le même trait. C'était un ruminateur, un rancunier. Il n'oublierait pas de sitôt. Il retournerait mes paroles dans sa tête, elles lui sembleraient impudentes, insupportables. Son absence de réaction était imputable à la surprise. Il m'en voudrait. Il saurait qu'il n'obtiendrait pas de moi l'admiration béate dont il semblait assoiffé. J'oubliais qu'il était tout aussi friand de contradiction. Je pensais avoir réglé l'affaire. La voie du rêve était bouchée : tant mieux, me dis-je avec la brutalité de qui ne veut pas risquer le trouble, les ennuis.

Je ne pus m'empêcher de raconter à Conrad l'incident du café. Il était alors tout à fait sous le charme du Professeur. Leurs rencontres avaient pour lui une grande importance. Quand le Professeur, qui avait de grandioses impératifs — une conférence, un colloque, un article à finir de rédiger —, remettait la séance de travail, Conrad s'en trouvait désemparé.

Il ne me parlait pas directement de ce qui se passait

durant leurs rencontres. Les phrases et opinions émises cet après-midi-là ressortaient, d'une façon ou d'une autre, dans le courant de la semaine. Depuis quelque temps, ces citations se rapportaient de moins en moins à des théories « scientifiques » et de plus en plus à l'évolution de la situation politique. Les idées marxistes du Professeur intriguaient, choquaient et séduisaient Conrad. Elles avaient pour lui l'attrait pervers du libertinage.

J'étais convaincue d'avance de mon effet, lorsque je répétai à mon mari le mot que j'avais eu l'audace de jeter au visage de l'homme de tweed. A mesure que les heures passaient, mon comportement paraissait invraisemblable. Conrad me désapprouverait. Sa gronderie serait méritée, m'absoudrait de ma culpabilité. Conrad ne saurait pas la raison de mon culot ; pour lui, j'en trouverais une autre. Il ne saurait pas pourquoi il me gronderait, mais moi, je le saurais.

« J'ai parlé avec le Professeur aujourd'hui », dis-je donc au dîner. Conrad remuait la salade, une laitue du jardin aux feuilles tendrement gaufrées. La porte d'entrée était ouverte. La lumière du soir était rose sur le sol de pierre.

« Ah », répondit Conrad, prenant le moulin à poivre et donnant deux tours au-dessus du saladier.

« Il est venu me parler au Relax Bar, après les cours. »

Mon mari lâcha le couvert.

« Qu'est-ce que tu faisais au Relax Bar ? »

« Je n'ai pas le droit d'aller prendre un café, une fois de temps en temps ? »

« Je croyais que tu n'aimais pas traîner dans les cafés. »

Pour justifier ma timidité, j'avais expliqué à Conrad mon mépris à l'égard des étudiants qui, au lieu de travailler chez eux ou en bibliothèque, allaient dans les cafés avec leurs livres, ce qui n'était qu'un alibi pour bavarder et faire des rencontres.

« Après ce qui s'est passé pendant le cours, je n'avais pas le courage d'affronter la cohue du restau U. »

Conrad marqua un net intérêt.

« Il y a eu un incident pendant le cours du Professeur ? »

« La bande habituelle est arrivée avec leurs histoires de grève. Il a filé comme un lapin. »

Je ressentais un douloureux plaisir à traîner dans la boue l'homme que je vénérais.

« Comme un lapin ! s'écria Conrad. Ça m'étonnerait ! Ce n'est pas le genre à avoir peur ! »

« Comment expliques-tu qu'il ait cédé le terrain sans discussion ? »

Accusant le Professeur, au moins, je parlais de lui.

« Tu ne comprends rien... Comment pourrais-tu comprendre ? Tu refuses de t'intéresser à ce qui se passe... Il se produit des événements extraordinaires. La conjoncture est historique... La seule chose qui te préoccupe c'est de savoir si le prochain cours aura lieu, et si tu seras reçue à tes examens... Tu n'as aucune conscience politique... »

« C'est le Professeur qui t'apprend ce vocabulaire ? »

« Je n'ai pas besoin du Professeur pour m'exprimer... Je n'utilise pas ces mots-là d'habitude, parce que je sais que ça ne t'intéresse pas... Heureusement qu'il y a des gens avec qui je peux parler des choses importantes... »

« Heureusement que je ne m'y intéresse pas de trop près, aux choses importantes... J'imagine la tête que tu ferais si je mettais un blue-jean et des sabots pour aller au meeting de Lutte Ouvrière... Tu viendrais me récupérer, et vite... »

« Le Professeur n'est pas à Lutte Ouvrière, c'est un sympathisant du PC... En ce moment, le Parti traverse une phase réactionnaire... Mais il n'est pas impossible que cette tendance soit renversée dans les mois qui viennent, lorsque le Bureau politique aura enfin pris conscience de l'importance de la conjoncture... Si l'envie te prenait d'aller aux meetings, je ne t'en empêcherais sûrement pas... Les femmes ont un rôle à jouer dans le monde nouveau qui se prépare... Ta réaction devant l'attitude du Professeur montre que tu as besoin de te mettre au courant... »

Effectivement. Des choses se tramaient derrière mon dos, dont je n'avais pas conscience. Les samedis après-midi de Conrad et du Professeur n'étaient pas aussi studieux que je l'avais cru. J'imaginai le Professeur débitant ses théories politiques, et Conrad l'écoutant admiratif, devant un bock.

« Décidément, ce type-là embobine tout le monde... »

« Qu'est-ce que tu veux dire, tout le monde ? »

« Je disais ça comme ça... »

Dans les semaines qui suivirent, l'étoile politique du Professeur monta. Il inclina au maoïsme. J'observai ces changements avec des sentiments mélangés.

Auparavant, le Professeur semblait vivre uniquement pour l'étude. De temps en temps, il interrompait son cours pour dire :

« Quand vous vieillirez, vous comprendrez que seul le travail compte véritablement dans la vie. L'affectivité, c'est toujours boiteux... On n'a jamais ce qu'on veut... Le travail ne vous déçoit pas. Il n'y a que là qu'on est vraiment libre. »

Le grand Fernand, un paresseux qui ne pensait qu'aux filles, fit observer que la devise du Professeur, en somme, était celle-là même qu'on trouvait au

fronton des camps de concentration. Il avait sur-
nommé le Professeur Adolf. Mais nous savions bien que
le grand Fernand se vengeait ainsi de sa propre bêtise
et de sa flemme qui l'obligeaient à redoubler son année
et à écouter les cours du Professeur pour la deuxième
fois sans comprendre davantage que la première.

Maintenant, personne n'appelait plus le Professeur
Adolf. Le grand Fernand l'avait rebaptisé Fidel à cause
du collier de barbe, des petits havanes par lesquels il
avait remplacé ses gitanes, et de la veste en tissu de
camouflage à poches multiples, dernier cri de la mode
subversive, que le Professeur, seul parmi tout le personnel enseignant, avait eu le courage d'arborer aux
premiers beaux jours. La semaine qui suivit la rencontre dans le café, le Professeur ajouta à sa panoplie de
coupeur de canne une paire de lunettes de soleil à
épaisse monture noire, extravagance qui fit courir un
murmure dans les rangs.

« Qu'est-ce que vous avez à me regarder comme
ça ? » dit-il, et il enleva ses lunettes. Il souriait. Les
murmures se changèrent en pépiements d'adoration. Il
avait gagné.

Il se fit une accalmie. Le Professeur reprit le travail.
Il cessa d'être un professeur pour devenir un personnage. Une petite cour commentait ses faits et gestes,
admirait sa garde-robe de plus en plus chatoyante. Il
troqua sa tenue de travailleur caraïbe contre un
costume de soie brochée tabac à col officier, sur
pantalon marron à pattes d'éléphant. La semaine
suivante, ce fut une chemise de bûcheron à carreaux,
agrémentée d'un foulard rouge noué au col. La tunique
sembla frivole pour la gravité des temps, mais la cour
devint une foule. En plus de la clientèle habituelle se
pressa une masse de gens que leur tenue disait gauchistes. Le Professeur ne parlait plus des beautés de la

civilisation grecque ; il discourait sur l'instauration de la république à Rome, et sur les manquements qui entraînèrent sa chute.

Un jour, il s'enflamma plus qu'à l'accoutumée. Des similitudes étonnantes, affirma-t-il, liaient la chute de l'Empire romain à notre époque. Les invasions barbares, argumentait le Professeur, n'étaient pas ce que l'on croyait. Attila le Hun était un descendant des Hiong-Nou, tribu proto-mongole frottée à la civilisation chinoise. Attila représentait la nature, la sensualité, la spontanéité et le désir face aux Romains perdus par le luxe et occupés à se faire vomir. Ces faits présentaient des parallèles frappants avec les événements qui se déroulaient à l'université et dans la région, mouvements de grèves, agitations diverses, défilés et barricades. Au fur et à mesure, le ton du Professeur changeait. Il avait commencé par une évaluation de la situation, il continuait en glorifiant l'insurrection. Je me demandai pourquoi il se comportait ainsi. S'agissait-il d'une conviction profonde, qu'il venait de trouver le courage d'affirmer publiquement, ou cet emportement était-il suscité par une soif d'approbation ? Peut-être même était-ce une réponse aux accusations que j'avais proférées à son encontre la semaine précédente. Il n'avait pas eu alors le loisir d'y répondre. Il y réagissait maintenant par un renforcement de l'attitude incriminée. Était-ce une façon de me dire que je l'avais mal jugé ? L'amour-propre, dans ce cas, l'emportait sur la conviction.

Plus tard, connaissant mieux le narcissisme du Professeur et son goût des conduites contradictoires, je pencherais pour cette hypothèse. Mais alors je l'écartai, car cela semblait me donner dans ses motifs d'action une place inconcevable.

Le Professeur se tut. Il regarda autour de lui comme

sortant d'un rêve et se rappelant soudain l'auditoire. Il était rouge, essoufflé. Depuis un quart d'heure, le fond de la salle était envahi. Il ne s'était aperçu de rien. Le chef des mutins profita de ce silence pour prendre à son tour la parole. Il suggéra que le cours soit suspendu, en réaction de solidarité à l'égard des camarades de l'usine de roulements à billes actuellement en grève.

« Nous allons procéder à un vote à main levée ! » décréta-t-il.

J'étais furieuse. Je venais d'assister pendant une demi-heure au délire verbal de l'homme de tweed, dans l'espoir de le voir reprendre ses esprits. Et on allait me priver de cette parole qui était pour moi une drogue.

Des mains commençaient à se lever : timidement, car le vote impliquait de donner sa position à découvert, et de s'exposer à des représailles possibles si l'on osait aller à l'encontre de la décision révolutionnaire « et populaire ».

Devant moi, une religieuse, affirmant qu'elle avait vécu l'indépendance du Congo et qu'en conséquence elle n'avait plus peur de rien, leva la main. Je l'imitai. Le chef des rebelles compta. Il lui manquait trois votes.

« Nous allons voter une deuxième fois », ordonna-t-il.

Lentement, les dissidents recommencèrent à lever la main. Les révolutionnaires ouvrirent la porte et firent entrer quatre de leurs camarades qui attendaient dans le couloir. Ceux-ci votèrent à leur tour. Le chef compta à nouveau, et déclara que l'arrêt du cours était voté à une voix de majorité. On allait procéder à une discussion à propos d'une action de soutien aux camarades de l'usine de roulements à billes.

Je me levai, empruntai l'allée centrale et me dirigeai vers la porte. Le chef rebelle m'attrapa par le bras :

« Qu'est-ce que tu fais, camarade ? »

« Je m'en vais. Je suis venue entendre un cours de

philosophie. J'ai voté contre l'interruption. J'ai du travail. »

« Tu ne sortiras pas comme ça. Tu vas rester avec nous et écouter la discussion à propos de la grève. »

« Non », insistai-je.

Des murmures s'élevèrent. J'étais cernée par quatre individus hostiles. J'allais m'attirer de vrais ennuis.

Soudain, le Professeur écarta ceux qui m'entouraient. Il me prit à son tour par le bras.

« Laissez-la sortir », dit-il.

Il me conduisit jusqu'à la porte. Je sortis. La porte se referma derrière moi. Dans le couloir, je respirai l'air de la liberté. Je me demandai brièvement pourquoi cette liberté me paraissait si contraignante. Il y avait deux aspects à la situation : le plaisir de braver les interdits, et l'angoisse résultante de se trouver sans maître, qui à son tour provoquait l'émergence de nouveaux maîtres. Les étudiants révoltés, je le savais, en étaient à la phase un. Je ne pouvais en profiter car mon caractère anxieux me portait à envisager la suite. Une fois de plus, j'étais spectatrice au banquet de la vie.

Attente

Les jours suivants, le bruit courut qu'il n'y aurait pas de session d'examen. Les diplômes seraient décernés d'après les résultats des deux premiers trimestres. Je pris cette nouvelle comme un prétexte pour ne pas revenir à l'université.

Je racontai à Conrad l'histoire du vote. Il sembla trouver tout naturel que le Professeur soit venu à mon secours.

« Après tout, tu es ma femme », dit-il avec une logique étrange. Mais il jugea ma révolte absurde.

« Qu'est-ce que ça pouvait bien te faire, d'assister à une demi-heure de discussion sur les roulements à billes ? Ça aurait même pu t'intéresser ! Tu refuses de t'informer, tu juges sans savoir. Nous traversons une période historique... »

« Toutes les périodes sont historiques, par définition. »

« Pour la première fois depuis le Front populaire, le peuple a la parole en France !... »

« Je sais. Nous revivons la commune de Versailles. Seulement cette fois, il n'y aura pas de Mur des Fusillés. »

« Absolument ! Nous y veillerons ! La volonté populaire l'emportera ! »

« Je me demande comment vous pouvez tous avoir le culot de parler au nom du peuple. C'est grotesque. Le peuple n'a pas grand-chose à voir dans vos combines. Il défend son bifteck. Vous vous en servez pour vous passer vos fantaisies de fils à papa. Regarde-toi un peu ! Tu as dû aller chercher ton pull dans le placard aux chiffons ! On te croirait en route pour un bal costumé. Quand les vacances seront finies, vous remettrez vos blazers et vos cravates. Ça me dégoûte. »

« Tu ne comprends rien. A Paris, le mouvement s'apprête à prendre le pouvoir... »

« Le mouvement, comme tu dis, ne prendra rien du tout. Le pouvoir, ça ne rigole pas. Bientôt de Gaulle va remettre de l'ordre dans tout ça, poster quelques troufions aux carrefours. Vous rentrerez faire cou-couche panier. »

« L'armée, on n'attend que ça. Le contingent est avec nous. »

« Ça m'étonnerait. Le contingent, c'est des fils du peuple, comme tu dis, et les fils du peuple, ça ne plaisante pas avec le bifteck. »

« Le Professeur a dit... »

« J'en ai marre d'entendre que le Professeur a dit... Tu ne peux pas penser un peu par toi-même ? Je ne sais pas ce que ce type t'a fait, on croirait qu'il t'hypno-tise... T'es amoureux de lui ou quoi ? »

Je me tus. Conrad me regarda. Il crut que je me taisais parce que j'étais allée trop loin. J'avais proféré une énormité. Pas celle qu'il croyait. Je m'étonnai de la tournure de nos relations. Je n'avais jamais compris ce qui nous avait attirés l'un vers l'autre, mais je commençais à y voir plus clair. Sans que je le sache, sans le savoir lui-même, Conrad devenait mon jumeau, mon frère. Je pouvais parler de lui comme j'aurais parlé de moi-même. La différence entre nous, c'est que je savais que je parlais de moi, et lui, il croyait que je parlais de lui. Et moi, j'avais des jumeaux partout.

« Tu devrais t'acheter un costume d'été », lançai-je.

« Tu es folle ! Est-ce que j'ai besoin d'un costume d'été en ce moment ? »

« Un costume en seersucker à rayures bleues. C'est la mode. C'est léger, ça se lave et ça ne se repasse pas. »

« Tu es incorrigible. J'essaie de t'amener à réfléchir à des choses sérieuses, et tu rêves à des histoires de nippes... »

« Alors que nous sommes dans une conjoncture historique... »

« Exactement ! »

« Le Professeur en a un. »

« Un quoi ? »

« Un costume bleu en seersucker à rayures. Tu sais... le même tissu que ma robe... Celle que je ne mets plus... »

« C'est vrai... Tu as peut-être raison, c'est pas mal, ces trucs-là... »

« Tu devrais me laisser te l'offrir pour ton anniversaire... »

« Si tu veux... »

« On pourrait y aller cet après-midi ! »

Conrad me regarda d'un air tendre.

« C'est gentil de penser à moi comme ça... Je suis un imbécile de te rudoyer... Il faut me comprendre, en ce moment je suis nerveux... »

« La conjoncture... »

« Oui, la conjoncture... Tu peux te ficher de moi... Mais tu as raison, j'en arrive à perdre de vue ce qu'il y a entre nous... Et puis je ne peux pas vraiment te reprocher d'être comme tu es... Enfantine, féminine... Puisque c'est pour ça que je t'aime... Si tu veux, on ira cet après-midi et après, je t'emmènerai prendre le thé et manger des gâteaux à La Belle Charlotte... »

Conrad s'assit en face de moi à la table de la salle à manger. Ma main reposait sur le bois. Il posa la sienne dessus.

« Ma chérie, tu sais, je crois que c'est moi qui ne comprends plus rien... »

« C'est vrai, dis-je. Tu ne comprends rien. »

J'allai dans la cuisine préparer le déjeuner. Pendant que je faisais cuire les pâtes, je regardai par la fenêtre le marronnier miniature, les liserons et les fougères qui avaient poussé comme une forêt emprisonnée entre la maison et le mur d'enceinte de la ferme. Derrière ce mur c'était la route, la liberté. Ma vie soudain était comme cet endroit : des choses se mettaient à y pousser et à grandir qui n'en avaient pas le droit. Et pourtant, tout comme je me refusais à laisser Conrad sarcler cet espace, parce que j'avais plaisir à voir l'obstination de cette petite jungle, de même je laissais croître en moi ces aspirations illicites, ces désirs mauvais.

J'avais honte, maintenant, de la perversité qui m'avait fait proposer à mon mari l'achat du costume. Désormais, la situation était renversée. J'avais acquis une supériorité sur lui : je savais quelque chose qu'il ignorait et qui nous concernait tous les deux.

Je savais aussi que je ne supporterais pas de le voir porter ce vêtement.

« Après tout, c'est peut-être une erreur, ce costume bleu... Peut-être que du beige t'irait mieux... »

« Tu sais bien que le bleu, c'est ma couleur. »

« Ce n'est peut-être pas la peine de t'acheter un costume en ce moment, puisque tu préfères t'habiller plus simplement... Je ne voudrais pas que tu t'obliges à le porter pour me faire plaisir... »

110

« Il ne s'agit pas de te faire plaisir. Je n'ai plus rien à me mettre... »

Nous allâmes en ville. Plus nous nous rapprochions du centre et des magasins, plus je me sentais malhonnête.

« Tu n'as pas l'air très en forme », dit Conrad.

« Il fait chaud... »

Nous passâmes devant trois cars de CRS à l'arrêt.

« Il va y avoir une manif. »

« Ils sont là tout le temps, en ce moment... »

« Écoute. C'est l'hélicoptère de la police... »

« Ce n'est rien... Il survole la fac en permanence... »

Conrad gara la voiture et nous marchâmes jusqu'au magasin. La ville était déserte. En arrivant devant la boutique, nous constatâmes que le rideau était baissé.

« Tiens, dit Conrad. On va aller voir ailleurs. »

« Allons plutôt à La Belle Charlotte. Je suis fatiguée. »

La Belle Charlotte était vide de clients.

« Oui, dit la serveuse, il y a des commerçants qui ont peur de la casse. On ne sait jamais... Mais nous, on attend. Si ça va mal, on fermera au dernier moment. »

Depuis que la menace du costume s'éloignait, je me sentais mieux. Je commandai une tarte aux fraises.

On entendit un grondement lointain, et le bruit sec des grenades lacrymogènes.

« J'y vais », annonça Conrad.

« Mais tu es fou... Reste là ! »

D'un bond il fut dehors.

« C'est terrible, les hommes », fit la serveuse.

Elle alla verrouiller la porte, baisser le rideau à claire-voie. Je vis la foule traverser le carrefour en courant, les CRS charger. Leurs casques, leurs boucliers, et les mugissements qu'ils émettaient leur donnaient l'apparence d'animaux fantastiques. En quelques instants, le carrefour fut de nouveau désert. On entendait encore des cris au loin, et le bruit des fenêtres qui se refermaient aux étages supérieurs. Je pensais à Conrad. Je me demandai s'il était passé, tout à l'heure, au milieu de la foule en fuite. Je me mis à pleurer.

« Faut pas vous frapper comme ça, dit la serveuse. C'est pas vraiment dangereux. Ici, c'est pas Paris. Ils font plutôt ça pour rigoler. »

L'affolement me gagnait. J'imaginais Conrad trébuchant, piétiné par les bêtes étranges et noires.

La serveuse s'approcha. Elle posa un petit verre sur la nappe rose.

« Un cognac. Sur le compte de la maison. Ça vous remontera. »

Si Conrad était tué, je pourrais rebâtir ma vie à zéro.

Je me sentis mieux. Je décidai de ne plus penser à ça. J'avalai une gorgée de cognac. Je n'avais pas l'habitude de l'alcool, c'était trop fort. Je toussai.

« Versez-le dans votre thé, ça passera mieux », dit la serveuse.

La théière était encore à moitié pleine. J'y mis le reste du cognac. C'était velouté et brûlant. Je pris la tasse dans mes mains pour en sentir la chaleur.

Quelqu'un frappa contre les losanges de métal. C'était mon mari.

« Je vais ouvrir », dit la serveuse.

Conrad entra. Il était échevelé, rouge, les yeux brillants.

« C'était marrant. J'ai failli me faire attraper par un flic, mais je courais plus vite que lui. »

« Votre dame, elle était malade à cause de vous, dit la serveuse. Faut pas faire des choses comme ça. Elle pleurait comme une madeleine. »

Conrad s'assit à côté de moi. Il passa une main dans mes cheveux.

« Il ne faut pas t'inquiéter, mon pauvre chéri... Tu m'aimes trop, voyons. »

Sa voix avait des accents attendris.

« Donnez-moi un Coca, j'ai drôlement soif », dit-il à la serveuse.

« Boisson impérialiste », observai-je. Conrad me regarda, exaspéré.

Lorsque nous sortîmes, la rue montrait peu de traces de la manifestation. Quelques papiers épars, une chaussure abandonnée, comme des accessoires de scène. Il régnait ce même calme insolite qui m'avait surprise plus tôt. Le ciel était d'un bleu profond, sans nuages. Le carrefour désert semblait une plage avec le ciel pour mer et les maisons pour rochers. Nous rentrâmes sans plus parler du costume.

Je décidai de nettoyer ma mémoire. La scène à l'université, tout comme celle du café, tout comme celle de l'examen, n'avait pas eu lieu. C'était un rêve éveillé. J'allai caresser le chat, arroser les géraniums.

Une fois encore je m'engageai dans une voie que je croyais raisonnable et qui se révélerait pleine de conséquences imprévues. Ayant fait de la réalité du rêve, je me remis à rêver, plus fort qu'avant. Mais ces rêves n'étaient plus volontaires, contrairement à ceux que je faisais, jeune fille, pour remplir les moments d'ennui et que je décidais de faire naître, allumant le bouton d'une télévision intérieure. Ces nouvelles songeries s'imposaient à moi à des moments incongrus et inconfortables. Dans celles d'autrefois, j'avais été spectatrice omnisciente. L'héroïne en avait toujours été une autre femme, réelle ou imaginaire, confrontée à un problème angoissant. Je trouvais des solutions à ce problème, et la femme pouvait continuer sa vie sans

113

encombre. A ce moment-là je la quittais et revenais sur terre, embrumée mais calmée.

J'avais rêvé comme un enfant suce son pouce. Les rêves actuels étaient d'une autre nature. Ils m'assaillaient, m'attiraient dans un monde aliénant et séduisant. J'étais droguée, hypnotisée par ces images. Les héros étaient toujours les mêmes : moi et le Professeur. C'était moi et pas vraiment moi, car je me savais incapable d'accomplir les gestes, de prononcer les paroles que j'accomplissais et prononçais dans ces scènes. C'était une version de moi libre et débarrassée de la pesanteur, un personnage étrange dont les gestes suivaient les désirs, et les actes les paroles. Le Professeur était émerveillé par cette créature irrésistible. Il était sous son influence comme j'étais sous la sienne ; nous étions à égalité. Cette pensée me procurait une excitation très agréable.

Ces scènes, courtes, se terminaient toutes de la même façon. Le Professeur et moi ne nous touchions jamais. Un regard, une parole suffisaient. Nous comprenions que notre accord était profond, qu'il passait au-dessus de tout autre lien. Aussitôt après, je redescendais sur terre et débarquais en plein désarroi.

Il m'arrivait de me demander pourquoi ces scènes ne pouvaient être réalisées. Aussi bien, me disais-je, il ne se passait là rien de mal ! Mal n'était peut-être pas le mot juste ; en tout cas, rien de répréhensible. Puisque le Professeur et moi ne nous touchions pas ! Puisque nous n'échangions pas de serments d'amour ! Pourquoi ne connaîtrais-je pas sur terre le bonheur étrange que je vivais dans ces limbes ? Je me raisonnais. Ce genre de rapports n'existait pas dans la réalité. En tout cas, je ne le voyais pas autour de moi, je ne le rencontrais pas non plus dans les livres. Là, sitôt que les héros ressentaient une forte émotion, ils se jetaient dans les bras l'un de l'autre. Or, je ne souhaitais pas me jeter dans les bras du Professeur. Je voyais mal ce que je pourrais y faire, coincée entre sa barbe et son cigare. Je voulais qu'il m'aime, voilà tout. Je n'avais pas besoin qu'il me le dise ni qu'il me le prouve. Je voulais seulement sentir son amour, comme une brise tiède, enveloppante.

Rêveries

En juin, on me décerna la licence. J'obtins également une bourse pour préparer une maîtrise l'année suivante.

Je réfléchis à un sujet. Le chargé d'enseignement de psychologie, qui m'aimait bien et me mettait d'excellentes notes, me proposa de travailler avec lui.

Conrad continuait ses séances hebdomadaires avec le Professeur. Un samedi soir, il dit que celui-ci voulait me voir.

« Encore ! »

« Pourquoi encore ? Tu le vois tellement souvent ? »

« Il y a un an, il a fait la même chose. Il a demandé à me voir par ton intermédiaire. »

« Tu trouves ça trop, de voir quelqu'un une fois par an ? Tu es si peu sociable ! »

C'était vrai, j'étais de moins en moins sociable. Depuis quelques mois, j'avais cessé de venir aux soirées auxquelles nous étions de temps en temps invités, qui réunissaient les assistants et une bande d'étudiants, les meilleurs. Je m'ennuyais dans ces occasions. J'espérais plus qu'eux de la vie, et j'exigeais moins. Je préférais rester dans mon coin avec mes bizarreries. Conrad n'insistait pas.

Le Professeur, lui non plus, n'était jamais présent. Pourtant, on parlait souvent de lui. Un des assistants, audace suprême, l'avait invité à dîner. Le Professeur accepta l'invitation, mais ne la rendit pas. On mit cela sur le compte de l'avarice. Comme la société n'avait pas encore décidé quel parti adopter à son égard, de l'admiration ou de la médisance, on était embarrassé. Lorsque son nom était prononcé, un ange passait.

Le Professeur, qui fuyait tout le monde, voulait me voir. J'avais prévu de ne pas le rencontrer cette année-là. Lorsque j'irais à la bibliothèque, je prendrais soin de ne pas m'y trouver aux heures de ses cours.

« Je trouve bizarre qu'il te demande, à toi, de me voir », insistai-je.

« On n'a pas encore le téléphone ! dit Conrad. Tu ne voudrais quand même pas qu'il t'écrive ! »

Tiens, pensais-je, c'est une idée. J'aurais aimé avoir une lettre du Professeur, libellée de cette écriture oblique que je n'avais jamais vue qu'en annotation sur mes copies. Si je recevais une lettre de lui, je la mettrais dans le fond d'un tiroir et je la garderais toujours.

« Je ne vois pas pourquoi tu trouves invraisemblable qu'il m'écrive, puisqu'il a quelque chose à me demander. »

« Tu ne manques pas de culot ! dit Conrad. Il faut voir comment tu parles de lui ! Tu te rends compte qui il est ? D'ailleurs, il n'a rien à te demander. C'est plutôt toi qui devrais lui demander quelque chose. Il propose de diriger ta maîtrise. »

J'avais appris à dissimuler la stupéfaction comme le désir ou le bonheur. Je me mis à parler comme un nageur qui respire en sortant de l'eau.

« Tu vois bien qu'il me demande quelque chose », repris-je avec un calme que je savais exaspérant.

Conrad si placide commençait à s'échauffer.

« Justement, tu aurais pu le faire toi-même ! Je ne comprends pas comment tu peux envisager de travailler avec ce con de Levert alors que tu as la possibilité de le faire avec le Professeur. »

« Levert n'est pas un con. »

« C'est un médiocre. Ça n'a rien à voir avec le Professeur... Le Professeur ne restera pas éternellement en province où Levert croupira toute sa vie... le Professeur finira au collège des Hauts Savoirs ! Je ne comprends pas comment tu ne te précipites pas pour saisir ta chance... Je me demande si tu es aussi intelligente qu'on le prétend ! »

« Qui prétend que je suis intelligente ? »

Une bonne chaleur me parcourut le corps.

« Lui ! Vraiment, je me demande... »

« Qui ça, lui ? »

« Le Professeur ! »

Le Professeur avait dit que j'étais intelligente...

« Vous parlez de moi, tous les deux ? »

« Non... enfin si, l'autre jour... »

« Qu'est-ce qu'il a dit d'autre ? »

« Mais rien... Il a dit que tu étais intelligente et que tu devrais venir le voir pour qu'il dirige ta maîtrise... »

« Il t'a dit, comme ça : " Votre femme est intelligente ! " »

« Oui, il a dit : " Elle est intelligente, votre femme, mon vieux... Vous devriez lui suggérer de venir me voir, pour sa maîtrise... " »

« Et après, il a toussoté ? »

« Oui, pourquoi ? »

« Parce qu'il toussote toujours, c'est un tic... Alors, il t'a dit ça... »

« Oui, il m'a dit ça ! »

« Il ne manque pas de culot ! »

« Comment ça, de culot ? »

« Parce que ça ne se fait pas... Ce ne sont pas les professeurs qui demandent aux étudiants de leur diriger des maîtrises... Ce sont les étudiants qui vont demander aux professeurs ! »

« Et alors, Levert, il t'a bien demandé ? »

« Évidemment, mais Levert... »

« Quoi, Levert ? »

« Levert, ça n'a rien à voir... Il m'en a parlé comme ça... Je l'aime bien, Levert... Tandis que le Professeur... »

« Tu veux dire que Levert, tu l'as à ta botte. Il est amoureux de toi, alors il est prêt à n'importe quoi, tandis que le Professeur, lui, c'est autre chose ? »

Je devins froide tout d'un coup.

« Comment ça, autre chose ? »

« Avec le Professeur, c'est de travail qu'il est question, pas de bagatelle. Tu devrais lui être reconnaissante de t'avoir demandé. S'il l'a fait, c'est parce qu'il a vu que tu n'aurais pas le courage d'aller le trouver toi-même. »

« Le courage ? Quel courage ? »

« Tu sais de quoi je parle. Tu as horreur de te fatiguer. Dans ta tête, je veux dire. Ton idée de la vie, c'est de rêvasser, ton chat sur les genoux en lisant *Confidences*... »

« Je ne lis pas *Confidences* ! »

« J'en ai trouvé une pile sous l'évier ! »

« Je ne les lis pas, c'est pour éplucher les pommes de terre ! »

« Si, tu les lis, je t'ai vue l'autre jour. Tu mettais à éplucher une seule pomme de terre exactement le temps qu'il te fallait pour arriver au bas de la page. »

« Mais c'est parce que je m'embêtais... C'est la voisine qui me les passe... »

« La voisine ! Comment peux-tu copiner avec cette mégère grotesque... »

« L'Arnesse, il a encore voulu me tringler hier au soir, mais moi j'avions dit, va donc vouère à l'étable si j'y suis ! » imitai-je en me tordant de rire.

« Voilà ! dit Conrad. Voilà ce qui t'amuse ! Je suis effondré ! »

« Elle ne me donne pas que *Confidences*, elle m'a refilé cinq plants de soucis ! »

« Des soucis ! Occupe-toi de tes études ! »

« Mais tu aimes bien quand il y a des fleurs dans la maison, mon chéri... Les soucis, c'est formidable, ça se ressème tout seul... »

« Ça ne m'étonne pas... »

« C'est toi qui as voulu vivre à la campagne ! »

« Je ne t'ai pas demandé pour autant de te transformer en fermière... On dirait que tu n'es bien qu'avec les plantes et les animaux ! »

« Les plantes et les animaux, c'est beau et ça n'embête personne. Je n'ai pas d'idées sublimes, moi, je ne me prends pas pour un grand guérillero comme le Professeur... Avec vos grévinettes à la gomme... Dès que ça sera le mois d'août tout ce monde-là se tirera à Palavas et à la rentrée, ça repartira pareil qu'avant, tous bien sages... On aura changé les carreaux cassés... »

« Colombine, arrête de m'énerver. Vas-tu oui ou non aller voir le Professeur ? »

« Bon, d'accord. J'irai demain. Avec lui au moins je serai tranquille, ça ne sera pas comme avec Levert ! »

« Pourquoi, il a recommencé, Levert ? »

« Chaque année à la même époque. C'est le beau temps qui lui donne des idées... Il m'a ramenée en voiture... »

« Quoi, jusqu'ici ? »

« Il a dit que c'était sur son chemin ! » ricanai-je.

« Et alors, qu'est-ce qu'il t'a sorti comme conneries, ce coup-ci ? Ce type-là, un jour, je lui casserai la gueule... »

« Il est devenu rouge, et puis il a passé un doigt dans son col, juste au-dessus de son nœud de cravate... Il a grimacé un peu et puis il a avancé le menton, là, comme un dindon... Et puis il m'a dit, " Ma petite Colombine, j'ai l'impression que vous n'êtes pas vraiment heureuse ! " »

« Quoi, l'ordure ! »

« Alors j'ai dit : " Monsieur, j'ai mon repassage qui m'attend, au revoir, à l'année prochaine. " Et je suis sortie de la voiture à toute vitesse, avant qu'il ait eu le temps de faire le tour... Il devait être un peu sonné, parce qu'il est resté bien dix minutes arrêté sur la route... Quand j'ai entendu le bruit de la voiture qui repartait, j'avais déjà fini deux chemises... »

A cette époque, j'ai commencé à comprendre que je plaisais aux hommes. Sans doute leur plaisais-je avant, mais je m'intéressais trop peu à eux pour m'en rendre compte. A l'âge où d'autres parlaient de surprises-parties, je me demandais ce qu'on pouvait bien trouver aux garçons. Le Professeur m'avait éveillée à l'autre sexe. A mesure que je prenais l'habitude de guetter, sans bien le savoir encore, ses marques d'intérêt à mon égard, je devenais plus perspicace à propos des attentions des autres. Je commençais même à les provoquer. Tout homme qui tombait sous mon charme était un barreau de l'échelle qui me menait à l'amour du Professeur, cette communion des âmes à laquelle j'espérais parvenir. Que Levert ou d'autres aspirassent à un rapport plus terre à terre ne me dérangeait pas. Ils étaient ainsi parce que d'essence commune. Les joies supérieures leur étaient inaccessibles. A vrai dire, elles l'étaient pour moi aussi, mais j'avais une confiance de plus en plus grande en l'avenir.

Il ne s'agissait pas d'un avenir véritable, mais d'un futur rêvé auquel je ne me préoccupais nullement de donner substance. Il était douloureux de regarder en face le fait que rien, absolument rien, d'un point de vue raisonnable, ne me liait au Professeur et ne me permettrait de donner un fondement à mes fantaisies. Je m'étais mise à me raconter que cette merveilleuse union, silencieuse et impalpable, se produirait un jour incertain, fantomatique, comme un enfant dont la mère est partie se dit qu'elle reviendra. L'illusion seule permet de supporter l'absence. Je me protégeais de la douleur du manque et en même temps cette fiction me permettait de continuer de rêver au Professeur sans pour autant me sentir coupable vis-à-vis de mon mari. Je n'avais rien à me reprocher, raisonnais-je. On ne vous condamne pas pour avoir rêvé.

Le Professeur me semblait plus vrai en fiction qu'en réalité. Le personnage que je recréais en songe, pour tromper ma faim de lui, se disjoignait de l'homme. Il m'arrivait d'espérer que bientôt la distance serait si grande entre l'image et son support que le support ne me serait plus rien. L'image seule compterait. Comme un personnage de bande dessinée, le faux Professeur, celui des rêves, se modifierait avec le temps, et petit à petit, il serait tellement différent que j'oublierais qu'il dérivait de l'original. La broderie obstinée de la passion passerait et repasserait sur la même place jusqu'à ce que le texte de mon obsession devienne un de ces jeux de société dans lesquels, une fois le papier déplié, les connexions semblent absentes entre la première phrase et la dernière.

Cela me gênait donc d'être obligée d'aller voir le Professeur dans son bureau. J'éprouvais pour lui une passion désincarnée. Je redoutais la confrontation avec l'objet de mes pensées. Je n'étais plus très sûre, maintenant, si vite avait galopé ma folie, de reconnaître le Professeur, le vrai. Je n'étais même pas certaine de ses traits. Je m'en étais composé un portrait à usage interne que je craignais plus favorable que l'original. Et si j'étais déçue, s'il m'apparaissait que le Professeur en chair et en os n'était pas à la hauteur de l'illusion ?

Je me consolai en me disant que, si la confrontation avec le double originaire de mon étrange amour me décevait, je serais débarrassée de ce délire. Peut-être penserais-je, dans le bureau de l'homme de tweed : « Beaucoup de bruit pour rien. » Alors, évidemment, je me trouverais privée d'une habitude qui devenait pour moi une drogue ; mais je serais également délivrée d'une sujétion bien lourde. Quant au rêve, me dis-je, quand on a appris à se construire un roman, le talent ne se perd pas. Je savais qu'une faiblesse de mon caractère me condamnait à vivre avec cette béquille.

Je ne pensais pas sérieusement qu'un jour, j'en viendrais à utiliser ces rêveries, qu'elles deviendraient partie intégrante de ma réalité, que même, elles me nourriraient. Si j'avais su de quel travail futur je voyais se dérouler les prémices, j'aurais sans doute été soulagée d'une partie de ma culpabilité. Elle aurait simplement été remplacée par une autre, celle que je connais maintenant : la culpabilité du biographe, celle de dire ce qui ne doit pas être dit. J'essaie aujourd'hui de rattraper le temps, d'enrayer par l'imagination le goût amer d'une jeunesse faite d'attente vaine. Si c'était à refaire... Avec ce que je sais de la vie et de moi-même... Je voudrais avoir moins souffert autrefois, moins souffert inutilement. Il y avait une valeur dans ce temps perdu, ces heures qui s'étiraient à l'infini dans la lumière du soir : celle du loisir. Mais je regrette

Conrad, cette histoire ratée et inutile. Je regrette le Professeur, autre ratage. Avec les hommes connus plus tard, je ne me suis pas sentie aussi enfermée, aussi lointaine. Avec eux, j'ai pu au moins avoir des conversations.

L'impulsion qui me donne la force de raconter la vie des autres, alors que je sais que cela aussi est inutile, s'est forgée dans ces années de solitude terrible, désolée, ces années lentes et désertiques, ces années tristes et perdues. C'est parce que j'étais si étrangère aux autres, parce qu'ils ne pouvaient pas m'atteindre, parce qu'ils ne pouvaient pas influencer cette partie de moi qui leur était cachée que j'ai pu trouver, lentement, le courage d'être moi-même, ce courage qui seul permet d'exister. Je suis sortie de cette enveloppe, j'ai commencé à dire qui j'étais lorsque je l'étais si fort et depuis si longtemps déjà que personne, ni ceux qui m'aimaient ni ceux qui me haïssaient, personne au monde n'y pouvait plus rien.

Sortie

Le jour du rendez-vous, le vent jouait dans ma robe, trop courte comme il était de mode alors. Tenant d'une main la serviette contenant mes livres et mes notes, et de l'autre un chapeau de paille, autre détail inconfortable dont j'espérais qu'il me donnerait l'air d'une ingénue, ignorant que je n'avais pas besoin d'aide pour cela, j'eus l'impression de me quitter moi-même, d'entrer dans une autre vie. J'étais partagée entre cette angoisse et le sentiment fait d'attirance, de haine et de dégoût mêlés que j'éprouvais pour le Professeur, le vrai, qui s'obstinait en cette occasion à chasser le faux, l'homme de rêve auquel je m'étais habituée petit à petit. Le faux qui n'était pas plus dangereux, après tout, qu'un verre de trop, une pilule tranquillisante, un feuilleton télé. Je me demandai comment une telle métamorphose s'était produite lorsque le Professeur était venu me parler dans le café, et aussi lors de la grève : chaque fois que l'homme véritable s'approchait de moi, je le détestais. Il ne cherchait mon contact que pour me donner de lui-même autre chose que ce que je voulais. Moi, après tout, je ne lui demandais rien, je ne lui avais jamais rien demandé. Ce que j'aurais pu lui demander, si j'en avais été capable, il ne me l'aurait pas accordé. Je lui en voulais de ne pas se conduire comme un prince charmant de rêve de jeune fille. Pourtant, dans l'immédiat, j'aurais dû être satisfaite.

Comme me le dit, rapidement et à mi-voix, dans le couloir, Levert, celui qui me reconduisait parfois chez moi en voiture, le Professeur me « faisait dix pour cent ». Il drainait, par des moyens douteux, les cerveaux les plus prometteurs afin de se tailler une réputation. Levert se trompait en attribuant au Professeur des motifs aussi triviaux, je le saurais plus tard. Mais sur le moment, je le crus. Cela m'aidait à dissocier le vrai Professeur du faux. Plus le vrai était noir, plus le faux restait blanc.

Il était assis à son bureau, penché en arrière sur deux pieds de son fauteuil, conformément à son personnage d'enseignant moderne et décontracté. Tandis qu'il me parlait, il regardait par la fenêtre les étudiants qui passaient.

Ce détournement du regard me parut confirmer combien peu j'existais à ses yeux. Il m'avait fait venir, s'était livré aux travaux d'approche. Maintenant, il rétablissait la distance nécessaire à sa position. Au cours de nos rapports, je devais découvrir à quel point il utilisait ce genre de manipulations. L'une de mes faiblesses devant lui viendrait de ma réticence à fonctionner d'une manière aussi tortueuse.

Son refus de me regarder me donnait par ailleurs l'avantage.

J'avais, dans le couloir, renforcée par les accusations de Levert, décidé de dire non à sa proposition. Lorsque je fus parvenue à formuler clairement mon refus, il cessa de regarder par la fenêtre. Je l'intéressais à nouveau.

Ce rejet inattendu le laissait vexé, blessé. Il n'avait

pas l'habitude qu'on lui fasse ça. J'étais moins facile à manœuvrer qu'il ne l'avait pensé. Il m'en voulait.

Tout cela, je le lus dans ses yeux, dans l'instant où il pivota, quittant le tableau extérieur pour me faire face.

Il n'avait pas imaginé ce refus, convaincu que je me précipiterais sur son offre. S'il avait été moins épris de son reflet, il aurait compris que depuis notre rencontre, lorsque l'un d'entre nous faisait un pas en avant, l'autre s'empressait d'en faire un en arrière. Depuis trois ans déjà nous dansions ensemble le menuet de la passion, dont les figures parfaitement réglées cachent, derrière l'effet de spontanéité, le charme du hasard, le calcul inexorable, la mécanique mesquine du destin.

Le Professeur sentit peut-être que je commençais à le juger. Tournant contre moi son arme favorite, il plongea ses yeux dans les miens.

« Vous me dites non. Je ne comprends pas. Puisque je vous offre ce que vous voulez... Les autres vous mettent des bâtons dans les roues. Ils savent de quoi vous êtes capable et ça les embête. Moi, je vous aiderai. »

« C'est bien ce que disait Levert », murmurai-je.

Le Professeur leva les yeux au ciel.

« Levert ! Qu'est-ce qu'il dit, Levert ? »

« Il dit que vous me faites dix pour cent. »

« C'est bien son genre... Mais non, je ne vous fais pas dix pour cent ! Je n'ai pas besoin de racoler des étudiants. Je vous ouvre une porte. La porte de votre avenir. Il faut bien que je le fasse, puisque vous n'osez pas la pousser vous-même... Maintenant si vous refusez d'entrer, je ne peux plus rien. »

« Oui, dis-je. Je travaillerai avec vous. »

127

J'avais parlé dans un souffle. Mes mains tremblaient. Je les cachai sous mon sac.

Le Professeur sortit une fiche de sa serviette et me la tendit.

« Voilà, dit-il. Vous allez commencer par lire ça. Ça vous prendra l'été. Vous viendrez me voir à la rentrée, et nous délimiterons les grandes lignes de votre sujet. »

Il se leva. Je me levai aussi, pris la fiche et la mis dans mon sac. Il me reconduisit à la porte. Je lui dis au revoir en regardant par terre. Je reculai pour ne pas avoir à lui serrer la main. S'il me touchait, je tomberais. Je filai dans le couloir. Une fois dehors, je passai devant la fenêtre de son bureau. Je me demandai s'il me voyait. Dans le contre-jour, je ne discernai rien.

Je répétai à Conrad l'histoire de la porte.

« Tu vois, dit-il. Il a vraiment de la classe, cet homme-là. »

*

Le lendemain, je me rendis à la bibliothèque et empruntai les trois premiers livres de la liste. Tandis que j'attendais, debout devant la table recouverte de feutre vert, je ne pus m'empêcher de jeter des regards à droite et à gauche, dans la crainte et peut-être dans l'espoir que le Professeur surgisse et voie que je me montrais diligente à exécuter ses ordres. Mais ce fut Dubois qui se présenta, un étudiant qui s'asseyait à côté de moi dans mon groupe de travaux pratiques.

« Qu'est-ce que c'est ? » demanda-t-il comme la bibliothécaire me tendait les livres. Je lui montrai les titres avant de les enfouir dans mon sac.

« C'est pour ma maîtrise avec le Professeur. »

« Tu la fais avec lui ? Dis donc, t'as pas peur ! Il paraît qu'il est très dur. C'est des vraies thèses qu'il

veut ! Et puis, toutes ses théories... c'est fumeux...
ça passera de mode... Moi, j'ai pris Levert. C'est
plus sûr. »

« On verra bien », dis-je en me dirigeant vers la
sortie.

« Tu n'as pas le temps de venir prendre un
café ? » proposa Dubois.

« Une autre fois », répondis-je. A vrai dire, j'avais
soif. Mais je voulais rester seule, pour penser au
Professeur sans qu'on me dérange.

Dans l'autobus, je m'enfouis dans les livres. Je
cherchais un monde qui me protégerait du monde.
Puisque je me faisais des bleus là où d'autres ne
sentaient qu'un léger contact, puisque j'avais perpétuellement le sentiment d'être une martienne, je me
fabriquerais une capsule spatiale. Jusque-là les
études m'avaient rebutée. C'était ce que faisaient
les autres. L'université était un lieu social où ils se
réunissaient, conféraient, elle ne pouvait que me
paraître hostile. Mais les propos de Levert, de
Dubois, du Professeur lui-même, certaines phrases
de Conrad, sa confidence à propos des craintes que
faisait peser sur lui son rapport avec le Professeur,
qui se remarquait et lui attirait des réflexions hostiles de certains autres professeurs dont il lui était
nécessaire, en vue d'une carrière, de se concilier
l'appui, tout cela venait de me faire comprendre
que le Professeur, lui aussi, à sa façon, était une
sorte d'extra-terrestre. Il n'était pas de la même
planète que moi. Nous avions en commun, non pas
d'être du même monde, mais d'appartenir tous les
deux à un autre monde. Il ressentait à mon égard
l'affinité d'un marginal pour son pareil. Se cognant
aux murs douloureux de sa solitude, il éprouvait le
besoin, pour survivre, de correspondre, en frappant

sur les tuyaux, avec le prisonnier de la cellule voisine : moi.

Ce qui m'importait, ce n'était pas tant le message délivré par ces coups frappés au mur, mais le soulagement, dérisoire mais réel, apporté à mon isolement par le fait qu'un autre m'apparaisse tout aussi isolé : je n'étais pas seule dans les espaces galactiques. L'étude, sous son égide, me séparerait encore plus des gens. Je ne lirais pas les mêmes livres qu'eux, je ne penserais pas comme eux. Je ne risquerais pas de les rencontrer. Je serais tranquille.

Assise dans le soleil qui chauffait le skaï rouge des sièges de l'autobus, peuplé seulement de quelques paysans de retour de la ville et de trois apprentis qui rentraient dans leur campagne, je n'étais plus dehors mais dedans. C'est eux qui étaient dehors, hors de ce monde de pensée qui s'offrait à moi. Le Professeur aimait les livres nouveaux, interdits, peu connus. Ceux que ses collègues avaient en mépris sans les avoir lus, car s'y plonger aurait impliqué de changer des cours momifiés par les années, de jeter à la poubelle des certitudes confortables comme une vieille veste. Le Professeur était cet être rare, précieux et honni : le chercheur. Celui qui embêtait tous les autres. Pourquoi, au milieu des tranquillités ambiantes, cherchait-il ? Sans doute parce qu'il allait trop mal pour se sentir à l'aise où que ce soit. Toujours ailleurs, toujours à côté, il se persuadait que la vérité était plus loin, qu'il en approchait.

Je passai l'été à lire. Le Professeur m'avait donné une liste importante, j'en vins à bout. J'attaquai ensuite d'autres titres suggérés par les auteurs des premiers. Les tournesols près de la porte d'entrée devinrent immenses. Leurs fleurs gigantesques étaient comme des enfants du soleil. Je lisais dans l'herbe, croquant les fruits ramassés lors des promenades.

Conrad resta silencieux devant ce changement. Dans un premier temps, me voyant revenir le sac plein de livres, il avait approuvé : « Enfin, tu t'y mets sérieusement. Ce n'est pas trop tôt ! » Suivit une apologie du Professeur, oiseau rare qui savait, par son enthousiasme et son exemple, susciter chez ses élèves le goût de l'étude, quand la plupart de ses collègues les en dégoûtaient. Mais il y avait dans la voix, dans l'attitude de Conrad un doute. Il ne croyait pas véritablement à mon zèle. Cela lui semblait un caprice de plus. Je m'étais prise, croyait-il, d'une passion pour le savoir comme j'avais éprouvé, un temps, un amour sans mesure pour le petit chat, et une attirance brutale pour la culture des géraniums. Sentant qu'il ne pouvait me faire confiance, j'éprouvai d'abord de la tristesse. Puis, un matin maussade où le soleil, vers dix heures, avait soudain percé les rondeurs fessues des nuages qui depuis mon réveil encapsulaient le monde de leur moutonnement gris, j'ouvris la porte pour laisser entrer la lumière. Le chat, embijouté de pluie, sauta sur mes genoux, salissant mon chemisier de l'empreinte mouchetée de ses pattes boueuses. Je me levai de la table de la grande salle, qui était mon lieu de travail habituel. Je retournai à la porte, et là, me tenant sur le perron de pierre grise, appuyée à la balustrade où s'accrochaient encore quelques perles d'averse, je regardai l'armée des géraniums, dressés en rangs serrés sur le muret qui séparait le jardin de l'allée de gravier. Ils avaient passé l'hiver dans une des chambres du premier étage, et en avril je les avais ressortis, disposés là moribonds, séchés dans leurs pots de terre. En une semaine, ils avaient reverdi. Je m'approchai d'eux, enfouis le nez dans les fleurs

131

blanches ou roses dont le parfum délicat se mêlait à l'odeur de pluie.

« Le chat est toujours là, les géraniums aussi, pensai-je. C'est bien assez. Conrad, je me passerai de lui. » Tant pis pour mon mari s'il s'obstinait, malgré les preuves contraires, à voir en moi une petite fille fantasque.

« Qu'est-ce que tu deviendrais sans moi, je me le demande », disait-il rituellement lorsque je lui suggérais d'effectuer quelque petit travail de bricolage, réparation d'un objet cassé, changement des plombs qui sautaient souvent dans cette bicoque à l'installation électrique archaïque, menacée par les tempêtes brutales venues de la mer. Il disait cela sur un ton de plaisanterie, mais ce n'était que pour épargner ma fierté : cette vulnérabilité totale qu'il me prêtait, il y croyait. Je restais pour lui aussi passive et dommageable qu'une plante qui meurt si on ne l'arrose pas, si on ne la rentre pas avant les premières gelées.

En trois ans, pourtant, j'étais passée de l'âge indécis à celui de la décision, de l'enfance au début de l'âge adulte. Conrad m'avait ouvert une porte, le Professeur venait de m'en ouvrir une autre. J'avais changé de lieu, Conrad ne s'en apercevait pas. Pour lui j'étais toujours la petite fille embrumée de trois ans plus tôt. Il me trouvait parfaite parce que imparfaite, infinie parce que ébauchée. Je commençais à croire qu'il m'aimait pour mes défauts. En tout cas, pour mes faiblesses. Il pouvait les regarder de haut, donc se sentir en situation élevée. Ce n'était pas parce que j'étais une femme, mais parce que je n'étais qu'une femme, qu'il se sentait un homme.

Je cessai d'essayer de lui parler. D'ailleurs, à bien réfléchir, je n'avais jamais vraiment essayé. A l'époque où je l'avais rencontré, la question de la vérité ne se

132

posait pas, celle de mon existence non plus. Aujourd'hui, cette idée se faisait insistante. Je vivais toujours ballottée au gré des flots comme une méduse transparente aux jolis reflets. Mais je n'avais pas de quoi piquer ceux qui s'aventuraient à me déranger dans mon rêve flottant. Pourtant je savais maintenant qu'on pouvait se diriger. J'envisageais même de le faire.

Je laissai Conrad croire que mes études n'étaient qu'une nouvelle façon d'occuper les heures. Nous n'avions convergé que par une espèce de hasard. Il était donc naturel que le flux de la vie, qui nous avait un temps rapprochés, nous sépare un jour. L'aveuglement de Conrad désignait une impuissance à faire face, à m'aider, à nous aider tous les deux. Il n'avait jamais vu qu'une issue possible : que je le suive. Il n'aurait pas la souplesse nécessaire pour changer un temps son chemin afin de me permettre de suivre le mien.

J'achetai un blue-jean, une paire de tennis. J'adoptai la tenue vestimentaire alors en vogue chez mes camarades étudiants, que j'avais tant critiquée jusque-là. Je ne trouvais pas que ça m'allait très bien, mais je m'y sentais à l'aise. Conrad objecta que le jean était pour les autres, pas pour sa femme. Je le trouvai anachronique, charmant par là même et je lui dis. Je persistai dans le mauvais goût.

Et je lisais, je lisais, je lisais. Il m'en arrivait d'oublier l'heure du dîner. De toute façon, nous mangions très simplement. Conrad disait qu'il ne fallait pas être esclave de l'argent, des plaisirs fallacieux du luxe. Un bol de lait caillé, deux tranches de pain et des fraises du jardin lui convenaient. Mais souvent, maintenant, c'était lui qui allait chercher le caillé sous la mousseline, au bord de la fenêtre, qui sortait le pain et

133

le coupait, disposant au bout de la table deux assiettes de faïence dépareillées, en les choquant un peu contre le bois de façon que le bruit me tire de ma lecture. J'en sortais à regret, venant de très loin. J'avais un peu mal à la tête, je me sentais lourde de pensées nouvelles.

Automne

L'automne arriva. La famille, les amis venus en visite s'extasiaient sur notre bonheur. La maison avait acquis grâce à nos efforts de l'été le minimum de confort et de recherche qui fait sembler luxueuse la simplicité. Septembre avait été rempli de chants d'oiseaux, de bourdonnements de guêpes, de parfums de fleurs. Octobre était encore superbe malgré quelques averses prémonitoires, des après-midi plombés.

Je n'avais pas de cours à suivre cette année-là. Je devais faire tout mon travail à la maison. Je pensais ne me rendre à l'université que pour y emprunter des livres. La vie estudiantine, à laquelle j'avais très peu participé, me paraissait soudain pleine d'attraits. J'avais vécu par procuration la joyeuse vie de mes camarades, leurs « boums », leurs virées de bord de mer. J'avais fait semblant, pendant les courtes périodes entre les cours, d'être l'une d'entre eux alors que leur vie semblait à des années-lumière de la mienne. Maintenant, tout serait fini pour moi avant d'avoir commencé.

Je n'eus pas, finalement, à renoncer à ces plaisirs innocents. On me proposa le poste de bibliothécaire de la section de philosophie, bien moins importante que

135

celle de l'université et qui tenait dans une seule pièce. Ce poste était proposé aux meilleurs étudiants, ceux en qui on avait toute confiance. Ce n'était pas un travail très fatigant, mais il permettait de se familiariser avec les ressources de l'endroit. Le modeste salaire qui me serait attribué me permettrait de me sentir, pour la première fois de ma vie, indépendante.

Conrad me conseilla d'accepter cette offre. Il voyait cela comme un ouvrage de dames.

En fait, la situation n'était pas aussi facile que je l'avais cru. Le fichier était en désordre, les livres introuvables sur les rayonnages. Tout était à reprendre. J'achetai une méthode de dactylographie et demandai un assistant pour partager mon travail.

Je rentrai à la maison munie d'un clavier en carton et d'un livret d'exercices. Durant deux semaines, chaque jour, je m'exerçai à mettre les doigts au bon endroit sur le clavier. A l'université, je passai à l'expérience réelle. Je me fis mal en coinçant le petit doigt entre deux touches. Je devais refaire chaque fiche dix fois, dans une angoisse considérable car le directeur de la section, un peu maniaque, se faisait un plaisir de s'installer dans mon dos pour me signaler les erreurs de virgule.

Pourtant, au bout d'un mois, j'avais appris. J'étais fière de moi. Je pensais pouvoir enfin accomplir quelque chose de réel, d'utile. Je me plaisais beaucoup dans la bibliothèque. J'aimais l'odeur d'un livre, le grain du papier. Je faisais sans cesse des trouvailles que j'emportais chez moi avec le sentiment d'accomplir un acte défendu. Ce qui me paraissait coupable, c'était le plaisir d'un accès presque illimité à ce que j'aimais le plus au monde.

Mon assistant me causait quelques problèmes. C'était un grand garçon au nez en trompette, à la mèche en bataille, chaussé de mocassins et vêtu d'une chemise Lacoste sur un pantalon écossais. Il ne pensait qu'à séduire. Il fit peu d'approches dans ma direction. J'étais trop sérieuse et j'arborais ostensiblement mon alliance. Lorsqu'il voyait entrer une jolie fille, il l'entraînait vers les rayonnages du fond sous prétexte de lui montrer des ouvrages qui l'intéresseraient. Là, dissimulé par la muraille de livres, il lui sautait dessus sans crier gare. J'entendais, de mon bureau, le choc de l'assaut, le piaillement de la proie surprise, les objurgations du violeur en puissance. Finalement je voyais sortir la malheureuse de derrière le rayonnage, le pull de travers et les cheveux décoiffés, suivie de l'escogriffe impénitent, qui sifflotait.

Les premiers jours, j'avais craint à chaque instant de voir paraître le Professeur, d'autant que nous étions convenus de nous retrouver à l'automne pour parler de mon travail. Une hostilité exacerbée me saisissait chaque fois que je tentais de rédiger quelques pages. Je ne m'étais donc pas présentée au rendez-vous.

Le Professeur utilisait la grande bibliothèque où l'on trouvait des livres plus nobles et plus rares. Il survint pourtant sans crier gare, un jour que je ne l'attendais plus.

Je tamponnais la carte d'une camarade quand il entra. Coralie avait suivi ses cours en même temps que moi, elle faisait également cette année-là une maîtrise avec lui. Il n'y avait aucune sympathie entre nous. Lorsqu'elle venait à la bibliothèque, elle faisait semblant de ne pas me connaître. Cette hypocrisie, que j'attribuais à un sentiment de rivalité, me dégoûtait autant que la cour éhontée qu'elle avait faite au Professeur dans le but de gagner son attention — de « se mettre bien », sinon autre chose. Lors de cette rentrée, le bruit courut qu'elle avait été invitée à dîner chez le Professeur — ce qui me parut injuste et de plus témoignait d'un surprenant manque de goût. Comment pouvait-il trouver plaisir à la compagnie de cette minette en minijupe, qui se coiffait à la Françoise Hardy, avec une frange trop longue qui ne parvenait pas à dissimuler un nez de même ? Lorsqu'elle allait choisir des livres sur les rayonnages, elle était immanquablement suivie de Lucky Strike (c'était le sobriquet attribué à mon assistant érotomane) et j'entendais ensuite ses gloussements, qui accueillaient les entreprises de l'individu. Dès qu'ils émergeaient des étagères, cela cessait. Coralie était « à la colle » avec un leader gauchiste, le redoutable Igor, personnage revêtu hiver comme été d'une cape noire et connu pour sa pratique des arts martiaux. La concupiscence de Lucky Strike envers Coralie n'allait pas jusqu'à risquer d'affronter la terreur qui partageait son lit.

Du jour où elle avait reçu l'invitation du Professeur, l'attitude de Coralie avait changé. Elle s'était crue un cran au-dessus de ses congénères, et promenait haut son menton de bécasse. Il n'y avait pas eu moyen de lui tirer des renseignements quant à la fameuse soirée. Elle était restée obstinément muette, pour agacer le monde sans doute. D'aucuns avaient murmuré, mauvaises langues, que ce n'était pas pour ses beaux yeux ni le plaisir de sa conversation que le Professeur l'avait conviée, mais pour se concilier les bonnes grâces d'Igor, qui décidait quel cours on envahirait pour une « action ».

« Qu'est-ce que vous faites là ? » demanda le Professeur en me voyant.

« Je suis bibliothécaire », dis-je, furieuse qu'il ignorât une promotion que je croyais notoire.

« Et votre travail ? » ajouta le Professeur toujours bourru.

« Je le fais en plus », articulai-je péniblement.

« En plus ! Mais enfin, pourquoi avez-vous accepté ça ! »

Plutôt que de répondre ce qu'on aurait pu attendre — ça ne se refusait pas et c'était une bonne expérience — je dis dans l'espoir de le choquer :

« Parce que j'ai besoin d'argent. »

« Ah bon ! » répondit-il surpris.

Oui, pensai-je, j'ai besoin d'argent. Je n'ai pas, comme cette imbécile de Coralie, des parents gâteux pour financer mes achats de robes op-art et même les culottes de cheval qu'elle arbore tous les mercredis à la fac, pour bien montrer son appartenance au club hippique, nonobstant l'amant gauchiste. Je ne dis rien de tout cela au Professeur. Je me contentai de diriger vers lui un regard combinant l'hostilité et le mépris. Si Coralie se situait un cran au-dessus grâce à ses accointances, je ne pouvais, pour être au-dessus de Coralie, que regarder de haut l'accointance en question.

Le regard eut l'effet souhaité. Il mit le Professeur en colère.

« Pourquoi n'êtes-vous pas venue me voir comme prévu ? » dit-il, s'approchant encore plus du bureau. Je sentis une légère odeur, transpiration et eau de Cologne, et remarquai des taches humides aux emmanchures de sa chemise. Je vis également qu'il rougissait.

« Parce que je n'ai rien rédigé », répliquai-je.

De rouge le Professeur devint violet.

« Comment... Vous n'avez rien fait ? » articula-t-il difficilement, comme gêné par une très grosse chaleur.

139

« J'ai lu les ouvrages que vous m'avez conseillés. Et j'ai pris des notes. Mais je n'ai pas pu rédiger un plan de travail. »

« Comment voulez-vous que je vous dirige dans ces conditions ? »

« Je pourrais venir vous voir pour en parler », hasardai-je.

« Je ne vous verrai pas avant que vous ne m'apportiez un plan. »

« Alors vous ne me verrez pas », articulai-je avec l'apparence du calme.

« Si c'est comme ça... », dit le Professeur en trébuchant sur les mots. Il lâcha sur mon bureau trois livres qui s'y écrasèrent en résonnant. Puis il tourna les talons et sortit.

En examinant la fiche des trois volumes, je vis que le Professeur les rendait avec six mois de retard. Je n'étais pas seule en faute. Cela me réjouit. J'aurais pu le gratifier d'une amende, mais je lui en fis grâce. Nous nous trouvions à égalité. J'avais transpiré, moi aussi, et mon pull, comme la chemise de l'autre, était humide aux aisselles. Il feutrerait.

Coralie, un peu en retrait, appuyée contre un des rayonnages, me considérait avec ironie.

« Tu ne comprends rien, ma pauvre fille », pensai-je, et je souris dans mon angoisse intérieure.

Je recommençai à taper à la machine.

Conflit

Chaque fois que je voyais le Professeur, je passais les jours suivants à m'interroger à propos du plus simple de ses mots, de la plus anodine de ses réactions. En ce qui le concernait, rien ne me paraissait évident. Derrière des paroles banales, des comportements triviaux devaient pouvoir se lire d'autres intentions, d'autres désirs. Le Professeur utilisait le langage codé des amours secrètes. Lorsqu'il ne disait rien, ses yeux me parlaient. Lorsqu'il regardait ailleurs, il me regardait quand même, comme s'il avait eu des yeux dans le dos. Et lorsqu'il me parlait, il me disait d'autres paroles que celles qu'il prononçait vraiment, des paroles beaucoup plus intéressantes.

Je n'avais pas le code. Je m'interrogeais sur ce mystérieux langage, mais je ne faisais rien pour en dissiper le mystère, comme si le mystère lui-même avait été plus intéressant que ce qu'il voilait. Lui non plus ne cherchait pas à clarifier les choses. En fait, nous nous donnions ainsi quelque chose l'un à l'autre, quelque chose dont nous saurions plus tard pourquoi nous en avions, par une ignorance en quelque sorte jalouse, préservé l'obscurité. Le Professeur et moi étions de ceux à qui le quotidien ne suffit pas, de ceux

141

qui attendent toujours — ou en tout cas très longtemps — autre chose. Nous n'étions pas du genre à courir vers ce plus d'existence, cet au-delà du bonheur qui ne se laisse étreindre qu'à condition de sauter très haut pour l'attraper, pendant des moments très brefs. Nous n'étions pas prêts à tout pour décrocher la lune. Nous étions de cette catégorie intermédiaire et patiente des passants mélancoliques qui traînent des heures durant devant une vitrine, heureux, trop heureux seulement d'espérer : plaisir de rien et c'est déjà beaucoup.

Racontant à Conrad la rencontre dans la bibliothèque, je dissimulai la satisfaction que j'en avais éprouvée, la joie amère ressentie à être désagréable, envers d'une amabilité que je ne m'autorisais pas. Parler de ce qu'on aime est une façon de le faire apparaître en ombre chinoise lorsqu'on en est séparé. Je ne voulais pas susciter en Conrad le soupçon. Je noircis ma position. Loin de lui expliquer que le ton de familiarité employé par le Professeur vis-à-vis de cette bécasse de Coralie, contrastant avec sa brusquerie à mon endroit, m'avait blessée, je fis semblant de lui avoir cloué le bec. Cet homme était mal élevé, dis-je. Je commençais à comprendre pourquoi ses collègues avaient de lui une si mauvaise opinion. Ce n'était pas de la jalousie comme Conrad le pensait. Il était sous l'influence du Professeur, celui-ci lui avait monté la tête en jouant les martyrs. Conrad était trop gentil, il était toujours prêt à croire ce qu'on lui racontait et à prendre la défense de ceux qu'il croyait victimes.

Si mon mari avait été plus perspicace, il n'aurait pas manqué de s'interroger sur les raisons qui me poussaient à accabler ainsi le Professeur. Mais Conrad s'était fabriqué une fois pour toutes une série de modèles psychologiques simples qui lui servaient à expliquer toutes les occasions de la vie. Cela lui permettait de se poser le moins de problèmes possible. Lorsque je tentais de lui exposer ma façon de penser, il m'arrêtait en disant que j'étais compliquée, en quoi il avait raison. Si j'étais compliquée, croyait-il, la vie, elle, ne l'était pas : là, il avait tort.

Il considérait la politique de l'autruche comme la seule façon raisonnable de se conduire : j'en étais venue à le juger avec désinvolture et même avec ironie. Ce refus d'envisager que l'existence pût être dangereuse et dramatique, ce calme apparent devant les événements quels qu'ils fussent avaient un temps calmé mon angoisse de vivre, cette exigence perpétuelle d'un au-delà du réel, cet espoir d'une transfiguration des choses qui me terrifiaient. Car je ne me sentais pas capable d'ouvrir la porte de ce royaume des éblouissements que pourtant j'attendais. Dans le monde de Conrad, comme dans un livre de contes, j'étais à la fois Cendrillon et princesse, marchande d'allumettes et belle au bois dormant. Maintenant, j'en avais assez de l'éternelle histoire racontée pour m'endormir. Je ne voulais plus me coucher de bonne heure.

Le reste de l'année se passa sans incidents. J'avais, sur le conseil de Conrad, établi un fichier où je répertoriais les exemples intéressants rencontrés au cours de mes lectures. A part cela, je ne rédigeai pas une ligne. J'attendais. Quoi ? Le déluge. Une colère sourde et violente à l'égard du Professeur asséchait ma plume. Le papier n'était pas du papier, ni le stylo un stylo : la feuille était ma chair, et l'encre mon sang. C'était mon propre corps que j'aurais formé en écrivant, le mien ou celui de mon double. Je me serais fait naître moi-même, dans cette aube éblouissante du début de la vie où tout peut advenir. Je me serais fait naître une seconde fois, belle et neuve et couchée,

143

blanche comme une mariée pour un Professeur qui aurait été autre que le Professeur, un Professeur parfait, aimable, poli, tout pour moi. Mais le Professeur, le vrai, avait déjà une femme et moi, la vraie Colombine, j'avais déjà un mari.

Alors je remplissais des fiches sur de jolis carrés de bristol, de couleur différente suivant le chapitre. Bleu lavande, rose buvard, jaune tendre, vert amande. Le fichier de bois verni trônait au bout de la table. Il était toujours là, je le voyais même en épluchant des poireaux pour la soupe du dîner. Je commençais d'ailleurs à en avoir assez de cette vie bucolique. Cet hiver-là fut très froid et très humide. Au bas des murs soigneusement repeints s'étalaient de larges taches grisâtres. La peinture à nouveau s'écaillait. J'attendais en grelottant, dans l'herbe raidie, l'autobus retardé par le gel. Je regardais les branches noires du lilas devant la fenêtre. Il me semblait qu'il ne refleurirait jamais.

Conrad voulut un enfant. Il disait que la maison était faite pour cela et que la seule justification d'un Noël blanc, ce serait un fils avec qui fabriquer un bonhomme de neige, pour qui aller couper un sapin dans les bois du bord de mer. Je lui demandai d'attendre la fin de mes études. En fait, je ne voulais pas d'enfant de Conrad ou je n'en voulais plus. Mon propre renoncement m'attristait.

Il se plaignit de n'avoir pas repris la sculpture, malgré l'aménagement d'un atelier. Pourtant, la nécessité d'avoir de la place et de la lumière nous avait conduits à nous installer dans cette campagne isolée. Le jeune homme romantique des premières rencontres avait fait place à un homme prosaïque et raisonnable, un homme qui gérait le compte en banque et réparait la plomberie. Il me regardait comme si c'était ma faute, comme si j'avais tué, une nuit dans son sommeil, l'inconnu prometteur d'autrefois. M'accuser de cela était pour lui encore une façon de se conformer à ces principes si simples qui lui évitaient, dans les occasions graves de la vie, la confrontation avec la douleur. Moi aussi, à ce compte-là, j'étais tentée de lui imputer, non pas le meurtre, mais l'impossible accouchement de la jeune femme merveilleuse qui attendait, dans les limbes, que je veuille bien faire couler l'encre de ses veines. Je regardai Conrad durement. Il me dit : « Tu es méchante ! », avec un accent allemand marqué que je ne lui avais pas entendu depuis des années.

Tout d'un coup, je n'étais plus la petite fille chérie de Conrad, l'innocente qu'il devait défendre contre les agressions du monde.

J'en eus de la peine. Je m'étais habituée à cette image rose et bleue qu'il me donnait de moi-même. La femme douce et végétale que je représentais pour lui était devenue une coquille. Je pouvais rentrer dedans à mon aise pour m'y dissimuler et, en toute tranquillité, y dormir ma vie. D'un coup de semelle, il venait de casser l'abri.

Je commençai par nier avec une violence qui me surprit :

« Non, non ! Ce n'est pas vrai ! »

Il répétait lui aussi, en criant :

« Si, si ! Tu es méchante, tu es méchante ! »

Son visage était tordu par la colère et le dépit.

Je lui demandai en quelles circonstances il avait pu me trouver méchante. Il ne parvint pas à répondre. Des sons inarticulés sortaient de sa bouche. Il courut en long et en large dans la pièce, en bégayant et hoquetant des syllabes dépareillées. Finalement, il saisit une assiette sur la table et la jeta dans ma direction. Elle se brisa à mes pieds. Il m'avait ratée exprès ; il n'avait pas voulu me blesser, seulement me faire peur. J'éclatai de rire. De toute façon, l'assiette était déjà ébréchée. Il me jeta un regard mauvais. Pour la première fois, je m'étais moquée de lui. Il m'était arrivé de le faire intérieurement, jamais de l'exprimer. Je ressentis un triomphe et en même temps une douleur. Il était facile de l'humilier. Je venais d'acquérir une arme, il serait tentant désormais de m'en servir. Il avait tapé le premier, je n'avais fait que riposter. Mais le petit couple en sucre filé venait de dégringoler de la pièce montée du mariage.

Je ne pardonnai pas à Conrad d'avoir dit que j'étais méchante. Au cours des mois qui suivirent, je lui posai plusieurs fois la question :

« Tu trouves vraiment que je suis méchante ? »

« Oui », répondait-il, l'air buté.

« Pourquoi est-ce que tu me trouves méchante ? »

« Parce que. »

Il refusait d'en dire davantage.

Je me fis des amis. Ma situation de bibliothécaire m'obligea à surmonter ma timidité. Il fallait bien que je parle aux gens, puisque j'étais payée pour cela. On venait me demander conseil. Le bruit se répandit que je connaissais le contenu des rayons comme ma poche.

L'unique personne qui ne vint pas me voir à mon quartier général fut le Professeur. Cette année-là, je ne le vis pas du tout. Conrad, lui, continuait ses réunions de travail qui n'étaient plus que mensuelles. Je lui demandai une fois ou deux si le Professeur n'avait pas parlé de moi. Il avait d'autres chats à fouetter, me dit Conrad, et d'ailleurs lui-même aurait eu honte d'aborder le sujet, car je me conduisais d'une façon scandaleuse. Un homme qui avait tant fait pour moi, etc.

Je passai les vacances de Pâques dans une angoisse affreuse. Je ne pouvais plus reculer. Il fallait que j'écrive, or je n'écrivais toujours pas. Conrad ne me posait même plus de questions. Il était fort occupé par l'espoir d'obtenir un poste d'assistant. Le Professeur lui avait proposé de faire campagne en sa faveur. Il n'avait pas au départ songé à l'enseignement, mais finalement l'idée le séduisait. Il s'agissait là d'un renoncement de plus à des ambitions de jeunesse. Conrad avait choisi les études de droit dans l'ambition de voler au secours de la veuve et de l'orphelin, le glaive de la loi à la main. Maintenant, il abdiquait. Il voulait du calme, un salaire assuré à la fin du mois. Je ne pouvais pas le lui reprocher. Seulement, il se tassait. Il me semblait que depuis notre première rencontre, il avait perdu quelques centimètres.

Cette nouvelle me causa un choc salutaire. Je ne voulais pas vivre accrochée à un mort vivant. Je me mis à écrire.

Conrad collabora à l'entreprise. Il tapa à la machine, juste après que je les eus rédigées en toute hâte, les pages que je n'avais même pas le temps de retravailler. Je relus sommairement l'affaire. Je ne savais pas ce que j'avais écrit. C'était sorti de moi comme dans un rêve. Quinze jours me séparaient de la soutenance. Je dormais dans le soleil de la chambre, l'après-midi, mon chat roulé à mes pieds. Conrad disait que c'était la fatigue. Moi, je savais que c'était la peur de vivre.

Je croisai le Professeur dans un couloir. Il s'arrêta.

« Avez-vous lu ma maîtrise ? »

« Je n'ai pas eu le temps. »

J'eus envie de le gifler. Je me demandai quel bruit ça ferait. Puis toute énergie me quitta.

« Croyez-vous que j'aie une chance, pour la bourse ? » insistai-je, avec le sentiment de m'enfoncer sous l'eau.

« Il n'y a qu'une bourse, cette année, dit le Professeur. Elle ira à un garçon. »

« Pourquoi ? » Je méprisai le tremblement de ma voix.

« Parce que... On les donne habituellement à des garçons. »

« Pourquoi ? » demandai-je encore dans un souffle. Les contours de la silhouette du Professeur se faisaient vagues dans la pénombre du couloir.

« C'est normal, dit-il. Les garçons sont meilleurs, vous comprenez, ils sont plus solides. Il faudrait que votre travail soit exceptionnel. »

Je regardai le Professeur en face. Ses traits étaient à nouveau clairement définis.

« Dégonflé », énonçai-je. Puis je partis. Au bout du couloir, je me retournai. Le Professeur n'avait pas bougé. Il se tenait toujours à la même place, sa serviette sous le bras.

*

« J'ai vu le Professeur, dis-je à Conrad. Je lui ai parlé, pour la bourse. Il n'y en aura qu'une cette année. Elle sera attribuée à un garçon. »

« Normal », dit Conrad.

« C'est ce qu'il dit aussi. Je ne vois pas pourquoi. »

« Les garçons sont plus sérieux que les filles. »

« J'ai toujours eu de très bonnes notes. Je suis meilleure que les trois qui passeront avec moi cette année. Ils n'ont jamais décroché que des mentions assez bien. »

« Attends d'arriver à l'agrégation. Les garçons sont plus lents. Les filles sont plus brillantes au départ mais elles ne tiennent pas la distance. Imagine que tu sois enceinte l'année prochaine. Tu seras obligée d'abandonner la préparation. On t'aura donné une bourse pour rien. »

« Il n'est pas question de faire un bébé avant que j'aie fini ! »

« On ne sait jamais... »

Cette nuit-là, je rêvai du Professeur. Il avait la taille d'un nain, un petit homme gris en pardessus et chapeau qui me poursuivait à travers un paysage vallonné. Je courais, je courais, je courais. Je haletais d'angoisse. Le Professeur se rapprochait. Je me réveillai.

Soutenance

« Détendez-vous, dit le médecin. Vous n'êtes plus une jeune fille... Il faut me laisser faire... Je ne peux pas vous examiner... Calez-vous bien dans les étriers... Les jambes plus hautes... »

Le gynécologue portait des lunettes rondes cerclées d'acier sur un grand nez mou, dans un teint d'endive. Ses gants de caoutchouc crissaient tandis qu'il explorait les parois de mon vagin avec l'énergie d'un alpiniste qui craint le vertige.

« Voilà..., dit-il avec un soupir. Il y a une légère déchirure... Enfin, une lésion... »

Ses doigts grattèrent avec enthousiasme un repli de muqueuse.

« Ça vous fait mal ? » interrogea-t-il jovial.

« Oui », soufflai-je.

Les doigts sortirent brusquement de mon corps avec un couinement humide.

« C'est bien ce que je pensais... Un morceau d'hymen qui ne s'est pas détaché... Ça gêne le passage... Il faudra vous enlever ça... »

« Comment ça se fait que je n'aie rien senti avant ? Ça va faire quatre ans que je suis mariée ! »

Le médecin ne répondit pas. Il passa derrière un

150

paravent. J'entendis de l'eau couler dans un lavabo, des frottements énergiques.

« Vous pouvez vous rhabiller », dit-il.

Je descendis tant bien que mal de la table, remis mon slip, baissai ma combinaison et ma jupe. Le médecin était de nouveau assis derrière son bureau, remplissait une ordonnance.

« Vous viendrez à la clinique Desjardins, à jeun, mardi prochain à neuf heures. Il faudra une anesthésie générale, parce que vous êtes tellement nerveuse... Mais vous pourrez repartir quelques heures après. »

« Il faut vraiment m'opérer ? » demandai-je. J'essayais de contrôler ma voix. J'en avais assez du mépris de cet homme caoutchouteux qui allait encore me traiter de petite fille.

« Est-ce que vous voulez continuer à souffrir pendant les rapports ? »

« Non. »

« Bon. Alors je vous attends mardi, neuf heures. »

Il poussa vers moi la feuille d'ordonnance, le formulaire vert et blanc de la Sécurité sociale. Je les pris et les glissai dans mon sac. Je tremblais. Il se leva et s'approcha la main tendue, avec un sourire de médecin, un sourire de faux père. C'est difficile d'être convaincant quand on n'arrive plus à se convaincre soi-même. Je me demandai ce qu'il faisait pour oublier les heures passées dans son cabinet avec des gants de caoutchouc. Du tennis, probablement. Au moment de tendre la main à mon tour, je m'aperçus que j'étais en sueur. J'essuyai rapidement ma main sur ma jupe en passant. J'espérais que le médecin n'aurait pas vu mais il me jeta un regard condescendant. Et malgré tout, ma main restait moite lorsqu'il la serra.

En rentrant, je m'enfermai dans la salle de bains. Je m'accroupis et essayai de trouver, à l'intérieur de moi, le morceau de chair superfétatoire qui me causait, semblait-il, ces difficultés pendant l'amour. Il me sembla être revenue plusieurs années en arrière, au moment où, jeune fille, j'essayais d'apprivoiser ma peur de ce vide intérieur. Je ne trouvai rien. Mon sexe me sembla énigmatique et lisse. Je me lavai les mains en pensant au bruit de l'eau dans le lavabo du médecin.

« Tu crois que c'est vraiment ça ? » demandai-je à Conrad.

« Ça quoi ? »

« Ce que le médecin a dit. »

« Si ce n'est pas ça, qu'est-ce que tu veux que ce soit d'autre ? »

« Je ne sais pas... Mais quand même... »

« Il est médecin, non ? »

« Oui, mais ça me fait penser à quand on a voulu m'enlever les amygdales... Le médecin avait affirmé que j'aurais des angines tout le temps, si on ne le faisait pas, et finalement maintenant je n'en ai plus et mes amygdales sont toujours là... »

« Ne te conduis pas comme une petite fille. Tu as peur de tout... Puisqu'on va t'anesthésier, tu ne sentiras rien... »

« Tu viendras me conduire à la clinique et puis me rechercher ? »

« Oui, oui... »

Le mardi suivant à neuf heures, Conrad arrêta la voiture dans le parking de la clinique Desjardins. Il faisait froid malgré le mois de mai. Je frissonnais. La clinique était un bâtiment moderne à deux étages, en béton, aux volets bleus. Dans le hall les dalles de plastique étaient du même bleu, veiné de noir. La femme en blouse, derrière le guichet, chercha mon nom dans un registre.

« Deuxième étage, dit-elle. La maternité. »

« Je ne viens pas pour accoucher », bredouillai-je. Elle me toisa, soupira.

« La maternité, prenez l'ascenseur de gauche », répéta-t-elle.

Au deuxième étage, une infirmière me fit remplir un formulaire, entrer dans la salle d'attente.

« Le docteur s'occupe de vous dès qu'il a fini. »

Fini quoi ? Je me laissai tomber sur une des chaises chromées garnies de caoutchouc bleu. Cette matière me rappela les gants du gynécologue. Quelque part, un bébé miaula.

Conrad se pencha vers moi.

« Je viendrai te rechercher à midi et demi. »

Je m'agrippai à son bras.

« Ne pars pas... »

« Sois raisonnable... Ça ne sera rien, ils vont t'endormir... Il faut que j'aille à la fac... »

Je lâchai son bras et le regardai franchir la porte de verre, se fondre dans le bleu du couloir. Je dus me retenir pour ne pas courir après lui.

Je restai seule dans le froid de la salle d'attente. La clinique était à la lisière de la ville. Par la fenêtre on voyait quelques pavillons tristes, des champs plats, un cimetière de voitures. Je me lassai de ce spectacle et pris un magazine dans la pile de revues usagées posée sur une petite table. Il datait de l'année précédente mais je le lus de la première à la dernière page. Je me plongeai dans les recettes de cuisine, chou farci, potée flamande, baba aux oranges. Je lus les conseils médicaux, le courrier du cœur, les feuilletons, examinai avec intérêt les patrons tricot, la nappe à broder d'épis et de bleuets au point de croix. J'appris même à confectionner une cantonnière à rideaux. Puis j'abandonnai le magazine, n'eus pas le courage d'en choisir un autre, et m'absorbai dans la contemplation d'une reproduction de *La Mère et l'enfant* arrachée à une revue et punaisée sur le mur.

Deux femmes enceintes étaient entrées dans la pièce. L'une d'elles fut appelée rapidement par une infirmière, l'autre attendit une heure en tricotant. Il faisait toujours aussi froid. Le cliquetis des aiguilles ajoutait à l'atmosphère glaciale. Lorsque la première femme disparut dans le couloir, je dis à l'infirmière que j'attendais depuis neuf heures. Elle me répondit d'un ton revêche qu'on m'appellerait quand le docteur serait prêt. Je supposai qu'il devait s'occuper d'une opération compliquée, d'un accouchement difficile.

La seconde femme, à son tour, rangea ses aiguilles, se leva, sortit d'un pas lourd. L'infirmière, à nouveau, disparut à sa suite et je restai seule.

Je me demandai quelle heure il pouvait bien être. Il n'y avait aucun bruit. Personne n'était passé dans le couloir depuis longtemps. Je n'avais pas de montre. Je sus qu'il était midi vingt lorsque Conrad arriva.

« Tu ne voudrais pas aller voir ce qui se passe ? m'inquiétai-je. C'est quand même bizarre... »

Conrad avait le respect de la médecine.

« Je ne veux pas aller déranger. C'est sûrement quelque chose d'important. Un cas grave... »

Je me tus. Il me sembla que j'allais m'endormir. Une infirmière entra, les mains chargées de médicaments, sortit une clé et se dirigea vers un placard. Puis elle s'arrêta et se tourna vers moi.

« Qu'est-ce que vous faites là ? » dit-elle.

« J'attends depuis neuf heures. »

« Ah... Mais on vous a oubliée... Le docteur est parti maintenant... Il déjeune... Il ne reviendra qu'à deux heures... »

« Je pourrais peut-être aller déjeuner aussi ? »

« Sûrement pas ! Il faut que vous soyez à jeun... »

« Il y aurait peut-être un endroit où ma femme pourrait s'allonger, dit Conrad. Elle est très fatiguée. »

« Oui, bien sûr, dit l'infirmière. Venez avec moi. »

Elle me conduisit dans une petite chambre, une espèce de placard avec une fenêtre et dessous, un lit étroit. Je m'allongeai sur les draps blancs glacés. Conrad se pencha pour me dire au revoir.

« Je reviendrai à trois heures », dit-il, et il m'embrassa.

A deux heures et quart, dans la salle verte comme un aquarium, allongée nue sous un drap, je respirais en attendant la mort. Je me réveillai dans le couloir, alors qu'on me poussait sur un chariot.

« Dans ces moments-là ils disent n'importe quoi », déclara l'infirmière à une personne que je ne voyais pas.

Je fis un effort pour me souvenir de ce que j'avais pu dire en dormant, et comme je n'y parvenais pas, je tentai d'interroger l'infirmière. Une bouillie de sons sortit de ma bouche. Je laissai ma tête aller sur le côté et me rendormis.

Lorsque je me réveillai pour de bon, Conrad était assis à côté de moi. J'étais à nouveau couchée sur le lit étroit, dans la petite chambre en forme de placard.

« On y va », fit Conrad.

Je me levai. Des étoiles filantes traversèrent ma tête. Mon mari me conduisit jusqu'à l'ascenseur.

Quinze jours plus tard, je me retrouvai dans le cabinet du docteur.

« Ça me fait toujours aussi mal. »

« Déshabillez-vous », dit-il d'un air mécontent.

« Il n'y a plus rien. Absolument plus rien. » Penché sur mon sexe il grimaçait. Je pensai qu'il ne lui manquait que des bottes pour avoir l'air d'un égoutier.

Je me demandai à quoi il ressemblait, lui, de ce côté-là. J'imaginai des couilles velues, rosâtres, flasques. Comme son visage.

« Vous pouvez vous rhabiller. » Il retira ses gants.

« Il n'y a plus rien. Absolument plus rien », répéta-t-il lorsque nous fûmes de nouveau assis chacun d'un côté de son bureau d'acajou.

« Ça me fait mal pareil », insistai-je.

« Cela ne m'étonne pas, dit-il sévèrement. Si vous vous conduisez comme lorsque je vous examine... C'est du vaginisme. »

« Quoi ? »

« C'est psychique. Je n'y peux rien. » Il se leva.

« Ça veut dire que tu ne veux plus faire l'amour », dit Conrad après être allé chercher un dictionnaire médical. Les parois qui se resserrent... Parfois ça arrive lorsque l'homme est à l'intérieur, et il ne peut plus ressortir... »

Je frissonnai. C'était vraiment de la spéléologie. Les mêmes dangers, les mêmes surprises, les mêmes exaltations.

« C'est la fatigue, la nervosité. Tu as trop travaillé cette année. »

Je faillis observer qu'il m'avait accusée de fainéantise pendant huit mois. Une semaine auparavant, j'avais passé ma soutenance avec le Professeur et un petit homme aux cheveux gris qui complétait le jury. Le Professeur m'avait attribué la mention très bien. Lorsqu'il avait dit que mon travail était du niveau d'une thèse, le petit homme avait opiné avec enthousiasme. J'avais obtenu la bourse d'agrégation. Le Professeur m'avait d'office et d'avance inscrite dans son groupe de travail pour l'année suivante.

J'oubliai l'agrégation et le gynécologue. Je m'arrangeai pour passer l'été dans l'euphorie. Jamais les tournesols du jardin n'avaient été si hauts. Ils semblaient vouloir grimper jusqu'au ciel. J'avais semé des pensées dont les yeux céruléens me guettaient aux quatre coins des allées. La chatte avait fait des petits que je nourrissais contre l'avis de Conrad et qui transformaient l'endroit en un paradis perdu. J'achetai une vieille machine à coudre, des coupons de cretonne et me découvris des talents de couturière. La maison s'orna de rideaux, les lits se couvrirent de dessus-de-lit. Les après-midi dorés, je lisais, assise sous un arbre, le programme de la rentrée.

*

Octobre arriva très vite. Conrad avait obtenu son poste d'assistant, grâce aux bons offices du Professeur. Il était à la fois inquiet et pénétré de son importance. Le résultat de la maîtrise m'avait encouragée. J'avais vraiment travaillé et pour une fois, je ne me sentais pas coupable. Je sortais de mon engourdissement.

Dans les cours d'agrégation personne ne mangeait de chewing-gum ni ne chuchotait. Il y avait beaucoup plus de garçons qu'auparavant. Les professeurs ne posaient des questions qu'à eux, discutaient avec eux à la fin des cours. C'étaient eux les candidats sérieux.

Je me décidai au bout d'un mois à prendre un exposé. Le chargé de cours, pour me féliciter, me dit que j'avais fait « aussi bien que les garçons, sinon mieux ».

Les choses ne se passèrent pas de même lorsque je pris un exposé pour le Professeur.

« J'ai déjà un exposé pour cette semaine-là, dans un autre cours », dis-je.

Le Professeur devint très rouge. Je crus un moment

voir de la vapeur lui sortir par les oreilles. Pourquoi avais-je pris un exposé ailleurs et pas chez lui ? demanda-t-il. Ailleurs, c'était plus facile, répondis-je.

« Lorsque je vous ai attribué cette bourse, je croyais que vous n'aimiez pas la facilité. Vous ferez ce travail. »

Je fis cet exposé. J'étais consciente de ne pas l'avoir préparé à fond. Alors même que je commençais à lire, je vis le Professeur se renfrogner. Plus j'avançais, plus il donnait de signes d'impatience. Il tapotait la table avec le bout de son stylo, soupirait, se tournait vers la fenêtre puis à nouveau vers le mur. Les autres étudiants, conscients de ce qui m'attendait, semblaient réjouis. J'eus le plus grand mal à aller jusqu'au bout.

Le Professeur démolit mon travail de la première à la dernière ligne.

« Vous vous croyez encore en licence, dit-il. Vous n'avez aucune idée de ce que c'est que l'agrégation. Si vous continuez comme cela, vous ne serez jamais reçue au concours. »

J'écoutai tout le discours sans broncher. Je savais que mon exposé n'était pas très bon, mais je savais aussi que le Professeur avait été injuste envers moi. Il m'avait descendue exprès. Comme l'année précédente, il essayait de me rendre les choses difficiles. Je me demandai pourquoi. Pour bien me montrer comme il se situait loin au-dessus de moi, prouver son pouvoir, garder mon admiration ? Ou bien était-il désagréable parce qu'il ne pouvait se permettre d'être agréable ?

Coralie prit l'exposé suivant. Après le savon qu'il m'avait passé, elle était à peu près sûre de faire mieux.

Je sortis de la salle la première et me postai dans le couloir pour attendre le Professeur. Je restai là dix minutes car il s'attarda à discuter avec Lardier, dont on murmurait qu'il serait son assistant après le concours.

Enfin, il sortit, serrant à son habitude son cartable sous le bras, suivi de Lardier, obséquieuse endive.

« Il faut que je vous parle », dis-je au Professeur.

« Mais oui. » Il arbora un sourire satisfait.

Il croit qu'il m'a démolie, pensai-je. Il s'imagine que je vais venir lui pleurnicher dans le giron, lui demander des conseils.

Cette idée me renforça dans ma décision.

« Mon exposé était très mauvais. Vous avez raison. Je ne suis pas au niveau du concours. »

Le Professeur se radoucit.

« Il ne faut rien exagérer. J'ai peut-être été un peu dur. J'attends énormément de vous, et puis... La meilleure chose c'est que vous vous rendiez compte tout de suite des difficultés, afin de ne pas perdre de temps... »

Lardier ne manifestait aucune intention de partir. Il retourna le livre qu'il tenait à la main, de manière que je puisse en lire le titre. C'était un traité de philosophie à la mode. Je le traitai mentalement de con.

« Justement, je ne souhaite pas perdre de temps. Je vous suis très reconnaissante de m'avoir permis d'obtenir cette bourse. J'en avais vraiment besoin. Je ne peux pas me permettre de rater le concours. Je ne passerai pas un an de plus à l'université. J'en ai assez. »

Le Professeur réprima un sursaut. Sa main se crispa sur la serviette de cuir fauve.

« Ah bon... Je vois, évidemment... Ici, vous devez vous ennuyer. »

« Ce n'est pas seulement que je m'ennuie, dis-je. J'en ai par-dessus la tête. »

« Vous présenterez le CAPES, en même temps que

159

l'agrégation. Vous serez sûrement reçue. Vous aurez une année de stage. Vous serez payée, mais vous n'aurez pas beaucoup de travail, et vous pourrez repréparer l'agreg, si nécessaire. »

Il avait raison. Mais je lui en voulais encore.

« Vous semblez certain que je raterai le concours cette année. Ça me confirme dans mon idée. Je vais cesser de travailler avec vous, ce n'est pas dans mes cordes. Je serai reçue plus facilement avec l'autre option. Septime m'a mis seize il y a deux jours. »

Le Professeur rougit à nouveau. Lorsqu'il parla, sa voix avait des ratés, comme un moteur qui s'enroue :

« Septime, Septime... Si vous travaillez avec Septime... Ce n'est pas difficile... Septime est juste assez médiocre pour plaire au jury... Si j'ai été dur tout à l'heure, vous comprenez, c'est que je sais que vous pouvez aller très loin... »

« Non, dis-je, c'est décidé. »

« Écoutez, la date limite de choix de l'option est le 20 décembre. Vous continuerez à venir jusqu'à cette date. La dernière semaine, vous ferez un autre exposé. D'ici là, vous aurez eu le temps de vous familiariser avec la technique de l'épreuve. Je vous dirai franchement ce que j'en pense. En attendant, je vous fais mes excuses. Je n'aurais pas dû vous parler comme je l'ai fait. »

Je regardai le Professeur, sidérée. Il me regardait aussi, de son œil très clair, un peu humide. Le charme fut rompu par le bruit du traité philosophique de Lardier, que celui-ci venait de laisser choir. Rougissant à son tour, Lardier se baissa pour ramasser son livre et s'arrangea pour trébucher sur le soulier du Professeur. Il s'étala de tout son long, produisant un bruit plus considérable encore. Le Professeur et moi nous regardâmes à nouveau et éclatâmes d'un commun éclat de rire.

Mais le Professeur se reprit très vite. L'amusement disparut de son visage et fut remplacé par un air de sollicitude comme il penchait le buste en direction de Lardier. Celui-ci sortit tant bien que mal de sa prostration, essuyant de la main son pantalon empoussiéré, ramassant livre et stylo. Lorsqu'il releva la tête, rendu à lui-même, il rencontra l'expression paternelle du Professeur, alors que sur mon visage se lisaient encore les traces du rire. Après m'avoir jeté un regard outragé, il me tourna le dos et tenta de reprendre la conversation de maître à disciple que j'avais interrompue. Le Professeur s'y prêta. Je jugeai le moment venu de prendre congé. Je dis au revoir au Professeur et non à Lardier qui me tournait toujours le dos. Le Professeur eut un mouvement plongeant dans ma direction, s'arrêta brusquement et dit avec un sourire charmeur :

« Alors, nous sommes bien d'accord ? Il n'y a plus de problème ? »

« On verra ! » répondis-je, et je partis.

« Tout se passera très bien », cria-t-il d'une voix de jeune homme, alors que je descendais le couloir qui me rappela soudain celui de la clinique.

Mésentente

J'attirais sur moi la désapprobation masculine. Le Professeur comme le gynécologue me réprimandaient. Le gynécologue, cependant, ne semblait pas prêt à m'excuser dans un second temps. Je décidai de me passer de ses services. De toute façon, les rapports conjugaux ressemblaient de plus en plus à des manipulations médicales. La pilule, fortement dosée à ses débuts, me donnait des malaises. J'avais vainement passé des heures dans la salle de bains à tenter de mettre en place une sorte de joint géant en caoutchouc jaunâtre nommé diaphragme. La chose refusait de se ventouser. Je le lavai et le poudrai une fois pour toutes, le remis dans la boîte où il trônait, tel un bijou de famille un peu terni.

« Peut-être qu'il n'est pas de la bonne taille, dit Amandine. Tu devrais changer de médecin. »

J'avais affronté la salle d'attente du Planning, située dans un quartier ouvrier de la ville avec ses mères de familles nombreuses au ventre perpétuellement distendu, ses adolescentes honteuses et ses jeunes mariées mal à l'aise, dont je faisais partie. Des dames de la bourgeoisie au gentil sourire et au front soucieux tentaient de rassurer les brebis intérieurement bêlantes de ce troupeau égaré. On m'avait équipée de plusieurs dispositifs. J'étais pilulée, diaphragmée et dûment instruite de l'usage du préservatif Durex Satin. Achetés par vingt, ces objets donnaient droit à une boîte métallique en fer-blanc repoussé et « vieilli », dont le couvercle s'ornait d'un galion de type espagnol voguant sur mer agitée. Cette boîte était censée orner la table basse du salon et contenir, une fois vidée de ses premiers occupants, des cigares. Idée astucieuse du fabricant, le cigare évoquant l'arme en état de marche et chargée. Le choix du galion aux voiles gonflées par le vent rappelait l'aisance de l'érection voilée de Durex, tandis que le côté espagnol suggérait la conquête de l'Eldorado, la puissance de feu des tromblons de Cortés. Et la mer, pas besoin d'avoir lu Bachelard pour savoir que c'était la femme, la femme toujours recommencée, soir après soir, étreinte après étreinte, dans l'océan duveteux du lit matrimonial.

Pourtant, la boîte de préservatifs à cigares mentait, comme d'ailleurs la notice qu'elle contenait et qui couvrait d'un drap de papier pudique les objets sphériques et sous sachet plastique qui, ainsi repliés sur le mode du chapeau claque, ressemblaient, en modèle réduit, au diaphragme qui dormait dans le tiroir de ma table de chevet. Celui-ci était présenté dans un écrin plastique bleu façon bijouterie, copié sur les boîtes à bagues de fiançailles. L'utilisation franche de ces boîtes, esthétiquement posées à l'oblique sur la table à côté du cendrier et des apéritifs, était une plaisanterie standard dans les chambres de la cité universitaire. On racontait qu'il s'était trouvé une jeune fille un jour, sortant de chez les sœurs et tout juste inscrite en grec ancien, suffisamment gourde pour admirer le joli coffret à cigares, le prendre à deux mains et même l'ouvrir, s'exclamant en découvrant son contenu. L'affaire était éventée depuis longtemps, et les étudiantes confrontées à ces facéties se contentaient désormais d'un sourire pincé. Les préservatifs eux-mêmes étaient parfois utilisés à fin de ballons dans les surboums.

Tout ce hardware justifiait-il mon inappétence sexuelle ? Les magazines féminins soulignaient « la fin du romantisme » provoquée par l'irruption des techniques malthusiennes dans la vie des couples. On parlait de « savoir-vivre contraceptif ». Qui devait mettre le préservatif ? Le mari, tel l'homme-grenouille enfilant son scaphandre, ou bien l'épouse (« une caresse de plus au registre des plaisirs »)? Qui devait appliquer la gelée spermicide importée clandestinement des États-Unis ? Ma méfiance devant ce produit fut telle que Conrad dut se livrer aux manipulations. Couchée sur le lit, une serviette de bain sous les fesses, je me tenais jambes ouvertes alors que, affectueux dératiseur, il ouvrait l'imitation d'étui à lunettes de soleil (décidément toutes ces choses tentaient de ressembler à d'autres) en plastique imprimé de cupidons roses, en extrayait le flacon de produit et la seringue, rose elle aussi, et m'envoyait au fond de la tuyauterie une giclée de liquide blanchâtre qui se transformait, à mon intime contact, en écume à l'odeur hygiénique. Le mode d'emploi soulignait la ressemblance du processus avec l'acte sexuel, justifiant l'action maritale lors de l'application. Le giclement mousseux était censé provoquer un effet voluptueux, de même que la texture lubrifiée du Durex Satin devait, d'après le fabricant, provoquer chez la femme un effet érotique plus réussi que le contact de la peau masculine, d'autant que le capuchon-réservoir qui se trouvait au bout devait par son centimètre supplémentaire aller chatouiller des régions habituellement inexplorées. Là non plus je ne constatai rien de tel. D'une façon générale je commençais à déplorer la pauvreté de mes perceptions dans ce domaine.

La période « mousse spermicide », heureusement, fut de courte durée. Deux étudiantes de nos relations abonnées à la chose tombèrent enceintes malgré l'usage libéral de l'étui cupidonné. Je ressortis du tiroir la rondelle poudrée dans son écrin bleu.

Toutes ces hésitations, tous ces dégoûts étaient à Conrad parfaitement étrangers. Il faisait l'amour avec efficacité, sans se poser de questions. Cela n'aurait pas dû m'étonner, car il ne s'en posait pas davantage dans d'autres domaines. Cette simplicité, rassurante chez un homme intelligent, m'avait apprivoisée et séduite de prime abord. Dans mon innocence, je ne m'étais pas attendue à la retrouver dans le domaine amoureux. Je me demandai si tous les hommes fonctionnaient ainsi. Il avait envie de faire l'amour tous les soirs de la même façon que deux heures plus tôt, il avait envie de dîner. Chez moi ces choses-là étaient soumises au caprice de l'émotion. Rien chez lui ne semblait affecter la fonction. L'érection, la pénétration et l'éjaculation étaient immanquablement les trois stades de l'amour. Le lien de cause à effet fonctionnait parfaitement.

Je m'étais fait prêter par Amandine des manuels sur les secrets du bonheur conjugal. J'y avais découvert des choses surprenantes, et je les avais donnés à lire à Conrad. Cela l'avait intéressé. Il s'était appliqué à suivre leurs conseils comme on suit une recette de cuisine, passant au veau aux olives pour changer un peu, parce que la semaine précédente on avait servi des escalopes aux champignons. Dans cette conscience je sentais l'effort. Lorsque je lui en parlai, il m'expliqua qu'il faisait cela pour moi. Il n'en avait pas besoin lui-même parce que chez l'homme c'était toujours la même chose, de toute façon. Il se trouvait satisfait de son ordinaire. Il n'avait pas plus envie de changer d'amour que de voiture. Mais il changeait quand même, une fois par semaine, pour m'obliger. Le devoir d'un mari était de rendre sa femme heureuse. Les femmes étaient défavorisées de ce côté-là. Il fallait les caresser, leur chuchoter des choses surprenantes. Au fond, ce qu'il reprochait à une femme, c'était de n'être pas un homme. Une femme était un homme raté, un homme qui fonctionnait mal. Pourtant, c'était bien une femme qu'il lui fallait. Il ne pouvait s'en passer. Je commençais à me demander si mon attrait, justement, n'était pas de paraître mal fonctionner. Mes pannes, mes inappétences, mes insatisfactions ne faisaient que souligner son énergie, son sérieux. Il m'aimait pour ma différence, c'est-à-dire mon handicap.

Mon mari était pourtant tendre et sentimental. Il me tenait par la main, me chantonnait des bribes de chansons d'amour, allait me faire un café lorsqu'il me sentait fatiguée, me cueillir des fleurs lorsqu'il me voyait triste. Il me semblait qu'il faisait cela parce qu'il pensait que c'était ce qu'un bon mari devait faire. Sa parodie répondait à la mienne. Mon comportement d'épouse était dicté par ce que je pensais qu'une épouse devait faire pour être une épouse. Si de ma part ces efforts me paraissaient méritoires, venant de Conrad ils me semblaient supercherie. J'aurais voulu, non pas qu'il fasse semblant d'être mon mari, mais qu'il le soit vraiment. Je comprenais qu'il ne le serait jamais, pas plus, évidemment, que moi je ne serais jamais sa femme. C'était pour cela, me répétais-je, que je l'avais épousé : parce qu'il ne m'en demanderait pas trop. Pourtant j'avais passé l'âge d'essayer d'être une femme, pour atteindre celui de l'être vraiment. Conrad, en revanche, avait acquis l'aptitude à la résignation, qu'il appelait capacité à être heureux, et à propos de quoi je n'osais encore prononcer le mot de médiocrité.

Je me gardais bien d'exprimer ce mécontentement : c'était inutile. Il m'arrivait de me mettre en colère, je n'en laissais jamais percer les raisons. Je trouvais des prétextes de surface. Un plat brûlé, une course oubliée, un problème de fin de mois. Conrad déplorait que je me fâche pour si peu. Il attribuait à cela des raisons féminines, ou ce qui lui apparaissait comme tel : la chaleur, la fatigue, le moment du mois, la pleine lune.

Je n'avais pas perdu mon affection pour lui, ni mon besoin. Il était nécessaire à ma vie, toujours distant et toujours proche, absent et présent, comme un chat heureux quand on le caresse et puis qui s'en va, en ronronnant, se coucher un peu plus loin. Il ne connaissait ni la joie ni la détresse, semblait ne s'émouvoir vraiment de rien. Sa gentillesse, sa capacité à se satisfaire de tout ce qui lui arrivait cachaient sans doute une détresse profonde, une nostalgie de l'être. Tout cela était maintenant si enfoui que jamais plus cela n'affleurerait. Il avait enterré les parties tumultueuses et incertaines de lui-même. Il s'était tissé une personnalité de surface, l'avait endossée comme un vêtement. Il ne l'ôterait plus. Je craignais d'avoir été complice de cet engourdissement.

Je n'avais jamais désiré Conrad en tant que Conrad — son odeur, la texture de sa peau, ses mots, son souffle. Il s'était simplement trouvé là, avait répondu à un désir générique d'aimer, d'être aimée. J'étais alors incapable d'aller vers un homme qui m'aurait plu. Avec Conrad je n'avais eu qu'à rester là et tout était arrivé. D'une façon négative, je l'avais choisi quand même. Je l'avais choisi comme je le rejetais maintenant. J'avais, par moments, des bouffées de haine à son égard, qui me suffoquaient.

Cela survenait n'importe quand. Je le voyais, assis dans le fauteuil, près de la porte, son journal sur les genoux. Image paisible. Mais quelque chose dans le geste de porter sa pipe à sa bouche, de tirer une bouffée me mettait hors de moi. Son air content de lui, l'expression vacante de ses yeux. Ou bien, nous étions assis à table, pour le repas du soir. J'arrivais de la cuisine, tenant un plat chaud, sortant du four, marchant très vite pour le déposer avant de me brûler la main. C'était du chou-fleur. Conrad était assis devant son assiette. Il attendait.

« Tu veux du chou-fleur ? » J'étais en arrêt, la cuiller au-dessus du plat.

« Hein ? » Il leva les yeux de la boulette de mie qu'il était en train de pétrir. Un journal était étalé sur ses genoux.

« J'ai fait du chou-fleur... Je te demande si tu veux du chou-fleur ! »

« Du chou-fleur... Oui, oui, bien sûr, du chou-fleur... »

Il tendit son assiette. Je le servis. Je me servis aussi. Il commença à manger. Moi aussi. Il ne disait rien.

« C'est bon ? »

« Comment ? Ah, oui, pas mauvais... Oui, oui, très bon... »

« Je te servirais de la rhubarbe, ça te ferait le même effet... »

« Ah oui, c'est pas mauvais, la rhubarbe... Ça fait longtemps qu'on n'a pas mangé de rhubarbe... »

Silence. Il termina son chou-fleur. Je desservis, revins avec le fromage.

« C'est du brie... J'ai acheté ça pour changer du camembert... Il avait l'air tellement bon... »

Pas de réponse. Il jetait des regards subreptices au journal sur ses genoux.

« Qu'est-ce qui se passe ? Tu es fatigué ? »

« Non... Enfin, non, ça va... »

« Tu es préoccupé ? C'est le travail ? »

« Ah bien oui, évidemment je suis préoccupé... Comme d'habitude... »

« Pourquoi tu ne me réponds pas ? »

« Mais je te réponds, ma chérie, qu'est-ce que je fais d'autre ? »

« Non, tu ne me réponds pas ! Tu ne me parles pas, d'ailleurs tu ne parles jamais... Jamais on ne se parle... »

« Comment ? Mais on ne fait que ça... Tu n'arrêtes pas de me parler... Comment veux-tu que je te réponde... Tu sais bien que je ne suis pas bavard... D'ailleurs, je n'ai rien à dire... »

« Mais à quoi tu penses ? Je ne sais jamais à quoi tu penses... »

« A rien, ma chérie... »

« Mais ce n'est pas possible ! On ne peut pas penser à rien ! Tout le monde pense à quelque chose, tout le temps... »

« Tout le monde sauf moi, apparemment. Je dois être un imbécile, mais je vis très bien comme ça. Sans penser. »

« Mais alors pourquoi tu as le journal sur tes genoux ? »

« Parce que... Tu m'as expliqué que ce n'est pas poli de lire le journal à table, et d'ailleurs tu as raison. Alors tu vois, je ne le lis pas. Je l'ai juste posé là. »

« Comment ça, tu l'as juste posé là ? Je ne vois pas comment c'est possible... Personne ne mange avec un journal sur les genoux, ce n'est pas une serviette, tu ne vas pas t'essuyer les mains avec... »

« Mais non, c'est parce que... »

« C'est parce que quoi ? »

« Eh bien, quand tu vas à la cuisine, ranger les assiettes ou chercher les plats... je lis un peu pendant ce temps-là... »

« Ah d'accord... Ça ne te viendrait pas à l'idée que je pourrais avoir besoin d'aide ? »

« Mais c'est toi... Quand je te propose de t'aider... tu me dis que ce n'est pas la peine... »

« Évidemment, je te dis ça... Parce que quand soi-disant tu m'aides, c'est pire, ça me donne deux fois plus de travail... Il faut voir ce que tu appelles aider ! »

« Comment ça, plus de travail... Je ne te comprends pas... »

« Ah, tu ne comprends pas... Ça c'est vrai, tiens, tu ne comprends pas souvent... C'est pratique, de ne jamais comprendre... Ça évite de se fatiguer... Mais je commence à en avoir marre de comprendre pour deux... »

Conrad s'énervait. Une rougeur montait à ses joues. Son accent revenait, des intonations hachées qui le faisaient trébucher sur les mots. Ses yeux prenaient une expression butée.

« Donne-moi un exemple ! Donne-moi un seul exemple où j'ai refusé de t'aider ! »

« Tu n'as pas refusé de m'aider ! Tu ne refuses jamais de m'aider ! Tu es bien trop sournois ! Oui, voilà, tu es un type sournois... Je ne sais jamais ce que tu penses et tu ne dis jamais rien, je me sens toute seule tout le temps, je me sens encore plus seule quand tu es là que quand tu n'es pas là. D'ailleurs j'en ai marre de vivre à la campagne, dans ce trou, isolée de tout le monde... Et je ne peux plus supporter de coucher avec toi, j'en ai marre de voir ta bite tous les soirs, la même bite toujours au garde-à-vous, là ! »

Conrad avait maintenant du mal à parler. Les

paroles s'étouffaient dans sa gorge comme une boisson avalée de travers. Son accent se faisait de plus en plus net.

« Je ne te reconnais pas... Tu ne peux pas parler comme ça, c'est vulgaire... Ce n'est pas toi, là, ce n'est pas toi... »

« Si, c'est moi ! C'est moi aussi, ça, voilà ! »

« Non, ce n'est pas toi ! »

Il s'était rapproché, m'avait saisie par le bras. Son visage était au-dessus du mien, menaçant, tordu par la colère. Il m'est venu un instant l'idée que lui non plus n'était pas le même. Un inconnu avait pris sa place. Sitôt après, je compris qu'en fait ce qui venait de surgir là était précisément une part très vraie de lui-même. Cette rage, ce refus, cette rancune et ce dépit que je lisais dans ses yeux, obscurément je les avais pressentis. Chacun d'entre nous s'était cousu lui-même dans une peau étrangère qui menaçait d'éclater, et vivait dans la terreur de cet éclatement. Cette seconde peau était à la fois une prison et une sauvegarde, une contrainte et une armure. La première, j'avais senti se tendre et craquer les coutures, parce que j'avais pensé qu'autre chose m'attendait.

Conrad, au contraire, se réfugiait de plus en plus à l'intérieur de cette peau, de ce costume de scène qui le gênait. Avec les années, contrairement à moi, il s'y habituait. Sa peur du monde, de l'affrontement avec lui-même croissait ou bien, simplement, son désir diminuait. Il se recroquevillait, se desséchait. Ce mouvement soudain de rage était suscité par le spectacle de ma propre évolution. Autorisant l'autre moi à sortir, j'avais enfreint la règle tacite qui gouvernait notre vie commune. Je l'avais mis face à son refus et à sa peur. J'avais toujours été

171

pour lui un miroir. Maintenant, ce miroir lui renvoyait une image inquiétante. Il voulait le voiler, ou le fendre.

Je sus tout cela en quelques instants et cela me calma. La dissimulation serait désormais pour moi légitime défense.

« On ne va pas se disputer pour des idioties. Je n'aurais pas du te dire ça, c'était méchant. »

Conrad lâcha mon bras mais son visage était toujours déformé par la colère et la douleur lorsqu'il me déclara :

« Ce n'est pas ce que tu as dit... C'est ta façon de dire... Ce n'était ni ta voix ni tes paroles... »

« Mais si, c'était moi... »

Il cria à nouveau avec un accent très fort :

« Mais non, mais non ! Ce n'était pas toi ! »

Je me remis à crier moi-même, entraînée par la violence de sa voix, comme s'il ne pouvait m'entendre autrement :

« C'est moi qui sais qui je suis ! C'est moi qui sais et pas toi ! Je ne veux pas que tu me dictes qui je suis ! »

Il me gifla, à la volée.

La gifle arrêta net la dispute. Je me laissai tomber sur la chaise la plus proche et me mis à pleurer, la tête dans les mains, les coudes sur la table. Je venais de m'écrouler en même temps que le monde qui m'entourait. Conrad avait accompli un geste définitif. La première partie de ma jeunesse était partie avec cette gifle. Il y aurait, désormais, avant la gifle et après la gifle. Je ne pourrais rien en dire, ni à Conrad ni à personne. Qu'est-ce que Conrad ou quiconque pourrait bien répondre à ça ?

Et justement, Conrad répondait, il répondait à la question que je ne lui avais pas posée, à la colère que je ne montrais pas, aux reproches qui ne passaient pas ma bouche. Il était tombé à mes genoux et les enserrait

172

de ses bras, y posant la tête puis la relevant vers moi, implorant. Il pleurait des sanglots secs qui lui déchiraient la gorge au passage. Il disait :

« Je t'en prie, je t'en prie, ne m'en veux pas, il ne faut pas m'en vouloir, je ne sais pas ce qui m'a pris, je n'aurais pas dû faire ça, comment peux-tu aimer un type comme moi, je ne suis pas digne de toi, mais qu'est-ce que j'ai fait, tu ne me pardonneras jamais, il faut que tu me pardonnes, écoute-moi, ma chérie, jamais plus je ne ferai une chose pareille, oh comment ai-je pu, mon Dieu, qu'est-ce qui m'a pris, je suis un salaud, un imbécile, tu m'as provoqué, tu me fais sortir de mes gonds, tu me mets hors de moi, je t'aime trop, je ne t'aimerai jamais assez, je ne sais pas t'aimer, ne me quitte pas, ne m'abandonne pas, je ne pourrais pas vivre sans toi, tu es ma seule raison de vivre, je ferai n'importe quoi pour réparer ça, tout ce que tu voudras... »

Il s'abîmait dans cette psalmodie. Je pensais : « Je devrais partir, je ne peux pas. Je devrais partir là, tout de suite, il m'en a donné le prétexte. Je ne l'aime plus, je ne l'ai jamais aimé. Il a raison il ne me mérite pas, je pourrais trouver mieux, vivre vraiment. Qu'est-ce que je fais avec lui, je suis morte, il m'aime morte... »

Le contact de sa tête sur mes genoux m'était insupportable, et aussi ses paroles lamentables, le ton mielleux mêlé à un désespoir sincère. Il me serait attaché désormais par les liens les plus forts, ceux de la culpabilité, de la honte, de la haine, de l'abaissement. Je le tenais et pour cela il m'en ferait voir de toutes les couleurs. Il recommencerait et pire encore. Je savais tout cela et je ne pouvais pas partir. La force me manquait. Je restais sur ma chaise, clouée par l'inertie. Conrad pleurait maintenant, mouillait mes genoux de larmes. Il se vautrait dans sa douleur pour se régénérer auprès du monde, auprès de lui-même. Nous pleurions tous les deux pour des raisons différentes mais aussi pour une raison identique : la perte d'un rêve commun. Nous étions entrés dans l'ère de la pauvreté vraie, la pauvreté des sentiments, le dénuement amoureux, la lâcheté, l'habitude et le soupçon.

*

Ce soir-là, nous dînâmes chez des amis de Conrad. Une soirée de vieux étudiants, à l'âge incertain où l'on sait qu'on va bientôt quitter la fac pour la vie. Il y avait des chips dans des bols en Duralex, du beaujolais au goût vinaigré, de la sangria dont personne ne voulait et des sandwiches au pâté de foie grisâtre. Les filles essayaient d'avoir l'air affranchies, et les hommes blasés. Plantées dans des bouteilles, des bougies « à usage ménager » achevaient de baver, laissant au plafond des ombres mouvantes. Personne ne me parlait, et je ne parlais à personne. Les mots étaient vides de sens, réduits à l'état d'emballages.

La gifle de Conrad avait rougi ma joue pendant une demi-heure, puis toute trace en avait disparu. Mais j'avais les paupières gonflées de larmes.

Dans le coin opposé de la pièce, Conrad menait avec deux autres hommes une conversation embrouillée. Parfois il tournait la tête, jetait dans ma direction des coups d'œil inquiets. Par la fenêtre, une lune jaune parcourue de formes indécises luisait doucement dans le ciel noir. Ma souffrance semblait s'être éloignée. Elle réapparaissait par moments, puis s'affaiblissait, tel un vague souvenir. Je décidai de m'endormir, et laissai aller ma tête contre les coussins.

Pendant le trajet du retour, Conrad resta silencieux. Je regardais toujours la lune, qui luisait maintenant derrière la vitre de la voiture, comme la fenêtre allumée de la maison d'en face.

En montant l'escalier, je dis que j'irais dormir dans la chambre d'amis. Conrad ne protesta pas. Je n'eus pas le courage de faire le lit et me glissai entre le matelas et la couverture rêche. J'avais un mauvais goût dans la bouche, mal à la tête et les yeux me brûlaient. Par la fenêtre je voyais toujours la lune aimable et familière. Je m'endormis. Je me réveillai à l'aube. Le ciel avait la couleur sombre et moirée d'un bouquet de violettes. Je n'étais pas seule sous la couverture. Conrad m'avait rejointe. Il avait posé l'une de ses jambes sur les miennes, ronflait légèrement. Je dégageai mes membres. La circulation en était ralentie, des fourmis me piquaient. J'avais froid, je tirai la couverture. Je me rendormis.

De ce jour-là, Conrad me traita avec la sollicitude qu'on a pour les condamnés : paroles prudentes, regards lourds, gestes patients. Noël arriva avec le froid. Le givre voilait la campagne et moi aussi, un givre invisible m'enserrait de son filet diaphane, me figeait sous ses doigts légers.

Conrad n'essaya plus de me faire l'amour toutes les nuits. Le rituel de possession conjugal était brisé. C'était moi, maintenant, de temps à autre, qui me rapprochais de lui le soir dans le lit, mue par la pitié de voir cet homme réduit à l'impuissance, son sexe défait, inutile. Conrad entrait en moi précautionneusement. Je souffrais un peu, puis mon corps s'habituait à cette chose étrangère qui venait s'encastrer en lui. Je ne ressentais plus que le poids d'un corps sur mon corps, la constatation amère et désolée d'une solitude que rien ne saurait rompre. Je le serrais contre moi, caressais ses cheveux. Il marmonnait des mots indistincts, bavait un peu contre mon épaule, tressautait, secoué par le passage d'un train invisible, le rapide de la vie. Nous restions tous les deux sur le quai, frissonnants, délaissés, attendant le train suivant.

J'étais allée m'inscrire à l'agrégation en cochant l'option du Professeur. Lors de la rentrée de janvier, son regard avait cherché le mien, et le rencontrant s'était abattu, calmé, satisfait, sur le bureau. Il avait posé sa serviette, cherchait ses notes avec au coin de la bouche le tressaillement d'un sourire vainqueur.

Depuis l'épisode de la gifle quelque chose en moi s'était mis à mourir mais autre chose s'était trouvé délivré. J'étais plus légère, je flottais. Il m'arrivait de sourire aux anges au milieu de ma tristesse. Cette mélancolie aimable m'allait bien. Je plaisais aux hommes comme toujours les femmes qui consentent à leur douleur. Je maigrissais. Je tirais mes cheveux en chignons sages qui me donnaient les joues creuses et l'air docile. Je souriais quand on me parlait, sans écouter les mots qu'on versait à mon oreille. Je baissais les yeux avec une soumission apparente lorsqu'on me regardait. Je rougissais avec discrétion, ce qui suffisait à assurer le mâle d'un triomphe facile, donc inutile à poursuivre.

Le monde se brouillait. Tout m'échappait. Il ne restait que le savoir. Personne ne pouvait m'enlever ça. Toute mon imagination, toute ma volonté s'était réfugiée dans ce royaume impalpable de la connaissance et de la réflexion. J'étais assidue au cours du Professeur. Dans les autres on pratiquait le gavage de cerveau. Le Professeur, seul, proposait d'apprendre à penser. Ses cours attiraient moins d'élèves. Il exigeait trop. Les mois passant, la rébellion passait de mode. On se résignait à nouveau. On constatait que la vie est une grande cantine avec menu imposé. Les étudiants du Professeur devenaient frondeurs, ils posaient aux autres enseignants des questions gênantes.

Les événements de mai s'éloignaient dans le folklore. Le Professeur et quelques irréductibles semblaient y rester fidèles. Le Professeur, contrairement à ce qu'on croyait, n'avait rien d'un gauchiste. La barbe, les cigares et les vestes à la Fidel étaient une coquetterie. Il n'encourageait l'apparence de la rébellion que pour mieux s'asseoir sur le trône du père. Avec lui, les étudiants étaient comme des jeunes chiens qui mordillent les chaussures du maître.

Les étudiants du Professeur, s'ils s'inscrivaient moins nombreux, étaient plus sérieux. Le fait de suivre ce cours suffisant à faire d'eux, aux yeux des autres, des marginaux suspects, ils devenaient un peu paranoïaques. Le Professeur encourageait ce délire. Lors du premier cours d'agrégation, il tenait un discours rituel, œil sombre, voix méfiante. Il ne fallait pas croire, disait-il, les bruits qui couraient à son propos, ragots malignement colportés par des jaloux. Certes, il arrivait que le jury saque ses étudiants ; mais ça n'arrivait pas aussi souvent qu'on le disait. D'ailleurs, quand il les saquait, ce n'était pas vraiment vengeance. Les théories enseignées par le Professeur étaient si originales, si audacieuses que le jury avait parfois du mal à comprendre. Il ne fallait pas en vouloir à ces gens encroûtés dans leurs habitudes. Ils ne se tenaient pas au courant. A l'étranger la philosophie évoluait. Le Professeur le savait, mettait à profit ces découvertes qui n'étaient même pas récentes ! Il se permettait un sourire ironique, récitait des dates :

« Le fameux *Traité* d'Arnold Torkuvski : Prague, 1912 ! Le *Cours* de Bertram Silberg-Rosenkranz, Berkeley, 1951 ! Les *Mélanges Sigismond Laverdure*, Lausanne, 1897 ! Eh oui, 1897 ! Certes, il est difficile de croire qu'en 1970, on n'en ait toujours pas entendu parler ici ! Mais il faut comprendre : certaines personnes n'écoutent que ce qu'elles veulent bien entendre ! L'université encourage la surdité ! »

Le Professeur arborait le sourire des martyrs. Des mouvements se faisaient dans l'auditoire. Certains étudiants ricanaient. D'autres levaient le doigt, demandant la parole afin d'assurer le Professeur de leur détermination. L'intimidation ne les ferait pas reculer ; ils se rendraient à l'abattoir en chantant. D'autres encore, comme moi, se taisaient, atterrés. L'iniquité régnait donc sur le monde, même en haut lieu !

Un jour, j'eus le courage d'aborder la question à haute voix, alors qu'elle revenait sur le tapis. Car le speech d'initiation n'était pas unique. Le Professeur, en excellent enseignant qui savait que les idées ne rentrent dans les caboches qu'à force d'être répétées, faisait de temps en temps une sorte de séance de révision au cours de laquelle il rappelait brièvement ses thèmes principaux. On parlait de supprimer l'agrégation, trace d'un élitisme apparemment dépassé. L'université s'apprêtait à accueillir à bras ouverts les enfants d'ouvriers. Bientôt, croyait-on, les tourneurs-fraiseurs seraient diplômés d'anthropologie, les plombiers discuteraient métaphysique à la pause casse-croûte. Les propos du Professeur ajoutaient de l'eau à ce moulin. Comment ces turpitudes se pouvaient-elles ? Les copies n'étaient-elles pas anonymes ? Effectivement, concéda le Professeur. En haut de chaque copie, une bande était appliquée, empêchant au correcteur de connaître le nom de son auteur. Le Professeur se tut. Il fixa le bois du bureau, y posa le bout de ses doigts. Puis il regarda par la fenêtre. Une terreur parcourut la salle. Et si l'anonymat était une fiction ?

Si une chasse aux sorcières avait cours, tendant à déceler les étudiants du Professeur ?

Le cours terminé, l'agitation régnait toujours. Un petit groupe se forma dans le couloir. Le Professeur le fendit et, lorsqu'on tenta de le retenir, murmura qu'il était pressé. On se répéta qu'un de ses étudiants avait été reçu l'année précédente ; le boycott n'était donc pas général. Mais un seul, ce n'était pas beaucoup.

Lardier, le boutonneux aux cheveux en brosse, chouchou du maître et qui préparait le concours pour la deuxième fois, intervint. Pour reconnaître les élèves du Professeur, affirma-t-il, point n'était besoin de déchirer les bandes anonymantes. Il suffisait de lire les copies. Les théories du Professeur se repéraient d'un coup d'œil.

Le calme tomba sur l'assistance. Comme d'habitude, je me tenais à l'écart de la discussion. Je regardais, par la fenêtre du troisième étage, la pelouse pelée du campus, ses arbres maigres, un couple amoureux qui roulait sous un buisson. Le Professeur m'embarquait dans une aventure dont je ne souhaitais pas vraiment faire partie. Mais je ne pouvais pas reculer. Si j'avais quitté sa direction, je n'aurais même pas eu le courage de marcher.

*

Certain de ma présence indéfectible, le Professeur me proposa un autre exposé, avec une timidité dans la voix qui me toucha.

Comme je relevais la tête après avoir noté le libellé du travail, j'interceptai le sourire moqueur adressé à Lardier par Coralie Pannetier. Ce sourire disait : « La pimbêche va encore se planter, on va rigoler. » Coralie se troubla légèrement en se voyant découverte. Je lui adressai un sourire innocent, tout en pensant, un peu nerveuse quand même, que rirait bien qui rirait la dernière.

La constatation de cette mesquinerie mit un peu d'animation dans une heure ennuyeuse, contrairement à l'habitude. Elle avait débuté par un exposé de Lardier, correct, banal et plat. Le Professeur avait intercepté un bâillement de ma part. Je crus voir passer sur son visage un mélange d'amusement et de répréhension. S'il s'était ennuyé lui aussi, il n'en avait rien laissé paraître. Il avait vanté avec mesure le sérieux du travail de Lardier. Il me sembla que mes efforts d'avant Noël, envers lesquels il s'était montré sévère, étaient bien aussi corrects, ou aussi médiocres, comme on voulait. Le Professeur employait deux mesures.

Lardier opinait du chef, béat et flagorneur. Il se voyait déjà assistant. Ce qui me troublait, plus encore que l'injustice, c'était le sentiment d'être constamment observée, épiée presque par le Professeur. Je n'avais pas besoin d'incitation pour garder les yeux au ras de la table. Mon caractère y pourvoyait. C'était un réel effort pour moi de rencontrer le regard de quelqu'un. Je ne le faisais qu'en me forçant, pour qu'on ne s'aperçoive pas à quel point cela m'était difficile. En conséquence, lorsque j'accomplissais ce geste, il n'était pas naturel. Me forçant à rencontrer le regard de l'autre, j'appuyais trop, ce qui me donnait une expression insolente ou insistante. Mais j'étais bien obligée de lever parfois la tête, par exemple lorsque le Professeur inscrivait des références au tableau. Chaque fois que mes yeux se levaient, ils rencontraient son regard, sombre et fixe. Je me demandais si j'imaginais des choses, ou pour quelle raison le Professeur m'en voulait. Il souriait aux autres étudiants. A moi, jamais. Il me trouve idiote, pensai-je une fois de plus. Dans l'espoir de l'amadouer, je travaillai encore davantage.

J'étais dans l'incompréhension, le silence. Mais cela ne me paraissait plus un destin. J'avais vécu à tâtons. Désormais, je recherchais la lumière, clignant des yeux, plissant le front, souffrant de cette clarté. Pour m'y habituer, j'avais besoin du Professeur. Je ne pensais pas qu'il détînt la vérité. En cela, je me tenais à part. Le Professeur attendait de ses étudiants une confiance aveugle, précisément. Ses supporters lui servaient à annihiler ses doutes, à l'encourager dans l'effort intellectuel qu'il concevait comme un combat contre le monde. Toute incursion dans d'autres domaines de pensée, toute lecture de théories rivales ou contradictoires paraissait sacrilège. Non que le Professeur l'interdît. Il était trop habile. Au contraire, il lui arrivait, à intervalles réguliers, de citer le nom d'un ouvrage en vogue, de démontrer en quelques phrases qu'il ne valait pas grand-chose, puis d'ajouter, avec un léger sourire : « Vous pourriez le lire, si vous avez le temps. » Le « peut-être » signifiait : ne l'ouvrez pas.

Comment, disciples du Professeur, aurions-nous eu le temps ? Ses théories à lui étaient si délicates et fines à saisir, les quelques ouvrages qui les exposaient si ardus ! Lire autre chose revenait à négliger l'étude des textes sacrés. La tolérance du Professeur était un déguisement. Il fallait lire et relire son cours, à l'instar de la Bible. On traquait le sens au détour de chaque phrase. En fait, il y en avait toujours plusieurs. Le Professeur proclamait l'existence de niveaux de lecture. On comprenait d'abord une chose et l'on avait raison. Plus tard, une autre signification, plus profonde, sourdait de la même phrase, puis une autre encore. Le sens se faisait de plus en plus arcane à mesure qu'on approchait du paradis, qui était la pensée du maître, spiralée, mystérieuse, d'une richesse infinie.

Avec les années, le volume des textes sacrés croissait. Une fois par an, le Professeur publiait un article. Il nous en informait. Au détour d'un cours il glissait, négligent : « Si ce sujet vous intéresse, vous pourriez lire le papier que je viens de terminer. Je crois que c'est à peu près le seul qui ose aborder de front cette question épineuse. On peut se demander pourquoi personne n'a eu l'idée d'y travailler avant moi. Je crois que la difficulté a fait peur. »

Un murmure admiratif se répandait. Mais le Professeur n'était pas homme à se vanter grossièrement. Toute affirmation de sa propre brillance était immédiatement suivie d'une rétractation : « Non que j'imagine le moins du monde avoir trouvé la solution. Ce serait le travail d'une vie. Il faudrait y consacrer une thèse. Peut-être un jour aurai-je le bonheur de diriger l'un d'entre vous sur ce sujet. »

A ces mots, le Professeur balayait la salle d'un regard pénétrant. Nous étions des rats dans une cave, illuminés un douloureux et mystique instant par le faisceau d'une torche. Lorsque le Professeur nous abandonnait, tournant à nouveau les yeux vers le tableau, nous nous regardions. Quel bienheureux aurait un jour l'honneur de passer quinze ans de sa vie à élucider un point à propos duquel le Professeur avait montré la voie, occupé qu'il était par d'autres, plus considérables ?

Il y avait toujours des problèmes plus considérables. Au-dessus du Professeur, tout impossible que cela parût, trônait un homme plus considérable encore. Cet homme s'appelait le Maître, avec un grand M, tout comme le Professeur avait droit à un grand P. Il régnait au firmament du savoir, perdu dans les nuages de la Connaissance. Si le Professeur était Jésus, le Maître était le Saint-Esprit.

Nous prenions le Professeur pour le Père, il nous apprit qu'il n'était que le Fils, un fils crucifié, bien entendu. Et même, comprîmes-nous avec un émerveillement teinté de déception, un petit-fils. Au-dessus du Maître se trouvait encore l'Ancêtre, par une généalogie digne de l'Ancien Testament.

L'Ancêtre était mort depuis longtemps. En un moment d'illumination, il avait jeté les bases de la Théorie. L'histoire de l'Ancêtre était édifiante, comme tout mythe. L'Ancêtre était un autodidacte. Il ne connaissait rien au langage ni à l'Histoire, et moins encore à la Littérature. Il n'avait que son certificat d'études. C'était un gosse de pauvres, un jeune homme studieux au front buté qui besognait derrière le guichet d'une banque, comptant les billets qui passaient entre ses mains, sans jamais en profiter. Un jour se présenta à lui, de l'autre côté du comptoir, un homme à l'expression austère, au crâne dégarni, en qui le jeune Ancêtre perçut une grande distinction. L'homme, de son côté, apprécia chez l'inconnu une impatience frustrée, un air de mordre sa bride. Le guichetier conseilla au chauve quelques placements. Celui-ci les suivit, s'en trouva fort bien. Il invita le jeune homme à dîner en remerciement. Ils allèrent au Procope. Le chauve était le Pr Salier, titulaire d'une chaire en Sorbonne. Il fut une fois de plus frappé par la vivacité d'esprit de son invité, ainsi que par le dénuement intellectuel et matériel dans lequel il vivait. Il le nourrit bien, l'abreuva mieux encore, et lui conseilla des lectures, l'invitant à venir le trouver sans hésiter lui en demander d'autres.

L'employé de banque devint l'usager assidu de

l'impressionnante bibliothèque qui tapissait les murs de l'appartement de son protecteur, rue de l'Odéon. A sa mort, Salier institua le jeune homme son exécuteur testamentaire et lui confia la responsabilité de faire éditer ses manuscrits. *Les Origines de la pensée* de Salier, cosigné de l'Ancêtre, car ce dernier avait dû rédiger de nombreux passages à partir de notes sommaires, prit à sa publication la place que l'on sait dans les librairies savantes. L'Ancêtre, héritier d'une petite rente laissée par le vieux philosophe, quitta la banque, se consacra aux travaux de Salier, et bientôt les abandonna pour se lancer dans une voie nouvelle et audacieuse. Il alla beaucoup plus loin que son protecteur, se hasardant au fil des années à jeter les bases d'une théorie qui eût sans doute effaré le vieux Salier.

L'Ancêtre, pourtant, ne connut jamais, à la différence de son tuteur, la consécration universitaire. La Faculté déteste les va-nu-pieds du savoir, ceux qui entrent par la petite porte ou même passent par-dessus le mur. L'Ancêtre avait pénétré dans la forteresse sans demander l'avis de personne et sans se soucier des tessons de bouteille. Tout au long de sa vie, il fut maintenu à l'écart. Il mourut sans mener à bien la tâche gigantesque qu'il s'était assignée.

Mais le savoir s'enrichit en se transmettant, dit le Professeur, balayant d'un regard passionné l'auditoire haletant. Un jeune homme intrépide était prêt à reprendre le flambeau de l'Ancêtre. Ce jeune homme, aux Amériques, s'était passionné pour la lecture d'un ouvrage trouvé dans un rayon poussiéreux d'une bibliothèque de l'Oregon. Il avait traversé la mer, rencontré l'Ancêtre et à sa mort avait à son tour hérité de papiers qui formaient une succession considérable. Frappé par la richesse et la portée des manuscrits, il avait tout emporté dans son Oregon natal. A l'ombre des sapins, il avait patiemment collationné les notes, ordonné les idées. Grâce à une subvention, il avait publié le premier volume des *Œuvres*.

C'était là ce que le Professeur agitait sous nos yeux ébahis : un ouvrage à la couverture sobre, comportant pour tout ramage le titre *Œuvres I* et les noms de l'Ancêtre et du Maître, l'un au-dessous de l'autre, le premier plus épais que le second. Publié par les presses de l'université américaine où enseignait le Maître, l'ouvrage était d'une diffusion confidentielle, ce qui ajoutait à son caractère sacré. Le Professeur en avait commandé trois exemplaires qui furent immédiatement empruntés par les plus zélés d'entre nous. Je fus de ceux-là, mais rendis l'ouvrage au bout d'un mois, découragée par son obscurité, sans avoir pu progresser au-delà de la page cinquante. Quant aux deux autres, ils furent gardés toute l'année, nonobstant les courriers menaçant amende, par leurs emprunteurs aux fins d'empêcher des rivaux d'accéder à la manne. Prise de remords je décidai de consacrer une somme considérable à la commande de cet ouvrage pour mon usage personnel. Mon exemplaire me parvint deux mois plus tard. Malgré des efforts renouvelés, je ne pus me frayer un chemin au-delà de la page soixante-dix.

Je constatai, au cours de quelques discussions au Relax Bar avec mes congénères, que la difficulté, pour ne pas dire l'opacité du texte, n'avait pas sur eux le même effet. N'y comprenant rien, ils lui accordaient l'estampille du génie.

Affligée d'un tempérament sceptique, je balançais entre l'admiration et le soupçon. De toute façon, cela me décourageait. Je pris le maudit volume en grippe alors qu'eux, ne pouvant pas plus que moi l'utiliser dans sa fonction principale, le détournaient à usage de talisman, le transportant, soigneusement recouvert de plastique translucide, au fond de leur serviette. Je gardai rancune à l'ouvrage d'avoir refusé de me livrer ses secrets. J'accomplis par vengeance un sacrilège.

J'empruntai à la bibliothèque les ouvrages exposant des théories rivales et m'y plongeai. Cette démarche me réconforta. Ailleurs, les mêmes problèmes étaient traités de façon un peu plus accessible. Les divers auteurs avaient chacun leur façon personnelle d'être obscur. Je constatai avec surprise que la renommée et le charisme d'un ouvrage savant étaient en proportion inverse de sa lisibilité. En matière philosophique, l'opacité était une vertu, la lourdeur syntaxique un charme, l'ésotérisme un « must ». Je m'étais jusque-là efforcée de rédiger mes devoirs avec le plus de clarté et de concision possible. Désormais, je m'appliquerais à l'effort contraire.

Le Professeur nous donna un devoir écrit. Je décidai d'éprouver ma découverte.

C'était beaucoup plus facile que je n'avais cru. Écrire obscurément posait moins de problèmes que rédiger clairement. De plus, cela en résolvait certains. Il ne m'était plus nécessaire de comprendre ma propre pensée. Il suffisait de faire ronflant. Moins cela faisait sens, mieux c'était. Certaines idées, mille fois énoncées par d'autres et passées à la moulinette du cliché, prenaient par cet artifice un aspect neuf et mystérieux. Bouleversée par ces évidences, je progressai avec l'exaltation du savant en pleine découverte. Cette agitation intérieure, était-ce là le plaisir intellectuel, récompense du travail, selon le Professeur ?

Tout cela me paraissait irréel. Je ne pouvais en oublier l'imposture. Je me faisais l'effet du dégoûté de la vie qui adhère par désespoir à une secte religieuse, et qui persiste à douter bien qu'il se cramponne au pari

186

de Pascal. Je savais que je jouais gros. Si le Professeur me félicitait, il prouverait sa propre escroquerie mais serait assuré de mon silence. Je serais incapable de renoncer au privilège de ses compliments. S'il me réprimandait et découvrait la supercherie, je serais déshonorée. Mais le Professeur prouverait alors qu'il était juste. Je pourrais bien mourir, ayant constaté avec une joie amère sa nature divine.

Le jour de remise du devoir se rapprochait. Je relisais ma prose mais ne pouvais me résoudre à la modifier. Toute correction irait dans le sens de la clarification, et donc s'exercerait au détriment de l'entreprise. Fiévreusement, j'empruntai à la bibliothèque d'autres ouvrages savants et m'en gargarisai, répétant plusieurs fois les phrases, constatant avec soulagement que le sens ne se dévoilait pas pour autant. Mes efforts d'opacité étaient transparents à côté de ceux des spécialistes. Je trouvai bientôt une trouble fascination à ces syntaxes labyrinthiques, à ces lexiques sibyllins. Ces langages ambigus avaient une beauté perverse. Je repris mon devoir, le truffai des citations les plus égarantes. Le résultat me parut gagner en grandeur.

Le jour fatal, je faillis ne pas me rendre au cours. D'angoisse, je manquai le bus et me rendis finalement à l'université en auto-stop grâce à un fermier qui descendait en ville faire des achats de graineterie. J'arrivai vingt minutes en retard. Comme je tentais de m'aplatir en gagnant ma place, le Professeur me jeta un regard féroce. J'aperçus la pile de devoirs sur le coin gauche de son bureau. Une vague de soulagement et de déception me submergea. Je ne rendrais pas ma copie. Envolé dans les hauteurs de la pensée, il n'y verrait rien.

Je passai le reste du cours dans la stupeur, incapable

de comprendre le premier mot d'un discours qui me parut débité dans une langue dont je ne connaissais pas le moindre vocable et qui ne me concernait nullement. Parvenu au bout de ses notes, le Professeur jeta un coup d'œil sur sa montre, constata qu'il était l'heure, se leva, rangea ses notes et les devoirs récoltés. Les étudiants se dirigèrent vers la sortie. Je les suivis, tentant de me faire un paravent de Coralie et de Lardier qui partaient ensemble, lancés dans une discussion. Au moment où je franchis le seuil, je souris de soulagement. Alors la voix du Professeur retentit, prononçant mon nom.

Je revins sur mes pas. Lardier suivit Coralie dans le couloir après un regard de curiosité.

« Vous êtes arrivée en retard », dit le Professeur. Grandi par les marches de l'estrade, il me dominait.

« ... J'habite loin... »

« Vous ne m'avez pas rendu votre devoir... »

Je me cramponnai à mon porte-documents.

« Donnez-le-moi », dit le Professeur étendant la main.

« C'est-à-dire que... Il n'est pas très au point... »

Le Professeur fit un pas dans ma direction. Je fouillai dans ma serviette.

« Merci », dit-il en prenant la copie, la rangeant. Il descendit les marches de la chaire. Il était maintenant à deux pas de moi. Son regard, à ma hauteur, n'en était que plus impressionnant.

« J'espère que vous savez à quel point je compte sur vous », dit-il lentement. Deux doigts de sa main droite effleurèrent l'arête blonde du bureau, dans une négligente caresse.

« Au revoir, monsieur », balbutiai-je. Je m'enfuis, pris de justesse le virage de l'escalier, trébuchai sur la seconde marche, me rattrapai à la rampe après m'être tordu la cheville. Je m'arrêtai quelques instants, regardai en arrière, tendis l'oreille. Rien, personne. Pourquoi le Professeur m'aurait-il suivie ? Je rentrai chez moi, soulagée.

Triomphe

Une semaine plus tard, le Professeur rendit les devoirs. Je tentai de me dissimuler derrière Lardier. Le Professeur brandissait une copie après l'autre, annonçant la note, la justifiant, distribuant reproches et compliments. Il se dit satisfait du résultat. Les notes avoisinaient la moyenne. Mon inquiétude grandissait à mesure que les autres noms défilaient. Elle s'intensifia lorsque seule ma copie resta sur le bureau. Le Professeur se tut et, posant la main dessus, parcourut la salle d'un regard qui me parut présager le pire. Je crus m'évanouir. Quand je me repris, je fus saisie d'une si forte impulsion de fuir que je dus me cramponner à la table. Lorsque le Professeur, évitant soigneusement de croiser mon regard, annonça mon nom, tout s'assombrit comme avant une tempête. Un instant s'écoula, puis il donna la note : dix-huit.

Un murmure parcourut la salle. Les têtes se tournèrent vers moi d'un mouvement commun. A demi aveugle, je perçus le frémissement de l'assistance.

« J'avais préparé un corrigé, dit le Professeur. Je ne vous le communiquerai pas. Le devoir que j'ai sous les yeux est meilleur que ce que j'avais fait moi-même, à l'exception d'une légère erreur que je relèverai au passage. Je vais vous le lire, et je vous conseille de prendre soigneusement des notes. Le plan suivi et la technique employée sont excellents. Je n'ai qu'un conseil à vous donner, c'est d'imiter cela le jour du concours. »

Je passai le reste de l'heure dans l'hébétude. Ma prose, que le Professeur commentait élogieusement, paraissait nouvelle. Je n'y reconnaissais rien de moi-même. Par contre, ce qui m'avait paru incompréhensible au départ me semblait maintenant, grâce aux intonations approbatrices du Professeur, tout à fait clair. J'y découvrais des finesses de raisonnement insoupçonnées. Pour la première fois, mon admiration pour le Professeur n'était plus mêlée de cette méfiance qui la rendait amère. Parce qu'il avait eu l'humilité de reconnaître mon travail, l'ennoblissant par là même, je pouvais me livrer sans réserve à l'adoration. J'étais, les yeux baissés, en ferveur comme dans une église. Je baignais dans l'eau tiède et limpide du bonheur. Le Professeur, répétant mes paroles, parlait à l'assemblée tout entière. Pourtant, je ne pouvais m'empêcher de penser qu'il s'adressait à moi seule. Cette communion spirituelle m'était aussi sensuelle que le contact charnel le plus passionné. Plus tard, le Professeur et moi nous avouerions avoir commencé à faire l'amour à distance, sans un geste ou une parole intime. Chacun avait craint pendant longtemps être seul à ressentir cette union, frôler le délire.

Le cours terminé, le Professeur me tendit ma copie avec un bref regard. Lardier l'intercepta d'un geste rapace comme si la touchant au passage il m'en prenait un peu. Je lus une déférence maussade sur son visage, en remplacement de l'ironie méprisante que j'y avais trouvée jusqu'alors. Lardier n'avait eu

191

que quatorze et s'était vu gratifié, comme d'habitude, d'un « travail sérieux ».

A mon retour, je souhaitai que Conrad rentre le plus tard possible, car je voulais prolonger la solitude incommunicable du bonheur parfait. J'attendis que nous fussions assis à table pour mentionner, d'un ton faussement négligent, la note reçue.

« Je sais, dit Conrad. J'ai rencontré Lardier à la cafétéria à cinq heures. Il pense que tu as ensorcelé le Professeur, qu'il marche au charme. Il m'a dit : " Il suffit qu'elle dise deux mots pour qu'il prenne l'air admiratif. Tout le monde raconte que votre femme est intelligente, mais quand même... Je ne la trouve pas si géniale que ça, moi, votre femme ! " »

« Il est jaloux », dis-je en me servant de pommes de terre.

« Peut-être », répondit Conrad.

Nous fîmes l'amour ce soir-là. Je ne pensais plus à Conrad dans ces moments. Depuis la gifle, c'était devenu impossible. Je rêvais à des hommes imaginaires, les héros de romans que j'avais lus, de films que j'avais vus, ou bien à des hommes entrevus dans la rue, dans l'autobus, avec qui j'imaginais me livrer à des scènes érotiques, violentes et brèves. Je ne me sentais pas coupable de ces trahisons secrètes parce que, sans elles, je n'aurais plus couché avec Conrad. Il semblait en avoir besoin plus que jamais. Je savais que je ne l'aimais plus. Je ne voulais pas quitter la maison, les chats, le chien, les myosotis au pied du mur. D'ailleurs, quelle vie aurais-je menée ailleurs ? Je restais. Mon corps était un des meubles de cette demeure. Conrad s'y installait de temps en temps comme dans son fauteuil favori, au coin de la cheminée. Je m'absentais tout en étant là, je me quittais moi-même. Après, j'avais de plus en plus mal à la tête. J'allais dans la salle de bains, je me lavais, j'avalais une aspirine. Je me moquais de moi-même pour ne pas me mettre à pleurer.

Ce soir-là, pour la première fois, je pensai au Professeur en faisant l'amour. Son image me traversa soudain. Il me tendait mon devoir et me jetait ce bref regard qu'il avait eu, effectivement, quelques heures plus tôt. L'image s'évanouit. Je me mis à jouir. Conrad ému me serra dans ses bras. Je pensais que bientôt ce serait fini. Il ne me toucherait plus jamais.

Le lendemain, je rencontrai dans le couloir plusieurs étudiants qui avaient assisté au cours de la veille. Je pensais qu'ils allaient me parler de ce qui s'était produit. Je me sentais embarrassée. Mais aucun ne dit quoi que ce soit. Ils répondirent brièvement à mon salut et recommencèrent à parler entre eux. Je tentai de m'introduire dans la conversation mais personne ne sembla m'entendre. Je m'éloignai, regardai comme d'habitude la pelouse et les arbres. J'avais imaginé que l'approbation du Professeur ferait enfin de moi l'une d'eux. Ils admiraient le Professeur, commentaient chacune de ses phrases, aimaient les mêmes livres, les mêmes auteurs. Ils auraient donc dû se mettre à m'aimer moi. En fait, ils m'aimeraient désormais moins encore. Je leur avais volé le Professeur.

L'attitude du Professeur à mon égard était redevenue la même. Il ne me regarda ni ne me sourit davantage qu'auparavant. Par contre, il se montra aimable envers Coralie et plaisanta avec une autre étudiante qui avait eu une mauvaise note. Enhardie et désireuse d'obtenir encore un peu de la merveilleuse confiture qu'il m'avait servie, je faillis poser des questions, dérogeant à mon système habituel. Je levai une fois la main, mais le Professeur ne sembla pas me voir. Lorsque je tentai de participer à la discussion finale, ma voix sortit très faible et fut immédiatement couverte par d'autres. Tout redevenait comme avant. J'étais toujours vouée au silence. Tout d'un coup, je ne trouvai plus cela normal. Je tentai d'élucider la chose avec Conrad.

« Il est culotté, Lardier, dis-je. Il intervient tout le temps. Il faut voir les bêtises qu'il sort... »

« Il a raison, dit Conrad. Il n'a pas peur de la discussion, il sait s'exprimer. »

Je me tus. Conrad se conduisait comme les autres. Je lui avais donné à lire mon devoir élogieusement annoté. Après lecture il m'avait rendu ma copie en disant :

« C'est pas mal. »

J'avais enfreint la loi qui me gouvernait depuis très longtemps. Elle consistait à me faire accepter des autres en me rendant transparente. Tant que je m'étais conduite ainsi, j'avais désarmé une certaine forme d'agressivité. Je n'étais une menace pour personne et on me laissait végéter. Je n'avais guère d'incitation à sortir de cet état puisque ceux qui m'entouraient, par leur façon de vivre et d'être, ne provoquaient chez moi aucun désir. Leurs privilèges, leurs joies et leurs bonheurs m'étaient indifférents. Je préférais rester grise et tranquille. Cette situation n'était pas dépourvue d'avantages. Ainsi absente, occultée, on ne se méfiait guère de moi. On m'accordait sans le savoir un privilège exorbitant, celui du regard. En apparence, mes yeux semblaient, non pas ne rien voir, mais ne rien regarder. Ils ne s'attardaient sur aucune cible, aucun projet. Aucune émotion, aucun désir ne s'enregistrait dans leurs prunelles. Aucune scène, drôle ou tragique, tendre ou cruelle, ne s'y reflétait. Ils étaient comme des éponges. Une étrange fonction leur avait été accordée. Ils retenaient tout, avalaient tout, fixaient tout. Les autres, ne possédant pas cette étrange propriété, ne savaient pas l'imaginer chez autrui. Pourtant, mes yeux obscurs savaient sobrement ce qu'ils faisaient. Ils emmagasinaient, neutres et inlassables, spectacle après spectacle, faiblesse après faiblesse, joie après joie. Ils travaillaient pour moi, à mon insu. Sans m'en douter, j'étais très occupée.

Je ne me satisfaisais plus de n'être rien. Le Professeur avait suscité en moi la conscience d'une existence possible, désirable. Celui qui citait la maïeutique comme modèle d'enseignement avait atteint ce but qui consiste à accoucher l'autre, le faible, le disciple. Le Professeur m'avait donné la force de sortir des limbes. Je m'essayais à bouger et ne parvenais encore qu'à frémir ; à crier et ne pouvais que gémir. En même temps que le sentiment de l'existence, je trouvais l'accès à la joie et à la douleur, au désir et au refus. Non que je n'eusse auparavant rien connu de tout cela. J'avais connu sans avoir, senti sans ressentir, voulu sans croire, parlé sans être écoutée.

Je ressassais tout cela et me disais que le Professeur était un trésor. Il était l'idole sur son piédestal, celui sans qui il n'y a rien à regarder. Je ne me livrais pas sans réserve à cette idôlatrie. J'en riais souvent, j'en ricanais aussi. Soudain je trouvais ridicule cette célébration. Le Professeur encourageait ces conduites hérétiques, s'en délectait. Il vivait d'être adoré, autant que moi et quelques autres de l'adorer. J'étais lamentable car j'avais besoin du Professeur. Le Professeur était vulnérable aussi car sa capacité à être et à proclamer dépendait de mon ardeur à rechercher l'extase qu'il provoquait. Je n'étais rien sans le Professeur, mais le Professeur sans moi n'était rien non plus.

Si j'avais pu concevoir ces choses clairement, j'aurais eu conscience de ma force et la tentation d'en user.

Cela m'aurait entraînée à nouveau dans les zones dangereuses de la provocation. Percevant combien j'étais proche du Professeur, nécessaire à son bien-être, j'aurais été tentée de m'en approcher davantage. Or le Professeur était brûlant. Le toucher c'était, aussitôt après, reculer, s'en éloigner. Je gardai la sagesse des craintifs, celle de l'ignorance. Je ne souhaitais pas roussir mes cheveux à la flamme du Professeur, me blesser à la violence de sa braise. Je voulais me réchauffer doucement à sa chaleur, me déplier, me lever pour un jour sortir enfin de la pièce où brûlait ce foyer intense dont l'unique vigueur était celle que je lui accordais.

Pourtant je craignais que le Professeur ne m'échappe. S'il disparaissait de ma vie, je me retrouverais plongée dans les ténèbres de l'indifférence. Des bruits se répandaient : le Professeur en avait assez. Il se sentait méconnu, mis à l'écart. On ne rendait pas justice à son génie. On lui proposait un poste dans une autre université, où on lui accorderait des crédits considérables, une plus grande liberté. Nous pensions bien que le Professeur ne passerait pas sa vie dans cette ville provinciale, que son originalité dérangeait. Un jour, il partirait. Quelques semaines plus tard, ses traces seraient effacées. Les autres professeurs ne parleraient pas de lui, sauf pour dire : « Ah, oui, Untel... Il a passé plusieurs années chez nous... », lorsque son nom apparaîtrait dans une revue, un programme de conférences. Il ne resterait rien de son enseignement. On nommerait à sa place un homme plus jeune et moins dangereux qui donnerait des cours orthodoxes et monotones, et aurait le bon goût de ne pas faire parler de lui. Les eaux tranquilles de la ville se refermeraient sur son souvenir comme sur un trésor englouti.

Mais, nous disions-nous pour calmer nos craintes, s'il était compréhensible que le Professeur se languît dans un endroit aussi sommeilleux, pourquoi irait-il dans cette ville dont on parlait ? Certes, l'université était plus grande, mais c'était toujours la province, plus éloignée encore de Paris. Nous espérions qu'il ne commettrait pas l'erreur d'aller s'enterrer là-bas. Il attendrait, rongeant son frein. Il avait commencé sa carrière comme assistant à Paris. Lardier avait un jour osé lui demander pourquoi il n'y était pas resté. Il avait répondu qu'il préférait être le premier à Cythère-sur-Largeau que le dernier à la Sorbonne. Ne souhaitait-il pas aller à Vincennes, avait hasardé Lardier, Vincennes où les esprits audacieux et turbulents se donnaient rendez-vous ? Non, avait expliqué patiemment le Professeur. A Vincennes, on ne reconnaissait pas les théories de l'Ancêtre. Pis même, on s'en gaussait. On y adorait un autre Maître, dont les idées venaient elles aussi du Nouveau Monde, comme tout ce qui faisait la mode alors. Entre ce Maître-là et celui du Professeur, il y avait incompatibilité. C'était la guerre au couteau entre les deux camps. Le Professeur serait plus incompris à Vincennes que chez nous. Et la Sorbonne, avait encore poussé Lardier, ne lui ferait-on pas meilleur accueil aujourd'hui dans ce lieu classique certes, mais toujours illustre ? Hélas non, avait soupiré le Professeur. Ses idées étaient suspectes dans un endroit qui prétendait perpétuer les traditions.

Quel soulagement ! répétions-nous en chœur, serrés autour des tables de la cafétéria. Le Professeur nous resterait donc quelque temps encore ! Jusqu'à ce qu'on lui propose un enseignement au collège des Hauts Savoirs ! Nous lui demandions seulement le temps d'achever de nous former. Comment pourrions-nous terminer nos études si nous nous trouvions soudain

197

dépossédés de notre gourou ? Nous étions isolés. On nous appelait « la bande du Professeur ». Nous étions parias, « irrécupérables », selon le mot de Jules Trapontex, président du Conseil. Plus les autres nous mettaient à part, plus nous nous accrochions aux basques du Professeur, tels des naufragés à une bouée.

Cet isolement inquiétant parvint effectivement à nous souder en une espèce de groupe. Le Professeur en était la raison d'exister, et celle de sa division. Aucune sympathie personnelle ne motivait nos retrouvailles autour du distributeur de boissons, ni les heures passées à une table du Relax Bar. C'étaient nos deux points de ralliement : le distributeur parce que c'était le lieu de communion le plus proche de la salle de cours — et le moins cher —, le Relax Bar parce que le Professeur honorait parfois ce lieu de sa présence. Un peu de son essence y subsistait, comme la fumée après une cigarette. Parfois, lorsque nous nous attardions à notre table habituelle, située le long de la vitre et d'où l'on apercevait les bâtiments de l'université, nous pouvions voir passer d'un pas rapide, sa serviette toujours sous le bras, le Professeur accomplissant nous ne savions quelle course, se dirigeant vers quelque mystérieux rendez-vous, qui nous saluait de la main au passage.

Nous n'avions aucun goût en commun, le Professeur mis à part. Nous nous dévisagions avec méfiance et rancune. Chacun d'entre nous arrachait à l'autre un peu de la présence de l'idole, chacun était le traître potentiel susceptible, un jour, de prendre la place de tous les autres, en devenant ce que tous rêvaient d'être : l'assistant du Professeur. Nous savions qu'existait d'ores et déjà un ordre de préséance. Le Professeur distinguait Lardier en sortant de la salle avec lui. Il l'autorisait à l'accompagner jusqu'au parking, et même à rester là pendant qu'il démarrait, avec un geste de la main accompagné d'un bref sourire, comme la reine d'Angleterre. Lardier prenait des allures de dauphin, nous dévisageait avec une supériorité ironique, s'arrogeait fréquemment le dernier mot. Depuis l'épisode du devoir, il aurait dû me considérer comme un danger possible. Il n'en fut rien. J'en fus surprise. Je commençai à comprendre le jour où, après un exposé fait dans le cours de Levert, j'eus droit à de vives félicitations.

« Tu l'as eu au charme, comme toujours », lança Lardier alors que je passais dans le couloir.

Je fus stupéfaite de cette remarque. J'avais lutté dans l'angoisse qui m'étreignait en ce genre de circonstances. Par nervosité j'étais arrivée sans maquillage, les cheveux ternes et portant un pull râpé. La peur que m'inspirait Levert à cette occasion s'était traduite par un air désagréable et des regards fuyants. Comment, dans ces conditions, aurais-je pu faire les choses « au charme » ? Cette phrase me surprenait tellement que je continuai à la méditer dans l'autobus du retour. Je ne savais si j'en étais satisfaite ou vexée. Je me souvins que Lardier avait dit la même chose à Conrad quelque temps auparavant. Étant lui-même dépourvu de charme (sauf celui du fayotage, pensai-je méchamment), Lardier considérait sans doute cette qualité négligeable. Encore qu'à bien réfléchir, il me semblait détecter, dans la façon dont il avait prononcé la fameuse phrase, une intonation envieuse. Le sourire avait été plus ironique qu'à l'accoutumée. Les coins de sa bouche se déformaient en rictus.

Si Lardier était jaloux, pourquoi avais-je reconnu en lui du mépris ? Le charme était une qualité féminine, d'essence inférieure : voilà ce qu'impliquait ce sourire. Les femmes recouraient au charme parce qu'elles manquaient d'autre chose : de logique, de sérieux. Mon charme, pensait Lardier, ne me mènerait pas loin. Il s'évanouirait devant la redoutable épreuve de l'agrégation. Le Professeur, le jour où il devrait choisir, saurait ne pas en tenir compte.

En fait, Lardier lui-même, par le dépit qu'il avait marqué, venait de m'ouvrir les yeux. Dans le désert embrumé qu'était ma vie, je n'avais formé aucun plan de carrière. Mais je me mettais à penser à l'avenir : tout d'un coup, il me paraissait possible d'en avoir un.

Je ne passerais pas ma vie à attendre. Il m'arriverait des choses, à condition de faire le nécessaire. Si la difficulté s'avérait excessive, je n'aurais qu'à me retrancher à nouveau en moi-même. Cette contrée grise où j'avais habité si longtemps, dont j'avais désormais atteint la frontière, ne disparaîtrait pas. Point de douaniers à ce passage : ce séjour n'était interdit à personne. J'ignorais que je m'interdirais moi-même ce retour, que mes pas, s'éloignant, en effaceraient le chemin.

*

Je m'habituais à la réussite. Les professeurs, unanimes, me garantissaient le succès, « à condition que ma timidité ne me joue pas de mauvais tours à l'oral ». L'idée d'être reçue m'effarait. Je serais alors fermement engagée sur la voie de la difficulté et du trouble. Ne pourrais-je vraiment me résigner à une vie végétative, faire semblant d'être médiocre, éteindre les feux d'une intelligence menaçante ? Après qu'on m'eut rendu un devoir particulièrement réussi, deux étudiants parmi les meilleurs, des garçons, se présentèrent et demandèrent à l'emprunter. Je fus flattée de l'honneur qui m'était fait, prêtai ma copie, ne la revis jamais. Ce genre de vol n'arrivait qu'aux meilleurs. Il aurait dû à lui seul me situer au-dessus des Lardier et consorts. Pourtant je continuais à me sentir mal à l'aise. Tout cela était une erreur. Le beau rêve allait s'effacer, le château en Espagne s'effondrerait. Ma mère me prévint : je n'étais pas faite pour cette vie. J'avais des idées au-dessus de moi-même ; je n'aurais ni la force morale ni la volonté nécessaire pour poursuivre dans la voie des ambitions intellectuelles. Je « ferais mieux de me souvenir que j'étais avant tout une femme ».

Femme d'un côté, intelligence de l'autre : ces deux parties de moi-même étaient les pièces d'un puzzle que je ne parvenais pas à assembler. J'essayais, je croyais que ça y était, que ça collait ; peine perdue, ça clochait toujours. Ma mère me répétait que c'était l'un ou l'autre, je devais choisir. Justement, je voulais tout à la fois. Les hommes l'avaient bien, me semblait-il. Je cherchais ce qui pouvait expliquer leur facilité à trouver leur place dans le monde, et la légitimité de leur triomphe. A part une phénoménale confiance en eux, qualité qui semblait leur être octroyée de naissance et qui par la suite était nourrie par un consensus général, je ne trouvais pas. Je voyais bien que Lardier était, d'une certaine façon, mieux équipé que moi pour la réussite. Il n'y avait pas là une supériorité, mais un mélange d'opportunisme, de cynisme et de bassesse, une obstination bornée qui lui tenait lieu d'éthique. Je ne voulais pas ressembler à Lardier. Il devait bien y avoir une autre façon de s'en sortir.

Autour de moi, deux hommes seulement me paraissaient pleinement dignes de cette appellation. Le premier était mon mari. C'était un homme parce que c'était le mien. J'avais d'abord vu en lui un ami, puis un époux, jamais un amant. A mesure que le temps passait, il avait de moins en moins du mari et de plus en plus du frère, voire du frère ennemi. Le second était le Professeur. Je l'avais d'abord considéré comme un étranger. Puis il était devenu un père, un père d'un genre bien particulier. Plus le Professeur s'approchait plus je me prenais à rêver de le mieux connaître. Je m'obstinais à imaginer de longues conversations dans son bureau sous les arbres. Le Professeur était sans doute aussi seul que moi. Il rêvait peut-être d'une oreille attentive et amicale, de la communion avec un esprit inquisiteur et hardi, comme je commençais à croire qu'était le mien. Ses cours suscitaient mille réflexions sans partage, mille questions sans réponses. Je frémissais, sur ma chaise, d'impatience mal contrôlée. Il m'arrivait désormais d'intervenir. Je me reprochais ma véhémence. C'était comme d'ôter le bouchon d'une bouteille de champagne, cela coulait trop fort. Je paraissais violente, mal élevée, impulsive. La jeune fille timide, renfermée, ensommeillée laissait de plus en plus souvent la place à une créature bizarre que personne ne paraissait apprécier. Sauf le Professeur et moi-même. Je pouvais de moins en moins nier le plaisir que je trouvais à ces envolées. C'était un plaisir bizarre, déroutant et qui sentait le péché. Mais c'était un vrai plaisir, franc et fort. Je n'en avais guère eu dans ma vie. Je m'étais contentée de petits bonheurs, de satisfactions en demi-teintes, de joies à l'aquarelle. Je n'en pouvais plus de me refréner, de piétiner sans cesse. Il faudrait que ça passe ou que ça casse. Je me trouvais au moment le plus délicieusement excitant de toute existence : celui du désir. Je voulais, je voulais, je voulais. J'avais l'espoir, son goût suave et pimenté aux lèvres.

Venaient des moments plus sombres. Ces conversations imaginaires étaient impossibles. Le Professeur, dans le silence austère de son bureau, ne songeait pas à moi. C'était un homme d'action et de décision. Lorsqu'il voulait une chose, il s'arrangeait pour l'avoir ; lorsqu'il pensait une chose, il n'hésitait guère à la dire. Eût-il ressenti de mon commerce la même soif que moi du sien qu'il me l'eût manifesté depuis longtemps. Le Professeur, lui, n'était pas seul. Il était entouré d'êtres attentionnés et respectueux. Il était riche de ses étudiants, d'une épouse qu'on disait intelligente, du Maître avec qui il poursuivait une correspondance assidue au-delà des mers.

Le Professeur se suffisait à lui-même. Il avait la sagesse des vrais philosophes, l'austérité de l'abondance intérieure. On s'étonnait de la simplicité de son appartement, situé dans un immeuble neuf aux confins de la ville et pratiquement vide de meubles. Lardier l'avait confirmé : des murs nus peints de blanc (excentricité à cette époque), des planchers nus eux aussi ; pour tables, des planches de bois posées sur des tréteaux, des chaises de bois blanc paillées. Pas de rideaux. Des coussins par terre. Vaisselle blanche. Pour bibliothèque des planches soutenues par des briques.

Quelques années plus tard, tout cela serait d'une parfaite banalité, le stéréotype de l'appartement d'étudiant. Sans doute trouvait-on déjà des intérieurs semblables chez les intellectuels parisiens ; pas en province. Dans la ville on aimait le riche, le cossu, l' « ancien » ou même le « rustique ». Un sport favori de la bourgeoisie consistait à se rendre, le dimanche, dans les « vendues » campagnardes, y faire l'achat pour deux sous de ces armoires de chêne sombre ou de noyer, aux frontons sculptés de fleurs et d'oiseaux, dont les paysans se débarrassaient pour acheter des buffets de Formica. On s'invitait les uns chez les autres pour admirer les emplettes respectives. Celui qui avait payé le moins cher gagnait la partie. Les gens élégants avaient leur antiquaire attitré, qui leur réservait les plus belles pièces, venues par bateau, de ces meubles victoriens dont les Anglais, lancés dans la folie scandinave en matière d'ameublement, ne voulaient plus. Les teintes pourprées de l'acajou de Cuba, la riche patine du vernis proclamaient qu'on était « à l'aise » et que le monde ne changeait pas.

Dans cet univers aux règles soigneusement suivies, le dénuement du Professeur semait le trouble. Cela ne pouvait s'expliquer par son salaire confortable. D'ailleurs, on murmurait qu'il avait une fortune personnelle. Cette espèce de camping-style proclamait le temporaire de son installation chez nous. Le Professeur avait à Paris, affirmait-on, un autre appartement, meublé en Louis XIII (le fin du fin), et doté d'une richissime bibliothèque, avec escalier tournant d'époque. N'en jetez plus.

Personne n'avait vu de ses yeux cet endroit. Quelqu'un avait entendu cela de quelqu'un d'autre, qui à son tour le tenait d'un ami. Le Professeur se rendait souvent à Paris, signe d'une vie de luxe, pour ne pas dire de luxure. Il menait, croyait-on, une double vie. Non qu'on l'accusât de tromper sa femme ; son allure sévère démentait cette idée. L'adultère n'était pas encore à la mode dans une ville où l'on n'était pas libérée mais cocue. Le Professeur se ferait plus tard une réputation de joli cœur. Il collectionnerait les dépressives, les alcooliques, les estropiées de la passion, les étrangères de passage. Je serais déjà ailleurs. J'aurais appris la futilité de la vie.

Le Professeur était devenu le héros de la ville. On éprouvait le besoin de lui attribuer une existence cachée. Celle, pauvre et simple, qu'on lui connaissait, provoquait le malaise, manquait de légendaire. Le

Professeur n'évoquait pas Socrate. Le modèle platonicien correspondait mal aux mœurs locales. De plus, quelque chose, dans son aspect, sa physionomie, démentait cette idée. Bien sûr, il y avait ces yeux terribles, ces battle-dress, ces pulls effrangés qu'il mettait pour venir travailler, et surtout ces pantalons de velours côtelé, râpés et sans pli, contrastant avec l'élégance soudaine d'un costume sorti de chez un grand tailleur, et le fameux manteau de fourrure qui commençait à perdre ses poils mais qui était, quand même, de la peau de bête. Mais ce n'était pas le fond de l'affaire. Le Professeur, disait-on, avait été, en son temps, champion de rugby. Ses muscles étaient régulièrement exercés au tennis où on le voyait, le samedi en fin de matinée, jouer avec Lardier qui se payait des leçons dans le but de mériter cet honneur. Les courts du campus étaient mal tenus, pleins de trous, envahis d'herbe. Son rang eût exigé que le Professeur s'inscrive au Country Club, où jouaient les membres du Rotary et les jeunes gens de la bonne société. Interrogé à ce propos, il répondit que les tennis universitaires étaient plus proches et que les bourgeois lui tapaient sur les nerfs. Cette réflexion à double détente avait été colportée. Elle montrait les deux faces, spartiate et iconoclaste, du personnage. D'aucuns ajoutaient que le Professeur, tout simplement, était radin : voilà pourquoi il vivait ainsi. Il n'y avait pas là renoncement aux plaisirs vénaux, mais passion secrète. On ne l'avait jamais vu payer un pot à l'un de ses collègues. Lorsqu'on l'invitait, il tentait de se défiler et si c'était impossible, il se laissait traiter en faisant semblant d'être perdu dans ses pensées.

En fin de compte on lui pardonnait cela et le reste. Ces petits travers lui donnaient l'humanité nécessaire à l'amour des foules. Certains étudiants n'hésitaient pas, le samedi en fin de matinée, à faire un détour en se rendant au restaurant universitaire, afin de passer devant les courts pour voir le Professeur battre Lardier à plate couture, et d'être certains de gagner dix points au jeu de tennis-barbe encore en vogue.

Malgré ces efforts physiques, la musculature du Professeur, avec les années, virait à la graisse. Au départ dégingandé, le Professeur ne serait jamais gros ; quand même il s'enrobait. Il était à la fois dur et mou, ce qui lui donnait quelque chose d'attendrissant. Il était au moral et au physique un mélange de vulnérabilité et de solidité. Derrière ces apparences strictes et bourrues se cachait une fleur bleue. Parfois, lorsqu'il s'emballait, parlait de quelque chose qui lui tenait à cœur (par exemple, les difficultés de l'Ancêtre à se faire entendre dans le monde universitaire), une larme perlait au coin de son œil. Cette larme ne coulait jamais. Elle restait là, nichée comme une perle dans son huître, brillait quelques instants d'un éclat nacré, puis disparaissait, avalée par cet œil qui l'avait produite et la reprenait. Il y avait, dans ces moments, de l'enfance dans son visage.

Je me prenais à guetter ses expressions, à les étudier, à en savourer les nuances. J'avais cessé de me tenir tête baissée. Je n'avais plus le sentiment d'usurper ma place dans le monde. De plus en plus, il me semblait que mes regards détournés devaient faire mauvaise impression, évoquer la sournoiserie et la culpabilité. J'avais lu, dans un livre de psychologie, que lorsqu'on était timide il fallait s'efforcer de regarder son interlocuteur, non pas droit dans les yeux, ce qui pouvait paraître agressif, mais à la racine du nez. Je connaissais par cœur la racine du nez du Professeur, sorte de ravin un peu broussailleux situé entre ses sourcils. De temps à autre, lorsqu'il regardait ailleurs, je me

permettais quelques excursions dans les régions envi-
ronnantes. Je connaissais la façon dont poussait sa
barbe, repérais avec un attendrissement mêlé de
déception les progrès d'une calvitie naissante, voyais
avec intérêt ses joues s'empourprer, son nez devenir
presque bleu, sa bouche se nacrer de salive. Je ne
manquais aucun outrage commis par le feu du rasoir
sur la peau légèrement granuleuse de son cou où la
pomme d'Adam évoluait, souterraine, comme une
balle de ping-pong dans le tuyau de caoutchouc d'un
masque de plongée. Le visage du Professeur me semblait extraordinairement expressif. Tout sursignifiait.
Le même ouvrage de psychologie, emprunté à la
bibliothèque dans le but de guérir une timidité qui me
semblait pathologique, répertoriait ces détails. Le
comportement du Professeur était celui, typique, du
timide surmonté. Ses coups de gueule, ses énervements
suivis de reculades, et même son infernal culot, traduisaient la fuite en avant d'une personnalité empêtrée,
mais entraînée par le courage d'un être refusant de
céder à sa pente. Le Professeur s'était battu contre lui-
même, il avait triomphé de ses handicaps, provoqués
sans doute par une enfance malheureuse, affirmait le
manuel. Autre trait sur lequel je pourrais désormais
broder à loisir. Triomphant, le Professeur révélait par
mille indices l'âpreté de la bataille.

Si c'était ainsi, je pouvais espérer devenir un jour,
non pas une personne « normale », mais une « vraie
personne ». J'entendais par là : quelqu'un qui vivait
vraiment. Non pas l'espèce de somnambule que
j'étais ; pas davantage le genre d'amorti, que je voyais
autour de moi. Vers cette époque parut un roman
intitulé *Élise ou la vraie vie*. Je me répétai longtemps la
seconde moitié du titre : la vraie vie, la vraie vie.
Depuis que cette idée de *vivre vraiment* avait pénétré

dans ma tête, il ne s'agissait plus de sortir simplement d'une somnolence que je surnommais « la vie sous l'eau » pour me contenter de la dérive résignée qui semblait le lot commun. Je m'étais laissée aller aux paresses de cette existence parce que les récompenses de la vie ordinaire m'avaient paru insuffisantes. De tempérament excessif, je savais trouver des joies dans l'ascétisme du trop peu comme dans l'hédonisme du trop. Le juste assez m'exaspérait, je m'y sentais emprisonnée. Je pressentais à mille détails l'effort accompli par le Professeur pour devenir lui-même. Cela m'encourageait. En dépit du toupet considérable qui lui donnait une séduction voyoute, le Professeur manquait de confiance en lui. Ses prises de position s'affirmaient avec une violence suspecte. Son visage était parcouru d'expressions douloureuses, grimaces qui zébraient un instant sa physionomie et traduisaient, contrairement à ce qu'affirmaient les barbares, autre chose que des aigreurs d'estomac. C'étaient, croyais-je, des rancœurs d'âme. Le Professeur avait beaucoup souffert. De quoi, je l'ignorais. Certainement pas des mêmes choses que moi. Il avait eu des souffrances d'homme, plus tragiques et plus tangibles. Je pensais de plus en plus souvent au mot « homme ». Il prenait un sens différent. Un homme n'était plus seulement quelqu'un qui ramène de l'argent à la maison, et à qui l'on doit en contrepartie servir ses repas, dont il faut accepter les caprices. L'Homme devenait un être héroïque, commençait par une majuscule, cet H dressé sur deux jambes, aux bras tendus vers le ciel, au centre barré d'un mystérieux interdit.

Si le mot Homme prenait cette force, alors le mot Femme, lui aussi, acquérait de l'ampleur. Je voyais l'Homme et la Femme unis dans une position de tango renversé, regards extatiques noyés l'un dans l'autre. Il ne s'agissait pas d'un accouplement : seulement d'un contact. Ils se touchaient, l'effet était électrique. Il ne leur en fallait pas davantage. Je cherchais un rapport, mais pas un rapport sexuel. Il ne suffisait pas d'une peau contre ma peau. Toucher un épiderme, je le savais, pouvait être aussi anodin que toucher un tissu, le bois d'un meuble. Je voulais dans ce frôlement un échange vital. Je demandais à la fois le gain et la perte, l'erreur et l'extase, l'envol et le vertige. Je ne voulais plus de ces vies parallèles que nous menions, Conrad et moi, dans lesquelles on se chauffe, on se supporte, on s'épie, on se défie tels deux animaux habitués à vivre ensemble.

Conrad avait renoncé à tout ce qui est dangereux, extrême, étrange, inconnu, précieux. Le jeune homme rêveur, le quêteur calme avait disparu. A la place il y avait cet homme tranquille et un peu mécontent qui ne supportait pas qu'on lui rappelle qu'il y avait dans la vie autre chose que ce qu'il y trouvait. J'avais accepté l'idée du mariage en croyant que nous étions l'un et l'autre des êtres infinis. Infinis, c'est-à-dire pas ter-minés. Une éclaircie future m'avait semblé faire partie du pacte. Je l'avais souhaitée en une part obscure de moi-même. J'en avais été frustrée. Conrad n'avait jamais abordé cette partie du programme. De moins en moins je me résignais à l'idée d'être la femme de cet homme-là.

Il restait pourtant en lui une part d'inquiétude, un mal qui le rongeait à petit bruit. La scène de la gifle s'était reproduite par deux fois : quelque chose en moi le mettait hors de lui, exigence ou rébellion. Il s'était senti incapable d'y répondre. Je l'avais blessé : je rêvais plus loin. Chaque fois il avait semblé ensuite frappé de la même stupéfaction, du même remords désolé. Il m'avait à nouveau assuré que cela ne se reproduirait plus. Je ne le croyais pas, je n'avais plus confiance. Cette violence révélait la maladie dont il était atteint. Je me sentais trahie par cet homme qui m'avait conquise en se présentant comme un protecteur et dévoilait maintenant sa faiblesse : la crainte de ne pouvoir suffisamment donner. Mes progrès, mes efforts, mes réussites l'irritaient. Ce que je parvenais à acquérir était autant qu'il croyait se voir enlever. J'éprouvais de la compassion pour cette impuissance. Je préférais ce mot à celui de pitié. Tout innocente que je fusse en matière amoureuse, je savais qu'en ce domaine la pitié voisine avec le mépris. La précarité s'affirmait un peu plus chaque jour dans l'émiettement des espoirs barrés, le délabrement des faux-semblants. J'avais aimé mon mari dans une histoire qu'on se répète pour conjurer les monstres de la nuit. Le conte se terminait mal. Je m'étais attachée à cet homme avec l'énergie du désespoir. Mais comment dire qu'on est désespérée à vingt ans quand on a tout pour être heureuse, comme disent les gens ? Le désespoir est un sentiment réservé aux poèmes qu'on apprend par cœur à l'école, pour mieux les oublier ensuite.

Conrad aurait pu être heureux de cette vitalité nouvelle, s'en éclairer à son tour. Mais notre union était celle de l'aveugle et du paralytique. L'aveugle commençait à recouvrer la vue. Cette guérison était intolérable. J'avais beau me forcer à baisser les yeux pour l'épargner, préserver la paix, quelque chose m'échappait toujours. Les silences entre nous étaient de plus en plus lourds. Ce n'étaient plus les silences de la paix, mais ceux d'une guerre qui se prépare. Son calme me poussait à bout et la platitude de ses paroles que j'avais trouvée autrefois rassurante. Si je commençais à parler de choses qui m'intéressaient, il se plongeait dans un journal, ou quittait la pièce. Il m'arrivait encore de croire que c'était passager : les choses iraient mieux.

A mesure qu'approchait la date du concours, ma nervosité augmentait. Bientôt, les cours seraient terminés. Je ne verrais plus le Professeur. Je serais reçue, ou je ne me représenterais pas. L'idée de passer un an de plus sur les bancs de l'université m'était insupportable. La discipline du concours, qui exigeait que l'on sût certaines choses et non d'autres, que l'on s'exprimât d'une façon déterminée à l'avance et que l'on prétendît tenir des opinions auxquelles, croyait-on, le jury était favorable, m'exaspérait. Les cours du Professeur créaient en moi une tension de plus en plus grande. Les conversations rêvées n'avaient pas lieu. Je continuais de me contenir et de me taire. Lardier était toujours aussi proche du Professeur et moi aussi éloignée. Le Professeur restait sur sa planète, moi sur la mienne. Les liaisons intersidérales fonctionnaient mal. Je ne voyais pas où tout cela pouvait me mener. Soudain, cela me parut trop dangereux. Si je devais trouver ma voie, je la trouverais seule ou pas du tout. Le Professeur m'avait proposé un raccourci : ç'avait été une erreur. Je reprendrais à zéro, sans lui. Levert me dit que j'étais surpréparée. J'en savais trop. Cela me gênerait pour un exercice difficile, mais somme toute scolaire. Ce commentaire fut la goutte d'eau qui fit déborder le vase. A deux mois du concours, j'arrêtai tout. C'était le printemps, le jardin bourgeonnait. Je m'occupai de mes plates-bandes. Prétextant une maladie, je manquai les cours.

A quinze jours de la première épreuve, une voiture s'arrêta près de moi alors que je remontais l'avenue menant à la bibliothèque. Je reconnus celle, vert foncé, du Professeur. Le véhicule s'arrêta. Il descendit en coup de vent. Il portait, pour conduire, des lunettes de soleil.

Le Professeur, sortant de sa voiture, n'avait pas refermé la portière. Il semblait venir droit sur moi. Je me dis que je devais me tromper. Peut-être ne voulais-je pas voir ce qu'il faisait, pas entendre ce qu'il avait à me dire, dans l'espoir de prolonger éternellement ce dialogue amoureux avec moi-même que je poursuivais sous couvert de répéter, ainsi qu'on répète une pièce, une rencontre impossible, comme si la générale ne devait jamais avoir lieu, le théâtre ne jamais s'ouvrir aux spectateurs, même à ces tout premiers spectateurs que sont les deux acteurs principaux. Je répétais des monologues devant mon miroir, telle une adolescente qui rêve d'être actrice mais se gardera de monter sur les planches, de peur que les prunelles d'autrui ne lui révèlent l'écroulement de cette apparition magnifique d'elle-même à laquelle elle-même ne croit pas.

Je pressai le pas, tournai la tête dans l'autre sens, absorbée par le spectacle du soleil jouant à cache-cache dans les branches. J'entendis des pas rapides derrière moi. Je ne me retournai pas. Le Professeur appela mon nom.

Appel

Il m'appelait : cela me fit un effet bizarre. Il me
semblait que c'était Conrad qu'on appelait et pas moi.
J'avais emprunté le nom de mon mari, un masque de
plus pour me cacher. Je n'étais qu'à demi complice de
l'affaire et me sentais comme un enfant qui, dissimulant son visage dans ses mains, s'imagine disparaître
aux yeux des autres. J'étais cet enfant, mais aussi
l'adulte qui le regarde avec amusement et condescen-
dance.

Le Professeur, me nommant ainsi, me disait ce que
j'étais : une femme interdite, la propriété d'un autre.
Cet autre, de surcroît, était son ami, son protégé.

Car le rapport entre Conrad et le Professeur ne s'était
pas éteint à mesure que les flammes grandissaient à
travers la lueur desquelles le Professeur et moi nous
regardions. Conrad voyait toujours le Professeur et
comme il ne pouvait plus arguer du besoin de son aide
pour la rédaction d'une thèse désormais achevée, il
avait imaginé de se mettre à jouer au football. Le
Professeur s'était lassé du tennis, Lardier ne faisait pas
assez de progrès, il ne trouvait pas de partenaire à sa
mesure. Le samedi après-midi, quelques-uns des enseignants les plus jeunes, ainsi qu'un petit nombre des

étudiants les plus avancés et les mieux vus de leurs maîtres, avaient imaginé de former une équipe de foot. Conrad, qui détestait ce genre de jeu, et pour qui le sport consistait en de longues marches à travers champs ou en randonnées à bicyclette, s'était souvenu d'avoir fait du foot durant ses années de lycée. Il m'avait fait de ce passe-temps une description lyrique. J'avais été étonnée de lire ensuite, dans une lettre de sa mère, adressée à tous les deux et que j'avais lue en premier, ces phrases :

« Tu me dis que tu as recommencé à jouer au football... Cela te fait sûrement du bien mais je me souviens combien tu détestais ça au collège, ils avaient fini par te nommer arbitre car tu gênais les autres sur le terrain... Comme les enfants changent lorsqu'ils deviennent adultes, toi encore plus que les autres... De plus en plus souvent, à travers tes lettres, il me semble que tu n'es pas le fils que j'ai bercé mais un cousin lointain, un jeune homme très gentil qui m'écrit parfois pour me donner des nouvelles, afin que la famille ne se trouve pas complètement disloquée... »

Je sus alors que Conrad m'avait menti. S'il m'avait fait ce mensonge — et de manière convaincante —, cela signifiait qu'il y en avait eu d'autres. Lorsqu'on possède le don de dire aisément le faux et que l'on s'en sert pour une chose aussi anodine, on y a souvent recours. Je ne me sentais pas en mesure de lui faire des reproches à ce propos, puisque moi aussi je lui mentais et cela depuis des années, sinon le jour même de notre rencontre. Simplement, là où lui mentait, brodait et se donnait du mal pour présenter à mes yeux une toile séduisante aux couleurs de la vie, je me contentais de laisser dans l'ombre certaines parties du tableau. Conrad inventait pour sauvegarder une image de lui-même qu'il sentait menacée. Je résolus de tenter, le soir même, d'avoir avec lui une de ces conversations « cœur à cœur », censée ramener l'harmonie dans les ménages. Je lui montrai la lettre maternelle, abandonnée sur la table après qu'il l'eut lue.

« Je ne t'ai pas menti », dit Conrad.

« Bien sûr, tu ne m'as pas vraiment menti... Mais quand même... tu aurais pu me dire, par exemple, que tu n'aimais pas le foot quand tu étais garçon mais que maintenant qu'on ne te l'impose plus, tu en as découvert le plaisir... Tu aurais pu me dire que ça fait du bien de se démener un peu quand on mène, par son travail, une vie trop sédentaire, et puis que ça te fait du bien de sortir de temps en temps de cette maison où nous menons une existence isolée, pour retrouver une camaraderie masculine... Tu aurais pu me dire que ça te permet de nouer des liens sociaux avec certains de tes collègues, toi qui n'aimes pas trop les dîners et les cocktails. »

« Ces choses-là, tu les sais de toute façon et tu les exprimes plus clairement que je ne saurais le faire. Tu sais tant de choses de moi qu'il est inutile que je te les explique... Ma mère ne me connaît plus. En venant ici j'ai changé. C'est pour échapper aux choses étouffantes de l'enfance, à toute cette enrégimentation des pensées et des actes, que je suis venu faire ma vie dans un pays étranger. Peut-être que ce n'est pas seulement par amour pour toi que je vis dans un perpétuel exil. Peut-être que je t'ai aimée et choisie parce que tu étais l'excuse et la raison de cet exil. »

« Oui, dis-je. Cela aussi, je le sais. »

« Eh bien tu vois... Puisque tu sais tout... Pourquoi alors veux-tu que je te dise quoi que ce soit... »

« C'est un reproche que tu me fais, de " tout " savoir. Tu m'aimais mieux lorsque tu m'as rencontrée, lorsque je ne savais rien. Tu m'as aimée parce que tu as cru à mon ignorance. Cela te permettrait, croyais-tu, de ne jamais te livrer à quiconque, de vivre inconnu, caché à tous, seul avec toi-même. »

« Ma chérie, je pourrais te dire la même chose, tu ne crois pas ? Mais peut-être est-ce cela qui est vrai et aussi son contraire, comme souvent, poursuivit-il. Peut-être t'ai-je aimée parce que tu donnais l'apparence de l'ignorance, en sachant que ce n'était là qu'une apparence, que cette apparence pourrait me permettre d'être tranquille mais qu'en même temps je bénéficierais, grâce à toi, de ce confort inverse et tout aussi précieux de me savoir deviné, si constamment et si discrètement que je n'aurais pas à me fatiguer à parler, à avoir lorsque je serais rentré chez moi ces conversations stupides dans lesquelles beaucoup de gens perdent temps et énergie. Peut-être que tout ce que je te demande, aujourd'hui, c'est la discrétion, une qualité que tu possédais et que tu sembles abandonner... »

Je décidai de ne pas porter l'effort plus avant. Je savais quand Conrad avait raison. Notre accord s'était constitué sur ces bases. Je savais également jusqu'à quel point je pouvais le pousser sans risquer l'affrontement, la scène violente dans laquelle il se transformait en un être brutal que je ne pourrais m'empêcher de défier. Je cessai d'essayer de parler avec mon mari. Parler, c'est-à-dire utiliser le langage, toutes ses modulations humaines. Désormais, nous parlerions de la même façon que le chat ou le chien, êtres astucieux disposant d'un code compliqué leur permettant d'exprimer leurs besoins. Ces animaux savaient très bien me dire qu'ils avaient faim, besoin de sortir ou envie de caresses. Ils m'exprimaient leur affection, leur exaspération ou leur colère, je leur exprimais la mienne. De la même façon, Conrad et moi n'avions

216

aucune difficulté à échanger les quelques mots qui rendent possible la vie quotidienne. Je savais qu'il en allait ainsi des autres couples. Pour la majorité des gens, c'était suffisant. Toute suggestion d'un autre type de commerce, plus profond et plus subtil, leur inspirait terreur et dégoût. En Conrad on devinait la connaissance d'un langage souterrain et la capacité à le parler, l'eût-il souhaité. Mais il avait une fois pour toutes renoncé au dangereux pays du langage. Et moi, je rêvais de l'explorer, avec la même excitation, le même tremblement que d'autres à l'idée d'aller en Afrique tuer des lions.

Aurais-je suivi la même pente si je n'avais pas rencontré le Professeur ? Car le spectacle du Professeur m'induisait en tentation. Son aisance en chaire, le plaisir charnel qu'il avait à manier les mots m'impressionnaient. Il les tournait dans sa bouche comme des bonbons, les laissait s'épanouir comme des fleurs sur ses lèvres. Lorsque le Professeur les utilisait, les mots avaient quelque chose d'érotique et d'irrésistible. Peu avertie des plaisirs de la chair, je rêvais d'y goûter par ce biais, titillée par l'espèce de strip-tease verbal auquel se livrait le Professeur pendant ses cours.

On pouvait se demander, dans ces circonstances, pourquoi Conrad était lui aussi fasciné par le Professeur. Étant donné son renoncement, il aurait dû le fuir. Il devait rester en lui une nostalgie de ce qu'il aurait pu accomplir. Le Professeur lui permettait d'en jouir passivement, par les yeux et par l'oreille, tout comme certains amateurs de football ne touchent jamais un ballon.

Cela ne me suffisait pas. Le Professeur était la seule personne qui pût parler ce langage et acceptât de le parler pour moi, ou en tout cas, partiellement pour moi. Je ne pouvais avoir la témérité de penser que ses

217

mots fussent adressés à moi seule, bien que j'en eusse le désir. Je comprendrais trop tard que cela avait bien été le cas. Ce plaisir ne me serait accordé que lorsque j'en aurais perdu le goût. Les phrases du Professeur évoluaient dans l'air avec la rondeur aisée, atteignaient le sol avec le bruit mat et satisfaisant des balles de tennis. J'aurais voulu savoir les lui renvoyer, au lieu de les laisser se perdre dans la verdure environnante, mais je n'osais pas. Il ne m'avait jamais invitée à jouer avec lui, seulement à le regarder. Je me disais qu'à force de l'observer, je finirais par apprendre. Un jour peut-être, il s'apercevrait que je me tenais là, prête, et alors, enfin, une première balle serait envoyée droit dans ma direction, puis une autre, une autre encore. J'aurais changé de pays, de statut, et d'être. Je vivrais.

Conrad acheta la télévision. Un poste noir et blanc, un appareil de plastique aux angles arrondis.

« C'est pour toi, dit-il. Je voulais t'offrir la surprise. »

« Mais qu'est-ce que tu veux que j'en fasse ! »

« C'est pour que tu t'ennuies moins. Puisque tu te plains que je ne te parle pas, puisque je ne veux pas parler, je peux au moins t'offrir une machine qui te fera la conversation à ma place. »

Je ne veux pas seulement qu'on parle devant moi, pensai-je en regardant Conrad disposer le poste sur un petit coffre. Ce que je veux, c'est parler avec quelqu'un !

En fait, j'étais assez satisfaite de cette acquisition. Elle nous épargnerait, Conrad l'avait compris, de pénibles face-à-face. La télévision était une fenêtre ouverte sur le monde. Une de plus. Le monde se livrait.

Conrad fut le principal bénéficiaire de cet appareil. Jusqu'alors, il s'était promené à travers les pièces, traînant derrière lui, dans un chuintement de papier, son quotidien favori. Maintenant, il ne bougeait plus. Il avait transporté à l'intérieur de la maison un des fauteuils de camping en tube et toile que nous rangions habituellement dans la remise afin de les sortir aux beaux jours. Il s'y installait et voyageait, immobile, pendant des heures. Il lui arrivait d'y prendre ses repas, grappillant distraitement dans une assiette posée à côté de lui. A l'occasion le chien et le chat y dérobaient des morceaux qu'ils allaient dévorer silencieusement sous la table, sans que Conrad, transporté, hypnotisé, s'aperçût de rien. Nous ne regardions jamais les mêmes choses : lui, les matches de foot et les informations, moi, les vieux films du soir et les émissions littéraires. Pendant que je restais à frissonner dans la lumière bleutée du ciné-club, Conrad, à l'étage au-dessus, dormait depuis longtemps.

*

Je me séparais, dans les songes de chaque jour, de mon mari. Je regardais au-delà de lui vers un avenir obscur et lumineux. Pourtant j'étais toujours l'épouse de cet homme. Je partageais sa vie, portais son nom. J'étais à la fois disjointe de lui et conjointe. Ce fait même me fut rappelé par la voix du Professeur criant mon nom : mon nom qui était celui d'un autre. Pour cette raison sans doute j'eus du mal à m'arrêter, à me retourner, à me reconnaître dans cet appel. Le Professeur, courant après moi, m'invoquant, répondait à un désir secrètement nourri. Dans ce désir, le Professeur et moi-même étions seuls au monde, flottant dans l'éther, dépourvus d'attaches terrestres. La réalité s'affirma soudain dans la lumière crue du printemps à midi, l'odeur tendre de l'herbe coupée, le chuchotement rythmé d'un arrosoir à jet circulaire qui effec-

219

tuait sur la pelouse sa rotation moirée et qui nous aspergea, le Professeur et moi-même, au moment où je me retournai, d'une myriade de gouttelettes, trop fines pour être palpables et crevant comme des bulles, au moment précis où elles atteignaient les vêtements, la peau, le cuir des sacs et des chaussures, les fils de mes cheveux et de ceux du Professeur qui à cet instant précis s'agitèrent, rapidement, sous le courant d'air léger produit par le jet, comme l'échine d'un animal sous l'effet d'une brève frayeur.

Le Professeur saisit mon bras devinant que je n'arrêterais pas ma course, que je m'apprêtais à continuer, aveugle, dans le chemin de ce destin que m'indiquait le nom par lequel il me réclamait. Je me retournai. J'aperçus la frayeur qui parcourait le visage du Professeur et qui répondait, effectivement, à cette légère ondulation de sa chevelure. Le geste qu'il venait d'oser faire l'arrachait momentanément, dans son corps même, à la spiritualité dans laquelle je le plaçais, le rendait à l'animal et au végétal, à la jouissance première, accueillie sans questions. Le dispositif à rotation du tuyau d'arrosage nous atteignit de nouveau, rompant ce charme dangereux. Le Professeur se mit à rire sous l'averse ténue, lâcha mon bras, passa une main dans ses cheveux comme pour dissiper l'étroit vertige. Ce rire avait quelque chose de juvénile et de gai. Il y passait l'éclair d'un soulagement, c'était une façon de dire : « Tout cela n'est rien, ne nous inquiétons pas pour si peu », qui me rassura. Je me mis à rire moi aussi. Il m'arriva de penser, bien plus tard, à la façon dont ces rires s'étaient alors prolongés — celui du Professeur, déjà en voie de s'éteindre, reprenant à l'écho du mien et lui répondant. Ces deux cascades jointes avaient été l'expression première d'un plaisir partagé. Après m'être abandonnée à cette pente je m'interrompis ; le Professeur également, tout de suite après. Je vis trembler, au coin de son œil, ce début perlé de larme qui ne se décidait jamais à éclore. Je sus qu'au même moment, au coin de mon œil à moi, pareille bulle venait d'apparaître, et je priai qu'elle ne se mette pas à rouler sur ma joue dans l'excès et la disgrâce. Le miracle se produisit, l'eau lacrymale se résorba. Le Professeur et moi nous regardâmes extrêmement sérieux, comme pour effacer l'éclatement du rire.

« Vous n'êtes pas venue », dit le Professeur d'une voix pressée.

« Non », répondis-je.

« Pourquoi ? »

« J'en ai assez. »

« Ce n'est pas le moment. »

« Je ne suis pas sûre de passer le concours. A quoi ça me servira, de toute façon ? »

« Ça vous servira à devenir ce que vous devez devenir. »

« Je ne suis pas sûre d'avoir envie de devenir ça. Je suis bien comme je suis. »

« Vous n'allez pas végéter comme ça ! Vous n'allez pas végéter comme... comme votre mari... Vous n'allez pas... Vous êtes faite pour autre chose, pas pour cette vie... »

« Vous n'en savez rien ! Vous ne me connaissez pas ! »

« Je vous connais très bien. N'oubliez pas que si Conrad a un poste d'assistant, aujourd'hui, c'est un peu ou même beaucoup à cause de moi. »

« Oui. C'était gentil de votre part de faire ça. »

« Ça n'avait rien de gentil. Je ne l'ai pas fait pour lui. Je l'ai fait pour vous. Pour que vous puissiez, après, vous comprenez... à votre tour... Sans histoires... »

Je regardais le Professeur, la bouche ouverte.

« N'oubliez pas que c'est aussi moi qui vous ai attribué une bourse, dit le Professeur. Vous ne pouvez pas me faire ça. »

Il se retourna. Je le regardai s'en aller. Il revint brusquement sur ses pas.

« C'est vous que je veux », dit-il en me fixant. Puis il partit, pour de bon, cette fois.

Il regagna à grands pas sa voiture, s'y engouffra par la portière toujours ouverte, la referma, démarra en trombe. J'entrevis, en silhouette noire, le profil de sa femme assise à côté de lui. Quelques mètres plus loin l'allée tournait brusquement, les freins crissèrent.

« Il conduit comme un fou, pensai-je alors que mon cœur battait violemment dans ma poitrine. C'est un fou. »

Je repartis dans la direction opposée. Je titubais, saisie par une très grande fatigue.

Défaite

Quinze jours plus tard, je me rendis aux épreuves du concours. Il faisait froid dans le matin humide. Les candidats, attendant l'ouverture des portes, échangeaient quelques phrases banales, plaisantaient nerveusement. Je me retrouvai près de Lardier qui ne parlait à personne. Il fumait en regardant l'horizon, apparemment calme.

« Tu n'as pas peur, toi, dis-je, brisant un silence instauré de longue date. Tu n'as jamais peur. »

« Mais si, j'ai peur, dit Lardier, ôtant un instant sa cigarette. J'ai tout aussi peur que toi. »

Je n'en crus rien. Il n'était pas, comme moi, obligé d'enfouir ses mains dans les poches de sa veste pour en dissimuler le tremblement. A part ces mouvements incontrôlables, mon corps semblait inerte, lourd comme une pierre. Le moindre geste me coûtait.

Il y eut un mouvement dans la foule. On ouvrait les portes. Tout le monde se précipita. Je vis, à l'intérieur, une salle qui me parut immense. Tables et chaises s'étendaient à perte de vue, comme des plants de maïs dans un champ. Je suivis les autres et allai signer le registre.

Je m'assis à la place qui m'était assignée. Un silence

223

profond tomba, ponctué de toussotements, de chuintements, de raclements de pieds. Par endroits, la salle comptait des trous, ceux des absents, froussards de dernière heure, paresseux, découragés ou dormeurs invétérés. Ces espaces nus semblaient la trace de dents arrachées dans une vieille bouche. Cette année-là, les épreuves se dérouleraient sans problèmes. La fièvre révolutionnaire était retombée. Les jeunes gens rêvaient à nouveau de devenir fonctionnaires et de profiter du système en l'infiltrant.

Un mois avant le concours, le Professeur avait fait tailler sa barbe. C'était en pensant à cette barbe nette et convenable comme la haie d'un jardin bourgeois que je tendis la main pour recevoir la feuille portant l'énoncé de l'épreuve. Le sujet n'avait rien de surprenant. Je pourrais le traiter. Je cessai de penser que j'allais tomber en morceaux, m'éparpiller sur le plancher mille fois lavé. Persuadée que je n'allais pas encore mourir, j'arrêtai de me cramponner en pensée à la barbe du Professeur, et commençai à écrire sur les feuilles de couleur tendre réservées au brouillon, dépliant à grand-peine mes doigts crispés par une crampe et qui ne se décidaient à former que des lettres tordues et malhabiles, telles qu'on les produit au cours préparatoire, juste après le stade des bâtons. J'avais les extrémités gelées, le front en sueur. J'apercevais, deux rangs devant moi, le dos revêtu de tricot bleu roi, courbé, couronné par quelques boucles de cheveux châtains et gras voletant de fébrilité, Marlène Leveau, étudiante médiocre mais consciencieuse. Devinant mon attention, ce dos se releva, se tourna. Marlène eut une mimique qui se voulait comique et qui n'était qu'une grimace de peur, pour indiquer que ça n'était pas facile. Puis elle se retourna à l'approche d'un surveillant.

Ceux-ci, égarés dans ce champ de betteraves énervées, avaient l'allure ahurie et la fonction difficile de ces épouvantails à moineaux qu'on trouve sympathiques dans les champs. Ils n'osaient pas surveiller avec trop d'ostentation, car c'était encore mal vu en ces temps d'après le désordre. Instituteurs, ils respectaient ces intellectuels studieux qu'étaient les agrégatifs et répugnaient à se comporter comme dans leur cours moyen, lors de la composition d'orthographe. Je vis Lardier, trois rangs devant moi à gauche, sortir subrepticement de la poche de son pantalon une feuille réduite à l'état de cigarette qu'il abrita derrière son brouillon, déplia et repassa de la main.

Aux deux tiers de l'épreuve, je voulus me rendre aux toilettes. Un surveillant m'accompagna jusqu'aux lavabos et m'y laissa. Comme je me lavais les mains, je vis avec étonnement apparaître Coralie. Le règlement voulait qu'un candidat ne se rendît en ces lieux que lorsque le précédent les avait quittés. Coralie fonça sur moi et me demanda trois tuyaux d'une voix tranquille. Sidérée j'en fournis un et prétendis ignorer les autres. Coralie entra dans le W-C.

« De toute façon, j'ai ce qu'il faut là-dedans », dit-elle en montrant son soutien-gorge, juste avant de refermer la porte.

Je me remis difficilement au travail. L'idée de cette triche m'emplissait de colère. Puis je me calmai, terminai mon devoir.

Les épreuves duraient plusieurs jours. Je n'étais pas trop mécontente, mais je redoutais la dernière, qui correspondait au cours du Professeur. Le matin, en attendant l'ouverture des portes, les conversations me paraissaient de plus en plus insupportables. Je m'éloignais pour échapper aux exclamations triomphantes de Lardier et de Coralie qui se voyaient déjà reçus.

Lorsque je commençai à rédiger le brouillon du dernier sujet, l'aisance que j'éprouvai m'étonna. Je sus que j'allais m'en sortir. Non seulement je ne séchais pas, mais au contraire arguments, références et exemples se bousculaient sous ma plume. Le seul problème serait d'ordonner tout ça. Mon devoir serait long, mais je me sentais sûre de moi. Je consultais de temps en temps la petite montre au bracelet de cuir beige que Conrad m'avait offerte à Noël. Avec tout ça à recopier, je ne pouvais pas me permettre de traîner. Je trouvais sans cesse de nouveaux arguments. Mon brouillon était parcouru en tous sens par des flèches menant à des bulles dans lesquelles étaient encadrées des abréviations connues de moi seule.

A la mi-temps, j'avais rédigé la conclusion. Le poignet douloureux d'avoir tant écrit, je lâchai mon stylo et tirai de mon sac le sandwich et la thermos de jus d'orange de mon déjeuner. Puis je commençai à recopier.

Je regardais de plus en plus souvent ma montre. Je n'avais plus de crampes. J'écrivais avec une aisance remarquable. Il ne restait plus que la dernière partie, la plus importante. J'avais encore trois quarts d'heure. Ça irait.

La sonnerie qui annonçait la fin de l'épreuve retentit. Les surveillants se précipitèrent et commencèrent à ramasser les copies. Hébétée, je me retournai, regardai la pendule qui se trouvait au fond de la salle. Elle marquait l'heure juste. Ma montre s'était arrêtée.

« Mettez toujours votre brouillon, on ne sait jamais... » dit gentiment le surveillant qui se tenait au-dessus de moi, tendant la main pour recevoir la copie.

*

226

Je tendis mon brouillon pleine de colère. Il était illisible. L'essentiel de mon argumentation était dans la dernière partie du devoir. Je n'avais recopié que des exemples destinés à introduire l'argumentation finale. Mon cœur battait jusque dans ma tête. Je sortis de la salle en titubant. Il faisait un temps superbe. Les nuages du matin s'étaient dissipés. Le terrain vague qui entourait la salle d'examen, bâtiment militaire en moellons et tôle abandonné par les Américains à l'issue de la dernière guerre, semblait un désert pour vacanciers en quête d'exotisme. Je repérai au loin la deux-chevaux, Conrad qui m'attendait. Je montai au plus vite. A son « Comment ça va ? », je répondis que j'étais fatiguée.

La montre marchait. Dans ma nervosité du matin, j'avais oublié de la remonter à fond.

Lorsque j'eus suffisamment récupéré pour expliquer à Conrad ce qui s'était passé, il haussa les épaules :

« Tu n'en feras jamais d'autres, dit-il. Pas assez de sérieux. »

Je dus me retenir pour ne pas lui envoyer à la figure le plat de spaghettis à la tomate qui se trouvait devant moi sur la table. J'eus l'impression qu'il se réjouissait secrètement de mon échec.

Je ne préparai même pas l'oral. J'étais accablée de déception. Je passai des heures, en cette fin de mai, à ruminer cette histoire de montre, un livre à la main sans pouvoir lire. Plus je réfléchissais, plus j'étais certaine de l'avoir fait exprès sans le savoir. Quelque chose en moi m'avait trahie, avait souhaité cet échec.

Je songeai au Professeur. Je retrouvai l'origine de mon désir d'échec dans cet après-midi de printemps où le Professeur sorti en hâte de sa voiture m'avait saisi le bras alors que je m'apprêtais à m'enfuir. C'était la première fois qu'il m'avait touchée. Je ne lui avais pas pardonné, et je ne m'étais pas pardonné à moi-même ce qu'il m'avait dit ce jour-là : que son intérêt, sa sollicitude pour la carrière de Conrad étaient faux. Il fréquentait Conrad pour arriver jusqu'à moi. Pourquoi le Professeur me voulait-il tellement ?

Le monde était un théâtre d'ombres. Chacun y voyait évoluer les héros de son choix. En ce qui me concernait, le Professeur réglait la mise en scène. Essayer de contrôler ma vie en refusant d'y prendre part n'était qu'une autre manière de me prendre au jeu. Je ne contrôlais rien ou pas grand-chose. Il y avait pourtant un rôle que je n'avais pas refusé, c'était d'être pour Conrad l'épouse dévouée qui se tient dans la pénombre, derrière la chaise, laissant l'homme occuper le centre du monde. Et puis, le Professeur m'avait dit que ce n'était qu'une erreur de perspective ou d'éclairage : où je me trouvais, là était le centre.

De tout cela, Conrad était dupe. Je me promenais avec mon secret, auquel j'avais bien du mal à croire. Parfois il me semblait que j'avais imaginé ces paroles. Mais je me souvenais de la main du Professeur sur mon bras, de l'ombre des arbres au travers de l'allée, du profil de son épouse dans la voiture verte. Je voyais la bouche du Professeur articulant ces mots. Je les avais bien entendus. Je pourrais maintenir l'illusion quelque temps encore aux yeux de Conrad, aux yeux des autres. Mais un jour tout se découvrirait. Parfois, lorsque je rencontrais des connaissances, dans les couloirs presque déserts de l'université, je me disais : « S'ils savaient... »

Ils ne savaient pas. Et je ne pouvais parler à personne, pas même au Professeur. Je ne souhaitais pas en entendre davantage. Le mot trahison s'imposait à moi. Quelque part, dans cette affaire, quelqu'un avait trahi. Je ne pouvais m'en prendre à moi-même, car je n'avais rien fait. Cela m'était simplement arrivé, ou plutôt, allait m'arriver. Conrad n'y était pour rien non plus, ou plutôt, il se trouvait victime de sa naïveté, de son aveuglement. Il voulait se donner une stature. Il était le détenteur du savoir dans le couple. Cette position était confirmée par l'amitié que lui portait cet homme illustre, le Professeur. Conrad n'attendait pas que grandeur et dignité lui vinssent de lui-même, mais de l'extérieur. C'était les acheter à bon marché, mais aussi très cher.

Comment pouvait-il continuer à croire, semaine après semaine, que le Professeur était son ami ? Certes, il protégeait Conrad. D'une nature confiante, celui-ci se croyait apprécié pour ses qualités intrinsèques. Mais le Professeur manipulait Conrad, utilisait sa faiblesse. Dès la première rencontre, j'avais nourri, à l'égard du Professeur, un obscur ressentiment. Je savais maintenant avoir pressenti en lui un plaisir à trahir, manœuvrer, blesser ceux qui lui étaient proches. Le Professeur aimait dans la haine et haïssait dans l'amour. Il méprisait tous les êtres, ceux qu'il aimait comme ceux qu'il haïssait, ainsi, bien entendu, que ceux qui lui étaient indifférents. Il se croyait plus malin que tout le monde.

Le voyant ainsi, j'aurais dû le mépriser à mon tour. Mais le mépris coexistait en moi avec l'admiration. Et puis le Professeur, à côté de cette trahison, qui après tout ne me visait qu'indirectement, m'avait fait un cadeau. C'était pour moi qu'il avait trahi Conrad.

J'avais beau me répéter que cet homme aurait probablement vendu sa grand-mère, je ne pouvais m'empêcher de me dire : « Il a fait cela pour moi — cette chose énorme, affreuse, dérisoire. » Il était comme ces chevaliers d'autrefois qui tournoyaient pour l'honneur de leur belle. Le Professeur, abîmant Conrad, me faisait de l'honneur. Conrad était étendu sur le pavé. Le Professeur était à cheval et brandissait son épée. L'épée était coupable. Mon cœur chavirait.

Solitude

Je manquai l'admissibilité à un demi-point. C'était un peu bête. Je n'en ressentis pas grand-chose jusqu'au moment où je croisai Lardier, l'air triomphant, juste après l'annonce des résultats.

« Je ne suis pas admissible », dis-je après l'avoir félicité. Il détourna les yeux avec satisfaction. Je lui demandai quelle était sa note. C'était la même que la mienne.

« Ce n'est pas possible ! Puisque moi, je suis recalée avec cette note-là ! »

« Oui, mais tu es une fille », lâcha Lardier d'une voix confite.

« Et alors ? »

« Pour les femmes, l'admissibilité est fixée un demi-point au-dessus. »

« Ce n'est pas vrai ! »

« Si », dit-il d'un ton doucereux et condescendant.

« Mais pourquoi ? »

« Oh, écoute, je n'ai pas le temps de parler de ça... » Il regarda sa montre et s'en alla.

Je me dirigeai vers le bureau du directeur. Ce serait bien la première fois que j'irais lui parler de bon gré. C'était un petit homme cauteleux aux cheveux rares,

231

au crâne et aux manches luisants. Je lui en voulais depuis qu'il m'avait interrogée lors d'un oral. Je devais alors commenter un texte. Je commençai. Je vis le directeur se mettre à composer un numéro de téléphone, et je m'arrêtai.

« Continuez », dit-il avec un geste d'impatience.

Je fis toute mon explication tandis qu'il parlait, dans le récepteur, de crédits, de photocopieuses, de nombre de salles. J'étais hébétée et parlais automatiquement, la voix de ténor cassée du directeur m'accompagnant sur une autre mélodie. J'eus terminé avant lui. Il me fit au revoir de la main tout en continuant à parler. Il me mit une bonne note. J'appris ensuite qu'il était coutumier de cette technique.

Ses cours étaient les plus mauvais de tous. Il recrachait sans gêne des pages entières de manuels. Il répétait toujours les mêmes plaisanteries. On le croyait un peu gâteux. On le disait aussi fin diplomate, rancunier. Il fallait se méfier de lui. Il disait aux gens, à tout propos, pour se débarrasser d'eux :

« Où est-ce que je peux vous toucher ? »

« Le Professeur lui avait un jour répondu :

« Jamais au-dessous de la ceinture ! »

Réplique que Lardier, au Relax Bar, répétait devant une bière, en disant qu'il la trouvait bien bonne.

Quand je travaillais à la bibliothèque, j'avais découvert, sur un rayon lointain et haut perché, la thèse du directeur, dont les pages n'avaient jamais été coupées. J'entrepris, par compassion, de réparer l'outrage. Cela me prit bien du temps. Il y avait deux volumes de sept cent cinquante pages. Le directeur était depuis ce jour mon obligé.

Je frappai à une porte, l'ouvris et me trouvai devant la secrétaire, veuve entre deux âges aux cheveux bleus, éternellement vêtue d'une jupe écossaise et de twin-sets de lambswool qui changeaient de couleur selon les saisons. Ce jour-là, il était vert mousse et, comme il faisait chaud, elle avait ôté le cardigan, qui pendait à une patère. Elle me regardait derrière ses lunettes. On la disait secrètement portée sur les hommes et la bouteille. Je me demandai fugitivement si c'était vrai. Puis je souhaitai voir le directeur.

« Monsieur le Pr Maugendre est occupé. »

« Mais je veux le voir ! »

« Il ne reçoit les étudiants que sur rendez-vous », lâcha-t-elle avec hauteur.

Une porte s'ouvrit sur la gauche. Le directeur passa la tête par l'entrebâillement.

« Marthe, mon enfant, vous voulez bien aller me chercher un café ? » Il suivit le regard de la quinquagénaire fillette, et me vit. Je devais faire une drôle de tête.

« C'est notre charmante bibliothécaire ! Eh bien, qu'est-ce qui se passe ? Venez donc dans mon bureau... »

Je le suivis. Il referma la porte, s'assit et me désigna une chaise.

« Racontez-moi ça ! »

J'attendis le moment où il enfoncerait un index grassouillet dans le cadran téléphonique. Mais ses mains restèrent sur ses genoux.

« Lardier m'a dit que les filles étaient admissibles à un demi-point de plus que les garçons. »

« C'est vrai ! Vous êtes recalée à un demi-point ! On m'a apporté les résultats tout à l'heure... C'est vraiment trop bête... »

La secrétaire entra et posa un gobelet de café sur le buvard du sous-main. Elle me jeta un regard désapprobateur et ressortit.

« C'est vrai que les filles passent à un demi-point de plus que les garçons ? »

« Naturellement... Toujours... »

« Pourquoi ? »

« Il ne faut pas que l'enseignement se féminise à l'excès... Il y a déjà trop de femmes, beaucoup trop... C'est embêtant... Vous comprenez... Toutes ces femmes mariées... Pour elles, le salaire, c'est de l'argent de poche... L'agrégation, c'est quand même plus important pour un homme... »

Le directeur avala une gorgée de café. Il regardait par la fenêtre et se grattait distraitement le crâne. J'eus l'impression qu'il m'avait oubliée.

Je me levai, dis au revoir. Il me répondit d'un signe bienveillant. Il avait posé le gobelet, composait un numéro de téléphone.

Je ne commençai à pleurer qu'à l'arrêt d'autobus. Le bus arriva, je pleurais toujours. Je détournais la tête pour éviter le regard des passants, essuyais furtivement mes larmes. J'avais honte de pleurer mais en même temps, je pensais que j'en avais bien le droit. J'étais écœurée. Je pleurais comme on mange du chocolat. J'aurais voulu qu'on me tue, ou bien tuer quelqu'un. Je pensais : « Je vais mourir », et tout de suite après, « Je vais te tuer, je vais te tuer ». Je me demandais qui était ce « tu ».

Le bus arriva, je montai dedans. Il y avait peu de monde. Je pleurais toujours. Je me mis à tousser, dans l'espoir qu'on croie que c'était un rhume. Je produisis une toux sèche et peu convaincante. « J'ai de la conjonctivite », me racontai-je. Les larmes continuaient à couler.

Il se mit à pleuvoir, une giboulée dans le soleil. Par les vitres du car les nuages gris s'amassaient, se groupaient, s'effilochaient. Ça me faisait plaisir que le ciel pleure pour moi. Les gouttes d'eau, à l'extérieur de la vitre, coulaient comme sur une joue. Je grattai la vitre de l'ongle. En travers était gravé : « Issue de secours ». Je me demandai quelle était, pour moi, la sortie.

Le bus s'arrêta, je descendis. Je marchai le kilomètre qui me séparait de la maison. L'herbe était tendre et gorgée d'eau. Des coucous poussaient dans le fossé. Je me baissai pour en ramasser. Je serrai le bouquet contre mon cœur, je plongeai le nez dedans. Il s'en échappait un parfum ténu. Je croquai une fleur, elle avait un goût d'étang.

Je poussai la porte, raclai mes chaussures sur le paillasson. J'allai droit à la cuisine mettre les fleurs dans l'eau. J'entendis le pas de Conrad qui descendait l'escalier.

« Alors ? » dit-il. Il comprit en voyant mon visage. Je ne dis rien. Je disposai les fleurs dans un pot de grès sur la table de la salle.

« Lardier passe avec la même note. C'est parce que je suis une femme. C'est injuste. »

« Non, ce n'est pas injuste. Tu n'as pas assez travaillé. Lardier est un bûcheur. »

J'eus envie de lui casser la gueule. Je me dis : « Lardier est un tâcheron, un médiocre. Je suis plus intelligente que lui. Je n'ai pas besoin de bûcher comme ce crétin. Ma façon à moi de travailler, Conrad n'y comprend rien. Je pense tout le temps et lui, il dit qu'il ne pense jamais. »

« De toute façon, Lardier se fera étendre à l'oral. Il n'a aucune facilité de parole, il ne sait pas s'exprimer. Moi, si j'avais été admissible, j'aurais eu l'oral. »

Conrad ne répondit rien. Je montai dans la chambre. Je me laissai tomber sur le lit. Une grande chaleur m'envahit. J'étouffais. Je me mis à respirer violemment. L'air me manquait de plus en plus. Chaque respiration était arrachée, chaque souffle ultime. Je sentis une présence. Conrad était assis sur le lit. Il dit :

« Il ne faut pas te mettre dans des états pareils. Tu veux que je te fasse un thé ? »

« Tais-toi, va-t'en. »

Le lit était secoué de mes sanglots.

Été

Je ne revis pas le Professeur de l'été. Je ne sus pas ce qu'il pensait de mon échec. Je ne tenais d'ailleurs pas à le savoir. J'avais honte. Conrad avait raison. Lardier était dans le vrai. Le monde appartenait à ceux de sa sorte. Tout était en surface. Quand on était recalé, c'était parce qu'on méritait d'échouer. Chacun occupait la place qui lui revenait. Les professeurs savaient, les politiciens pouvaient, les curés priaient, les parents concevaient, les enfants obéissaient. Je décidai de n'avoir désormais ni conscience ni mémoire.

Je trouvai mon refuge habituel. J'avais découvert dans la vieille ville un libraire d'occasion dont les marchandises étaient si bon marché que je me les offrais sans culpabilité. Il m'avait prise en amitié et me mettait de côté ce qu'il pensait de nature à me plaire. J'achetai une petite bibliothèque de bois blanc qui serait ma propriété et sur laquelle je vis avec satisfaction les volumes s'accumuler.

Une tante nous prêta sa villa dans le Midi. L'entourage s'était ému de mon échec. On en discutait dans mon dos. Le geste de cette parente devait provenir d'une intervention de ma mère. Je ne cherchai pas à en savoir plus. Nous partîmes. La maison se trouvait dans

237

les collines des environs de Nice. C'était une villa blanche au toit de tuiles ocre, qu'on atteignait en montant un chemin de pierrailles. La salle de séjour s'ouvrait sur un terrain ombragé d'un olivier, deux pins et un kaki. A travers le grillage, on voyait la mer, perdue dans les lointains mauves.

Chaque matin, nous allions à la plage, prenions notre place parmi les corps étendus. Parfois, l'odeur d'huile solaire qui s'en échappait me donnait l'impression de faire partie d'un barbecue monstrueux. Je chassais cette pensée. Elle n'était pas conforme au monde des braves gens, auquel j'avais décidé, de guerre lasse, d'appartenir.

A midi, nous déjeunions dans un bistrot de poisson, puis nous rentrions à la villa. Conrad travaillait à un article et je lisais dans une chaise longue, à l'ombre des pins, en buvant de l'orgeat et en regardant autour de moi les horizons parfumés, le ciel vague et le triangle minuscule d'une voile sur cette brume confuse qu'était la mer. Je m'appliquais à avoir l'air tranquille. Ce qui était en moi n'avait aucune importance. Seul l'extérieur comptait, la peau des choses. La mienne protestait en se couvrant de petits boutons. Ces phénomènes allergiques étaient autant de volcans minuscules. Je lisais Freud et j'apprenais ce qu'était le refoulement. Je collaborais activement au processus. C'était la seule forme d'activité véritable qui me restât. Tout le reste, confection d'une ratatouille pour le dîner, d'une compote de pêches achetées au marché du village, n'était pas des actes mais du jeu. J'étais à nouveau en plein théâtre. Encore une fois je n'avais pas choisi mon rôle. Je me répétais que puisque je ne pouvais pas changer le monde, il fallait que je me change moi-même. Les slogans de 68 n'étaient pas morts, mais justement ceux-là ne parlaient que d'agir sur l'extérieur. On découvrirait dans les prochaines années que la révolution commence « at home ». A vrai dire j'avais déjà essayé. Ça n'avait pas mieux réussi, à long terme, que les jets de pavés sur les CRS. Je m'étais découragée trop vite, comme tout le monde. C'était l'époque du culte de la vitesse, on en payait le prix. Je ne révolutionnais plus, je réactionnais. De toute façon, il ne restait que le désespoir.

Je ne fumais pas, mais j'avais souvent un goût de tabac dans la bouche. J'essayais de respirer les parfums de l'air, de goûter le bleu du ciel. Rien n'avait de saveur. Je nageais dans l'insipide. Conrad, lui, était en forme. Il répétait : « Ce qu'on est bien ! » Il m'énervait. Je ne répondais pas. Il revenait à la charge : « Tu ne trouves pas qu'on est vraiment bien ? » Je répondais faiblement, pour avoir la paix et aussi parce que je pensais que j'aurais dû être bien. Je disais : « Oui, on est bien. » J'essayais de sourire. C'était difficile. J'avais de la bouillie dans la bouche, la mâchoire en fil de fer.

J'allais me promener dans les collines, j'errais sous les pins, je suçais des brins d'herbe. Je partais sans prévenir Conrad. Si je lui avais dit au revoir, il aurait crié : « Je viens avec toi ! » Je voulais être seule. La montagne était déserte. Derrière les murs je voyais le dos des villas endormies comme des moutons couchés. Je m'asseyais sous les eucalyptus. L'odorat me revenait un peu. Les arbres du Midi étaient merveilleux, ils portaient tous quelque odeur, quelque fruit. Je mâchais des feuilles. J'essayais de réfléchir à ce que je ferais l'année prochaine. Mon stage de CAPES, de toute façon. Mais repréparer l'agrégation ? Si j'abandonnais, je ne reverrais pas le Professeur. Cette idée était un soulagement. J'en avais assez de cette tension inutile, de ce jeu bloqué. Le Professeur n'était pas pour moi, et je n'étais pas pour lui. Il mangeait mon énergie, dérangeait tout. Si je ne le voyais plus, je parviendrais à oublier qu'il y avait un autre monde. Je renoncerais à tout. Il n'y avait jamais d'issue. Je vivais dans une pièce dont les portes étaient fermées.

Je rentrais à la fraîcheur du soir. Un soupçon de brume enveloppait les choses. La mer au loin était violette. Parfois, à cette heure du crépuscule, je rencontrais quelqu'un. Je passais très vite. On me disait bonjour. C'était l'habitude de la campagne. Au dernier moment j'avais un peu peur, je pressais le pas. L'inquiétude de Conrad m'atteignait. Je poussais la grille de la villa. Conrad était assis sur une chaise longue, sur la véranda. Il jetait son livre par terre, l'air furieux.

« Où es-tu encore allée ? »

« Faire un tour ! »

« Tu ne te rends pas compte que c'est dangereux, seule dans la montagne ? Il y a des types qui rôdent. Il peut t'arriver n'importe quoi. Tu es vraiment inconsciente ! »

« Tant mieux ! »

« C'est intelligent de t'en vanter ! Et puis, moi, tu me laisses tout seul. A quoi ça sert que j'aie une femme ? »

Conrad se remit à parler d'enfant. Je lui demandai d'attendre un an de plus.

« Laisse-moi finir mes études ! »

« Il faut toujours attendre avec toi ! J'en ai marre ! »

Il n'était pas le seul. J'observais la montée de sa lassitude avec une satisfaction amère. Quand il en aurait tout à fait marre, je serais libre.

Rentrée

Nous rentrâmes. L'été se prolongeait. J'allais souvent dans les églises. Celle du village n'était guère plus qu'une chapelle, perdue au milieu d'un champ de folles herbes. Quand on y marchait, levant haut les pieds, on discernait quelques tombes moussues parmi les champignons et les renoncules. Un ruisseau coulait près de là. L'endroit était humide, extrêmement vert. Le curé du bourg voisin ne venait que trois fois l'an dire la messe. Le village était livré à lui-même, à ses querelles et à ses ragots. A mon regret, l'église était toujours fermée. Un jour que je tournais autour, je secouai la porte une fois de plus, dans l'espoir d'un miracle. Il se produisit. J'entendis des pas derrière moi. C'était la sœur du maire, Eustachie, vieille fille confite et desséchée. Elle portait une pèlerine en laine des Pyrénées mauve sur sa robe de coton à ramages gris. Elle marchait courbée, enserrant ses épaules de ses bras croisés.

« C'est fermé ! » cria-t-elle d'une voix aiguë.

« C'est ce que je vois », répondis-je exaspérée.

« Mais j'ai la clé ! » ajouta-t-elle enfantine, tirant de sa poche un gros objet de fer forgé. Elle me fit signe d'entrer. L'église était vide comme une halle. Les bancs étaient empilés contre les murs. Il y avait quelques prie-Dieu devant l'autel recouvert d'une nappe blanche brodée. Le Christ avait une tête de poupon bien nourri, avec quelques gouttes de sang comme des taches de confiture. Sur la nappe d'autel se trouvait un vase blanc peint de colombes dorées et de feuilles de chêne. Des renoncules achevaient d'y mourir, courbant leurs têtes blondes en forme de chou.

« Je vais les sortir », dit Eustachie s'emparant du vase et trottant dehors à pas de souris.

Je m'assis sur une chaise paillée. L'endroit était froid et paisible. Une lumière blanche filtrait par les fenêtres, sur lesquelles les traces de pluie faisaient un effet de vitrail. Je serrai mon cardigan sur ma poitrine. Eustachie revint, elle avait changé les fleurs.

« J'ai trouvé des iris près du ruisseau, pour varier », dit-elle.

Ils étaient d'un mauve éteint, presque gris, leurs pétales couverts d'une poussière colorée, comme des ailes de papillon.

« Ils sont magnifiques ! » m'écriai-je.

« N'est-ce pas ? » dit Eustachie. Elle leva sur moi des yeux surpris, de la même teinte que les fleurs.

Elle se frotta les mains et me regarda à nouveau avec timidité.

« Si vous voulez, je vais vous offrir un concert. » Elle eut un petit rire, alla derrière l'autel. Je vis un harmonium. Elle s'y mit avec entrain. Son corps se balança d'avant en arrière. La pédale de l'harmonium, lorsqu'elle appuyait, émettait une respiration profonde, doublée d'un chuintement d'extase. J'écoutais. Eustachie jouait, pas très bien, de vieux cantiques. Elle finit et revint vers moi.

« Je ne veux pas vous ennuyer plus longtemps. »

« Vous ne m'avez pas ennuyée, ça m'a fait plaisir. »

« Si vous voulez, dit-elle à voix basse, comme si quelqu'un pouvait nous entendre, je vais vous montrer où je mets la clé. »

C'était sous une pierre du mur. Je promis de faire attention. J'étais ravie.

Lorsque je revins une semaine plus tard, je trouvai deux pots de confiture de sureau. Eustachie avait inscrit mon nom sur l'étiquette. J'avais en venant cueilli des noisettes dans un chemin creux. Je les laissai à son intention. Plus tard elle se fit à mes habitudes. Tout se savait dans le village. Derrière les rideaux de crochet de sa cuisine, elle me voyait passer sur la route. Elle accourait, s'essuyant les mains à son tablier.

« Quand j'étais jeune fille, il y avait encore le curé. Je jouais à la messe tous les dimanches. C'est plus agréable d'avoir un public », disait-elle d'un air de s'excuser. Je n'avais pas d'autre amie au village.

Désormais, lorsque je voulais, je pouvais aller passer une demi-heure, seule, dans l'église. Mais je me rendais aussi volontiers dans une grande église gothique, en ville, qui lançait deux tours dentelées à l'assaut du ciel, au bas du quartier de l'université. Il y avait très peu de monde, un silence extrême, réverbérant, et cette lumière froide et mêlée de pénombre. Je restais là assise, je pensais vaguement. Je ne pourrais pas dire que je priais, puisque je ne croyais pas. Je ne m'adressais pas à Dieu. Je n'avais pas grand espoir de le trouver. Mais le seul fait de m'autoriser à le chercher ouvrait la clôture de ma vie. Les églises, après tout, étaient les seuls lieux où l'on avait le droit de s'élancer, où l'on ne vous demandait pas de ramper et d'en sembler satisfaite.

L'université, telle que la concevait le Professeur, était une autre sorte d'église. C'était un lieu de réflexion, où l'on vous encourageait à songer aux aspects poétiques et sublimes de l'existence. Pendant le cours du Professeur le temps s'arrêtait. Les nécessités et les besoins, les basses satisfactions de la vie n'avaient plus cours. Je me rendais compte maintenant que j'avais entrepris des études de philosophie pour cette raison, et non pas seulement, comme je l'avais cru tout d'abord, parce que je pouvais faire cela aussi bien qu'autre chose, parce que c'était « inutile » et que je ne me sentais bonne à rien, parce que j'avais, sans comprendre pourquoi, eu une excellente note à l'épreuve de philosophie du baccalauréat. Mes parents m'avaient plutôt encouragée dans cette voie. La philosophie leur semblait une sorte de couronne bourgeoise. Mon père disait :

« Ce n'est pas qu'elle est intelligente, mais elle a de la mémoire. »

« Elle a toujours été bonne en récitation », ajoutait ma mère, inconsciente de l'insulte.

Ainsi comprise, ma « vocation » soudaine pour les études de philosophie n'avait pas fait de vagues. Il s'agissait, à l'idée de mon entourage, d'apprendre des théories, de les dégorger sous forme de dissertations qui apparaissaient comme des récitations enjolivées. Mon apport personnel y était réduit à de la décoration, des volutes de crème Chantilly sur un gâteau. Ma décision, vite prise, de faire une maîtrise sur l'œuvre de Simone Weil n'avait pas causé davantage de scandale.

« Il faut faire non seulement l'œuvre, mais " la femme et l'œuvre ", avait dit mon père doctement. La vie est très intéressante. Beau destin féminin. »

Beau destin féminin, en effet, avais-je pensé. La mort, le sacrifice, l'effacement.

L'attitude de Conrad avait été à peine différente.

Il m'avait plaisantée : « Ma petite mystique. Au xixe siècle, tu aurais été infirmière. »

Je m'étais plainte de ce qu'il ne prenait pas mes études au sérieux.

« Si tu voulais que je te prenne au sérieux, avait-il répondu, il fallait faire autre chose. Il n'y a pas de femmes philosophes. »

Cette phrase m'avait laissée sans voix.

« Il n'y a pas de femmes philosophes », avais-je déclaré au Professeur lors de la fameuse rencontre dans son bureau, cette rencontre qui m'avait décidée à travailler avec lui pour la simple raison que là, pour la première fois, j'avais eu le sentiment qu'on me prenait au sérieux.

Le Professeur, entendant cette phrase, avait eu sur moi un regard extrêmement doux, rapidement détourné.

« Et Simone Weil ? » avait-il dit.

« Elle est morte, avais-je rapidement rétorqué. C'est bien la preuve. »

« Tout le monde meurt », avait répondu le Professeur.

« Oui, mais elle, c'est parce qu'elle n'avait pas le choix. »

« Personne n'a le choix », avait-il encore répliqué.

J'avais éclaté :

« Oui, mais elle, elle le voulait... Elle voulait mourir. Elle n'avait plus que ça à faire, parce que... parce qu'elle ne pouvait pas... »

J'étais proche des larmes. Le Professeur me les avait épargnées :

« Tout le monde ne serait pas d'accord avec vous. Mais ça ne fait rien, au contraire. Travaillez sur Simone Weil. Travaillez sur la mort comme choix philosophique. Non, ça ne va pas, c'est trop vaste, déjà traité. Travaillez sur l'effacement. »

« L'effacement... », avais-je répété. Il me semblait que c'était toute ma vie. Je me sentais toujours comme une phrase sur laquelle une main géante et implacable s'apprête à passer une gomme.

J'avais rencontré Carnevalet, l'épistémologue, ennemi et rival du Professeur.

« L'effacement..., s'était-il écrié. Ce n'est pas un concept philosophique... C'est de la psychologie, c'est n'importe quoi... »

Six mois plus tard, j'avais à nouveau rencontré Carnevalet.

« Alors l'effacement, ça avance ? » avait-il demandé.

« Oui », avais-je répondu avec d'autant plus de vérité que, n'ayant encore rien rédigé, je me sentais en quelque sorte dans le vif du sujet.

« Il vous a séduite », avait conclu Carnevalet. « Il », je comprenais très bien qui c'était. « Il séduit les étudiants, évidemment. Pure démagogie. Pas de concepts, pas de raisonnement. Une espèce de magma vaguement poétique, qui tient du journal intime. Pas de sublimation, pas de distance, pas de rigueur. De la philosophie, ça ? Laissez-moi rigoler ! »

Et Carnevalet avait rigolé en effet, d'un rire grêle qui avait dévalé le couloir, comme un caillou ricoche.

Carnevalet, tous les autres m'apprenaient à m'oublier. Ils m'apprenaient à ne pas parler de moi, à ne pas penser à moi, à m'effacer devant ces hommes illustres qui n'étaient pas moi, qui n'avaient rien à voir avec moi, qui m'étaient si lointains qu'ils me faisaient me sentir ver de terre. Carnevalet et tous les autres se bardaient des corps de ces hommes, des corps qui étaient leurs œuvres. Ils les prenaient sans demander la permission, sans payer de location. Ils s'en revêtaient, ils les faisaient leurs. Ils oubliaient que c'étaient des habits volés. La subjectivité était bannie, l'être n'existait pas. Nous devions faire, comme eux, semblant de nous effacer. Ils ne s'effaçaient pas vraiment. Ils couvraient, au contraire, leur inexistence, leur insupportable transparence, de l'opacité de ces œuvres difficiles, de ces phrases ésotériques.

Je revois Carnevalet, son nez effilé, sa barbiche un peu ridicule, ses mains hésitantes à la recherche de papiers toujours mélangés. Il était au-dessous de ce qu'il aurait dû être, et il s'en apercevait, ce qui devait le rendre très malheureux. « Carnevalet, le peuple aura ta peau ! » avaient scandé les gauchistes un jour de grève étudiante, alors que Carnevalet s'acharnait à vouloir faire cours. Il était devenu rouge, puis blanc, des gouttes de sueur avaient coulé le long de ses tempes. Il avait rangé ses affaires en toute hâte dans son porte-documents de cuir jaune, et était sorti précipitamment par la porte des professeurs, devenue en l'occurrence l'entrée de service.

Non, Carnevalet n'avait pas bien fait son travail.

« Quelle est la finalité de ton enseignement, camarade ? » avait crié un trotskiste. Carnevalet avait été désarçonné par la question. Il ne savait pas quelle était la finalité de son enseignement. Il ne se l'était jamais demandé. Pourtant, en tant que philosophe, il aurait dû. Mais Carnevalet était un optimiste, un vit-petit fonctionnant au jour le jour. Il ne se posait pas le problème des fins dernières.

« Vous apprendre à penser, vous permettre d'acquérir une certaine culture », avait-il répondu après un silence tendu, celui qui précède la mise en pièces du martyr chrétien par le lion.

« On préfère apprendre à baiser. A bas la culture, vive le cul ! » avaient crié quelques joyeux drilles, qui ne faisaient que se montrer dignes de leur âge. Pour Carnevalet ç'avait été terrible. Il n'avait pas, comme le Professeur, la faculté de changer rapidement de position, de se mettre du côté des rieurs afin de pouvoir rire avec eux de quelqu'un d'autre que lui. La finalité de l'enseignement de Carnevalet consistait à enseigner. S'obstinant, il s'installa derrière le pupitre et fouilla dans son porte-documents pour en extraire ses notes. Il constata que par une intervention mystérieuse et démoniaque, ses papiers, qui étaient dans un ordre parfait lorsqu'il les avait mis dans sa serviette avant de quitter la villa moderne avec garage qu'il habitait en famille sur les hauteurs de la ville, étaient dérangés une fois de plus. Deux cours qui n'avaient strictement rien à voir ensemble s'étaient mélangés. Pendant qu'il tentait d'y voir plus clair, le silence sembla s'amplifier, comme le bruit d'un train qui s'approche. Soudain, ce silence creva tel un orage. Il y eut quelques mouvements diffus, quelques rires étouffés. Quelqu'un pénétra dans l'amphithéâtre en courant, à demi baissé. Un hurlement s'éleva. Carnevalet, sidéré, ne pouvait retrouver dans ses notes le début de son cours, il ne parvenait pas à croire à la réalité du cri. Il regarda vers les fenêtres pour vérifier qu'elles étaient bien fermées. Le cri s'était dédoublé puis fragmenté. Il s'égrenait comme un collier dont le fil se serait brisé. Carnevalet tenta de se mettre à parler. Les cris se firent plus violents encore et couvrirent sa voix, pendant que des rires venus des quatre coins de l'amphithéâtre fusaient, produisant l'orchestration qui soutient les vocalises du soliste. Carnevalet osa lever les yeux et vit au fond de la salle un étudiant tenant un bébé sur ses genoux. Les clameurs cessèrent aussitôt de paraître étranges. Une colère violente emplit Carnevalet rivé à sa place par l'angoisse. Il retrouva la première page de son cours et commença à lire. Le bébé vagit de plus belle. Il se demanda si l'on pinçait l'enfant pour le faire pleurer, ou si le lieu et les circonstances suffisaient à le terrifier et lui faire pousser sa démente cantilène. Carnevalet lut ses notes pendant toute l'heure, les yeux obstinément fixés sur sa feuille, la voix toujours couverte par les bruits du bébé, les rires, les claquements de pupitres. Puis il rentra chez lui, se coucha et entama une dépression nerveuse.

Je n'avais jamais éprouvé la moindre sympathie pour Carnevalet jusqu'à ce jour. Pour que cet homme me paraisse humain, il m'avait fallu le voir subir le supplice. Eût-il été moins consciencieux qu'il eût vécu tout cela comme de grandes vacances, une mahousse kermesse. Mais il se prenait pour un professeur et ce n'était pas un professeur qu'on attendait, c'était un gourou, un messie, un Christ ou un voleur. Et parce qu'on attendait cela et qu'il voulait répondre à l'attente qu'on avait de lui, il avait joué l'un de ces rôles à son corps défendant. Il l'avait payé très cher. Tout entier investi dans sa fonction il avait été incapable de descendre de son pupitre, d'aller rire et plaisanter avec ces jeunes gens incompréhensibles, qui lui en voulaient de les laisser être cruels. J'avais observé tout cela, j'en avais souffert également. Je n'avais rien dit, rien fait. Mais moi aussi j'avais voulu autre chose que ce que Carnevalet avait pu m'offrir. J'avais voulu qu'on m'apprenne à vivre et le Professeur, seul, semblait promettre cela.

Histoire

Ma génération réclamait un guide pour visiter le
pays libéré des adultes, ce nirvana du sexe et de la
réussite. Beaucoup avaient cru pouvoir se l'offrir tout
seuls avec quelques livres brandis comme totems. Nos
parents, pensions-nous, avaient tout accepté, les nazis,
Pétain, le génocide et Staline. Nous n'accepterions
rien. Dire non suffirait à régler les problèmes du
monde. Quand je dis « nous », je devrais dire « eux ».
Je savais dès cette époque que les problèmes du monde
étaient trop graves pour se régler au moyen de quelques désirs, quelques impatiences, quelques bonnes
volontés. J'avais regardé les autres s'amuser, effrayée
par la cruauté du jeu, incapable d'emportement, d'ou-
bli, d'insouciance. Quand autour de moi on sautait de
joie en poussant des cris de guerre, je restais rivée au
sol. Je ne pouvais pas profiter de l'instant. Je me
disais : « Ça va finir, ils se feront avoir. »

Je n'avais jamais eu confiance en mes camarades
révolutionnaires. Je les connaissais trop bien. Les filles
étaient allées en classe au même lycée que moi, et les
garçons au lycée situé de l'autre côté de la place. Je
savais qui ils étaient, des fils de bourgeois de la ville au
destin tout tracé. Ils avaient été les plus dociles à

l'école, avaient tout accepté sans se poser de questions au moment où moi, j'avais songé au refus. J'avais fait ma révolution ratée un peu plus tôt. Je m'étais demandé, avec quelques années d'avance, si je voulais de cet avenir balisé par la famille, les institutions, la société. Il ne restait plus rien à faire ni à construire de soi-même : simplement à suivre le guide, suivre la flèche, à gauche, à droite, montez, descendez. Je m'étais demandé si par hasard je ne pourrais pas me diriger moi-même. Je m'étais demandé cela au milieu de têtes courbées en train de copier ce qu'on leur dictait. J'avais décidé que je n'étais pas normale. Comment refuser seule ce qui semblait bon pour tous ? Comment rompre les liens tissés par d'autres pour mon confort et mon bien-être ?

J'avais cédé dans une espèce d'effondrement intérieur. J'avais tenté de me reconstruire dans le consentement. Je m'étais efforcée de ressembler à ces camarades tranquilles qui m'avaient trouvée bizarre au lycée, avaient ricané quand j'avais essayé de remettre en question ma situation qui était aussi la leur. Lorsque j'étais arrivée à l'université, pour moi tout était déjà fini. Mais pour les autres, peu après, ça commençait. J'avais souffert à nouveau en imaginant leur chute qui viendrait après la mienne, la réalisation douloureuse que le monde était déjà construit, qu'il ne restait rien d'autre à y faire qu'à suivre les règles. Mais ils avaient l'air si sûrs d'eux-mêmes, si joyeux et si confiants ! Là-dessous, je percevais une angoisse intense. N'était-ce pas normal lorsqu'on chamboulait tout ? Au moins, ils n'étaient pas, comme cela m'était arrivé, dans le désert. Ils pouvaient se parler, se soutenir.

Il n'y avait quand même pas là-dedans que des enfants de notables qui, lorsqu'ils auraient fini de s'envoyer en l'air, retomberaient sur le mol édredon des traditions familiales. Il y avait aussi quelques fous perdus, anarchistes sortis des campagnes, séminaristes en rupture de ban, fausses putains rejetant une enfance catholique, pasionarias issues de familles nombreuses, tous revendiquant une précarité dont ils étaient aussi familiers que leurs compagnons temporaires de l'abondance. Ceux-là jouaient vraiment leur vie, leur avenir.

Pendant que tout ce monde s'adonnait à la marelle sociale, sautant à cloche-pied vers le paradis des pauvres, les adultes, les parents, les dirigeants restaient assis dans leur fauteuil, attendant que ça se passe. De temps en temps, ils se levaient et allaient à la fenêtre, voir si ça s'agitait toujours autant en bas, si ça ne dépassait pas trop les bornes. Puis ils retournaient se rasseoir.

La fin du spectacle était proche. Ils savaient que, bientôt, tout le monde rentrerait se coucher.

La jeunesse ne prit pas le pouvoir. L'armée resta à sa place dans ses casernes et la radio continua d'émettre ses émissions habituelles. L'enthousiasme retomba comme un soufflé tiré du four. Les regards étaient moins francs, les cris moins hystériques. Personne n'y croyait plus, mais on n'avait pas envie que ça se termine. On voulait prolonger un reste d'illusion le plus longtemps possible.

Il y eut un sursaut. La police investit l'université, très vite. Les meneurs avaient préparé de quoi faire la fête : des effigies de CRS grandeur nature, en chiffon et papier, confectionnées pendant la nuit, autour desquelles on dansait la carmagnole. Des vrais casques apparurent au bas de l'escalier. Ce fut la débandade. Chacun courait, se prenant les pieds dans les pantins abandonnés. En un instant tout fut vidé. Le seul à résister fut un professeur de mathématiques paranoïa-

que qui resta ferme au bas de l'escalier, braillant
« CRS-SS », et qui se retrouva à l'hôpital ensuite avec
trois côtes cassées. Quelques étudiants, parmi la foule
sortie à la hâte, mirent le feu à une voiture de police
garée devant le campus. Ça flamba très bien. Le bruit
courut qu'il y avait un homme à l'intérieur. La presse
ne parla de rien. La mort était aussi fausse que la vie.

On voyait bien maintenant qu'il ne se passerait plus
rien de décisif. Pourtant, personne ne pouvait se
résigner à en finir, les sceptiques dans mon genre
encore moins facilement que d'autres, car pour nous
être tenus dans les coulisses de la fête, nous n'en
avions pas épuisé les plaisirs. S'était-il d'ailleurs agi
d'une fête ? Il y avait eu tous les éléments : les
vacances, les chants, les feux de joie, les rassemble-
ments fraternels où tout le monde semblait se connaître, se prenait par les épaules, s'embrassait, les dégui-
sements, l'explosion de langage et, surtout, cet extraordinaire sentiment de puissance, l'idée que soudain se
soulevait le couvercle de plomb pesant sur le monde,
cette chape d'idées reçues, de conventions, d'habitudes
et de timidités. Tout avait paru possible. On nous avait
répété qu'on allait changer la vie, et nous voulions
qu'elle change.

L'ordre retrouvé nous procura des consolations honteuses. Après tout, cela n'avait pas toujours été drôle.
Les bagarres, l'intimidation, les voitures qui ne fonctionnaient plus faute d'essence, les magasins fermés,
les usines en grève et jusqu'aux cours, presque désira-
bles une fois suspendus. Rassurés nous avions peur
quand même. Les adultes se vengeraient. Nous étions
persuadés qu'il y aurait un prix à payer. Nous avions
tort. On nous avait éduqués à ne prendre de plaisir
qu'en fraude, de crainte d'une rétribution inévitable.
Nous n'avions pas su saisir notre chance. C'était de

cela que nous étions capables. Mais nous n'avions pas été assez naïfs ou assez courageux pour croire aisé l'impossible.

Elle n'avait pas eu que du mauvais, la vie d'avant. Nous regrettions les emplois du temps bourrés, la tranquillité d'obéir aux ordres. Que faire de cette liberté qui nous avait été soudain présentée sur un plateau ? Elle nous avait mis devant nos impuissances, nos médiocrités, nos manques. Nous ne pouvions plus dire que c'était la faute des autres, une fois que nous avions constaté que les autres n'étaient que nous-mêmes. La vie serait encore plus amère.

Cette première personne du pluriel que j'emploie, des années plus tard, pour parler de ce qui est, aujourd'hui, une époque révolue, cette personne-là est-elle même légitime ? C'était une période où l'on ne disait pas *je*. Le désir était collectif. C'était un temps d'adolescence. On croyait au pouvoir magique de la bande. Et on appelait ça : la société. C'était nous, nous, nous. Ce « nous », on a mis un certain temps à comprendre qu'en fait ça n'était personne.

Pourtant, cette époque-là, je la regrette aujourd'hui. Pas parce que c'était la jeunesse mais parce que c'était *comme* la jeunesse. Tout était devant. Ça ne devrait pas être une question d'âge. Tout devrait être encore possible, tant qu'on est en vie : pourquoi pas ? Mais à mesure que les années passent, les routes se barrent, les chemins s'effacent. On s'aperçoit que ce qu'on n'a pas fait plus tôt, on ne le fera pas plus tard. Vieillir, c'est comprendre que demain, c'est la même chose.

Le monde était immense en ce temps-là. Par la suite, il ne cesserait pas de rétrécir.

L'été qui suivit mon échec à l'agrégation, je m'inscrivis au Centre d'enseignement par correspondance. Je repréparerais le concours et en même temps j'effectuerais mon stage de CAPES. Je ne pouvais plus supporter l'idée de retourner à la fac. L'université représentait un lieu de défaite. J'étais prise d'une allergie à l'égard des professeurs. Je ne voulais plus passer des heures à noter des bribes d'une péroraison. Et puis surtout, je ne voulais plus revoir le Professeur.

Le processus d'adoration à distance auquel je m'étais adonnée pendant toutes ces années était arrivé à son terme. Cela me paraissait un enfantillage. Je parviendrais à trouver la nourriture nécessaire à mon existence par moi-même. Je méprisais le petit jeu de vedettariat auquel le Professeur s'était livré cette dernière année, favorisant certains aux dépens d'autres, partageant ses faveurs à tour de rôle de manière à susciter le maximum de jalousies et de rivalités, tout cela pour satisfaire une inextinguible soif d'hommages. Lorsque nous étions une centaine dans un amphithéâtre, c'était supportable. Mais dans le petit groupe claustrophobique que nous étions devenus, les tensions s'étaient exacerbées. Le besoin du Professeur de faire régner la zizanie m'était apparu comme une faiblesse. Il était descendu de son Olympe pour parvenir au rang des mortels. Qu'est-ce que j'en avais à faire, moi, d'un type derrière un bureau ? Le Professeur était désormais, dans les couloirs de l'université, un homme à serviette comme les autres. Ou presque.

Je commençais également à avoir des doutes en ce qui concernait son savoir. J'avais trop écouté le Professeur, et ses théories m'étaient aussi familières que les contes de mon enfance. Il nous récitait toujours le même roman, continuait à nous expliquer qu'il y avait un complot contre lui. On tentait d'étouffer ses idées. Ces idées étaient celles de l'Ancêtre, auteur de la théorie que le Professeur propageait. L'Ancêtre n'avait qu'un seul vrai disciple, le Professeur nous l'avait bien

255

expliqué. Les autres, prétendant le servir, le trahissaient, soit qu'ils eussent mal assimilé ses idées, soit qu'ils les détournassent à leur profit, dans la basse intention de servir leur carrière personnelle. Le Professeur, lui, n'était pas ainsi. Ses yeux s'emplissaient de larmes à la seule évocation de l'Ancêtre, ce qui leur donnait un brillant incomparable. Parlant de l'Ancêtre sa voix changeait, son regard s'envolait, son éloquence s'enflammait. Nous n'étions plus à la fac mais à l'église. Notre besoin de spiritualité, que l'époque laissait tristement en jachère, y trouvait son compte.

Le Professeur confondait l'opinion et la croyance, la réflexion et l'exercice de piété. Certains d'entre nous, frustrés d'idéal et désappointés de réalité, le suivaient volontiers dans cette voie. Las de nous diriger à tâtons dans les ténèbres de l'athéisme et de nous cogner au mobilier pointu de la pensée, nous rêvions de nous abandonner à celui qui nous dirait enfin ce qui était noir et ce qui était blanc, nous débarrassant de la glu du doute. D'où notre béatitude lorsque le Professeur nous expliquait qu'en fait la démarche à suivre était simple. Elle consistait à lire, relire et relire encore les œuvres de l'Ancêtre mort à Paris et embaumé dans un exil américain. Le Professeur utilisait la méthode des écoles coraniques. A force d'ânonner les sourates, il en resterait bien quelque chose.

*

L'œuvre de l'Ancêtre était obscure, sa syntaxe amphigourique, lestée de figures baroques. Il employait un vocabulaire étrange, constitué pour moitié d'archaïsmes et pour l'autre de néologismes. Il était extrêmement difficile d'attribuer un sens à ses écrits, car une bonne partie des mots employés ne figurait plus au dictionnaire, ou bien pas encore. Le Professeur suppléait à cet obstacle en nous fournissant des définitions. Il avait autrefois suivi les conférences de l'Ancêtre au collège des Hauts Savoirs où celui-ci trouva quelque temps un havre, à l'issue de la Seconde Guerre mondiale. Sorti de sa condition de paria, l'Ancêtre ne s'était pas calmé pour autant. Enfin doté d'un auditoire à sa mesure, il avait en fait versé dans la démesure. Loin de l'abattre, les « persécutions » subies pendant toutes les années où l'on avait, pensait-il, volontairement refusé de l'entendre, lui étaient devenues un carburant nécessaire. L'adversité avait fait de lui un mutant de la pensée. Durant les quelques années qu'avait duré sa gloire professorale il s'était fait de plus en plus intransigeant, s'était enfoncé de plus en plus profondément dans la jungle touffue de ses concepts. Il avait eu longtemps l'insulte silencieuse, faute d'auditeurs ; il l'avait maintenant extrêmement sonore. Il n'était pas rare qu'il s'interrompît au milieu d'une péroraison et engueulât son auditoire, nous racontait le Professeur en « mettant le ton » :

« Tas de crétins ! tonnait l'Ancêtre. Quand je pense que c'est pour des ânes comme vous que je me fatigue ! De toute façon vous n'entravez que couic à ce que je vous narre ! »

Le public courbait l'échine au-dessus du stylo, ravi de la diatribe. Enfin on s'adressait à eux, on leur parlait vraiment ! Chaque fois que l'Ancêtre les étrillait, ils se sentaient envahis d'une admiration passionnée.

Au premier rang se trouvaient les disciples. Ceux-ci, au nombre d'une dizaine, étaient au poste toutes les semaines, quoi qu'il arrivât. Scribes, ils avaient pour mission de recueillir les paroles de l'Ancêtre afin qu'aucune ne se perdît et que toutes pussent être communiquées sous forme livresque à la postérité, qui seule reconnaîtrait pleinement le génie de celui qui tonnait au-dessus de leurs têtes, les aspergeant d'une bienfaisante rosée de postillons. La denture de l'Ancêtre était en effet crénelée. En véritable sage, il refusait le recours à la roulette. Ces mâchicoulis étaient compensés par l'ardente blancheur de la chevelure léonine, la perspicacité froide des yeux bleu glacier.

Au bout de quelque temps, racontait le Professeur, l'Ancêtre eut de nouveau des ennuis. Non content de tonitruer sur ces idiots qui se déplaçaient pour l'entendre, il s'en prit à l'institution universitaire, à laquelle il rêvait en secret d'appartenir, au collège des Hauts Savoirs, qualifié de « repaire poussiéreux et mondain ». Il s'exposait à ce qu'on lui indique la sortie. En fin d'année scolaire, une bagarre se produisit dans l'assistance entre les disciples de l'Ancêtre et quelques trublions venus là par hasard ou par préméditation. Lors de la rentrée suivante, le séminaire de l'Ancêtre se trouva suspendu, « faute de locaux ».

L'Ancêtre vit là la preuve éclatante des persécutions dont il se croyait l'objet. Ses théories ébranlaient l'édifice miné et délabré du savoir universitaire, c'était pour cela qu'on le chassait. L'université entière tremblait sur ses fondations : signe indubitable de sa propre grandeur.

Il se trouva cependant réduit à la solitude d'une chambre de bonne du Ve arrondissement, sous les toits, fournaise l'été et congélateur l'hiver. Le visiteur devait enjamber un foutoir de papiers raturés, de piles de livres écroulées, afin de parvenir au lit étroit, seul endroit où l'on pût encore s'asseoir, hors le banc d'écolier avec pupitre attenant dont le sapin était ocellé d'encre violette. L'Ancêtre vivait là-dedans, n'ayant pour toutes possessions, à part les livres écornés, achetés chez les brocanteurs des quais, qu'un pantalon, une redingote, une paire de chaussures. Lorsqu'un nettoyage s'imposait, la concierge de l'immeuble, qui repassait également ses deux chemises, prenait le vêtement graisseux et s'en allait le porter au nettoyage rapide, tandis que l'Ancêtre, drapé dans une robe de chambre de lainage écossais constellé de jaune d'œuf, de sauce de sardines en boîte et de café, attendait.

Il se levait à l'aube pour épargner l'électricité, soulevait le vasistas, unique source de lumière, passait par l'ouverture sa tête chenue dont la barbe jaunissait avec les années, respirait au-dehors, et distribuait quelques miettes aux pigeons. Puis il se mettait au travail. Un délire d'écriture le prenait : il notait, biffait rageusement, froissait la feuille qu'il jetait à terre, en prenait une nouvelle et rédigeait encore de sa grosse main de paysan. A dix heures il se servait une tasse d'un mauvais café qu'il faisait sur un réchaud. A midi il allait marcher au Luxembourg : ses origines rurales lui rendaient nécessaire la fréquentation des arbres. Il rentrait, mangeait un morceau de pain, du fromage, une pomme et lisait quelque ouvrage glané à son retour dans une librairie d'occasion.

Parfois il recevait la visite d'un disciple, plus rarement celle d'un collègue. Il ressortait à sept heures et allait dans un bouillon de la rue Saint-Jacques où il avait ses habitudes et sa serviette, dîner d'une soupe de légumes et d'une tomate farcie servie sur une toile à carreaux. Il rentrait chez lui et se couchait sur les neuf heures. Ce rythme s'interrompait l'été, pour un séjour de deux semaines dans son village d'origine où l'attendait une vieille cousine, tout ce qui restait de sa famille. Une fois par mois il se rendait, honteux et réticent, chez une amie d'autrefois, actrice de boulevard sur le retour qu'il avait un peu aimée au temps de sa jeunesse houleuse. Celle-ci répondait au prénom de Pélagie, ne se voyait confier que des rôles de duègne, se faisait entretenir par un épicier en gros marié et père de famille, et ne refusait pas, moitié par compassion, moitié par nostalgie, d'ouvrir son lit à ce revenant intérimaire, dont le savoir et l'abnégation l'ébahissaient. Cette abnégation était l'autre face d'un égoïsme que les années et les déceptions grossissaient, et qui allait de pair avec la mégalomanie et le sentiment de persécution. Tout cela façonnait un caractère de nature à impressionner les jeunes gens.

Le Professeur, jeune homme, avait été amené au collège des Hauts Savoirs par le Maître avec qui il avait lié connaissance dans un café du quartier Latin. Le Maître était à cette époque le principal disciple, allant régulièrement rendre visite à l'Ancêtre, l'admirant et le lui disant sans lésiner, ce dont l'autre avait besoin. Il venait d'obtenir l'autorisation de mettre le nez dans l'invraisemblable fouillis qui encombrait la chambre et que l'Ancêtre, toujours pressé d'aller de l'avant, cravaché par l'espoir du génie, négligeait de mettre en ordre, ne cherchait même pas à faire publier. Le Maître s'était également mis en tête de procurer à l'Ancêtre un auditoire plus nombreux. Possédant le talent de persuasion qui faisait défaut à l'autre, il recruta les scribes du premier rang. Voyant le Professeur plongé dans un ouvrage savant avec tout le sérieux de la jeunesse, le Maître engagea la conversation par un commentaire pénétrant. La semaine suivante, celui-ci, sur invitation du Maître, se rendit au séminaire de l'Ancêtre.

Ici s'arrêtait la biographie du Professeur, telle qu'il nous la racontait lui-même. La suite ou plutôt ce qui précédait, c'est-à-dire l'histoire de ses origines, le

Professeur la cachait soigneusement. Par un curieux jeu de coïncidences, Coralie se chargea de m'apprendre la vérité. Le sentiment de rivalité qu'elle nourrissait à mon égard s'était éteint avec notre échec commun au concours. Cet été-là, Coralie épousa Igor. Celui-ci s'acheta un costume trois-pièces et devint, à la stupéfaction générale, représentant en machines à coudre. L'université perdit une occasion de divertissement. A mon étonnement, Coralie rechercha mon amitié. Elle se lia parallèlement avec Aline, l'épouse du Professeur, pour cause de passion commune au scrabble. Aline disait tout à Coralie. Coralie me répétait, épisode par épisode, partie de scrabble après partie de scrabble, l'étonnant feuilleton par lequel le Professeur, à son insu, prit pour moi figure humaine.

*

Le Professeur avait de modestes origines. Son père avait été valet de chambre chez le duc d'Arbalet, sa mère cuisinière dans la même noble maison. Peu après sa naissance, sa mère le mit en nourrice chez une paysanne de Beauce. Cette femme, parente éloignée, éleva le Professeur enfant dans une bienveillance entrecoupée de rossées. Ses parents venaient le voir le dimanche, deux fois par mois. Lorsqu'il eut l'âge d'entrer à l'école, ils le prirent avec eux à Paris. Il partagea la chambre où ils logeaient sous les combles de l'hôtel particulier de l'avenue de la Grande-Armée que la famille du duc occupait depuis deux siècles.

Le duc était rarement chez lui. C'était un passionné de polo. Il allait, plusieurs fois par an, disputer des matches en Argentine, en Inde ou en Angleterre. Il chassait fréquemment à courre sur ses terres de Sologne. Lors de ses déplacements, il emmenait avec lui son valet, qu'il avait pris à son service dès l'âge de seize ans, et dont il ne pouvait se passer. Le valet s'accommodait de ces voyages, tant par plaisir de prendre l'air, comme Monsieur le Duc, que parce que l'habitude de la servitude lui avait inculqué le mépris de lui-même. Il ne pouvait se souffrir et pensait aristocrate, ne se sentant exister qu'à travers l'Autre, pour lequel il se dépensait jusqu'à s'effacer. Pendant ce temps-là, sa femme restait dans l'hôtel particulier de Paris où elle confectionnait le bœuf à la ficelle, la sole Dugléré, la poularde demi-deuil et le turbot au beurre blanc, plats démodés qui apparaissaient comme des « must » d'une table élégante. Léonie ne se plaignait pas de son sort. Elle baignait dans la gloire reflétée par ses maîtres. Elle ne se sentait jamais aussi satisfaite que lorsqu'on l'appelait à la salle à manger pour la féliciter de l'excellence du repas. Elle revenait à la cuisine rougissante, une pièce ou un billet dissimulé dans la poche de son tablier. Sitôt après, sans comprendre pourquoi, elle se mettait à grommeler des insultes, dans un tintamarre de casseroles.

Le Professeur enfant observa tout cela et en conçut un grand dédain pour ses parents. Leur servilité, contrastant avec l'aisance hautaine et la supériorité sans affectation des patrons, lui sauta aux yeux. Si son père avait été ouvrier, il aurait eu la ressource d'une rhétorique politique pour récupérer le sens de l'honneur. Mais les domestiques ne peuvent se permettre de réfléchir à la lutte des classes. Le Professeur crut longtemps qu'il n'y avait que deux places possibles au monde : la première, qu'occupait le duc d'Arbalet, et la dernière, celle de son père. Il résolut que seule la première valait qu'on se donnât la peine de vivre, et s'évertua à l'occuper là où cela lui était possible : à l'école. Intelligent, il y réussit sans peine. De retour le soir, il se voyait à nouveau le dernier en traversant la cour de l'hôtel, et ne redevenait le premier que lorsqu'il avait grimpé l'escalier de service. Installé à faire ses devoirs sur la petite table de bois blanc coincée entre les deux lits de la chambre sous les toits, il attendait le pas fatigué de sa mère à qui il pourrait raconter ses exploits du jour et qui l'appellerait « son petit roi ».

Il était la revanche de Léonie. La duchesse avait un fils, aimable chenapan guère capable d'autre chose que de profiter de ses rentes. Elle considérait cela avec une indulgence apparente et une déception secrète. Elle s'était consolée des absences de son époux en devenant bas-bleu. Elle tenait un salon littéraire, où elle recevait, tous les jeudis, ce qui se faisait de plus échevelé, de plus parasitique et de plus ingrat en matière de poètes, romanciers, littérateurs. Elle allait, de temps à autre, jusqu'à rédiger pour un journal de mode des billets mondains signés du pseudonyme de Violaine de Pierrefeu, s'épanchait dans son journal intime, et avait entrepris la rédaction d'une romance médiévale, *Thorvald et Hildegarde*, qui ne dépassa jamais la cinquantième page, et dont pourtant certains des poètes qu'elle gavait de petits fours louaient le charme original et délicat, l'atmosphère glauque à la Debussy. Les visites de son fils devinrent rares lorsque celui-ci, pour avoir les coudées franches, épousa une héritière américaine, fille d'un magnat de l'automobile. La bru fit construire, sur les hauteurs de Saint-Cloud, une villa moderne à mi-chemin entre le palais et le blockhaus, et passa des mois entiers, en compagnie de son mari, à Monte-Carlo.

La duchesse reporta alors son affection sur le fils de sa cuisinière. L'enfant avait des cheveux bouclés, un grand front, des yeux innocents. Doué d'une mémoire étonnante, il récitait des poésies avec une emphase attendrissante. Lorsqu'il eut compris que cette qualité lui valait des séjours au salon, il apprit frénétiquement des textes de plus en plus difficiles qu'il tirait de la bibliothèque de la maîtresse de maison, à laquelle il eut accès dès sept ans. La duchesse prit l'habitude, lorsqu'elle recevait à déjeuner le jeudi, de l'appeler au moment du café, de le percher sur une chaise pour déclamer. Lorsque les dames l'avaient embrassé, qu'il avait humé leur parfum, touché leurs étoffes, lorsque les messieurs l'avaient gratifié d'une poignée de main virile et d'un regard amusé, on lui donnait une assiette de petits gâteaux glacés de couleurs tendres et qui avaient le goût de la réussite. En prévision de ces invitations sa mère l'habillait, le coiffait, le frictionnait à l'eau de Cologne. Ainsi tiré à quatre épingles, il attendait, assis sur son lit, qu'on l'appelât. Parfois l'invitation ne venait pas. Alors il patientait en vain jusqu'à trois heures et demie, sentant monter en lui la rage. Quand il était sûr qu'on ne l'avait pas choisi, il éclatait en sanglots, mouillant la courtepointe de ses larmes orageuses. Il finissait par s'endormir de malheur. En ces occasions, sa mère, elle aussi, se morfondait à la cuisine. Son fils avait fini par lui apparaître comme une espèce de couronnement du repas, une bombe glacée qu'elle aurait servie après le dessert et dont la présentation originale, le goût inédit la valorisaient. Son fils était un mets de plus préparé pour le plaisir des riches.

L'enfant devint l'animal familier de la duchesse. Il se révéla très doué pour les mots d'enfants. Il les faisait pour les baisers parfumés, les poignées de main viriles. La duchesse entreprit de lui enseigner le chant. Jeune fille elle avait vécu pour la musique, avait envisagé une carrière de concertiste. Seulement le duc avait surgi.

264

L'amour avait tout emporté, soupirait-elle. Elle jouait encore parfois en public, lors de galas de charité. A la fin des fameux jeudis, il se trouvait presque toujours un pique-assiette pour la prier de faire preuve de ses talents. Maintenant elle exhibait son jeune élève. L'enfant avait une jolie voix, il chantait très bien les vieilles chansons françaises, elle l'accompagnait. L'assemblée applaudissait : quelle bonté de s'occuper de cet enfant ! C'était vraiment une femme admirable ! L'enfant, à ce moment-là, n'était plus son chien savant mais son pauvre, le faire-valoir de sa grandeur d'âme. Il sentait confusément tout cela. Mais il faisait plaisir à sa mère, qui écoutait derrière la porte ; il faisait plaisir à la duchesse ; et malgré sa honte il se faisait plaisir à lui-même. Il avait compris que se faire aimer était une façon de s'en sortir. Alors il ne désirait rien plus qu'être aimable. Quand une dame en robe mauve lui demanda ce qu'il voulait faire plus tard, comme il était juché sur sa chaise de déclamation, il répondit par un de ces traits de génie que suscitait en lui l'ivresse de la reconnaissance : « Je veux être aimableur. » On s'extasia sur le mot-valise. Effectivement ses deux composants feraient toujours partie du caractère du Professeur. Il s'y ajouterait, la honte grandissant avec la compréhension de sa situation, des mouvements contraires. Son envie de plaire serait suivie, dans un deuxième temps, du désir de déplaire, tant le plaire serait entaché pour lui de compromissions, d'humiliations, de dépendance. Puis il s'apercevait qu'on peut plaire en déplaisant. La provocation, l'agressivité, la goujaterie et la fuite succéderaient au charme ensoleillé, à la flatterie.

Un de ces jeudis où il avait brillé plus qu'à l'accoutumée, un des hommes présents, par jeu, trempa les lèvres de l'enfant dans une coupe de champagne.

L'assistance était un peu grise, car on avait fêté le succès d'un des jeunes protégés de la duchesse dont le manuscrit venait d'être accepté par un éditeur, sur la recommandation de celle-ci. Lorsque l'enfant eut goûté, on lui demanda ce qu'il en pensait. Il répondit qu'il aimait beaucoup ça, ce qui était faux. Il pensait que c'était la chose à dire : manifestement, les gens chics aimaient le champagne. On rit, puis on cessa de s'occuper de lui. Tandis qu'on discutait, il fit le tour de la table désertée et siffla, l'un après l'autre, les fonds de verre, dans une tentative désespérée pour qu'on s'aperçût à nouveau de son existence. La duchesse le vit enfin ; elle se précipita, le prit dans ses bras. L'enfant se mit à l'embrasser. Il l'embrassait partout, sur les joues, dans le cou, sur la gorge qu'elle avait décolletée. Elle le reposa, partagée entre le fou rire et l'indignation. Alentour on s'exclamait. « Léonie ! » s'écria la duchesse. Léonie qui comme d'habitude avait tout entendu quitta son poste derrière la porte, emmena son fils et le traîna au dernier étage. Là, elle le renversa sur ses genoux, baissa son pantalon et le fessa vigoureusement. Puis elle le coucha sans dîner, et il s'endormit dans les sanglots. Désormais il eut pour les femmes, pour les richesses — tout ce qui se convoitait — un mélange de désir et de haine, d'élan et de rancœur.

Durant la guerre on l'envoya à nouveau à la campagne, ce qu'il vécut comme un exil sauvage et comme une espèce de soulagement. Ce n'était pas la pauvreté qui lui faisait peur, mais le spectacle de l'argent ; pas l'infériorité sociale, mais la servitude, la flagornerie obligée des puissants, choses auxquelles il se savait incapable de résister, lorsqu'il y était exposé. Il était assez lucide pour avoir douloureusement conscience de ses faiblesses qui paraissaient nécessaires à son existence. Même éloigné de ces tentations, sa haine de lui-même grandissait. Il y réagissait en s'imposant des épreuves, s'interdisant le plaisir et la douceur. Et toujours il faisait des bêtises pour attirer sur lui un châtiment qui justifiait quelque temps sa haine, lui trouvant une cause extérieure et le faisant échapper à la culpabilité. C'était le mari de sa nourrice qui le corrigeait maintenant. Cet homme percevait en lui de la perversité, il le tenait pour de la mauvaise graine et le lui faisait sentir chaque fois qu'il le pouvait. De même que le père, il tenait les femmes pour folles de s'intéresser ainsi à ce garçon, disait qu'on le gâterait, qu'on en ferait un bourgeois qui n'aurait pas les moyens de son état, un ouvrier qui ne saurait pas travailler.

Lorsqu'il revint à Paris, son statut changea. Il n'était plus le joli petit animal d'autrefois, mais la duchesse était plus seule que jamais. Le duc avait trouvé une mort sans gloire dans un accident de chasse. Son fils avait profité de la guerre pour s'exiler définitivement aux États-Unis. Il avait découvert l'importance de posséder un titre du Vieux Monde dans le Nouveau. Il menait une vie débauchée en Californie et était devenu « conseiller nobiliaire » pour les films en costumes. Sa mère n'en avait que de rares nouvelles. Elle voyait dans le fils de sa cuisinière un héritier de la main gauche. Celle-ci, percevant tous les avantages que sa progéniture en pourrait retirer, encourageait la situation. Elle ne se comportait plus en mère de son fils mais en servante. L'enfant entra en sixième dans un lycée des beaux quartiers. Une semaine avant la rentrée, Léonie, sur un ordre de la duchesse, l'avait emmené dans un magasin chic pour l'équiper des pieds à la tête. On l'y prit pour la bonne de son enfant. Celui-ci endossa la honte. Quoi qu'il fît elle serait désormais sa compagne.

Au lycée, il n'eut pas de vrais camarades. Les enfants

s'invitaient les uns les autres, se raccompagnaient le soir pour s'aider dans leurs devoirs, parlaient de leurs familles. Lui ne voulait rien dire sous peine de se faire moquer, et ne pouvait accepter les invitations à goûter, car il eût fallu les rendre. Cela lui valut une réputation de sauvage et de méchant. Des professeurs par contre il était bien vu, on l'appelait « le chouchou ». Ses résultats étaient meilleurs que jamais car il n'y avait que l'étude dans sa vie, rien ne pouvait l'en distraire. La duchesse lui accorda une chambre à l'étage au-dessous de celui des domestiques. Elle ne l'exhibait plus, mais il avait toujours accès à la bibliothèque, et elle payait tous les frais de ses études. Comme un bourgeois, il apprit à jouer au tennis. Il travaillait trop, il lui fallait prendre l'air, disait sa protectrice.

A mesure qu'il grandissait il la haïssait davantage. Il percevait qu'elle le laissait dans ces limbes de la société, dans cette situation fausse où il ne pouvait qu'être mal à l'aise, parce que cela lui donnait tout pouvoir sur lui, et parce que aussi elle ne voulait pas s'exposer à la réprobation de sa famille en l'adoptant, en lui permettant d'avoir une place claire, ce que la cuisinière avait espéré. Il se jura de profiter de cette femme tant qu'il en aurait besoin, et que le jour où il tiendrait sur ses pieds, il romprait tout lien avec elle. Cette résolution secrète et cruelle lui revenait en mémoire chaque fois qu'il subissait une humiliation. Sa protectrice ne se doutait de rien, ne voulant voir dans la situation que ce qui l'arrangeait.

Lors de sa dernière année d'études au lycée, il obtint le premier prix de philosophie au Concours général. Cela lui valut de se faire féliciter par le président de la République. Il croyait avoir dominé toutes ses disgrâces lorsque celui-ci, dans son discours, s'avisa de parler de ses « origines modestes » et de sa « situation méritante ». A ces mots sa mère essuya une larme, son père se tordit les mains, et les myosotis du chapeau de la duchesse s'inclinèrent d'émotion. Pour le héros de la journée, celle-ci était gâchée. Aucun effort ne servait : il avait beau démontrer qu'il était le premier, on lui rappelait qu'il restait le dernier quand même. Cette distinction, loin de l'affranchir de ses parents et de sa protectrice, le ramenait à eux. De ce jour, le savoir couronné par l'institution se dévalua à ses yeux.

L'année suivante, il entra en hypokhâgne au lycée Louis-le-Grand. Il avait sur sa lancée été reçu avec mention très bien au bachot. Il continua à se conformer à ce qu'on attendait de lui, en temporisant. Il ne pouvait pas renoncer à tout. Mais quelque chose dans cette impeccable machinerie s'était détraqué. L'entrée à Normale supérieure lui parut une nécessité. De temps en temps, pour se donner du courage, il allait faire un tour jusqu'à la rue d'Ulm. Il y entrait à pas de loup comme un voleur, sans qu'on l'arrêtât — son allure studieuse convenait à l'endroit —, faisait le tour de la cour intérieure, se promenait près du bassin, levait les yeux vers les fenêtres des chambres. Il entendait la rumeur du réfectoire à l'heure du déjeuner. Il se disait : « Quand je serai là-dedans, personne ne pourra plus m'atteindre ; je serai logé, nourri, blanchi, j'aurai de l'argent de poche et un passeport pour la réussite. Je me ferai des amis, des relations utiles, je dirai que je viens de province ; je ne retournerai plus avenue de la Grande-Armée, j'oublierai mon passé. »

L'hypokhâgne, puis la khâgne se passèrent avec des hauts et des bas. Ses professeurs lui reprochaient d'être trop audacieux dans les idées, et peu orthodoxe quant à la forme. Parfois on lui faisait même grief d'un excès de brillant. Malgré ses efforts, quelque chose de lui-même, de ce qui pourrait un jour être lui-même, de ce qui sans doute l'était déjà dans ses profondeurs, affleurait. Cela l'exaltait et l'effrayait à la fois. Son expérience l'amenait à considérer qu'il n'y a pas de plus grand crime social que d'oser être soi.

Il fut reçu dernier à Normale à la fin de sa seconde année de khâgne. La semaine précédant le concours il avait été plongé dans le marasme. L'idée de se rendre aux épreuves lui faisait horreur. Réformé pour un léger souffle au cœur — ce qui l'avait réjoui à l'époque — il aurait maintenant voulu s'engager dans l'armée pour échapper à tout cela. Il songea même à se faire prendre sur un bateau pour partir à l'étranger, le plus loin possible, ne plus donner de nouvelles. La veille de la première épreuve il émergea, se procura du Mogadon et passa la semaine dopé. Puis, à peine tout cela fini, il s'effondra. Enfermé dans sa chambre il sanglotait des heures entières, tremblait de tout son corps. Il était terrifié par quelque chose d'obscur, une abomination du destin qui serait tapie dans un coin, qui le suivrait partout et qui soudain s'abattrait sur lui, sans crier gare, n'importe où, dans la rue ou en pleine nuit, alors même qu'il dormait. Sa vie lui faisait horreur.

Le médecin fut appelé, diagnostiqua un épuisement nerveux, dû au surmenage. La duchesse l'envoya passer quelques jours dans une maison de repos en montagne. Il s'y fit dépuceler par une infirmière, brave Savoyarde aux joues cirées comme des pommes que la quantité de livres empilée au chevet du malade, sa mélancolie distinguée, et sa révolte désemparée impressionnèrent. Il sortit ragaillardi de cet épisode. L'infirmière, qui n'était pas très renseignée, lui avait affirmé qu'il était un bon amant. Il revint à Paris, apprit qu'il était reçu de justesse à l'écrit, se dopa à nouveau, et avec l'aide du souvenir de sa conquête, se rattrapa à l'oral. La duchesse exhiba une fois de plus son trésor à ses amis du jeudi, qui enfin le traitèrent sans mépris, auréolé qu'il était du prestige d'une institution qui produisait des écrivains, des philosophes et des hommes d'État. Pour le féliciter d'avoir été reçu au concours, sa protectrice lui offrit un voyage en Angleterre. A Bournemouth il prit pension chez une divorcée chargée de deux adolescentes. La mère et les deux filles entreprirent de le séduire. Il ne vit pas le jeu, fut cette fois tout à fait persuadé de ses capacités de séduction, et, grâce à ses hôtesses, améliora son tennis. Ses nuits étaient ainsi occupées, ses après-midi également ; il passait les matinées à élaborer une stratégie pour la rentrée. Il s'agissait d'impressionner ses camarades, de s'inventer une biographie imaginaire.

Il ne pouvait pas se dire fils de duc, il ne voulait pas se dire fils de domestique. On le penserait issu de cette campagne d'où s'originait sa famille. On croirait innés, naturels, cette élégance et ce savoir-faire acquis en observant les mœurs de l'hôtel particulier. Il porterait des vêtements chics mais on le prendrait pour un de ces êtres mystérieux chez qui tout prend allure et qui ne fréquentent que le beau. Ses anciens camarades de lycée n'avaient pas suivi le même parcours. Il avait pris soin de ne garder aucun lien avec eux. Il se sentait coupé des années infamantes.

Les premiers temps, il fut heureux. Tout le bâtiment sentait l'étude récompensée. L'endroit était moins mondain que sa légende ne le laissait penser. Il y avait peu de fils de bourgeois, beaucoup d'enfants d'employés, d'instituteurs, de provinciaux, auprès desquels il se sentait supérieur, les trouvant naïfs, mal dégrossis, mal vêtus, trop peu lavés. Il ne fut ni l'ami de ceux-là, ni celui du petit groupe prestigieux qui

271

tenait le haut du pavé, enfreignait les règles avec tous les culots. Il se sentait plus intelligent que la plupart, mais moins que d'autres, encore qu'il commençât à se douter qu'il existait des qualités de l'esprit plus précieuses que l'intelligence et que celles-là, il ne les possédait pas.

Il ne créerait jamais rien. Il ne serait qu'un éternel étudiant. Il voulut écrire des poèmes, parce que c'était court, mais il se découragea au bout de huit vers et mit la feuille au panier. Il décida de prendre les choses par l'autre bout et de s'attaquer à la rédaction d'un traité de philosophie qui révolutionnerait la pensée française. Là, il trouva davantage de facilité, parvenant à noircir, durant plusieurs nuits, à renfort de Mogadon et de café, une dizaine de pages fiévreuses dans lesquelles il épuisa les ressources de son vocabulaire savant. Il alla les montrer à l'un de ses professeurs qui les qualifia de délire juvénile et lui expliqua en souriant qu'il aurait de l'avenir dans l'enseignement, le jour où il reviendrait à la raison. Il était bien connu que les plus astucieux des élèves s'envolaient vers des sphères plus glorieuses et plus convoitées.

A cette époque le Professeur ne se sentait pas encore un professeur, loin de là. Les années passèrent dans l'étude et l'agrément. Il lisait, allait au cinéma, jouait au rugby et allait dans les musées. Lors de sa dernière année il rencontra une normalienne de Fontenay, dans un bal organisé justement pour que ces jeunes gens brillants des deux sexes puissent se rencontrer, se plaire et produire un jour, à leur tour, une nouvelle génération de normaliens. Notre jeune homme était très inquiet à l'idée de quitter ce nid doré qu'était la rue d'Ulm. Il se voyait avec consternation obligé d'affronter des élèves qu'il n'avait nulle envie de connaître. La jeune femme était assez jolie mais pas trop. Elle était encore plus mal à l'aise que lui, se sentant plus défavorisée par la vie. C'était la fille naturelle d'une couturière et d'un colonel. Elle avait été élevée par sa mère, dans une seule pièce. Le bruit agaçant et monotone de la machine à coudre avait ponctué ses heures d'étude. Elle n'avait vu son père que deux fois. Il envoyait un peu d'argent de temps en temps. Elle aussi avait appris à se protéger en mentant sur ses origines. Chacun sentit chez l'autre l'affinité de la dissimulation malheureuse. Ils se racontèrent tout. Elle avait une peau fraîche, un décolleté intéressant. Comme il ne savait plus quoi lui dire, il dit qu'il l'aimait. Elle répondit qu'elle était toute à lui. Il la dépucela dans la chambre de l'hôtel particulier déserté par la duchesse partie mignoter ses petits-enfants en Amérique, alors que ses parents dormaient à l'étage au-dessus, leurs uniformes pendus dans l'armoire.

Le lendemain matin, la jeune fille devenue femme lui demanda s'il avait l'intention de l'abandonner comme son père l'avait fait pour sa mère. Lorsqu'il répondit non, il crut voir comme une déception dans ses yeux. Il lui ordonna de s'habiller, et l'emmena prendre un petit déjeuner dans un café avant que sa mère ne se précipite, alertée par le bruit des voix. L'ex-vierge commanda un chocolat et dit, la lèvre supérieure ombrée d'une légère moustache cacaotée, qu'elle n'avait pas ressenti grand-chose mais que c'était normal, n'est-ce pas, la première fois. Il pensa qu'elle n'avait pas l'intelligence sensuelle de l'infirmière du sanatorium mais les dés étaient jetés. Il n'aurait pas à affronter seul une existence d'adulte qu'il redoutait. Il était mal à l'aise avec les femmes. Ses premiers succès n'avaient pas inauguré la carrière de don juan qu'il espérait.

En fait c'était son innocence, sa naïveté, sa jeunesse

qui avaient plu, et cette détresse secrète dont quelque chose perçait dans le regard. A mesure qu'il devenait plus assuré, plus dissimulateur et plus cynique, cet attrait premier disparaissait. Non qu'il eût cessé de plaire, mais il n'était pas davantage qu'au premier jour capable de faire un pas vers une femme. Il attendait qu'elle aille à lui. Il y avait dans cette attitude, maintenant qu'il avait l'air d'un homme, quelque chose de décourageant. La détresse de la jeune orpheline, le soir du bal, jumelait la sienne. D'un rejet qui venait de sa naissance, elle avait tiré l'habitude de considérer qu'elle n'était pas aimable en elle-même et qu'il lui faudrait toujours, pour plaire, aller vers les autres, parcourir leur part du chemin en sus de la sienne. Elle avait tiré de ses années d'enfance difficile une espèce de famine mentale, de peur de manquer psychologique.

Elle avait pris ce jeune homme au regard farouche et au sourire enjôleur pour un bourgeois. Lorsqu'il l'avait invitée à danser, attiré par les yeux pensifs et lourds de demande qui se promenaient sur sa personne, depuis quelques instants, dans une interrogation muette qui l'avait assuré d'être bien accueilli, elle avait palpité de bonheur, persuadée que ce cavalier d'une élégance intrigante allait l'entraîner, de tour de valse en tour de valse, dans un de ces royaumes chatoyants et confortables qu'elle convoitait lorsque, les soirs d'hiver, elle rentrait parmi les rues des beaux quartiers jusqu'à l'ancienne loge de concierge où habitait sa mère. Revenant à pied, elle ne pouvait voir que les rez-de-chaussée, parfois un premier étage, mais elle aimait aussi prendre le métro aérien, Trocadéro-Grenelle-Passy-La Muette. Alors elle voyait défiler les lustres de cristal des étages nobles, leurs tapis aux teintes chaudes, leurs meubles d'acajou luisant, leurs tentures de velours. Elle aimait aussi regarder les dîneurs à travers les dentelles qui masquent à demi les vitres des restaurants chics, comme une femme met une voilette pour forcer la convoitise des passants. Elle imaginait la vie de celles qu'on amenait là en voiture, à qui l'on ouvrait la portière, dont on ôtait obligeamment la fourrure, à qui l'on donnait une carte sur laquelle ne se lisait aucun prix.

Le jeune homme la faisait danser, il lui parlait d'un ton gai et désinvolte qui était pure comédie répétée devant le miroir de son lavabo. Elle y croyait parce qu'elle souhaitait y croire. En même temps elle était attirée par un mystère qu'elle devinait là, une plaie secrète. Elle souriait tout le temps, elle en avait mal aux joues. Elle s'appliquait, tremblant de déplaire, craignant le mot malheureux, le geste maladroit qui suffirait, croyait-elle, à éloigner à jamais son prince charmant. Il y avait tant d'autres jeunes filles dans la salle ! Elle parcourait d'un regard anxieux celles qui tournoyaient, et puis les autres, qui parlaient par deux le long des murs, l'air affairé, de crainte de paraître délaissées, et même celles qui avaient abandonné tout espoir, les trop timides, les mal gracieuses, assises sur des chaises et s'éventant d'un air las. Toutes, même les laides, les maladroites, lui paraissaient rayonnantes. D'un instant à l'autre son partenaire s'en apercevrait. Il l'abandonnerait à la fin de la danse, pour aller s'incliner devant une autre du même sourire engageant, du même ton moqueur. Elle irait rejoindre les jeunes filles assises le long des murs, elle se fanerait d'un coup comme ces fleurs dont les pétales se recroquevillent lorsque le soleil se couche. D'angoisse elle sentait la sueur perler à ses tempes, ses aisselles se mouiller, ses mains devenir moites. Elle regrettait de ne pas s'être assez aspergée, tout à l'heure, d'un parfum nommé Premier Muguet que sa mère lui avait offert dans un flacon vert et blanc. C'était la première fois qu'elle se parfumait. Elle avait craint de trop en mettre, de faire cocotte, et elle n'en avait pas mis assez, non, pas assez vraiment, pensait-elle.

Heureusement, le jeune homme ne la lâchait pas. Ce qu'elle ignorait, c'est qu'en parcourant les quelques pas qui le séparaient d'elle pour s'incliner de la tête, balbutier « Voulez-vous ? » (car il n'avait pas eu envie d'aller au bout de sa phrase, le balbutiement était un arrangement, mi-timide, mi-dandy, avec lui-même et sa réticence), il avait accompli suffisamment d'effort, jugeait-il, pour la soirée. Il la tenait dans ses bras, amollie et, à la fois, raidie par la peur de déplaire. Il devinait la facilité de la suite. Il se disait : « Pourquoi pas celle-là, ne se valent-elles pas toutes ? » avec ce cynisme qui lui servait à ripoliner sa peur des femmes, sa rancune d'avance. Alors il continuait à la faire danser, et la jeune fille, comme il ne parlait plus guère et qu'elle craignait de lasser par des bavardages, imaginait déjà sa vie. Elle se figurait une petite voiture qui l'attendait dehors, une garçonnière au dernier étage de la maison des parents avec un pick-up, des disques de jazz, des romans existentialistes. Elle ne se trompait guère après tout, sauf pour la voiture, et en ce qu'il n'habitait pas le dernier étage mais l'avant-dernier et que la maison appartenait à la duchesse. Il lui dit tout lorsqu'il lui eut fait l'amour une première fois.

Ils se racontèrent l'un à l'autre, et finalement elle ne s'en trouva pas déçue. Elle pensa qu'il était son jumeau en souffrance et déception de la vie et le lui dit, et il acquiesça. L'un et l'autre se crurent ainsi assurés chacun de la constance du partenaire par cette communauté du malheur et de la mesquinerie. Ils se trouvèrent jeunes et modernes. Elle n'était pas la plus belle des femmes et il n'était pas aveuglé par la passion au point de l'ignorer. Mais ce charme partiel le rassurait secrètement. Avec une beauté il eût craint à tout moment d'avoir à se mesurer à d'autres, et il était trop peu sûr de sa valeur pour que cela puisse sembler un jeu ou un piment. Il devait se sentir certain, à tout moment, d'être le monarque absolu de cette contrée intime qu'est le couple. La jeune fille qu'il avait trouvée semblait disposée à le persuader à tout moment de sa supériorité. Elle se montrait modeste sur le plan intellectuel. Certes, elle était intelligente, c'est-à-dire qu'elle l'écouterait. A part cela, elle ne sortait pas de l'école de Sèvres, pendant féminin d'Ulm, seulement de Fontenay. Elle lui avait avoué avoir été reçue au concours d'entrée par un coup de chance inattendu qui avait provoqué la surprise de ses professeurs. Et elle était encore plus favorisée que lui puisqu'elle n'avait pas de protectrice. Dernier point favorable, sexuellement il était le premier, il serait le dernier, il n'en doutait pas. Le mariage lui semblait un self-service du sexe. Durant ses années à Ulm il n'avait pas connu de femmes à part quelques prostituées qu'il était allé voir de temps à autre, scandalisé de devoir payer. Maintenant il se sentait, non plus locataire mais propriétaire.

L'année s'acheva dans le soulagement. Le temps passé à Ulm ne lui avait pas apporté tout ce qu'il en avait espéré. Il ne s'était pas fait de relations grandioses, n'avait pas écrit d'œuvres de jeunesse. Aucune carrière politique ne s'annonçait. Le seul avenir auquel il pût aspirer était universitaire. Il reçut sa nomination pour le lycée de Versailles, tandis qu'Aline était nommée à Rosny-sous-Bois. Ils décidèrent de se fiancer en septembre. Pour les vacances, elle était invitée chez une amie de Fontenay dont les parents avaient une villa à Biarritz. Quant à lui, il projetait d'écrire une thèse avec un professeur de la Sorbonne, venu durant l'année à Normale faire une conférence qui l'avait intéressé. Il consacrerait donc ces mois de chaleur à son échappatoire favorite, le travail.

Carrière

Coralie, de plus en plus souvent, jouait au scrabble avec Aline. Dès lors que celle-ci s'était engagée sur la pente savonneuse de la confidence, elle y avait trouvé un plaisir si vif qu'elle ne parvenait plus à se freiner et racontait encore et encore. Ce faisant, elle enfreignait l'interdit posé par le Professeur sur son passé. Elle racontait comme une petite fille fait des bêtises, elle racontait pour se venger du Professeur « qui l'empêchait de vivre », disait-elle, et ce faisant elle le diminuait, autre revanche. Elle s'accrochait à l'effet de fascination produit sur Coralie par ses récits. Soudain Aline se sentait artiste, elle maîtrisait la réalité. Elle ignorait qu'écouter n'était pour Coralie qu'une moitié du plaisir. Elle attendait de sortir de chez Aline afin de me répéter tout, ce qui lui donnait le sentiment d'être dans le secret des dieux, d'intervenir dans leurs desseins. Coralie avait cessé d'espérer que le Professeur, un jour, lui accorderait ses faveurs. Elle se contentait du rôle de témoin, j'étais l'oreille la plus complaisante ; racontant, elle se prenait pour Aline, la femme du Professeur.

Aline parlait, Coralie parlait, moi je me taisais. J'apprenais à connaître le Professeur, le vrai, l'homme derrière l'image. Ça ne me faisait pas toujours plaisir mais c'était une opération nécessaire. Lorsque le Professeur cesserait d'occuper la place de mon rêve, je trouverais la place de vivre. Pendant ce temps, le Professeur, innocent, imperturbable, faisait ses cours.

*

A la sortie d'Ulm le Professeur ne se sentait plus ni d'Artagnan ni Rastignac. Il n'irait pas aussi loin qu'il l'avait autrefois espéré pour se venger des injustices du sort. Il avait sursis à sa décision de rompre tout lien avec la duchesse sitôt qu'il aurait passé, valise et cartons de livres dans les mains, le portail de Normale. Les week-ends étaient mornes à l'École. Une fois par mois à peu près, il avait retrouvé avec quelque nostalgie ses disques, ses vieilles vestes pendues dans l'armoire, ses livres. Bien que la bibliothèque d'Ulm fût très bien fournie, il éprouvait un plaisir d'enfance à feuilleter les romans et les ouvrages d'art de la duchesse. Il n'était pas si facile qu'il l'avait cru de refermer la porte du passé.

Là aussi, la rencontre d'Aline venait à point. Il se montrait soudain pressé de se construire un avenir qui se trouverait en quelque sorte achevé d'un coup puisqu'il aurait tout, épouse, travail, et thèse pour occuper ses loisirs. Il se projetait vingt ans en avant comme pour mieux effacer les vingt années précédentes. Il y avait quelque chose d'irrationnel et de boiteux dans cette espèce de cavalerie affective. En se coupant ainsi de son passé il prenait une hypothèque sur l'avenir. Pis, cet avenir, prenant la place du temps assassiné de la mémoire, se trouvait par avance aussi condamné que le passé.

Il devenait d'un coup complètement fonctionnaire,

car il envisageait son engagement amoureux comme une sorte de fonctionnariat du cœur. Il allait se fiancer, il serait stagiaire de l'amour. Puis, lorsqu'il se marierait, titulaire. Sa femme serait là au moment et à l'endroit où il l'attendrait, comme son travail. Le plaisir qu'il escomptait des étreintes conjugales serait aussi régulier que son salaire. Il serait heureux — du moins, c'était ainsi qu'il se le figurait. S'étant toujours senti déplacé, il se disait que le bonheur devait consister à avoir une place et à s'y tenir. Il vivait un chaos intérieur sur lequel ni sa raison ni ses efforts n'avaient prise, et tentait vainement de le juguler en contrôlant ce qui lui arriverait de l'extérieur. Sa vie telle qu'il la bâtissait ne réserverait aucune place à l'aventure, au hasard, à l'imprévu. Seulement ainsi pourrait-il l'affronter. Il menait un combat épuisant contre ses démons intérieurs. Il n'en parlait à personne, pas à celle qui allait devenir sa fiancée. Elle s'en apercevrait bien assez tôt. Toute personne qu'il fréquentait de près ne pouvait que s'en apercevoir. Même sa mère le voyait, elle si peu encline à s'apitoyer.

« Mon pauvre garçon, tu n'es pas heureux ! » lui avait-elle dit après la cérémonie du Concours général, alors que rentrant chez lui — enfin, chez la duchesse — il avait un instant, dans l'escalier, laissé apparaître sur son visage l'affaissement du malheur, de la déception. Et la duchesse aussi le savait, qui lui avait dit un jour :

« Mon enfant, avec un caractère tourmenté comme le vôtre, vous n'aurez pas une vie facile ! »

Le vide que serait sa vie l'effrayait à l'avance. Il lui semblait pouvoir le combler par le choix d'une femme nouvelle qui viendrait prendre la place de ses deux fausses mères. Il ne pensa pas qu'il demanderait à Aline d'occuper l'espace de la haine. Sa mère et la duchesse l'avaient toutes les deux trahi : sa mère en laissant la duchesse prendre à moitié sa place, et cette dernière en ne se souciant pas de la prendre tout entière. Aline, avec son air à la fois innocent et décidé, semblait le vouloir tout entier. C'était ce qu'il désirait, qu'on le veuille tout entier. Eh bien, songeait-il avec l'impression d'être sorti gagnant d'une bataille, elle me veut, qu'elle me prenne !

Pourtant, une partie de lui continuait à souhaiter l'aventure, l'ambition, la grande vie. Il se voyait un jour propulsé dans un monde brillant, plein de belles femmes frivoles qu'il séduirait facilement. Cet univers était en fait celui de la duchesse pour lequel il éprouvait une inextinguible nostalgie. La vie rangée qu'il se préparait serait la continuation de celle, calme et studieuse, de sa chambre de jeune homme, avec les disques, les livres bien ordonnés : mais durant ses soirées d'étude il entendrait encore et toujours des bribes de musique, l'écho des conversations joyeuses, le tintement lointain d'un verre, l'explosion gaie d'un bouchon de champagne. Il voulait Aline parce qu'elle semblait le vouloir tout entier mais il se disait qu'un jour, il y aurait autre chose. Il saurait s'en saisir lorsque cela se présenterait, tout comme d'une façon totalement inattendue, lorsqu'il était enfant, un dimanche après-midi dans la cour de l'hôtel après une promenade avec sa mère, il lui avait échappé et s'était mis à courir dans le soleil, ses chaussures résonnant sur les pavés. Il s'était heurté à une belle dame inconnue qui venait en sens inverse, s'était rattrapé des deux mains aux plis de sa robe de velours, avait respiré son parfum, une odeur à la fois un peu sauvage et très apprivoisée qu'il apprendrait à reconnaître, Habanita, et la dame s'était penchée vers lui, relevant sa voilette avec un sourire, elle l'avait pris dans ses bras. Il y avait un peu de poudre de riz sur le col de sa veste. C'était la duchesse, surgie comme la fée d'un conte. La bonne fée marraine, de n'être pas tout à fait assez bonne ni assez fée, de lui avoir fait toucher du doigt la défaillance parentale, s'était muée en sorcière. Il n'y aurait plus de sorcières dans sa vie, il saurait s'en garder ; il était devenu méfiant.

Avant le départ d'Aline pour Biarritz il la présenta à ses parents, mais ne la montra pas à la duchesse. Il voulait qu'Aline connaisse la partie cachée de sa vie. Cependant, de même qu'il avait honte de ses parents devant Aline, il aurait eu honte d'Aline devant la duchesse. Il s'était souvent imaginé séduisant une fille riche et racée, héritière gagneuse de concours hippiques, douée de l'air insolemment désinvolte de ceux qui ont le monde à leurs pieds. Mais elle aurait été à ses pieds à lui. Il l'aurait amenée chez la duchesse qu'elle aurait écrasée de sa supériorité car elle aurait été encore plus riche, encore plus titrée et encore plus belle, et surtout, encore plus éprise. Maintenant, il ne voulait pas voir flotter au coin des lèvres de la duchesse le petit sourire qu'elle avait lorsqu'elle méprisait quelque chose ou quelqu'un.

Aline le présenta à sa couturière de mère, qui s'évertua à se faire passer pour veuve jusqu'à ce que sa fille lui intimât d'arrêter ses simagrées. De part et d'autre on se montra satisfait de l'union projetée. Les parents du Professeur se réjouirent de trouver la jeune fille si raisonnable et « de son niveau ». La couturière vit s'envoler ses craintes de transmettre sa tache à sa fille et de voir celle-ci emprunter à son tour le chemin buissonnier de l'amour.

*

Le jeune homme accompagna Aline à la gare de Lyon, la vit partir avec regret et soulagement. « Enfin seul », se dit-il sans songer que ce n'était pas là le propos d'un amoureux. Dès le lendemain il prit ses habitudes à la bibliothèque de la Sorbonne. Au bout de quinze jours il n'avait reçu d'Aline qu'une carte postale libellée « Bons baisers de Biarritz ». Cela non plus ne l'inquiéta guère. Il travaillait énormément. Il avait pour voisine à la table de la bibliothèque une jeune Sud-Américaine aux dents éclatantes, qui avait traversé la moitié du monde pour rédiger une thèse sur Larbaud. Le midi, ils allaient acheter un sandwich ou un beignet au coin du boulevard Saint-Michel, et le mangeaient sur un banc du square Painlevé, en compagnie d'un clochard et de quelques pigeons. Le soir à la sortie, ils allaient discuter de leur journée à la terrasse d'une brasserie voisine. Luz voulait tout apprendre de la France, et le Professeur fut ravi de lui servir de guide.

Un mois s'écoula. Soudain, le jeune homme s'avisa qu'Aline aurait dû être rentrée depuis deux jours et qu'elle ne lui avait pas fait signe. Vaguement inquiet, il se rendit chez la couturière qui lui expliqua d'un air embarrassé que sa fille était sortie jouer au tennis et qu'elle ne savait pas à quelle heure elle rentrerait. Il se demanda de quel tennis il pourrait bien être question et par intuition se rendit au Racing, où la duchesse lui avait autrefois payé des leçons. Il y trouva Aline, bronzée, courant maladroitement après une balle. De l'autre côté du filet, un jeune homme blond criait des encouragements. Lorsque la jeune fille vit son fiancé, elle rougit et lui présenta son partenaire. Celui-ci salua aimablement et ajouta :

« Alors, on continue ? »

« Charles-Robert m'apprend à jouer », dit Aline en rougissant plus fort.

Le Professeur la prit par le bras et l'entraîna hors du court. Elle se débattit à demi. Finalement, le jeune homme lâcha son bras et lui dit :

« Ou bien tu viens t'expliquer avec moi, ou bien tu ne me revois pas. »

Aline se laissa alors mener jusqu'à la quatre-chevaux que son fiancé avait achetée, avec les économies de son salaire de l'École, dans le but de leur permettre des balades romantiques. Le Professeur constata amèrement qu'elle ne commentait pas l'achat. Il pensa au jeune homme blond resté là-bas sur le court, avec sa chemise blanche marquée d'un crocodile, la serviette-éponge jetée sur ses épaules. Celui-là n'avait pas eu besoin d'économiser sur une bourse de l'État pour s'acheter une voiture d'occasion, la plus petite qui se trouvât. Il mit le moteur en route, craignant un instant qu'il ne refusât de démarrer, ce qui l'aurait rendu ridicule. En fait, c'était lui qui, dans son énervement, avait mal enclenché le starter. Ils repartirent à travers les allées du bois. Aline regardait par la vitre de la voiture et se taisait. Arrivé porte Maillot, le Professeur n'y tint plus. Il croyait transporter la victime d'un enlèvement. Il arrêta la quatre-chevaux et ils s'assirent sur un banc en vue des voitures qui tournaient sur la place, comme un manège de chevaux de bois sans musique et qui ne s'arrêterait jamais. Il faisait une chaleur étouffante. Le ciel se couvrait de nuages qui arrivaient des quatre coins de l'horizon pour un meeting politique et céleste.

« Qu'est-ce que tu foutais avec ce type ? » demanda le Professeur.

« C'est le frère de mon amie de Biarritz », répondit Aline d'un ton buté. Elle regardait obstinément les voitures, « on dirait une vache qui regarde passer un train », pensa le Professeur. Mais sa peau était bronzée,

285

appétissante comme du pain d'épice. Elle portait encore sa tenue de tennis qui découvrait ses cuisses brunes et musclées. Les passants se retournaient, souriaient vaguement à ce spectacle insolite, ce qui ajoutait à la colère du Professeur.

« Alors, il fait bien l'amour ? » demanda-t-il dans le but de produire un effet de choc suivi d'une dénégation. Il crut halluciner lorsque Aline répondit oui.

« Qu'est-ce que tu viens de dire ? »

« J'ai dit oui. »

Le Professeur lança une gifle qui atteignit la jeune fille à la tempe. Elle se leva d'un bond et se mit à courir à travers la place, contournant les voitures comme si elles avaient été immobiles, de gros galets sur une plage. Le Professeur resta cloué sur son banc. Il la vit s'engouffrer, courant toujours, dans l'avenue qui menait au Bois. Dans la course sa jupette volait, découvrant des fesses bien rondes dans la culotte de tennis. Les nuages, là-haut, venaient de se rejoindre et grognaient de colère. Une goutte épaisse, lourde, huileuse s'écrasa sur le front du Professeur qui n'eut pas un geste pour l'essuyer.

Le lendemain, le Professeur retourna à la bibliothèque. La veille au soir, il avait cassé tous ses disques, méthodiquement, un à un, sans comprendre pourquoi il s'en prenait à des objets innocents qui lui avaient offert bien des heures de consolation. Les débris noirs et luisants de Dizzy Gillespie, Ray Charles et Charlie Parker gisaient à terre comme les miettes du goûter d'un ogre. Avant de partir, il se décida à tout balayer et jeter, sinon sa mère s'en apercevrait. Elle trouvait toujours des prétextes pour pénétrer dans sa chambre en son absence. Il mit les morceaux dans un sac de sport qui lui rappela le tennis de la veille et eut le cœur serré en déposant le tout dans une poubelle de l'ave-

286

nue. Paris était le désert des matins d'été, un Sahara dont les immeubles étaient les dunes. Il monta dans l'autobus qui le mènerait au quartier Latin. Il s'étonna de se trouver calme. Son visage, reflété dans la vitre, lui parut étonnamment normal. Pourtant, il avait tellement serré les mâchoires en dormant que ses dents lui faisaient mal. Il arriva en retard et la jeune étrangère le regarda d'un air interrogateur. Il baissa le nez sur ses livres. Lorsqu'il se leva à l'heure du déjeuner, elle le suivit, acheta le même sandwich que lui et se tut alors qu'il mâchait sombrement sa baguette garnie de gruyère en regardant les pigeons d'un air meurtrier.

« Ces saloperies, ça cochonne tout, il faudrait les tuer », marmonna-t-il. Luz leur jeta des miettes de son pain et demanda au Professeur ce qui lui était arrivé.

« Ma fiancée me trompe avec un bourgeois. »

Luz lui demanda s'il voulait venir à son hôtel, rue Cujas. Elle avait une bouteille d'alcool de canne et lui en servirait avec du jus de fruit. Il accepta. Dans le hall elle baratina le concierge à propos d'une lettre qu'elle attendait, pendant que le Professeur se glissait subrepticement jusque dans l'escalier, avec l'impression qu'en fait le concierge avait tout vu.

Lorsqu'il la rejoignit dans sa chambre, Luz, sans rien dire, commença à se déshabiller. Le Professeur avait refermé la porte. Il se tenait debout à l'entrée de la petite pièce. A travers le voilage de la fenêtre il voyait la façade de la maison d'en face, un hôtel d'étudiants semblable à celui dans lequel il se trouvait. Il entendait la rumeur de la rue, une voiture qui passait, deux hommes qui s'interpellaient, le roucoulement d'un pigeon sur le toit. Cette séquence de bruits apparemment ordinaires devait par la suite se fixer dans sa

287

mémoire, et provoquer en lui, tout au long de sa vie, un effet de sidération érotique semblable à celui qu'il ressentit à ce moment précis. La jeune fille avait passé sa robe au-dessus de sa tête, l'avait pliée méthodiquement sur le dossier d'une chaise. Ses gestes étaient minutieux et lents. Comme elle dégrafait son porte-jarretelles — le Professeur s'était étonné de la voir porter des bas par ces chaleurs du début de septembre —, elle le regarda d'un air tranquille, penchée, une jambe à demi repliée, dans une attitude rappelant les illustrations des romans cochons de la bibliothèque de la duchesse, cachés derrière des classiques latins. Ses cheveux noirs, qu'elle venait de dénouer, tombaient en une cascade mousseuse. Le Professeur, fasciné, passait d'une jambe sur l'autre, craignant que s'il venait à faire un geste tout cela s'arrêtât, que la jeune fille ne reprît sa robe, l'enfilât à nouveau et le chassât de la chambre. Elle devina son embarras et lui dit, de la même voix mesurée et tranquille qu'elle employait pour parler de son travail :

« Allonge-toi, tu seras mieux. »

Elle avait ôté sa culotte de rayonne rose et le caraco assorti. Elle avait les hanches assez larges, bien musclées, des seins robustes et pleins. C'était la première fois qu'il voyait une femme nue en pleine lumière. Les autres avaient fait des manières. Il pensa qu'elle ressemblait à un dessin de Picasso, mais n'osa pas le lui dire de peur de paraître bête. D'ailleurs il avait la gorge nouée. Luz vint s'étendre à côté de lui sur le dessus-de-lit de coton blanc, appuyant la tête contre les barreaux de cuivre. Puis elle se dressa sur un coude et le regarda.

Il était paralysé. Il n'avait pas imaginé les choses ainsi. Dans son esprit un homme devait paraître forcer une femme, même si en réalité c'était elle qui tirait les ficelles, puisque le Professeur était rebelle aux efforts amoureux. La mère des deux jeunes Anglaises de Brighton avait frappé un soir à la porte de sa chambre, apportant un bol d'Ovomaltine, alors qu'il était déjà couché et en pyjama. Elle l'avait posé sur la table de nuit et avait tâté les couvertures en demandant s'il n'avait pas froid, car par cet été au bord de la mer les nuits restaient fraîches. Elle portait un déshabillé de nylon d'une de ces couleurs acidulées qu'affectionnent les Anglaises. Il avait vu par transparence ses seins laiteux, y avait porté la main. Elle s'était laissé faire en poussant des couinements de souris.

Il n'y avait aucune réticence dans les grands yeux noirs de Luz posés sur lui. Pas de provocation non plus, mais une espèce de vacuité généreuse, une tranquillité sans faille. Il se dit qu'il lui arrivait ce qu'il avait toujours souhaité qu'il lui arrivât. Il la saisit aux épaules, la plaqua contre le lit et se mit à couvrir son cou et sa gorge de baisers violents, comme pour simuler cette lutte qu'elle ne lui proposait pas. Il la prit brutalement, elle se laissa faire et même l'aida, baissant à deux mains son pantalon, enserrant ses jambes dans les siennes. Lorsqu'il jouit, elle entoura son dos de ses bras. Il se dit qu'il connaissait là un des moments heureux de sa vie.

Ensuite, ils restèrent quelques minutes l'un près de l'autre. Puis elle se leva, lui proposa une cigarette et un verre de cet alcool qu'elle avait promis. Ils burent et fumèrent en silence. Luz toujours nue ouvrit grande la fenêtre.

« Tu es folle, on va nous voir », balbutia le Professeur qui se couvrit hâtivement du drap.

« Qu'est-ce que ça peut faire, il fait si chaud », dit

289

Luz paisiblement. Lorsqu'elle eut fini de fumer, elle déclara qu'elle avait faim, qu'elle voulait sortir. Elle se dirigea vers le lavabo et se lava devant lui, sans se cacher.

Le Professeur, égaré, se leva et s'habilla.

Accommodements

Le Professeur, pensai-je après le récit de cet épisode, était aussi lâche en amour qu'en politique. L'une après l'autre mes illusions s'écroulaient. Je regardai Coralie, vautrée sur mon canapé, avec haine. C'était un samedi après-midi, Conrad était parti pour son rendez-vous avec le Professeur dont il semblait de plus en plus amoureux et sitôt après, Coralie était arrivée, apportant un carton de petits fours aux amandes, adjuvant des confidences féminines, et une nouvelle fournée des révélations d'Aline.

« Elle me dit tout, elle m'adore », dit Coralie avec fatuité, croquant une tuile.

Je songeai qu'armée de la pince à sucre, j'aurais peut-être pu lui arracher les yeux et qui sait, la langue. Mais je me refrénai. J'éprouvais à écouter Coralie autant de nécessité qu'Aline à se confier à elle.

« Encore un peu de thé ? » demandai-je avec une douceur féroce.

*

Une semaine plus tard, le Professeur commença son service au lycée de Versailles. On lui avait assigné la meilleure classe. La préparation des cours lui demanda beaucoup de temps. Le commerce d'autrui lui était difficile. La fréquentation de ses trente-cinq élèves le laissait sur les genoux. Il était doué, malgré tout, pour l'enseignement. Il aimait entendre l'écho de sa propre voix à laquelle l'auditoire était suspendu. Il ne s'aimait pas lui-même, il lui fallait donc trouver, sur les visages qui lui faisaient face, ce qui lui manquait intérieurement. Il réussit, bénéficiant d'un préjugé favorable, étant jeune et d'une élégance qui tranchait avec la plupart de ses collègues, gens désireux de ne pas faire de vagues. Il y avait encore en lui une révolte juvénile qu'il ne perdrait jamais tout à fait, n'ayant pu régler ses comptes à temps, et qui trouvait un écho dans le cœur de ses ouailles. Comme elles, il aspirait à s'envoler hors de ces murs épais. Il rêvait à des courses par les rues, à des heures clandestines passées dans les cafés, à des après-midi de cinéma. Il voyait Luz plusieurs fois par semaine. Ils dînaient dans un restaurant d'étudiants, allaient dans une boîte de jazz, puis faisaient l'amour. Luz était toujours souriante, aussi complaisante, aussi énigmatique. Le Professeur ignorait quelle vie se déroulait derrière ses grands yeux pensifs. Elle ne semblait pas davantage curieuse de savoir ce qui se passait dans la tête de son amant. Il tentait de s'épancher, de lui raconter une version revue et censurée de sa vie. Mais quelque chose en elle le tenait à distance. Elle l'écoutait sans commentaires, comme si tout cela allait de soi ou bien comme si, au contraire, elle jugeait que ce n'était même pas la peine de donner son avis. Elle n'attendait de lui, apparemment, qu'un peu de compagnie, un peu de conversation, un peu de sexe.

Un jour, le Professeur lui demanda si elle était amoureuse de lui. Elle répondit qu'elle l'aimait bien. Il avait nourri le secret espoir qu'elle ressentît une passion qu'une timidité l'eût empêchée d'avouer. Il eût pu se satisfaire d'une liaison reposante avec une femme qui ne lui demandait rien d'autre que ce qu'il n'avait aucun mal à donner. Or, quelque chose lui manquait. Il ne semblait y avoir en cette jeune femme aucun vide qu'elle le suppliât en vain de combler. Il ne pouvait se sentir victorieux de la laisser pantelante, ne disposait d'aucune arme qui le rendît certain d'exercer sur elle, par le refus ou l'éloignement, un pouvoir absolu. Elle n'avait aucun besoin de s'épancher, nulle enfance malheureuse à compenser, rien à prouver à personne sauf peut-être à elle-même, mais si cela était, elle n'en parlait pas.

Il savait d'elle fort peu de chose. Elle venait de Colombie, pays de traditions violentes. Ses parents étaient riches puisqu'ils l'envoyaient prolonger ses études en Europe. Elle avait été élevée dans une grande ferme à bétail des terres fertiles aux environs de Bogotá. Elle lui avait montré une photographie qui la représentait enfant avec deux de ses frères, juchée sur un cheval sellé à la mexicaine. Il avait été impressionné par l'exotisme des bottes, du chapeau, par la grande selle aux extrémités saillantes, au pommeau ciselé.

Il n'était pas le premier homme dans sa vie. Elle avait eu pour amant un peintre autrichien qui avait un atelier dans la même rue. Avait-elle aimé cet homme ? avait demandé le Professeur. Non. Il était beau et sympathique. Il l'avait invitée à prendre un verre, lui avait dit qu'il aimerait faire son portrait. Elle avait accepté en devinant qu'il ne s'agissait pas seulement de peinture, parce qu'elle avait envie de connaître la vie. Elle avait posé nue pour lui. C'était donc de là qu'elle avait gardé le goût de s'exhiber dévoilée, conclut le Professeur avec rancune. Après la première séance, le peintre l'avait devinée vierge. Est-ce qu'elle n'avait pas envie de connaître un homme ? Si, elle en avait envie. Il lui avait fait l'amour. Il avait été doux et attentif avec elle. Elle venait poser pour lui trois fois par semaine. Après, ils s'aimaient. Il était retourné en Autriche, d'où il lui envoyait des cartes postales. Avec une espèce de joie naïve, elle en montra une sortie du même tiroir de la table de nuit que la photo avec les chevaux, qui représentait Vienne au printemps. Le Professeur n'osa pas la retourner pour lire ce qu'il y avait derrière.

N'avait-elle pas été triste du départ de son amant ? demanda-t-il. Si, il était gentil, elle l'aimait bien. Mais c'était la vie. D'ailleurs, il l'avait invitée à venir le voir à Vienne. Mais ensuite, elle l'avait rencontré, lui, le Professeur. Quelque chose en lui l'avait intriguée, autre chose l'avait repoussée, elle ne comprenait pas quoi. C'était pour cela qu'elle avait tant tardé à l'inviter dans sa chambre. Longtemps, elle n'avait pas été sûre de le vouloir. Elle craignait que quelque chose en lui ne fût mauvais pour elle. Pendant ce récit, le Professeur, assis nu sur les draps blancs, le dos appuyé contre la fraîcheur des barreaux de cuivre du lit, rageait en silence. Ainsi, elle avait « bien aimé » le peintre, tout comme elle l'aimait bien, lui. Elle se servait des hommes, cette fille-là. Il ne s'attarda pas à penser qu'il se servait aussi bien d'elle. Il prétexta un rendez-vous, s'habilla, partit plus tôt que d'habitude. Elle ne protesta pas. Elle resta au lit, songeuse et fumant. Elle lui fit au revoir d'un petit geste de la main, alors qu'il refermait la porte. Toute la soirée il fut en colère. Mais il ne pouvait quand même pas déchirer ses livres comme il avait, trois semaines plus tôt, cassé ses disques.

Le lendemain, il téléphona à Aline. Il avait ourdi un plan machiavélique. Il la récupérerait, la rendrait amoureuse de lui à nouveau, puis la laisserait tomber, afin de retourner la situation et de se venger d'elle. Mais les choses ne se passèrent pas tout à fait ainsi qu'il l'avait prévu. Au bout du fil, elle fondit en larmes. Il entendait ses sanglots, il était interloqué. Elle hoquetait tellement qu'elle ne pouvait articuler une parole distincte. Alors sa résolution s'évanouit. Il dit, un peu malgré lui :

« Voyons, qu'est-ce qui se passe, il ne faut pas pleurer comme ça. »

Ce rôle de grand-père gâteau ne lui déplut qu'à moitié. A mesure qu'il se faisait plus gentil, elle se calma. Elle lui avoua, entre deux reniflements, qu'elle était très malheureuse, qu'elle avait besoin de lui. Il lui donna rendez-vous dans un café de la place Victor-Hugo où ils étaient déjà allés une fois, du temps de leur idylle.

Il arriva en retard exprès. Il s'était composé un masque dur, mais juste. Elle l'attendait en pleurant dans son Vichy-grenadine. Elle avait perdu son bronzage de l'été. Elle avait maigri, relevé ses cheveux en un chignon sage. Dès qu'il s'assit, elle se jeta sur son épaule, entourant son cou de ses bras. Au garçon qui les regardait goguenard, le Professeur commanda une bière d'un air las qui voulait dire : « Je n'y peux rien, mon vieux, voilà comment sont les femmes, c'est là l'effet que je leur fais. »

Cette scène le flattait et l'embarrassait à la fois. Aux tables voisines, les gens les regardaient. Il ôta de son cou les bras de la jeune femme qui retombèrent mollement, comme des algues.

« Bon, maintenant, ça suffit, tu vas tout me raconter. »

C'était le deuxième été qu'elle se rendait à Biarritz chez son amie. Le père était un médecin riche qui avait une belle villa. L'amie avait un frère, Charles-Robert, polytechnicien. C'était avec lui qu'elle avait joué au tennis, un mois plus tôt, au Racing. L'été précédent, justement, Charles-Robert avait proposé de lui donner des leçons. Elle en avait été reconnaissante car dans la petite bande d'amis tout le monde jouait sauf elle.

Charles-Robert était beau, blond, élégant (« Je sais, je sais », interrompit le Professeur exaspéré). Il l'impressionnait par l'aisance de ses manières, était adulé de toute la famille. Des leçons de tennis, on était passé à autre chose.

« Quoi ! Tu n'as tout de même pas... » s'écria le Professeur ulcéré et incrédule.

Si, elle avait. Il l'emmenait dans les rochers, à l'heure de la sieste. D'abord ils avaient flirté, et puis un jour il avait... Et elle l'avait laissé faire.

« Comme avec moi ! Putain ! » lança le Professeur. Le couple assis à la table de devant, buvant des citrons pressés, se retourna et les dévisagea.

« Tu as raison, je suis une putain ! » Aline jeta à nouveau ses bras autour de son cou et se remit à sangloter. La femme assise à la table de gauche, avec un pékinois sur les genoux, posa son verre de Cinzano, baissa d'une main ses lunettes de soleil.

« Tais-toi, mais tais-toi, bon Dieu », s'écria le Professeur, illogique. Il paya, jetant l'argent sur la table, se leva et fila. Aline le suivit en courant, le rejoignit.

« Fiche-moi la paix, je ne veux plus te voir », grommelait le Professeur qui n'osait crier de peur d'attirer l'attention des passants. Mais il n'arrivait pas à se débarrasser d'Aline qui s'agrippait à son bras, à son dos, à son cou.

« Écoute-moi, je veux tout dire ! » braillait celle-ci

d'une voix éraillée par la détresse. Heureusement, l'avenue Victor-Hugo était quasiment déserte. De guerre lasse, le Professeur se laissa tomber sur un banc. Aline s'affala à côté. Elle expliqua qu'elle avait aimé Charles-Robert...

« Tu m'avais dit que j'étais ton premier amour ! » hurla le Professeur qui d'ulcération perdait son décorum.

« J'ai cru que je l'aimais ! gémit la coupable. Mais je me trompais ! »

« Et pourquoi ? » demanda froidement le Professeur.

« Pendant l'année, on s'est à peine vus... Et puis un jour, je l'ai rencontré avec une autre fille... J'ai compris qu'il s'amusait avec moi... Alors j'ai rompu... Je ne l'avais pas vu depuis trois mois lorsque je t'ai rencontré. Je ne pensais plus du tout à lui... Je t'ai aimé tout de suite... »

« Et après, tu t'es aperçue que tu t'étais trompée une deuxième fois ? »

« Oui... Enfin, non... Je ne voulais pas retourner chez Antoinette... Seulement elle a beaucoup insisté... Et comme nous devions nous fiancer, j'ai pensé que je me vengerais de Charles-Robert... Je croyais que je ne ressentais plus rien pour lui. Je me disais que je ferais l'indifférente, et puis je parlerais de toi tout le temps, ça le ferait bisquer... Normale, c'est aussi bien que Polytechnique... Alors justement... Comme je parlais de toi, ça l'a piqué au jeu... Il était vexé, il a voulu me reconquérir... Il m'a dit qu'il avait été un imbécile, qu'il avait eu peur d'une histoire qui l'entraînerait trop loin... Il n'avait pas compris la profondeur de ses sentiments pour moi... Il se rendait compte que les autres, à côté de moi, n'étaient pas grand-chose... Il m'a dit qu'il me désirait terriblement... »

Racontant, la jeune fille était transportée, joignant

297

les mains, les yeux au ciel. Le Professeur, à son côté, serrait les poings et grinçait des dents.

« C'était le soir... Il y avait un clair de lune... On était allés en bande se promener sur le front de mer et manger des glaces... Il m'avait entraînée à l'écart... Tout d'un coup il m'a prise dans ses bras, violemment, tu sais... Je n'ai pas su me défendre... On est faible dans ces moments-là, c'était l'heure, l'atmosphère... J'étais comme saoule de soleil et puis après la fraîcheur, il me serrait très fort contre lui... Je ne savais plus ce que je faisais... »

« Tais-toi, maintenant, s'écria le Professeur qui se jeta sur elle par mimétisme. Tais-toi, ou je t'étrangle ! »

La jeune fille se tut après un couinement de peur ou de nostalgie. La velléité meurtrière de son compagnon se mua en une accolade. Il l'embrassa furieusement. Elle ne se défendit pas.

Lorsqu'il la lâcha enfin, hors d'haleine, elle murmura dans un soupir :

« Regarde... Le clair de lune... »

Une dame à chapeau qui passait par là, tenue en laisse par son chien, soupira d'attendrissement.

Victoire

« C'est comme ça qu'elle l'a eu ! » s'écria Coralie contente d'elle. « Il y a des femmes qui n'ont aucune fierté. »

Voilà comment il fallait s'y prendre pour avoir le Professeur, pensai-je en écho. Je n'en ferais rien. Un jour le Professeur serait à mes pieds, il se rendrait compte que j'étais la chance de sa vie. Pour moi, il changerait. Le Professeur, j'en étais désormais convaincue, n'avait pas encore aimé. Il était vierge du cœur.

*

Le lendemain, le Professeur rendit visite à Luz et lui fit l'amour. Il n'y trouva pas le même goût que d'habitude. Il se sentait rongé d'impatience. Il la quitta prétextant une patraquerie, téléphona chez Aline qu'il tira du lit.

« Chut, maman dort ! susurra celle-ci. Je suis en chemise de nuit ! »

« Eh bien, enlève-la », dit le Professeur avec brusquerie. Il enchaîna après une légère pause consacrée à comparer mentalement les anatomies d'Aline et de Luz :

« Maintenant, il faut que tu te décides. Parce que moi, tu comprends, j'en ai marre. D'ailleurs, j'ai aussi des décisions à prendre. »

« Pourquoi m'appelles-tu si tard ? » demanda Aline.

« J'étais occupé. Je suis sorti. »

« Je sais, j'ai essayé de te téléphoner. Où étais-tu ? »

« Chez une amie, dit le Professeur plein d'une mauvaise joie. Une amie charmante. »

« Tu ne peux pas me faire ce coup-là ! » s'écria Aline.

« Ça alors, elle est bien bonne », rétorqua le Professeur.

A l'autre bout du téléphone, Aline se remit à sangloter.

« J'ai revu Charles-Robert ! » hoqueta-t-elle.

« Ben tiens donc ! » aboya le Professeur.

« J'ai définitivement rompu avec lui ! » ulula Aline lugubrement.

« Arrête de prendre ce ton-là, on dirait un sifflet de locomotive », grogna l'autre.

Aline se rasséréna. Du moment qu'il était capable de faire des comparaisons, c'est que ça n'allait pas trop mal.

« Je le reverrai plus jamais, jamais, jamais ! »

« Jusqu'à l'été prochain ! »

« Non ! D'ailleurs, je me suis brouillée avec Antoinette. Je lui ai dit qu'elle et sa famille n'étaient qu'un tas de bourgeois snobs et que j'en avais marre d'être leur pauvre ! »

« Bien joué ! » s'écria le Professeur plus aimable. Aline avait fait vibrer la corde sensible.

« On se voit quand, mon chéri ? » demanda-t-elle presque gaie.

« Si on se revoit, fini les conneries ! » dit le Professeur.

« Je serai ton esclave ! » gémit théâtralement la repentie.

« Un peu, mon neveu ! » topa là le soupirant victorieux.

Aline ne dut pas ce retournement des choses, comme elle le crut, à son exquise diplomatie. La veille au soir, Luz avait prévenu le Professeur qu'elle comptait retourner en Colombie à Noël. La nouvelle l'avait touché, bien qu'il n'eût pas pu se l'avouer immédiatement. Elle lui avait annoncé la chose comme s'il se fût agi de huit jours de vacances aux sports d'hiver. Le Professeur vit là chuter son espoir qu'elle l'aimât sans se l'avouer ou sans vouloir le lui dire. Décidément les femmes le fuyaient. L'angoisse l'étreignit sous forme de crampes d'estomac qu'il préféra attribuer à la digestion difficile d'un pot-au-feu maternel, mangé dans la vaste cuisine de l'avenue de la Grande-Armée où il s'était si souvent juré de ne plus remettre les pieds. Mais il avait grand-peine à appliquer cette décision-là. Tout lui échappait.

Aline l'attirait davantage, maintenant qu'il se voyait un rival. Cela non plus, il ne pouvait pas se l'avouer. Mais la jeune fille, elle, en était consciente. Elle ne manqua d'ailleurs pas de le lui expliquer au rendez-vous suivant :

« J'avais l'impression que tu ne tenais pas vraiment à moi », se justifia-t-elle.

« Je t'avais proposé le mariage ! » s'écria le Professeur exaspéré.

« Je sais, mais je pensais que tu cherchais plutôt une espèce de bonne... Quelqu'un qui te prépare ton repas quand tu rentres le soir et qui t'évite tous les efforts qu'il faut faire pour amener dans un lit des femmes qui ne t'appartiennent pas. »

« Elle n'est pas bête », pensa le Professeur tout en se récriant mollement.

« Mais moi, ce que je voulais, c'était vivre un grand amour... »

« Avec Charles-Robert ? »

« Non, là je ne me faisais plus d'illusions... Mais enfin, tu comprends, ce qu'il m'offrait c'est ce que tu ne voulais pas me donner... »

« De la passion, du clair de lune », chantonna l'autre.

« Oui, figure-toi... »

« C'est incroyable ce que les femmes ont mauvais goût en matière de sentiment ! »

« Je ne vois pas en quoi j'aurais plus mauvais goût que toi ! Tu crois que c'est de bon goût, de se marier pour le pot-au-feu et l'entrée gratuite et permanente ? »

« Ah, tais-toi ! » cria le Professeur qui avait encore, en quelque sorte, mentalement sur l'estomac le plat en question.

« Charles-Robert, lui, me donnait l'impression d'être follement désirée... Même si je savais qu'en fait ça ne pourrait pas durer, qu'une fois de retour à Paris il recommencerait à voir sa bonne amie, la régulière, une fille de riches, encouragée par papa-maman... »

« Tu t'es dit, en somme, que tu allais nous additionner... Eh bien, tu calcules mal, ma petite. Parce que en amour, un demi et un demi ça ne fait jamais un, justement... »

Mais le Professeur avait un ton bonhomme. Il songeait que jusqu'à Noël, il serait comme Charles-Robert. Il aurait deux filles à disposition. Il coucherait avec l'une pour se venger de l'autre et vice versa. Non, en amour, un plus un ne faisait pas un, ça s'annulait. Il sortirait de là gagnant, car il n'aurait pas à donner de lui-même.

Il n'était plus question maintenant de cérémonie de

302

fiançailles. Il voulait bien reprendre la relation, mais demandait « un délai de réflexion, qui serait la meilleure chose pour tous les deux ». Aline fut d'accord. Ça l'arrangeait aussi. Elle se garda de dire que le jour du Racing, elle avait revu Charles-Robert pour la première fois depuis les vacances. C'était elle qui lui avait téléphoné et il avait dit : « Bon, de toute façon je joue au tennis, alors si tu veux venir me rejoindre... » Il s'était conduit comme l'année précédente, et l'avait oubliée dès le retour à Paris.

Le lendemain du rabibochage avec son ex-fiancé, elle téléphona à Charles-Robert. Il répondit d'un ton ennuyé. Aline lui annonça alors, d'une voix animée par le triomphe, qu'elle se voyait dans l'obligation, malheureusement, de ne plus le revoir. Certes, elle avait de l'affection pour lui. Elle n'oublierait jamais leurs rendez-vous nocturnes (là, sa voix trembla un peu). Mais elle se rendait compte qu'elle s'était laissé entraîner par la chair. Le sexe n'était pas tout dans la vie. Ce qui comptait d'abord, c'était l'âme. Elle avait l'intention de s'occuper de son âme, désormais. Son fiancé était un jeune homme sérieux, promis à un brillant avenir. Une grande intelligence, qui lui offrait une vie pleine d'élévation. Et puis, il tenait tellement à elle ! Se savoir un rival l'avait mis dans un tel désespoir qu'Aline craignait, si elle ne lui revenait pas, de le voir attenter à ses jours... Elle se sentait responsable de ce jeune homme, liée à lui par un serment qu'elle avait enfreint, chose abominable. A présent elle devait expier cette faute par une vie de droiture et d'honnêteté. Lors de son aventure avec Charles-Robert elle n'avait pas été vraiment elle-même. Elle avait vécu dans une espèce de transe nocive. Elle le comprenait maintenant, la femme n'était pas l'égale de l'homme. Elle était faible et se laissait trop aisément prendre aux

303

pièges que celui-ci, éternel chasseur, tendait à ses proies. Elle avait besoin d'un homme sur qui s'appuyer, un homme qui lui servît de guide et la respectât. Elle avait trouvé cet homme, elle avait compris qu'il était sa chance et elle allait s'appliquer à l'aimer de tout son cœur. Car le cœur, n'est-ce pas, c'était le plus important...

Charles-Robert écouta ce discours avec lassitude. Décidément, cette petite Aline avait le don de lui taper sur les nerfs. Elle n'était pas aussi docile qu'il aurait voulu. Il aurait pourtant juré qu'elle était folle de lui... Il soupçonnait qu'elle avait joué la comédie, tout comme elle la jouerait désormais à son imbécile de prof. S'il avait de l'âme, celui-là, alors l'âme, Charles-Robert s'asseyait dessus. Des minables, tous les deux. Cela ne valait même pas cinq minutes de son temps. Mais il détestait qu'une fille le plaque, ou du moins parvienne à s'en donner l'air.

« Fais ce que tu voudras, ma vieille. Épouse ton plouc et fais beaucoup de petits ploucs à son image. Je te souhaite bien du bonheur. »

Il raccrocha, puis regretta d'avoir été définitif. Il aurait dû, tout en lui faisant de la peine, ménager une perspective. Il aimait garder les filles en réserve, s'accorder des retours surprises. Il s'apercevait qu'il avait assez envie de la revoir, maintenant qu'elle allait épouser l'autre. Mauvaise manœuvre. Tant pis. Il alluma une Pall-Mall, et retourna à son roman policier.

De l'autre côté du téléphone, Aline sanglotait. Le salaud ! Il avait osé traiter le Professeur de plouc. Quelle injustice ! Le Professeur n'était pas un plouc ! Enfin, pas vraiment. Elle avait bien un peu espéré qu'un miracle se produise, et que Charles-Robert, frappé par l'annonce de son mariage, lui propose de l'épouser à son tour. D'une certaine façon, il avait quand même réussi à avoir le dessus. En tout cas, c'était match nul. Quel goujat ! Finalement, elle n'avait rien à regretter. Ce type l'aurait toujours fait souffrir. Elle sortit son mouchoir de sa poche, s'essuya les yeux, se regarda dans la glace, se trouva affreuse. Elle se remit du rouge à lèvres, se dit qu'après tout, elle n'était quand même pas si mal. Elle respira profondément, pensa qu'il fallait se calmer, et décida de consacrer tous ses efforts à rendre le Professeur heureux et surtout, très amoureux.

Vie conjugale

« Là elle s'est gourée, dit Coralie. Lui aussi d'ailleurs. Ils ont fait un mariage de cons. Ça me déçoit. Vu de l'extérieur, on ne croirait pas... Ça fait quinze ans qu'il s'emmerde avec elle. Tout ça ne durera pas éternellement. »

« Tais-toi », dis-je furieuse. Coralie m'énervait. Elle cassait tout. Je voulais me débarrasser de mon rêve, mais pas trop vite. Sinon je ne pourrais même plus désirer le Professeur le jour où il viendrait à moi. Je voulais qu'on m'en laisse quand même un petit peu.

« Tu n'as pas de reconnaissance », dit Coralie.

*

Aline revit le Professeur dès le lendemain. Elle était allée chez le coiffeur et s'était fait faire une permanente. L'effet produit ne plut pas au destinataire de la manœuvre, mais il pensa qu'il valait mieux ne rien en dire pour l'instant. Aline lui expliqua qu'elle avait téléphoné à Charles-Robert.

« Quoi ! »

Non, non, ce n'était pas ce qu'il croyait. Elle avait rompu, mais alors cette fois, dé-fi-ni-ti-ve-ment. Si elle

306

avait appelé Charles-Robert, c'était pour lui, le Professeur. Elle voulait que l'autre comprenne à quel point elle aimait son fiancé. Elle n'avait connu avec ce gosse de riches que des moments d'égarement. Cette conversation avait été douloureuse. Le pauvre garçon s'était effondré. En fait, il tenait à elle, mais manquait terriblement de maturité. Il n'était vraiment pas ce qu'il lui fallait.

En s'exprimant ainsi, Aline n'avait pas l'impression de mentir. C'était une fille d'un romanesque en quelque sorte pratique. Les duretés de la vie lui avaient appris à accommoder les choses. Sa vision baissait. Elle devenait de plus en plus myope, et se verrait bientôt obligée de porter des lunettes. Elle considérait que ce qu'on ne voit pas ne blesse pas la vue, que ce qu'on n'écoute pas ne heurte pas l'entendement, que ce qu'on ne comprend pas n'atteint pas l'intellect, et que ce qu'on oublie n'encombre pas la mémoire.

Cet aveuglement volontaire, grande qualité féminine, contribuerait à ce qu'Aline s'attachât son mari. Le jour où le Professeur amer me raconterait à son tour, d'un ton de rumination et de rancune, leurs premiers rapports, cela s'ajouterait au récit de celle qu'Aline prenait pour sa meilleure amie et qui m'en rapportait les détails, avec un plaisir d'entremetteuse.

J'imaginerais alors, comme sur une photo brouillée et jaunie, prise alors que le sujet a un peu bougé, refusant peut-être une idée trop nette de son image, à quoi ressemblait Aline à vingt ans, son expression à la fois naïve et butée. A travers les traits figés, le masque immobile qu'adoptent en mûrissant certaines femmes terrifiées par le temps dont elles croient se protéger en faisant les mortes, se dessinaient, comme sur une toile ancienne qu'on nettoie pour découvrir d'autres contours, les yeux ronds, perpétuellement étonnés, la bouche accueillante qu'arborent les jeunes filles portées au mensonge, quelque chose de malléable et qui souhaitait l'être, une apparente disponibilité au pardon, un art souterrain de la vengeance sans lequel la séduction n'est pas complète.

Elle enterra mentalement Charles-Robert, et alla de temps en temps mettre quelques fleurs sur sa tombe, dans un coin ombragé du cimetière de sa mémoire. Il devint une réplique de son père le colonel, un être qui l'avait abandonnée, à la fois parce qu'il était trop bien pour elle et pas assez bien. Elle se rabattit sur le Professeur avec tout l'acharnement amoureux dont elle était capable. Mais l'admiration qu'elle éprouva pour lui fut poivrée d'un grain de mépris. Il n'était pas ce qu'il y avait de mieux, mais elle avait fait de son mieux avec lui. De ce genre de sentiment, le Professeur était prisonnier. Cela lui rappelait son histoire, une histoire dont il croyait qu'Aline l'aiderait à se détacher alors qu'en fait elle l'y ramenait, l'y liait pour toujours par cet aspect à jamais inavoué du sentiment qu'elle avait pour lui.

Ils se marièrent. Quelque chose manquait. Bien qu'unis charnellement, ils vivaient côte à côte, non l'un pour l'autre. Parfois, le Professeur pensait à Luz. Elle était repartie dans son pays et lui avait envoyé une carte postale pour lui souhaiter d'être heureux. Un an plus tard, il avait reçu le faire-part de son mariage. Elle épousait un homme au nom compliqué. Longtemps, il arriva au Professeur de prononcer en lui-même le patronyme de cet homme, comme un bonbon qu'on fait rouler dans sa bouche. Il imaginait qu'il allait à Bogotá, en touriste, qu'il cherchait dans l'annuaire téléphonique de cette ville et trouvait ce nom. Il téléphonait, s'annonçait, allait voir Luz. Elle habitait une maison rose aux grilles ouvragées. Il y avait un eucalyptus dans la cour. Elle l'accueillait au salon, lui servait le thé. Elle était devenue une matrone sud-américaine aux cheveux impeccablement laqués, portant une copie de tailleur Chanel. Il y avait partout des photographies de ses enfants, des garçons qui ressemblaient à Charles-Robert. Il était pris par une espèce de charme, mais il l'imaginait toujours plus âgée qu'elle ne devait l'être en réalité. Il fondait en un seul personnage le souvenir qu'il avait d'elle et celui de la duchesse.

Une fois marié, il rompit effectivement avec celle-ci. La duchesse eut beaucoup de chagrin, ne comprit rien et décida que les prolétaires sont ingrats de nature. Elle tomba malade du cœur et mourut dix ans plus tard sans que le Professeur fût allé lui rendre visite, malgré les objurgations de sa mère. Ne la voyant pas, sa colère à l'égard de cette femme grossit. L'idée même qu'il se faisait d'elle finit par lui faire peur.

A sa mort, elle légua à ses fidèles serviteurs un appartement de trois pièces boulevard de Picpus, qu'elle possédait par un mystère de la fortune, et quelques beaux meubles. Ils vendirent l'appartement, s'achetèrent une petite maison dans le bourg de Beauce dont ils étaient originaires, et finirent leur vie en cultivant leur jardin. Le Professeur, rentrant alors des États-Unis, se trouva à Paris débarrassé de tout lien de famille. Il eût pu s'y établir à nouveau mais n'en fit rien : il eût risqué d'y rencontrer trop de fantômes. Il avait pris, en vivant en Amérique, le goût de la province, des lieux éloignés, resserrés sur eux-mêmes, où le peu de distractions rend plus aisé d'exercer une prise profonde et durable sur autrui.

Quelques années plus tôt, l'Ancêtre était mort. C'était au début de l'hiver. Son séminaire n'ayant pas été renouvelé, il s'était replié sur lui-même, ruminant le complot qu'il pensait organisé contre lui, enterré à demi sous les paperasses, n'ayant plus pour interlocuteurs que les pigeons et quelques fidèles, dont celui qui allait devenir le Maître. Frappé par un ésotérisme qui lui paraissait le comble de l'exotisme et de l'intelligence, l'Américain avait changé illico le sujet de son mémoire, pour se consacrer à une étude de l'œuvre de l'Ancêtre. Il avait obtenu le droit de plonger dans cette marée de notes, d'esquisses, de recopiages qu'était devenue sa chambre. Ce fut lui qui le retrouva mort lorsque après un voyage de trois jours en Suisse il revint à Paris et, frappant à la porte, n'obtint pas de réponse. Il alla se faire ouvrir par la concierge et trouva l'Ancêtre par terre, raide, le stylo dans ses doigts crispés. Il était mort aussi seul qu'il avait vécu. Dans la poche intérieure de sa redingote, un portefeuille contenait ses papiers parmi lesquels un testament rédigé huit jours plus tôt et léguant tout ce qu'il avait écrit à son jeune disciple, dans l'espoir que le Nouveau Monde saurait comprendre, mieux que l'Ancien, l'ampleur de sa pensée.

L'Américain prit les dernières dispositions, assista seul à l'enterrement, puis se rendit à la Samaritaine. Dans le grand magasin, il acheta trois malles de fer et y rangea les papiers de l'autre, puis alla chez Cook prendre son billet de retour. Dans l'Oregon il s'acharna à débrouiller tout cela, ou du moins il essaya. Le professeur dont il était l'assistant se tua en voiture sur l'autoroute un jour de blizzard. Il hérita de son poste. Dès lors il consacra tous les crédits disponibles à l'édification d'une bibliothèque à la gloire de l'Ancêtre. Il fit travailler ses étudiants, loupe en main, au déchiffrage des ancestrales pattes de mouche. Il y avait dans ces écrits quelque chose d'étrange, d'audacieux et d'autodidacte. Il l'adopta et devint le Maître, édifiant sa carrière sur l'exclusivité dont il bénéficiait. Par mimétisme, il acquit le style de l'autre et l'imita jusque dans le débit de sa voix, dans sa coiffure. Ses cheveux blanchirent prématurément et il les laissa pousser jusqu'au bas du cou afin d'obtenir un effet comparable à la romantique crinière du mort. Il ramena d'Arcueil les cendres de l'Ancêtre et fit édifier sous les fenêtres de son bureau, à l'ombre d'un bel érable, une espèce de mausolée surmonté d'un buste, assez laid, de celui dont il avait hérité, exécuté d'après photographie.

Il était resté en correspondance avec quelques jeunes gens assidus au séminaire. Le seul d'entre eux qui lui parut donner des garanties de sérieux, de ce besoin forcené d'une figure paternelle qui caractérise ceux dont le père véritable ne s'est pas montré à la hauteur, et qui prédispose à l'œuvre panégyrique, à la célébration éternelle des morts, fut précisément celui qui commençait à devenir le Professeur. A ce moment il se morfondait dans sa classe de terminale du lycée de Versailles, où il en avait assez de tenter d'expliquer l'impératif catégorique à des jeunes gens qui l'écoutaient avec sympathie, mais dont c'était au fond le dernier souci.

Le Professeur avait épousé Aline le printemps qui avait suivi l'empoignade sentimentale du tennis. Ils s'étaient installés dans un petit appartement de location auquel ils s'étaient évertués à donner l'allure la plus intellectuelle possible. Le Professeur détestait les meubles depuis qu'il voyait aux vacances, dans la ferme de ses parents, ceux légués par la duchesse, dont la munificence surprenait dans ce cadre modeste, mais que l'ancienne cuisinière refusait de vendre avec une fidélité d'outre-tombe, malgré les propositions intéressantes que lui faisait un antiquaire de la région. Avec ce qui restait de son salaire après qu'on eut paré aux nécessités de la vie, le Professeur achetait des livres, des livres et encore des livres. Ils s'entassaient sur les bibliothèques de bois blanc qui garnissaient les murs.

Aline, elle, s'appliquait de son énergie un peu sommeillante à devenir, dans toute la perfection possible, la femme du Professeur. Il n'était pas facile de jouer ce rôle. Dans le compagnonnage conjugal, le masque de son mari tombait. Il révélait une nature sombre et portée à la rumination. Alors même que sa vie se présentait sous de bons auspices, le Professeur trouvait des raisons de se tourmenter. Il en voulait à son proviseur qu'il accusait de le regarder de travers à cause de sa mise peu orthodoxe. Le Professeur se rendait au lycée vêtu d'un polo de laine sous son veston. Cette habitude innocente paraissait coupable au lycée de Versailles où les enseignants, à cette époque, venaient travailler chemisés et cravatés.

Le polo n'était pas la seule offense. Les jours de grande rancune, le Professeur parachevait le tableau en laissant ostensiblement dépasser de la poche de sa veste un exemplaire de *L'Humanité* plié en quatre. Le proviseur et nombre de ses collègues concluaient qu'il avait la carte du Parti, ce qui était faux. Le Professeur trouvait chic d'être « compagnon de route », comme tant d'intellectuels de l'époque, mais n'était pas communiste. Il n'éprouvait pas une grande sympathie pour les camarades ouvriers. Seulement, acheter *L'Humanité* lui faisait plaisir. Ça commençait avec le coup d'œil réprobateur de la marchande de journaux. Ces jours-là, le Professeur, prudent, n'allait pas au tabac habituel, en face de chez lui, mais à un autre où on ne le connaissait pas, sinon en tant qu'acheteur occasionnel de la feuille rouge. Pour s'y rendre il devait accomplir un détour, arrivait au lycée juste après la sonnerie et donc se faisait repérer de M. Flochet, le proviseur, qui guettait les retardataires depuis le préau. Le Professeur traversait la cour d'un pas alerte, réjoui de l'expression qu'il verrait se peindre sur le visage de son supérieur hiérarchique. Celle-ci était semblable aux effets d'une digestion difficile. M. Flochet, effectivement, avalait à grand-peine le cocktail composé par le polo, *L'Humanité* et la pipe, objet que le Professeur affectait alors dans le but de ressembler à Georges Brassens. Il n'oubliait pas d'en tirer une bouffée en passant pour le plaisir de voir M. Flochet chasser d'un revers de main exaspéré la fumée qu'il lui soufflait dans le nez. Le Professeur, alors, se voyait capable d'affronter pour la journée trente adolescents affalés et regimbant. Le soir il racontait son exploit à Aline, en lui expliquant que cette dissidence ne manquerait pas de lui attirer de graves ennuis de carrière, que d'ailleurs il savait que le père Flochet écrivait sur lui des rapports désastreux à l'intention de l'inspecteur d'académie. Aline tremblait. Ses gémissements ne faisaient qu'exciter le rebelle.

L'inspecteur débarqua en effet un beau matin, alors que les marronniers étaient en fleur. Il passa une heure au fond de la classe, occupé à ajuster son dentier qui le faisait souffrir. Lorsque la cloche sonna, il félicita le Professeur de ses qualités pédagogiques avec d'abondantes salivations.

« Je m'en vais de ce pas, jeune homme, dire à M. Flochet combien je l'estime heureux de compter dans son établissement une recrue d'une telle valeur », affirma-t-il avant de partir dans une brume de postillons.

A dater de ce jour, M. Flochet eut pour le Professeur arrivant le matin des sourires peinés. Ce dernier, vengé de l'offense qu'on ne lui avait pas faite, ne ressentit plus le besoin de recourir, pour renforcer son amour-propre, à l'achat de la publication incriminante.

Cependant il piaffait d'impatience. Il avait inscrit sa thèse avec un mandarin de la Sorbonne qui lui avait fait miroiter l'espoir d'un poste d'assistant. Le poste fut créé et on y nomma quelqu'un d'autre à qui l'on avait promis la même chose deux ans plus tôt.

« C'est mauvais, très mauvais, dit-il à Aline. Les années passent et bientôt je serai trop vieux. Ils n'aiment pas nommer des gens qui ont de l'expérience et de la maturité et qui ne seraient peut-être pas assez dociles. Et puis, on me dit que j'en fais trop... »

Le Professeur publiait, en effet, de-ci, de-là, dans des revues intellectuelles, des articles dont le nombre, au bout de quelques années, excéda celui que comptait à son actif son patron, qui lui reprocha de « se disperser ». L'avenir paraissait sombre. On l'empêcherait, croyait-il, de faire carrière, on le laisserait à dessein dans les bas échelons. Alors arriva la lettre du Maître.

Exil

Le Professeur avait été jeune, il avait été ardent. Le cynisme, l'ironie, la démission devant le tragique de la vie ne l'avaient pas toujours habité. Je me demandais à quoi il ressemblait en ce temps-là, composais en moi-même les traits flous d'un jeune homme dans la fleur de l'innocence. J'avais connu le Professeur trop tard. Nous nous étions manqués de quinze ans. Ce n'était pas moi qui étais trop jeune, mais lui qui était trop vieux. Et en vérité il n'était pas trop vieux par son âge, mais par son âme.

*

Le Professeur devinait, dans l'œuvre de l'Ancêtre, une mine d'idées inexplorées. Le problème de l'universitaire en mal de thèse, c'est la surexploitation des génies. L'idéal est de trouver le génie méconnu. Quête difficile et rarement récompensée. L'Ancêtre était un de ces oiseaux rares. Le Maître avait eu l'habileté d'hériter. Mais il n'occupait pas tout le terrain puisqu'il était yankee. Or, l'Ancêtre était bien français. En fait, le Maître lui-même tablait là-dessus. Il commençait à répandre aux États-Unis, à propos de son père spirituel, l'étiquette de « pré-existentialisme différentiel ».

Contrairement à ce qu'on croyait, Sartre, affirmait-il, n'avait pas inventé l'existentialisme. Ce concept avait été élaboré par l'Ancêtre, à une époque où Jean-Paul, en culottes courtes, se trouvait beau et louchait sur les petites filles. On ne pouvait accuser Sartre d'avoir piqué les idées de l'autre. Simplement l'Ancêtre, par sa formation autodidacte, son isolement social et son sale caractère, n'avait pas diffusé largement sa pensée, alors que Sartre, en qui avaient germé des concepts très proches vingt ans plus tard, s'était trouvé, par son éducation bourgeoise, son tempérament grégaire et fanfaronnant, en position stratégique. On sait combien est crucial, pour la fortune d'une idée, le moment de son apparition. Trop tôt, c'est trop tôt, trop tard, c'est trop tard. Entre les deux, c'est juste le moment et c'est précisément alors que Sartre était arrivé. Le Maître ne désespérait pas, en fouillant bien, de parvenir à trouver quelque document permettant de suggérer que Sartre avait eu connaissance de la pensée de son prédécesseur.

L'éclatement au grand jour de l'existentialisme sartrien, accompagné du tintamarre cuivré des trompettes de la renommée, avait dû être, pour l'Ancêtre, un choc terrible, la révélation de s'être fait cocufier par le temps. Le Maître se souvenait que l'Ancêtre, un jour qu'il avait tenté de lui parler de l'œuvre sartrienne et des correspondances que, naïvement, il commençait à percevoir, l'avait fait taire avec colère, grommelant : « Salaud de Sartre ! Ne me parlez pas de ce petit con ! » L'Ancêtre, habituellement, montrait un laconisme stoïque. Le Maître n'avait pas compris tout de suite les tenants et aboutissants de son exclamation de colère.

L'Ancêtre s'était fait un vocabulaire abstrait autant

qu'abstrus. Il avait voulu ainsi s'assurer, connaissant l'aptitude des penseurs de tout poil au filoutage cérébral, qu'on ne lui volerait pas ses concepts, puisque pour en pénétrer la teneur, il était nécessaire d'avoir fréquenté assidûment ses séminaires, où lui seul fournissait les clés du bagage. Ce système lui permettait de repérer ceux qui s'intéressaient à son travail, de les évaluer et éventuellement de les élire. On pouvait voir là une illusion, due à une certitude quasi illuminée de son génie, dont il croyait qu'il éclaterait un jour à la face du monde par sa seule force. C'était aussi une faiblesse, un sentiment indéracinable d'infériorité. Persuadé que l'université n'accepterait pas d'honorer un homme qui s'était fait sans elle, il donnait à ses ennemis présumés des verges pour le battre, préférant attribuer les causes de son isolement à son refus grandiose des concessions. Chaque fois que le sort semblait sur le point de lui sourire, qu'une porte s'entrouvrait dans la muraille du refus, il se sentait pris de panique. Ayant bâti son système de vie sur l'exclusion, il se trouvait dans l'air de la gloire comme un poisson hors de l'eau. Suffocant, il accomplissait un bond désespéré qui le renvoyait à son élément familier. Il avait fini par se faire une gloire de l'insuccès, une couronne de la mortification.

Tout cela s'était calcifié avec le temps, lui faisant contre le monde une cuirasse sans laquelle il ne pouvait vivre. Les années avaient passé. Un jour, dans la tête de quelqu'un d'autre, avaient germé ces mêmes idées dont les graines, sans doute, avaient été véhiculées par l'air du temps. Cet autre, Sartre, était tout le contraire de lui, un personnage en qui la foule se reconnut et s'identifia, parce qu'il lui présentait un aspect magnifié d'elle-même. Ce qui, chez le premier, apparaissait comme une austérité d'un autre âge, préfigurait chez le second un monde nouveau, qui se détachait de la gangue de l'ancien.

Toutes ces choses étaient apparues au Maître dans son séjour américain où aidé d'une dizaine d'étudiants de confiance il s'attaquait à l'énorme tâche de trier, élucider, recopier et mettre en fiches une œuvre qui l'éblouissait par sa richesse, sa complexité. Il se voyait en théoricien de l' « êtrisme libertaire », dernière appellation attribuée par l'Ancêtre à sa philosophie. Il se trouvait devant une gigantesque tâche de rewriting, car la majeure partie de l'œuvre n'existait que sous forme de notes rédigées dans un style télégraphique au moyen d'une sténographie bien personnelle dont le Maître était parvenu à trouver la clé. Loin de le rebuter, l'idée le charmait. Le Maître n'avait rien à dire mais savait comment dire. Il était doué d'une plume fluide et légère, qui faisait paraître évidentes les propositions les plus abstruses.

Il serait difficile de propager outre-Atlantique les idées d'un penseur inconnu au bataillon dans son propre pays. L'édition américaine de l'œuvre de l'Ancêtre devait être précédée par une édition française. Il fallait trouver en France quelqu'un d'ambitieux, qui ne serait pas rebuté par ce que le travail aurait d'ingrat, quelqu'un aussi qui ne craindrait pas de s'expatrier quelque temps. Le Maître écrivit au Professeur.

Le Professeur partit pour l'Amérique et en fut enchanté. Il en aima les vastes espaces qui donnent de l'ampleur à la vie, la richesse apparente en cette période de l'après-guerre où la France se relevait, alors que les États-Unis ne s'étaient jamais courbés.

Le Maître, dans ses lettres, n'avait pas menti. La richesse de l'œuvre était saisissante. Le Professeur comprit la nécessité, exposée par le Maître précautionneusement et par degrés, de ne pas livrer les textes en pâture tels quels, mais de leur faire subir un traitement tenant à la fois du maquillage et de la chirurgie esthétique. Lors de longues soirées passées dans le bureau aux boiseries d'acajou, alors que par la fenêtre ils voyaient, dans le clair de lune, l'érable pourpre sous lequel se trouvait la sépulture de celui qui était devenu leur raison de vivre, le Maître et le Professeur élaborèrent une stratégie publicitaire dans laquelle le mensonge pieux longeait de si près la vérité qu'ils croyaient les voir se rejoindre à l'infini de leur rêve.

Pendant plusieurs années le Maître s'était familiarisé avec la pensée de l'Ancêtre, ses obsessions, ses structures. Il crut bientôt que, réécrivant l'autre afin de « clarifier » sa pensée, il ne ferait que rendre accessible ce qui avait été au départ absurdement hermétique. L'Ancêtre lui avait légué son œuvre dans le but de l'envoyer semer la bonne parole parmi les hommes.

Plus le temps passait, moins le Maître était conscient qu'il y eût dans sa démarche quelque chose qui tînt de l'escroquerie. Il commença à ressembler physiquement à l'Ancêtre. Il se fit faire, chez un tailleur âgé d'origine polonaise qui avait connu les modes de l'ancienne Europe, une redingote de drap noir semblable à celle qu'on pouvait voir à l'Ancêtre sur l'unique photographie qui restât de lui. On l'y voyait souriant maladroitement tout en fouillant du doigt son collier de barbe, tandis qu'à ses côtés minaudait une personne dont le chapeau s'ornait d'une aile de pigeon. Derrière ce document étaient écrits à l'encre jaunie, de la main de l'Ancêtre, ces mots : « Avec Pélagie, au bois de Boulogne. » La photographie avait été retrouvée dans le portefeuille de l'Ancêtre. La personne qui y était représentée devait avoir eu une certaine importance

319

dans sa vie, mais le Maître n'avait rien pu découvrir d'autre à ce propos. A défaut de la femme, il s'était procuré la redingote. Cela avait beaucoup plu autour de lui. On voyait là une forme séduisante de dandysme.

Le Professeur, une fois qu'il eut compris toute l'opération, participa sans réserve. L'étendue du travail effectué, l'abondance des modifications devinrent un secret partagé qui créa entre le Maître et lui un lien très fort. Ainsi se produisit une de ces affaires moins rares qu'on ne le croit dans le monde de la science, des lettres et de l'intellect.

Le Professeur voyait encore plus loin que le Maître. Il imaginait une opération médiatique de grande envergure. Il espérait atteindre à la reconnaissance qui lui avait toujours manqué. Il s'agirait, en quelque sorte, de se découvrir un ancêtre noble injustement maintenu dans l'ombre par des usurpateurs qui feraient ensuite figure de nouveaux riches. Le fils des domestiques croyait tenir sa revanche sur la vie.

Si le Maître se sentait à l'aise, le Professeur avait encore quelques craintes. Ne restait-il pas en France des traces du passé de l'Ancêtre ? Quelqu'un qui serait susceptible de révéler un jour les tenants et aboutissants de l'affaire ?

« La concierge ! s'écria le Professeur. Qu'avez-vous laissé à la concierge ? »

« Mais rien, mon ami, répondit le Maître. Quelques hardes, des caleçons longs dix fois reprisés de la main de cette brave femme, des chemises élimées, deux paires de brodequins très ressemelées, deux casseroles, une boîte de café, une autre en fer-blanc contenant du sucre... Tenez, dit-il ouvrant une armoire. Tout ce qui présentait le moindre intérêt, je l'ai rapporté. Un jour, dans un coin de la bibliothèque, nous pourrions commander une vitrine, faire un petit musée... »

Le Professeur, pèlerin devant des reliques, toucha la redingote verdie aux coudes, le gilet de drap à l'encolure duquel s'étalait une tache de jaune d'œuf (« je n'ai pas voulu faire nettoyer, par respect », précisa le Maître), une cafetière de fer-blanc, l'une des casseroles (« l'autre avait un trou »), une tasse avec soucoupe et un couvert aux armes de la brasserie Dupont ; sans compter une lavallière de soie noire et un chapeau de feutre de même couleur que le Maître n'avait jamais vu porter à l'Ancêtre, ce qui le conduisait à se demander si ce dernier n'aurait pas, dans sa jeunesse, mené un temps l'existence d'un rapin.

« Vous voyez bien qu'il y a un mystère ! s'écria le Professeur. Peut-être des tableaux existent-ils quelque part, peut-être avait-il un talent là aussi... »

Le Professeur décida, dès le débroussaillage terminé, de rentrer en France pour rédiger la biographie officielle de l'Ancêtre.

A son retour, bien des choses avaient changé. La duchesse était morte et son fils s'était définitivement installé aux États-Unis, où il connaissait des revers de fortune. L'empire financier de son beau-père s'était effondré. Hollywood aussi était en difficulté à cause de la vogue de la télévision. On abandonnait les films historiques situés au Grand Siècle ou sous Charles Quint au profit des péplums. Le duc n'avait donc pas hésité à mettre en vente l'hôtel particulier que son ancêtre avait fait construire sous Haussmann. Le Professeur sentit une nostalgie pour cet endroit tant haï. Passant devant, il vit qu'on en faisait un immeuble de bureaux et ne put se défendre d'un mouvement de colère. Lorsqu'il rendit visite à ses parents dans leur ferme, ils lui donnèrent deux caisses de livres que la duchesse lui avait légués en spécifiant qu'elle lui pardonnait son abandon dont elle pouvait deviner la cause. Il y avait là les œuvres complètes de Jules Verne dans l'édition Hetzel et aussi, en beaux volumes reliés de cuir fauve, *La Chute de l'Empire romain* de Gibbon, ouvrages qui avaient enchanté la jeunesse studieuse du Professeur et qu'il avait passé maints jeudis d'hiver à dévorer, assis dans une bergère près d'une fenêtre de la bibliothèque.

Le Professeur retourna à Paris embarrassé de ce legs. Revenu à l'hôtel de la rue Cujas où il avait retenu la chambre autrefois occupée par Luz et qui n'avait pas changé — les rideaux de cretonne rouge s'étaient seulement fanés —, il sortit les livres de leurs caisses et les posa devant Aline qui, ignorant qu'elle occupait un lit historique, s'était demandé pourquoi ils n'allaient pas dans un endroit un peu plus sélect. Lorsqu'elle vit les volumes, elle s'écria que ça devait valoir cher. Le Professeur d'un bond se leva, les empaqueta, sortit, sauta dans un autobus qui le déposa quai des Grands-Augustins. Un bouquiniste les lui prit pour presque rien. Huit jours après, pris de remords, il retourna chez le même homme dans l'intention de les racheter. Ils n'y étaient plus. Dix ans plus tard, les Jules Verne de chez Hetzel vaudraient une petite fortune et il traînerait deux remords : celui de n'avoir su pardonner à sa protectrice comme elle-même l'avait fait, et celui d'avoir fait de mauvaises affaires. La duchesse s'était arrangée pour lui donner une dernière fois, depuis la tombe, le sentiment d'être un pas-grand-chose.

Il consacra le reste de son séjour à enquêter sur le passé de l'Ancêtre. La chose s'avéra difficile, mais pas impossible. Il parvint à retrouver la concierge qui se mourait dans une solitude affreuse à l'hospice de Nanterre. Son regard s'alluma lorsque le Professeur sortit la boîte de pâtes de fruits qu'il lui avait apportée. Quand il lui montra la photographie représentant l'Ancêtre souriant à côté d'une femme désignée au dos comme Pélagie, elle se souvint qu'il s'agissait d'une demoiselle Latancier, actrice de vaudeville. Celle-ci était venue un jour voir l'Ancêtre, avait bavardé avec elle et lui avait confié être originaire du Mans. Quant à la cousine chez qui l'Ancêtre avait passé ses vacances, elle était morte.

Le Professeur prit le train pour le Mans. Le nom de Pélagie Latancier ne figurait pas dans l'annuaire téléphonique mais, en allant de la mairie au commissariat en passant par deux boucheries, trois boulangeries et un fruitier, il se fit indiquer une maison grise donnant sur un square planté d'arbres. Il s'agissait d'un couvent que les sœurs, désormais peu nombreuses, peuplaient en s'occupant de quelques vieillards. Mlle Latancier était de ceux-là. La sœur tourière avoua qu'elle leur causait du souci. C'était un tintouin que cette personne qui n'avait plus tout son sens. Derrière une porte le Professeur trouva, dans une chaise longue, une créature chauve et si émaciée qu'elle semblait transparente. D'une voix curieusement sonore dans un corps si frêle, elle chantait, d'une voix cassée et enfantine : « Poussons, poussons l'escarpolette. » Le Professeur sortit une autre boîte de pâtes de fruits, dont la créature s'empara avidement.

Oui, dit-elle dans un moment de lucidité, après un long babil insensé, elle se souvenait de l'Ancêtre. Il avait été l'homme de sa vie. Les autres n'avaient pas compté, rien que pour l'argent. L'Ancêtre par contre c'était gratuit, et d'ailleurs il fallait bien, car il n'était pas ouvrant du porte-monnaie. Elle n'avait eu de lui qu'un bouquet de violettes, au début, et puis ensuite un des tableaux, représentant une guinguette des bords de Marne. A vrai dire on n'y voyait pas grand-chose, car il avait la manière impressionniste. Elle avait tenté de le vendre lors de sa misère, alors qu'il l'avait lâchement abandonnée, après qu'elle l'eut tant aimé. Personne n'avait voulu l'acheter. Finalement elle l'avait amené avec elle en venant ici, ainsi que quelques autres souvenirs. Mais les sœurs, qui étaient de vrais chameaux, avaient tout fichu en l'air.

Quand l'Ancêtre avait compris qu'il ne réussirait pas dans la peinture, il était entré dans une banque. A ce moment-là il gagnait un peu d'argent, ils auraient pu se mettre ensemble. Cet homme-là avait toujours eu un caractère rude. L'échec de sa vie d'artiste n'avait rien arrangé. Il était persuadé qu'il réussirait un jour, qu'il deviendrait célèbre. Il s'était drôlement mis le doigt dans l'œil ! dit la vieille qui éclata d'un rire nasillard. Il croyait qu'il avait un destin, et il était mort tout seul, dans la misère... La dernière fois qu'elle l'avait vu, c'était lorsqu'elle était allée lui demander de l'aide, parce qu'elle traversait une mauvaise passe, Il lui avait raconté qu'on lui avait supprimé son séminaire. Il ne lui avait rien donné, il lui avait dit qu'il n'avait plus besoin de femme. Elle était repartie. Ça lui avait flanqué un vieux coup. Elle était retournée dans sa famille, au Mans, où il lui restait sa sœur aînée, veuve, qui s'occupait de leur mère très âgée. Au moins elle avait ses souvenirs. Maintenant, sa mère était morte, sa sœur aussi. Souvent elle se demandait ce que devenait son génie raté, à Paris. Il l'avait trop mal reçue la dernière fois, et elle avait sa fierté. « Adieu l'amour, les flots sont roses », chanta-t-elle soudain d'une voix de verre qui se casse.

Restauration

Je réfléchissais. Il ne fallait pas vieillir comme
Pélagie Latancier. Les hommes vivaient pour eux, je
vivrais pour moi. Je prendrais le plaisir qu'ils me
donneraient et j'apprendrais à refuser la douleur. Pour
le bonheur je devrais compter sur moi-même. Mais
Coralie continuait à raconter. « Le Professeur » était
devenu son feuilleton favori.

*

Revenu à Paris, le Professeur passa de longues
heures à se morfondre dans la chambre de la rue Cujas,
le nez dans le couvre-lit blanc qui lui paraissait avoir
gardé, par quelque impossible magie, l'odeur de Luz,
de ses cheveux riches comme la terre. Aline courait les
grands magasins, décidée à retourner aux États-Unis
d'une élégance à rendre jalouses les épouses des collègues de son mari. Le Professeur, lui, était déçu. Il était
allé à la banque où l'Ancêtre avait travaillé. On lui
avait indiqué le nom d'un employé aujourd'hui en
retraite placé au guichet à la même période. Il avait
réussi à le retrouver mais l'autre n'avait que des
souvenirs imprécis. Il avait aussi rencontré quelques-

uns de ceux qui avaient suivi les séminaires, mais partout c'était la même chose. L'Ancêtre n'était pas liant. Enfin, il rendit une dernière visite à l'un de ses anciens étudiants, qui enseignait maintenant le français au lycée Voltaire, et rentrait de vacances à Plougastel.

« Il venait parfois à la Boule d'Or, dit l'autre, assis dans une bergère au velours pourpre un peu élimé, dans un petit appartement du faubourg Saint-Antoine. J'y allais presque tous les soirs passer une heure avec les copains. On buvait de la bière, on fumait la pipe, on refaisait le monde. On se prenait très au sérieux. Il venait surtout l'hiver, il commandait un vin chaud. Il avait un geste bizarre : il se frottait les mains, puis il croisait les bras et se tenait aux épaules, comme s'il avait froid. J'aurais bien aimé aller lui parler, mais je n'osais pas. Il était toujours seul, les yeux dans le vague, pris dans ses pensées. Je me disais : c'est un timide, peut-être qu'il n'attend que ça, que j'ouvre la barrière... Peut-être aussi qu'il m'aurait envoyé me faire voir... J'avais peur de me faire jeter devant les copains, je n'ai jamais bougé. On est bête à cet âge-là, mais enfin, c'était bien de sa faute aussi... Vous voulez encore un peu de cidre ? Il est bon, je l'ai ramené de Bretagne... Ah si, un jour, il y a eu un grand événement : il a reçu une visite. Et pas n'importe laquelle ! C'était Sartre ! »

Le Professeur avala son cidre de travers. L'autre, cordial, lui flanqua une grande tape dans le dos.

« Ça vous en bouche un coin, ce que je vous raconte ! Nous aussi, ça nous en a bouché un coin ! Sartre venait de devenir célèbre. On commençait à parler d'existentialisme et ça n'avait pas bonne presse. Ça faisait peur aux familles. Nous, on était babas. Il avait le culot de dire merde aux bourgeois, tout ce qu'on n'osait pas faire. Et pourtant on en avait très envie, de leur dire merde, parce qu'on ne serait jamais vraiment des bourgeois, nous, on ne serait que des profs. Enfin maintenant, je suis bien content de mon sort, mais à l'époque ça me tourmentait.

« Bref, le Sartre est arrivé. On l'a reconnu tout de suite, on ne pouvait pas se tromper. Il n'y en avait pas deux comme lui, tout petit, négligé exprès, les lunettes, la loucherie, l'air d'un crapaud culotté, les gestes vifs comme un écureuil, bref intéressant. Il s'est approché de la table de l'Ancêtre et il lui a dit bonjour. Ils avaient l'air de se rencontrer pour la première fois, en tout cas de mal se connaître. Il a commandé une bière et ils ont tout de suite commencé à discuter. A un moment l'Ancêtre s'est énervé, on a cru qu'il allait se mettre en colère. Mais il s'est calmé. J'aurais donné cher pour entendre de quoi ils parlaient. Rien à faire. Il y avait un boucan dans le café à cette heure-là, toutes les tables prises...

« Au bout d'une heure environ, une fille est entrée. Une grande blonde aux yeux bleus, fine, beaucoup d'allure, habillée très libre, vous voyez, le genre émancipé de l'époque. Elle a embrassé Sartre en riant, serré la main du vieux, elle n'avait pas l'air de le connaître non plus. Elle a crié : " Alors tu viens ? " Elle avait une voix de théâtre. C'était une fille qui savait se faire remarquer. Sartre, il avait l'air aux petits soins pour elle. Il s'est levé, ils sont sortis, la fille riait toujours. Ils ont remonté le boulevard. Elle tenait sa veste d'un doigt et la balançait sur son épaule. Le vieux est resté seul, a commandé un deuxième vin chaud. C'est la seule fois que je l'ai vu faire ça. Il était un peu rouge, il avait des gestes inhabituels, tapait de la main sur la table. Il est ressorti à sept heures et il a pris le quai des Grands-Augustins, comme d'habitude. Voilà. C'est la seule fois que je l'ai vu parler avec quelqu'un, dans ce café ou ailleurs... »

Le Professeur se contenait difficilement.

« Vous ne savez vraiment rien d'autre ? »

« Non... C'est quand même curieux, avouez, ce genre d'histoire. Ça fait des souvenirs... »

Le Professeur décida de demander un rendez-vous à Jean-Paul Sartre. Il téléphona aux éditions Gallimard où on lui répondit qu'il pouvait écrire, on transmettrait. Il écrivit, puis il attendit. Sartre ne répondit pas. Le Professeur voyait se rapprocher la fin de son séjour à Paris. Heureusement, il tomba sur un article de journal qui montrait Sartre attablé à la Rotonde en compagnie de Simone de Beauvoir et d'une blonde épanouie qui pouvait bien être la fille dont le prof de Voltaire lui avait parlé. Ce Sartre semblait passer une partie de sa vie dans les cafés de Montparnasse. Le Professeur entreprit de faire de même, dans l'espoir de le rencontrer. Cela ravit Aline qui se plaignait qu'il ne la sortait pas, et que l'observation de la faune artistique, intellectuelle, estudiantine ou tout bonnement touristique passionnait.

Le Professeur lui mit la photo de Sartre sous le nez et lui enjoignit de lui signaler toute apparition de cet individu douteux. Pour augmenter ses chances il imagina de s'asseoir à une table de la Rotonde pendant qu'Aline s'installait au Dôme en face. Mais elle ne resta au Dôme qu'un quart d'heure, rappliquant ensuite les larmes aux yeux. Le Professeur qui envisageait avec appréhension une scène publique l'autorisa à faire le guet à côté de lui pendant qu'il se plongeait dans un journal. Au début de septembre, alors que trois jours plus tard ils devaient embarquer pour l'Amérique, Aline poussa un cri : « C'est lui, je le reconnais ! » « Tais-toi, idiote ! » souffla le Professeur. Aline, habituée à ces amabilités, la boucla.

Sartre alla s'asseoir à la Coupole. Il était accompagné de trois jeunes femmes. En la grande brune le Professeur reconnut Beauvoir. Il y avait aussi la blonde de la photo et une autre brune, plus jeune, petite et gironde. Le Professeur s'avança, s'excusa de déranger, et dit à Sartre qu'il lui avait écrit trois fois dans l'espoir d'obtenir un entretien, mais en vain. Sartre répondit qu'il venait de rentrer à Paris, après un séjour à l'étranger, et lui demanda le motif du rendez-vous. Le Professeur dit que ce serait long à expliquer. Sartre répliqua que malheureusement, il manquait de temps. Simone de Beauvoir considérait le Professeur d'un air grave. Il se sentit extrêmement contingent. La belle blonde sortit un bâton de rouge, une glace de poche et se fit une bouche sanglante. La petite brune, elle, avait l'air narquois. Pour compléter sa déroute, le Professeur vit Aline qui s'approchait, souriante. Elle alla droit à Sartre et lui dit :

« Monsieur Sartre, je vous admire tellement, votre œuvre a changé ma vie. »

« Quel culot, elle n'a lu que vingt pages de *La Nausée*, elle m'a dit que ça n'était pas son genre », se dit le Professeur.

« Expliquez-moi ça », dit Sartre en faisant signe à Aline de s'asseoir à côté de lui sur la banquette.

Il ne restait plus de place pour le Professeur. Il alla prendre une chaise à une table voisine et s'assit en coin entre la petite brune et la belle blonde dont il pouvait, de cet angle, admirer le décolleté.

Aline flirtait avec Sartre. Le Professeur ne parvenait pas à placer un mot. Sartre ne semblait pas s'apercevoir de son existence. Aline s'occupa de tout. Elle dit à

Sartre qu'elle avait un vieil ami, aujourd'hui décédé, qui parlait avec émotion de ses rendez-vous avec le jeune Sartre, à la Boule d'Or. C'était l'Ancêtre. Sartre ne se souvenait de rien. Il n'avait jamais eu rendez-vous avec un vieil homme à la Boule d'Or. Que faisait-il, à propos, cet ancien ami ? Philosophe ? Ah bon, quel genre ? Un séminaire au collège des Hauts Savoirs ? A la réflexion, Sartre se souvenait vaguement d'en avoir entendu parler. Mais il ne l'avait jamais rencontré.

« C'est dommage, dit Aline. Certaines de ses idées préfigurent les vôtres. Si vous en aviez eu connaissance, ça vous aurait sûrement intéressé. »

« Oui, dit Sartre, il y a tant de choses passionnantes dans la vie, qu'on devrait connaître, ou qu'on voudrait, et puis on ne peut pas toujours. Ça me fait regret mais c'est comme ça. »

Le Professeur observait la blonde, qu'il soupçonnait d'être celle du rendez-vous de la place Saint-Michel. Elle semblait se désintéresser de la conversation. L'œil baladeur, elle parcourait les vastes espaces de la Coupole, qui se peuplaient, le soir avançant, d'une foule de gens curieux. Comme elle, ils semblaient chercher l'âme sœur, ou plus simplement l'affaire d'un soir. De toute façon, se dit le Professeur, cette fille semblait si narcissique qu'elle n'avait sans doute même pas vu l'Ancêtre, situé hors du champ de ses préoccupations.

Sartre regarda sa montre et se leva, accompagné des trois femmes. Il dit à Aline rosissante de plaisir qu'il était ravi de l'avoir rencontrée. Si elle souhaitait le revoir, elle pourrait le retrouver au même endroit. Lorsque le Professeur et sa femme sortirent à leur tour de la brasserie dix minutes plus tard, ils virent les quatre attablés à la Rotonde. Le Professeur supposa qu'ils avaient changé de crémerie pour se débar-rasser de lui.

L'enquête tournait court. Qui mentait, Sartre ou le type de la rue Saint-Antoine ? Le Professeur se dit qu'il ne connaîtrait jamais la vérité sur cette affaire. L'Ancê-tre était bel et bien parvenu à emporter le secret de sa vie dans la tombe.

Le Professeur retourna dans l'Oregon et s'y ennuya. Il se savait désormais condamné à vie à l'étude de l'œuvre de l'Ancêtre. La gloire lui échapperait tou-jours. L'attrait de la nouveauté avait disparu avec l'échec de sa quête factuelle. Pour échapper à la monotonie du travail, il choisit la fuite en avant. Il s'y précipita comme on se noie. L'hiver était rude dans ce pays, les tentations rares. Il accumula des pages de thèse. Il publia également dans des revues spécialisées. Au bout de quatre ans, il eut connaissance d'un poste d'assistant en philosophie dans la ville de Cythère-sur-Largeau. Il ne connaissait pas cette région mais c'était à deux heures de Paris. L'Amérique était à la mode et le curriculum du Professeur impressionna. Il fut élu. C'est ainsi qu'un jour, assise dans un amphithéâtre de l'université de cette ville lors de ma première semaine d'études supérieures, je le vis entrer, monter en chaire et commencer à parler.

Fin d'un monde

Longtemps après, le Professeur me fournirait lui-même quelques-uns de ces détails que je feindrais d'apprendre avec intérêt. Il avait fait de sa propre vie ce qu'il avait voulu faire pour l'Ancêtre : une biographie revue et corrigée. Son histoire, telle qu'il la racontait, était comme un gruyère : pleine de trous. Les autoportraits, à des âges différents, dont il aimait à illustrer son curriculum, étaient aussi posés, aussi retouchés qu'une photographie du studio Harcourt. Cette fausseté, tournée vers l'effet d'illusion élégante, était bien sûr un facteur de charme. Mais les zones d'ombre étaient trop nombreuses. Impossible de lui poser des questions : il ne répondrait pas, ça le mettrait en colère. D'ailleurs, il me fut longtemps très difficile d'interroger les gens sur leur vie personnelle. J'avais scrupule à infliger aux autres cette violation d'intimité. Je prendrais ma revanche plus tard, en faisant métier de la biographie, par un de ces renversements symétriques de la vie qui font que les timides deviennent acteurs, et les sensuels prêtres. En fait, j'avais dès cette époque une grande curiosité pour la vie d'autrui. Mais je préférais attendre que les confidences viennent d'elles-mêmes. Lorsqu'on aime écou-

332

ter, les gens s'en aperçoivent. Ils parlent sans qu'on leur demande rien.

Il viendrait un jour où le Professeur, comme tous ceux qui m'entouraient, me parlerait. Il se décrirait comme le héros d'un film. Je ferais semblant de me contenter de cette illusion. Je connaissais son prix, sa fragilité.

*

Je fus soulagée lorsque je reçus les premiers formulaires du Centre d'enseignement par correspondance, avec les noms des professeurs inconnus et lointains qui me corrigeraient, et dont je ne verrais pas le visage, n'entendrais pas la voix.

J'aurais pu assister, en auditrice libre, au cours d'agrégation du Professeur qui avait lieu le mercredi, jour où le lycée faisait relâche. Il n'en était pas question. La première semaine, je restai chez moi le nez dans mes livres. Par deux fois je ne pus m'empêcher de regarder ma montre et de me dire : « Il entre dans la salle, il pose sa serviette sur le bureau, sort ses notes, commence à parler. » Puis : « Il a fini, il jette sur son auditoire un regard circulaire, il a un bref sourire ironique, dit au revoir, prend sa serviette, son pardessus, il s'en va. » J'éprouvai un pincement de regret mais du soulagement aussi. J'en avais assez de cet esclavage affectif. Je prouverais que j'étais la plus forte. J'oublierais le Professeur.

Le Professeur, lui, ne m'oublia pas. Le vendredi, Conrad revint de l'université l'air mécontent. Il avait rencontré le Professeur dans un couloir. Il avait souhaité lui parler d'une idée qu'il avait eue, et qui lui paraissait astucieuse. Le Professeur n'avait même pas écouté. Il l'avait saisi par le revers de sa veste et lui avait dit :

« Et votre femme ? Qu'est-ce qui lui prend, à votre femme ? Pourquoi n'est-elle pas venue à mon cours ? »

« Elle s'est inscrite au Centre d'enseignement par correspondance », avait répondu Conrad à la fois gêné et stupéfait.

« C'est ce qu'on va voir », avait rétorqué le Professeur. Il avait lâché le veston de Conrad et avait filé à grandes enjambées.

« Je me demande ce qui lui prend, dit Conrad. Il est bizarre ces temps-ci. Il doit y avoir quelque chose qui le travaille. »

« L'andropause. »

« Pourquoi dis-tu ça ? Ça n'a pas de sens, il a quarante ans... »

« Justement. La quarantaine, c'est une date. On passe d'un moment à un autre de la vie. On se rend compte qu'on n'a plus l'éternité devant soi. Chez l'homme, la libido diminue. »

« Tu m'énerves à citer tout le temps tes bouquins. Qu'est-ce que c'est encore que celui-là ? »

« Un livre américain sur les moments charnières de la vie. Pas inintéressant, mais pensée limitée. »

« Mon Dieu, soupira Conrad, je vais en entendre parler toute la semaine. »

« La vérité, c'est que je t'emmerde. Ce n'est pas que tu n'as plus envie de m'entendre parler des livres que j'ai lus, c'est que tu n'as plus envie de m'entendre parler, tout simplement. »

« Moi aussi, je t'emmerde de plus en plus, reconnut Conrad, lucide. Qu'est-ce qu'on va faire ? »

« Je ne sais pas », mentis-je. Je n'osais pas dire : « Divorcer. »

Le lundi, je reçus une lettre du Professeur. Ou plutôt,

un mot. Sur papier à en-tête de l'université, il m'enjoignait de passer à son bureau. Je mis la lettre à la poubelle. Une demi-heure plus tard, je la récupérai dans les épluchures, l'essuyai, la défroissai et l'enfouis au fond du carton à souvenirs que j'entreposais dans le grenier.

Le lundi suivant, Conrad rentra guilleret.

« Villemant vient la semaine prochaine », annonça-t-il.

« Qui ça, Villemant ? »

« Eh bien, tu sais... *Le* Villemant... Le phénoménologue... C'est un ami du Professeur. Il l'a invité. Il vient par amitié pour lui, parce que d'habitude, au point où il en est, il ne se déplace plus en province. »

« C'est gentil de sa part de faire une exception pour nous », ironisai-je.

« On ira, évidemment ! »

« *Tu* iras, rectifiai-je. Les travaux de Villemant ne sont pas à mon programme. »

« Tu ne peux pas faire autrement que de venir. Puisque nous devons ramener les Villemant ici après. »

« Comment ? demandai-je. Qu'est-ce qu'ils viendraient faire ici, les Villemant ? »

« Eh bien, mais... dîner... Et peut-être aussi passer la nuit... On ne va pas leur imposer de retourner en ville aussi tard, puisqu'on a une chambre d'amis... »

« Non mais tu rêves ! Tu as vu dans quel état elle est, la chambre d'amis ? Tout ce qu'il y a comme rideaux, c'est des toiles d'araignées ! Si Villemant se trouve déjà trop bon pour la province, ici c'est même plus la province, c'est la cambrousse ! »

« Justement, il adore la campagne. Il viendrait en voiture et le samedi, il visiterait la région avec sa femme. Il a envie de voir le paysage en automne, avec les arbres et tout. »

« Pour les arbres, il sera ravi... Y a que ça dans le coin... A part les vaches et puis l'herbe, bien sûr, j'allais oublier... »

« Mais enfin, qu'est-ce que tu as... Je ne comprends pas pourquoi tu t'énerves... »

« Tu devrais pourtant comprendre... C'est pas difficile... J'ai un travail fou, je recommence à préparer l'agreg, j'ai mes premiers cours à faire, je suis malade de frousse, et tu me ramènes des snobs à dîner et à coucher dans cette baraque pourrie avec le chauffe-eau qui flanche et le four de la cuisinière qui ne se règle pas ! »

Conrad se renfrogna. Il n'aimait pas que je lui rappelle les inconvénients de notre mode de vie. Sourire dans l'adversité, c'était sa devise. Je commençais à en avoir soupé. La maison que nous louions pour une bouchée de pain s'avérait ruineuse dès qu'on tentait d'y introduire un minimum de confort. Elle n'avait pas été faite pour les chauffe-eau et les salles de bains. Tout tombait en panne. Conrad n'avait rien d'un bricoleur. Comme nous parvenions difficilement à parler de difficultés d'une autre nature, les histoires de plomberie étaient devenues un leitmotiv de disputes.

« Tu n'auras qu'à ne pas faire de trucs au four. Ils n'iront pas inspecter le chauffe-eau. Ils apprécieront le côté rustique. Tu ne peux pas me faire d'histoires. Depuis le temps que je voulais inviter le Professeur à dîner pour le remercier de tout ce qu'il a fait pour nous... C'est l'occasion ou jamais... »

« Je ne vois pas ce que le Professeur a fait pour moi ! »

« Non, tu ne vois pas. Tu ne vois jamais que ce qui t'arrange. Tu n'as aucune reconnaissance. Tu ne penses qu'à toi. Pourtant, s'il ne t'avait pas poussée, tu ne serais pas là où tu en es... »

Je montai dans la salle de bains, claquai la porte, fis couler de l'eau pour noyer la voix de Conrad qui continuait à vitupérer en bas. Le chauffe-eau ne s'alluma pas.

*

Le Professeur Oscar Villemant était un petit homme rond et chauve, au visage ciré comme un meuble. Une paire de lunettes cerclées d'acier, perchées sur la crête d'un nez aquilin, complétait l'effet de brillance de toute sa personne, prolongé par les reflets d'un costume de fil gris lustré par l'usage. Sa serviette luisait d'encaustique. L'artisan de ce lustre, métaphore de la pensée du célèbre phénoménologue, était Mme Villemant, aussi petite, scintillante et tirée à quatre épingles que son époux. Sous son manteau d'astrakan, Mme Villemant portait une robe de polyamide à ramages, agrémentée d'un clip de strass figurant un trèfle à quatre feuilles. La permanente impeccable, le talon Louis XV, l'œil vigilant, Mady Villemant couvait son mari comme une poule son œuf et ne cessait de l'embarrasser de la chaleur de ses plumes que pour désigner au monde son chef-d'œuvre avec des gloussements. Ce couple à la Dubout surprenait après la lecture des ouvrages, tellement à la mode chez les intellectuels de gauche, d'Oscar Villemant, ex-normalien, ex-camarade de promotion de Pompidou. Lorsque sa voix, flûtée et fluette, s'élevait, on était plus étonné encore. Il ne lui fallait que dix minutes pour se chauffer. Au bout de ce temps on oubliait tout, la coupe du costume, les lunettes, l'embonpoint et le look Thermolactyl de son épouse. Le filet de voix résonnait comme un orchestre. La syntaxe semblait pure poésie.

La démonstration impeccablement filée ne laissa

pas un instant place à l'ennui et s'acheva dans un orage d'applaudissements. Oscar Villemant s'épongea le front d'un mouchoir à carreaux et but d'un trait le verre d'eau posé devant lui. Puis il chercha du regard son épouse pour s'assurer de son approbation. Les petits yeux noirs de Mme Villemant brillaient de satisfaction. Son époux poussa un soupir de soulagement, se dit en lui-même : « Encore un coup de gagné », et descendit de chaire.

A l'issue de la conférence eut lieu un cocktail. Je me sentais pleine d'allégresse. La perspective du dîner qui suivait ne m'inquiétait plus. Plusieurs fois, pendant que Villemant parlait, le Professeur avait regardé dans ma direction. Lors de la réception, il fit de même. Je me demandai si quelque chose clochait dans ma tenue, ou bien s'il était inquiet à propos de mon aptitude à recevoir. Il me rendit, par ces regards, un objet perdu dont je ne compris qu'en le retrouvant combien il m'avait manqué.

Nous rentrâmes. La voiture du Professeur suivait la nôtre. Les Villemant étaient assis sur le siège arrière. Le champagne faisait son effet. Les yeux du Professeur détachés des miens, je n'avais plus envie de chanter mais je me sentais du courage. En arrivant, les Villemant s'exclamèrent devant la rusticité du cadre, tellement pittoresque. Ils nous envièrent d'habiter un tel endroit. Je m'abstins de parler de la température des chambres au mois de février.

Nous dînâmes. La conversation fut animée. Je n'y participai pas. J'étais occupée à servir et desservir. Enfin ce fut le moment du café. Je respirai. Une partie de l'épreuve était terminée. Je me laissai tomber sur un coin du vieux divan, laissant les autres continuer à discuter. Épuisée, je me demandai quand je pourrais aller me coucher. Aline, près de la cheminée, papotait avec Mme Villemant, Conrad avec Villemant. Le Professeur, jusque-là près d'eux et participant à leur conversation, vint s'asseoir à mon côté. Je me levai, prétextant un objet à chercher à la cuisine. Dans ma précipitation, je renversai un cendrier disposé sur une petite table, dans lequel le Professeur venait de poser son cigare. Je me baissai pour ramasser l'objet qui s'était brisé en deux. Le Professeur fit de même. Dans ce geste, nos têtes se cognèrent. Je reculai sidérée. J'étais à genoux par terre, lui aussi. J'attrapai une des moitiés brisées. Le Professeur prit l'autre, puis ôta de ma main celle que je tenais. Nos mains se touchèrent.

Je me levai, me dirigeai vers la cuisine. Le Professeur me suivit. Il me regardait, tenant toujours le cendrier brisé qu'il ne se décidait pas à laisser tomber dans la poubelle. J'avais les larmes aux yeux. Le Professeur me caressa brièvement l'épaule et quitta la pièce. Je tamponnai mes yeux avec un torchon qui se trouvait là et revins dans la salle de séjour. Je trouvai le Professeur à nouveau à genoux par terre. Son cigare était resté sur le tapis, allumé, et venait d'y faire un trou.

« Un malheur est arrivé ? » demanda Conrad, s'interrompant.

« Ne vous inquiétez pas, tout va très bien », répondit le Professeur. Nous regardâmes tous les deux le tapis troué. Je déplaçai la table afin de dissimuler cette béance.

Ce soir-là, le Professeur est vraiment entré dans ma vie. Il ne s'est rien passé, pourtant tout s'est joué. Je suis montée dans un véhicule bizarre qu'à défaut d'autre nom j'appellerai le trouble. J'ignorais où se trouvait le frein. Je n'avais pas embarqué seule. Le Professeur aussi était à bord. J'espérai qu'il savait conduire.

Révélations

Le lendemain de la conférence, Coralie me téléphona. D'une voix aimable, elle me demanda ce que je devenais. Depuis qu'elle avait fini la saga du Professeur, nous ne nous fréquentions plus.

« Il y avait tellement de monde à la conférence Villemant, on n'a pas eu le temps de se parler. Quand est-ce qu'on se voit ? »

Elle me donna rendez-vous à La belle Charlotte.

J'arrivai cinq minutes en retard. Le visage de Coralie s'éclaira lorsqu'elle me vit. Nous commandâmes deux thés et deux parts de gâteau au chocolat. Je commençai à me détendre dans l'atmosphère feutrée de cet endroit cossu.

« Villemant a été génial », dis-je à Coralie.

« Il y en a un qui n'a pas dû entendre grand-chose », rétorqua-t-elle.

« Ah bon ? » répondis-je insouciante. La première bouchée de chocolat fondait sur ma langue.

« Le Professeur, voyons, dit Coralie. Comme si tu ne le savais pas, ma chérie », ajouta-t-elle en me tapotant affectueusement la main.

« Savoir quoi ? » m'écriai-je la bouche pleine.

« Eh bien, que le Professeur est fou de toi... »

« C'est toi qui es folle ! dis-je sincère. Qu'est-ce que le Professeur a à faire de moi ! »

« Ce n'est pas à moi qu'il faut le demander mais à toi-même, déclara Coralie d'un ton vertueux. Si tu n'es pas au courant, tu serais bien la seule. Tout le monde en parle. »

« Parle de quoi ? »

« De toi et du professeur. Cet homme a la tête tournée. Tu ferais mieux d'y réfléchir parce que ça risque de poser des problèmes, s'il ne se contrôle plus. »

« Il se contrôle très bien. D'ailleurs, c'est ragot et compagnie. Il faut vraiment que les gens n'aient rien à faire pour inventer la vie des autres au lieu de vivre la leur. »

« C'est pas des histoires. Il n'a pas arrêté de te regarder pendant toute la conférence. D'ailleurs, déjà dans ses cours c'était pareil. Aline est très inquiète. »

« Comment ça, inquiète ? »

« Inquiète à cause d'une ex-étudiante à lui qui le tourneboule tellement qu'il parle d'elle sans arrêt. Il n'arrive plus à travailler. Aline l'entend tourner en rond pendant des heures dans son bureau. Après il sort, il va acheter des cigares, il rentre. Il retourne en rond. Il va acheter *Le Monde*. Il l'ouvre, il ne le lit pas. Il va se faire du café, il ne le boit pas. Il retourne dans son bureau. Il ressort. Il allume la radio. Il l'arrête. Il dit qu'il a faim, il ne mange pas. C'est comme ça toute la journée. »

« Aline te parle de moi ? »

« Pas de toi, non. Enfin, si. Elle n'a jamais voulu dire le nom, mais vendredi soir j'ai tout compris. Lardier m'avait déjà dit qu'il te lorgnait pendant les cours. »

« Lardier, maintenant ? »

« Lardier est jaloux. Il préfère penser que ce n'est pas

341

la qualité de ton travail mais la couleur de tes yeux qui plaît au Professeur. »

« Tu vois bien que c'est des histoires ! »

« Non, c'est pas des histoires. La couleur de tes yeux, à un type comme le Professeur, ça ne suffirait pas. Cet homme-là, il s'emmerde. Aline s'en rend compte. Elle regrette d'avoir laissé tomber son travail pour se consacrer à lui. Elle croyait qu'elle le tiendrait comme ça, mais elle s'est trompée. Elle est bien trop disponible. Il en a marre de la voir tout le temps. Ce genre de type, ça a besoin d'une femme qui lui échappe. Tu es inaccessible. Enfin, c'est ce qu'il croit. Ça l'excite. Son côté Pygmalion y trouve son compte, aussi. Une petite chose innocente à former, comme c'est émouvant ! Comme on se sent viril ! Et puis, il est arrivé à un point où il n'a plus à se donner de mal. Il a tout ici, son poste, ses étudiants qui l'adorent. Il aurait dû faire une carrière plus brillante, partir à Paris. Il n'ose pas aller au bout de lui-même. Pourtant, c'est le genre à ne pas pouvoir vivre sans se bagarrer pour quelque chose. Alors il se bagarre pour toi. Dans sa tête. Pour l'instant. »

Ma tête, à moi, tournait. Je détruisais méthodiquement, à la cuiller, le gâteau réduit à l'état de chantier boueux, sans parvenir à avaler une bouchée. Je regardais Coralie à la dérobée, me demandant si elle n'avait pas tout inventé. Son air de jubilation vacharde, de commère en puissance de secrets d'État la disait sincère.

Coralie n'avait pas prémédité de sale coup. Il n'y avait pas de complot à la base de cette affaire. Simplement, elle était par essence chipie. Lorsqu'elle aimait, même bien, mieux valait prendre garde à soi. Elle adorait démolir l'objet de ses affections. Et puis, c'était la faute d'Aline avec son exhibitionnisme conjugal, ses histoires obscènes de casseroles, de recettes de cuisine, de lingerie affriolante qu'elle parlait d'acheter pour mettre du piment dans le quotidien. Aline étalait son certificat de mariage comme d'autres leurs décorations. Elle avait fait un « beau mariage ». Igor, le mari de Coralie, venait de perdre son travail. Coralie souriait, dissimulait son agacement. Elle pensait, derrière son sourire : « Cause toujours, tu ne perds rien pour attendre. »

Ces révélations, loin de me combler d'aise, m'affolèrent. Les nouvelles allaient vite à Cythère-sur-Largeau. Bientôt une bonne âme se chargerait d'apprendre à Conrad que le Professeur était amoureux de sa femme. Il valait mieux que ce fût moi. Conrad était à sa manière amoureux du Professeur. Il ne désirait pas, comme moi, être avec le Professeur. Il aurait voulu être lui, occuper sa place. La force de ce sentiment était d'autant plus grande qu'il s'arrangeait pour l'ignorer. J'en voyais, avec inquiétude, les signes. Il suffisait que le Professeur dise du bien d'un livre pour que Conrad l'achète, d'un plat pour qu'il me demande de le confectionner. Pis encore, quand le Professeur avait mis sa voiture en vente, Conrad avait proposé que nous l'achetions. Il n'avait renoncé à cette idée que lorsque j'avais affirmé détester ce modèle.

Si Conrad s'aveuglait sur la nature et la force de ce sentiment, le Professeur en était conscient et en jouissait. Il recherchait la compagnie de Conrad pour cette raison. Conrad faisait désormais partie de sa cour, avec Lardier, Coralie et quelques autres. Il se croyait dans une catégorie à part, s'imaginait que son rang universitaire faisait de lui, non certes l'égal du Professeur, mais presque. Il se trompait. Le Professeur ne faisait pas de catégories. Il mettait tous ces gens-là dans le même sac : celui des cireurs d'âmes.

Parallèlement, Conrad entretenait une espèce d'amitié avec Lardier, qui enseignait cette année-là au lycée d'une petite ville des environs. Lardier accueillait volontiers la compagnie de Conrad car celui-ci avait un poste à l'université, ce que lui-même convoitait. Cette relation pourrait le cas échéant lui être utile. L'un comme l'autre ne voyaient pas le Professeur aussi souvent qu'ils l'eussent voulu. Lors de leurs rencontres à une table du Relax Bar, située à l'écart afin de marquer les distances avec les étudiants dont ils ne faisaient plus partie, ils jouaient au poker pour quelques francs. Lardier avait d'ailleurs souhaité acquérir la voiture du Professeur mais avait dû y renoncer car c'était un peu trop cher pour lui. L'autre n'était pas allé jusqu'à lui concéder un rabais. Conrad et Lardier échangeaient lors de leurs rencontres les maigres informations de la semaine. Ils se disaient quand ils avaient vu le Professeur, combien de temps, où, ce qu'il leur avait dit et ce qu'ils avaient eu l'audace et l'astuce de lui répondre. Ils enjolivaient leurs propos a posteriori, dans le but de s'impressionner mutuellement.

Le lendemain de la rencontre avec Coralie dans le salon de thé, je dis à Conrad :

« Lardier raconte partout que le Professeur est amoureux de moi. »

« Je ne comprends pas de quoi tu parles. »

Cet aveuglement acheva de me mettre à bout de nerfs.

« Je me demande pourquoi tu as invité à la maison un type qui me fait les yeux doux. Tu es tellement amoureux de ce type que tu me jetterais dans ses bras. On se croirait chez les Esquimaux. »

« Je ne vois pas ce que les Esquimaux viennent faire là-dedans. Tu dis n'importe quoi. Le Professeur ne te fait pas les yeux doux. »

« Si. Pour autant qu'il puisse, vu son air naturellement féroce. Ça fait des années que ça dure. Quand je trouve un truc pour ne plus le voir, tu le ramènes ici. »

Conrad sortit en claquant la porte. J'entendis démarrer la voiture. Je restai seule avec ma culpabilité. Je m'étais tue depuis si longtemps que j'aurais bien pu continuer. De toute façon, mon mariage était fichu. Je serais nommée au loin, je mènerais une nouvelle vie, je rencontrerais d'autres hommes. Conrad et le Professeur, enfin seuls, pourraient partir, la main dans la main, vers le soleil couchant.

Conrad revint trois heures plus tard. La maison était impeccable. J'avais apaisé une partie de mes remords à coups de chiffon. Assise près de la fenêtre, je regardais deux rouges-gorges qui se querellaient dans un arbre.

Conrad entra l'air satisfait, m'embrassa. Il sentait la bière. Depuis quelque temps, il buvait de plus en plus de bière.

« J'ai parlé à Lardier, à propos de tes yeux. Il dit que tu as mal compris. C'était juste une plaisanterie. D'après lui, le Professeur ne s'intéresse pas du tout à toi dans ce sens-là. C'est des idées que tu te fais. Il m'a dit exactement : "Comment un homme comme le Professeur pourrait-il s'intéresser à une petite fille comme ta femme ?" Alors tu vois... »

« Il a dit ça, Lardier ? C'est un type intelligent, perspicace. Il a un sens poussé de la psychologie. De plus, un ami sincère. Un ami à toi, et puis aussi, un ami du Professeur. Un garçon équilibré qui sait ménager la chèvre et le chou. »

Je débitai ces phrases d'un ton glacial. Conrad fit semblant de ne rien remarquer.

« Tout à fait, répondit-il d'un ton gai. Tu as raison. »

Il sortit en sifflotant. Avant de monter l'escalier, il

me jeta un dernier regard. Je lui trouvai l'air jaloux. Jaloux de moi.

*

Dix ans plus tard, derrière les vitres du train, le paysage défile toujours. J'ai l'impression que nous roulons depuis une journée entière. Je ressens une lourde fatigue, des courbatures. J'ai la gorge sèche comme si j'avais beaucoup parlé. Il me semble que les gens qui m'entourent, cette femme en face de moi qui tricote, et cet homme, de l'autre côté de l'allée, qui compulse des paperasses tirées d'un attaché-case, sont eux aussi tournés vers un spectacle de la mémoire, le même théâtre intérieur, comme dans un voyage aérien au long cours, lorsqu'on projette un film. Voilà des années que je n'avais pas repensé au Professeur. Comment avais-je pu ainsi oublier un homme qui avait occupé tant d'années de ma vie ?

En arrivant à Cythère-sur-Largeau, je téléphonerai au Professeur. Je veux entendre à nouveau sa voix, confronter le souvenir et la réalité, résoudre l'énigme du passé.

Téléphone

La nuit qui suivit la conférence, je rêvai que je me tenais sur le perron de l'université. Je portais une robe blanche et un bouquet de muguet, les mêmes que lors de mon mariage avec Conrad. Je souriais. Il faisait un temps radieux. J'attendais le Professeur.

Au réveil, j'eus le sentiment d'avoir commis une mauvaise action. Je descendis préparer le petit déjeuner des Villemant. J'entendis bouger dans la chambre d'amis. Mme Villemant s'ébrouait dans la salle de bains. En arrivant dans la cuisine, je constatai que, par miracle, le chauffe-eau marchait.

Un quart d'heure plus tard, à table, les Villemant me parurent les témoins d'un crime que j'aurais commis. Je souhaitai les voir sortir de ma vie au plus vite, à tout jamais. Ce qu'ils firent. Oscar Villemant mourut trois ans après, dans le Boeing qui l'amenait en Amérique, à Palo Alto où il devait donner une série de conférences. Sa femme, restée en France, disparut dans le crépuscule des veuves. Je penserais alors à eux avec émotion. Ils ne seraient plus les témoins d'une faute imaginaire, mais les compagnons éphémères d'un passé évanoui. Ils auraient les couleurs nostalgiques du souvenir.

Pendant deux jours, j'attendis je ne savais quel signe

du Professeur. Il n'y en eut aucun. Le troisième jour, je me traitai de folle et partis travailler.

Le lundi suivant, lorsque je rentrai, Conrad était encore à l'université. Je trouvai dans la boîte aux lettres un papier plié en quatre. Je l'ouvris. Je reconnus l'écriture du Professeur, ses jambages obliques, ses traits rageurs : « Je suis passé, vous n'étiez pas là. P. »

Je relus le message trois fois. Je montai dans la chambre. J'appuyai sur le bois du secrétaire, à un endroit précis. Le tiroir secret se libéra. J'y déposai le papier replié. Je poussai à nouveau, le ressort se resserra. Le meuble provenait de ma chambre de jeune fille. Conrad ne connaissait pas l'existence du tiroir. En sortant de la pièce, je vis mon visage dans le miroir au-dessus du lit. Il était très rouge.

Conrad rentra une heure plus tard.

« Quand est-ce qu'on mange ? » dit-il immédiatement.

J'avais préparé un gratin de chou-fleur. Il me sembla remarquer, dans les paroles de mon mari, des traces d'accent germanique, un accent de mangeur de chou.

Pendant le repas, je dis :

« Est-ce que tu as vu le Professeur ? »

« Oui, tout à l'heure. »

« Qu'est-ce qu'il t'a dit ? »

« Rien de spécial. Il a remercié pour l'autre soir. Il a dit qu'il n'avait pas passé une aussi bonne soirée depuis longtemps. C'est vraiment un homme poli. »

Je ne dis rien. Je ne dirais jamais plus rien. J'en avais dit bien assez. Conrad ne voulait rien savoir. Il avait une vocation de cocu. Si je couchais dans son lit avec le Professeur, il viendrait probablement nous border.

Cette idée me donna le vertige. Je ne parvenais pas à m'habituer au ridicule de la situation. Cet homme était encore mon mari. J'avais cru qu'il m'aimait. Je m'étais trompée. Il ne m'aimait pas, ou il ne m'aimait plus. Ce qu'il aimait, c'était son confort.

Je décidai de parler quand même. Plus tard, je n'aurais rien à me reprocher.

« Il est séduisant, le Professeur. Ça ne t'ennuierait pas que je lui tombe dans les bras ? »

Il répondit sans se retourner, le nez dans son journal :

« Le Professeur ne peut pas s'intéresser à toi. Tu te fais des idées de midinette. L'infirmière amoureuse du patron, tout ça, c'est absurde. Reviens sur terre. »

« Ce n'est pas absurde. Si je te disais... »

Je pensai à la lettre.

« Il n'y a rien à dire. »

Je montai dans la chambre, appuyai sur le ressort du tiroir secret. Je redescendis et posai le papier plié sur les genoux de Conrad.

« Ouvre. »

Conrad l'ouvrit.

« Et alors ? »

« Et alors, rien. Je ne vois pas où est le problème. »

« Tu te rends compte qu'il a laissé ce mot pour moi pendant ton absence ? »

« Pendant *notre* absence. Ton nom n'est nulle part là-dessus. C'est moi qu'il cherchait. C'est évident. »

« Mais tu l'as vu, cet après-midi ! Il ne t'a parlé de rien ! Il savait que tu resterais tard à la fac ! »

« Il a oublié, c'est tout. Arrête de chercher midi à quatorze heures. »

Je voyais Conrad de profil. Le journal ne le dissimulait qu'à moitié. Il avait un drôle de sourire.

Je fis la vaisselle. J'avais les joues brûlantes de honte. Mais le calme descendit en moi petit à petit. Désormais, c'était Conrad le coupable. A la place de la honte il me laissait le mépris.

Quinze jours plus tard, un lundi en fin d'après-midi, le téléphone sonna.

« Allô... C'est le Professeur... »

Voix charmeuse.

Je répondis oui d'une voix étouffée. Il y eut un silence.

« Est-ce que Conrad est là ? »

« Non, il fait cours. »

« Ah bon... Je rappellerai... »

« Vous voulez lui laisser un message ? »

« Ce n'est pas la peine de le déranger. Ce n'est pas important. »

« Bon, alors au revoir. »

La voix marqua une hésitation.

« Au revoir. »

A nouveau je me sentis écrasée de culpabilité. Pas à l'égard de Conrad, et pas à l'égard d'Aline. A l'égard de moi-même et du monde entier. Une culpabilité sans cause et sans raison. Elle s'était marquée dans le tremblement de ma voix. Je réfléchis. Je sus tout à coup que le Professeur la percevait. C'était, pour lui, un attrait puissant.

Je ne demandai pas à Conrad si le Professeur lui avait parlé. Conrad ne me parla pas du Professeur. Le Professeur ne rappela pas. Je passai quinze jours dans une euphorie somnolente, entrecoupée de moments d'embarras. Je ressortis le papier plié du tiroir, le relus plusieurs fois.

Je me dis que je devrais demander au Professeur à qui ce message était véritablement destiné. J'en fus incapable. Je devinai que l'ambiguïté était pour lui un aphrodisiaque.

Le Professeur rappela quinze jours plus tard, le lundi à la même heure. Nous eûmes la même conversation, à peu de chose près. A la fin, le Professeur me demanda si j'allais bien. Je répondis oui. Nous nous dîmes au revoir. Puis il ajouta :

« Je rappellerai. »

Et il raccrocha.

A la fin de cette même semaine, Conrad annonça que nous étions invités à dîner chez le Professeur.

« Tu as accepté ? »

« Évidemment. »

« Je n'ai pas envie d'y aller. »

« Ne fais pas d'histoires. Il faut que tu viennes. Ce serait grossier. »

« Ah bon. »

Le lendemain, il me demanda si j'avais quelque chose à me mettre. Je lui répondis qu'il connaissait aussi bien que moi l'état de ma garde-robe. Il sortit plusieurs billets de son portefeuille :

« Achète-toi quelque chose. »

Je fis l'acquisition d'une robe de faille bleue, assez décolletée, dite « de petit dîner », d'escarpins vernis, d'un nœud de velours pour mettre dans mes cheveux.

Juste avant de partir, je me regardai dans la glace. Depuis quelque temps, je me maquillais. Mon visage avait changé. J'observai surprise cette étrangère qui écarquillait les yeux dans le miroir, un tube de rouge à la main. Il me sembla qu'elle voulait me dire quelque chose, mais ses lèvres se refermèrent. Conrad entra, m'effleura la taille.

« Mets vite ton rouge à lèvres. Je veux que tu sois la plus belle. »

« Pourquoi ? »

« J'aime que ma femme soit la plus belle. »

Le nouveau quartier où le Professeur habitait, à l'extérieur de la ville, était encore en chantier. Je dus faire attention pour ne pas salir mes chaussures, à cause de la boue. Il avait choisi l'endroit le plus

351

moderne. Ça lui ressemblait : pas fini, une surprise à venir, on ne savait pas comment ça serait dans trois mois. Nous sonnâmes. Le Professeur ouvrit la porte. Il portait un pantalon de velours côtelé fauve, une chemise à carreaux bruns. Cette mise confortable contrastait avec la décoration de l'appartement, des plus sommaires. Lorsque nous nous assîmes, Aline me complimenta sur ma robe, demanda où je l'avais achetée. Je discernai de la désapprobation dans sa voix. Pour une femme d'assistant, c'était trop bien. Peut-être aussi pour une autre raison.

Conrad avait l'air content de lui. Il s'enfonça profondément dans le divan, regarda les planches chargées de livres qui garnissaient les murs. Je sus qu'il se voyait vivant là, à la place du Professeur.

Le repas était froid. Aline s'excusa en disant qu'elle n'avait pas eu le temps. Elle s'était mise à la rédaction de sa thèse, dans le but de recommencer à enseigner. Elle s'ennuyait, la vie intellectuelle lui manquait. Le Professeur regardait le fond de son verre.

Je pensai qu'Aline devait faire l'amour comme la cuisine : froidement.

A table, le Professeur s'assit à ma gauche. Je sentis plusieurs frôlements. Je reculai deux fois ma chaise. Ça recommença. Je crus que le Professeur prenait ma jambe pour le pied de la table.

Je reculai ma chaise avec bruit cette fois et dis :

« Excusez-moi. »

« Excusez-moi », répondit le Professeur en écho, et il rougit.

S'il ne s'était pas senti coupable il n'aurait pas réagi ainsi. Contrairement à moi, le Professeur ne s'excusait pas à tout bout de champ, y compris pour les erreurs des autres. Je compris le sens de l'expression « faire du pied », qui m'avait toujours paru incongrue. Je comprenais, mais ça me paraissait aussi incongru qu'a-vant.

Les agissements du Professeur obligeaient à une gymnastique interprétative. C'était attrayant pour un esprit comme le mien, tenté par l'occulte et le labyrinthique. D'une part, le Professeur me faisait du pied. D'autre part, lorsqu'il se voyait découvert, il reconnaissait le fait tout en marquant de la honte. Il agissait donc à couvert mais sans cynisme. Cette technique était à peu près imparable. Que pouvais-je faire à part dire à haute et intelligible voix : « Arrêtez de me faire du pied sous la table ! »

On m'aurait prise pour une folle. Qui eût cru que le Professeur pût faire du pied sous la table à l'épouse d'un jeune collègue invité à dîner ? Ainsi accusé il aurait pris un air stupéfait, blessé qu'on ose lui imputer cette indignité.

D'ailleurs, pourquoi envisager la chose sous l'angle de la vertu offensée ? N'était-ce pas un comportement ridicule chez une femme mariée ? N'aurais-je pas dû plutôt m'enorgueillir d'être l'objet de désir d'un homme aussi éminent ?

En fait, je ne me scandalisais ni ne me congratulais. J'avais honte pour lui et pour moi. Ce contact m'avait troublée davantage sans doute que ne l'aurait fait un geste direct, qui m'aurait donné l'option, toujours probable chez moi, de la fuite. Le Professeur avait compris par quel bout on pouvait me prendre.

Je continuai à manger mon avocat au crabe. En même temps, je cherchai à déterminer pourquoi le trouble que je ressentais était, non pas plaisant, mais désirable. Était-ce le contact de la jambe du Professeur, ou le fait que ce contact fût illicite, qui me procurait une bizarre satisfaction ? Le cas échéant, apprécierais-je de faire l'amour avec le Professeur, ou le fait que cet acte fût adultère ?

De là, me semblait-il, découlaient beaucoup de choses. Si c'était de l'homme qu'il s'agissait, il n'y avait guère à hésiter. Si c'était la situation, d'autres feraient aussi bien l'affaire. J'aurais plaisir à coucher avec tout homme doté d'un statut matrimonial et d'une certaine éminence dans la communauté.

Je passai mentalement en revue d'autres pères Noël possibles. Le notaire de mon père, homme grave et riche au ventre en barrique rayé d'une chaîne de montre. Il était vraiment trop gros. Le directeur du département de l'université, qui m'avait fait passer un examen tout en passant par téléphone commande de papier pour la photocopieuse. Il était vraiment trop vieux. Le médecin de famille, catholique pratiquant père de huit enfants. Il était vraiment trop fatigué. J'avais beau chercher, je ne vis autour de moi, avec l'obstination obtuse des amoureuses, aucun homme capable de faire de moi la femme que je souhaitais être. C'était le Professeur que je voulais. J'avais laissé derrière moi, sur les bancs de l'université, une partie de mon âme. Je ne me résignais pas à cette perte. Le corps du Professeur était l'hostie miraculeuse qui me rendrait mon intégrité.

Le repas s'acheva. Le Professeur avait garé ses pieds sous sa chaise. Aline racontait son sujet de thèse. Conrad, aimable, l'encourageait. Le Professeur me regardait à la dérobée, en écrasant le bout de son cigare dans un reste de glace à la fraise. Je pensai au cendrier. Je lui rendis son regard. Il ne détourna pas les yeux. Finalement je m'en chargeai, de peur qu'on ne nous découvre.

Nous revînmes au salon. Aline servit le café. Le Professeur, assis en face de moi, ne disait rien. Je me taisais aussi. Aline pépiait comme un canari dans sa cage. Conrad sirotait. Le Professeur me caressait des yeux. Je me laissais faire.

Enfin Aline se tut. Je m'étirai comme si je m'étais réveillée d'une sieste. Conrad se tourna vers moi et dit :

« Ma chérie, nous avons abusé d'une hospitalité si agréable, il est tard. »

Je le détestai d'avoir préparé ce discours. Nous prîmes congé. Alors que nous attendions l'ascenseur, nous entendîmes, derrière la porte refermée, les voix d'Aline et du Professeur, alternant violemment sur le ton de la dispute.

Dehors, le ciel était clair, la lune luisait doucement.

« Nous avons passé une bonne soirée », dit Conrad.

Concours

Le Professeur prit l'habitude de téléphoner une fois par mois, le lundi à la même heure. Il ne voulait plus parler à Conrad. Il me demandait comment j'allais, si je travaillais bien. Je l'interrogeais à propos de ses cours. Il me répondait qu'ils l'ennuyaient. Je ne lui demandais pas pourquoi. Je finis par penser que nous ne nous reverrions jamais. Je passerais à nouveau le concours, je serais nommée à deux cents kilomètres. Agrégée ou non, peu importait. Le Professeur ne me téléphonerait plus. Ce serait tant mieux. Il fallait me détacher du passé, même si je ne voyais pas grand-chose à attendre de l'avenir. Je devrais divorcer, c'était ennuyeux. Je n'osais toujours pas en parler à Conrad. D'ailleurs, nous ne nous parlions plus du tout. Nous mangions ensemble, couchions dans le même lit, nous croisions dans l'escalier. Nous n'attendions plus rien l'un de l'autre. Nous ne faisions plus l'amour. Je ne le regrettais pas.

J'avais souvent envie de rire, je ne savais pas de quoi ni avec qui. Je me résignai à la solitude. Elle serait toujours mon horizon.

Je passai l'écrit. Je me découvris, lors de ma première épreuve, une volonté farouche de réussir qui contrastait avec la léthargie de l'année précédente. J'écrivis avec une espèce de rage. En sortant, je tombai sur Lardier. Nostalgique, il était venu aux nouvelles. Je lui dis que j'étais sûre d'être reçue. Il me regarda comme si j'étais folle.

Je rentrai chez moi, dormis deux heures. Conrad était à l'université. Il y passait de plus en plus de temps. Je fus réveillée par un bruit au rez-de-chaussée. Conrad était rentré plus tôt, sans doute pour savoir comment je m'en étais tirée. Je descendis l'escalier ensommeillée, me frottant les yeux. Un homme me prit dans ses bras. Je me laissai faire. Je sentis l'odeur d'un pull-over inconnu. Je reculai, ouvris les yeux. C'était Lardier. J'ouvris la bouche de stupeur, il colla la sienne dessus. Ça me fit penser à un escargot. Je me débattis. Lardier tenta de me reprendre dans ses bras.

« Allons, allons, disait-il, laisse-toi faire. »

Je me débattis plus fort. Lardier ne me lâchait pas. Je l'entraînai dans le salon. Il tirait sur ma robe. Une chaise tomba au passage. J'entendis le bruit de la voiture dans l'allée. Lardier me lâcha. Je ramassai la chaise, la remis en place. Lardier se recoiffa d'une main. Il attendit Conrad avec un sourire.

« Je suis venu féliciter ta femme, dit-il. Je suis sûr qu'elle s'en est très bien tirée. »

« J'ai ramené du champagne et des gâteaux, dit Conrad. On va faire la fête ! »

J'allai à la cuisine chercher des verres, des assiettes. Lorsque je revins, Lardier était installé dans un fauteuil. Un trait rouge zébrait sa joue gauche. Je vis, sur un de mes ongles, une trace de sang.

Quinze jours plus tard, Conrad, fier de lui, se rendit à Amsterdam pour un congrès de philosophie du droit. Je me réjouis d'avoir un week-end tranquille. Le samedi matin, le Professeur téléphona.

« Venez donc déjeuner demain, dit-il. Nous serons ravis de vous avoir. »

« Mais... Je ne... », balbutiai-je décidée à refuser.

« J'en profiterai pour vous faire travailler votre oral. Je vous donnerai des conseils techniques. Ça vous aidera. »

« Je ne veux pas vous déranger, dis-je faiblement. Aline... »

« Aline sera ravie de vous voir, dit le Professeur d'un ton enjoué. Je viens vous prendre à treize heures. A demain. »

« C'est ça, euh... Oui... »

Le Professeur sortait sa limousine afin de parcourir les vingt kilomètres qui me séparaient du quartier excentré où il vivait ! Je fus prise d'un accès de fièvre. Le Professeur s'intéressait à moi... D'ailleurs en ce moment, tous les hommes s'intéressaient à moi... Ils devaient sentir quelque chose... Une disponibilité... Lardier avait failli me violer l'autre jour... Peut-être était-ce l'intérêt du Professeur qui les attirait... J'étais la femelle convoitée par le chef de la meute, que les autres venaient flairer à leur tour...

*

Est-ce que je me suis vraiment dit ces choses à vingt-trois ans ? Je ne sais plus. Certaines d'entre elles en tout cas. Pourtant, je n'avais pas alors cette affreuse lucidité qui permet de passer la trentaine en évitant les pièges mais ôte la joie que procure l'innocence, si bien qu'on passe le reste de sa vie à tout contrôler et qu'il ne vous arrive plus rien... J'ai perdu le goût du risque, acquis la contrainte de la réflexion. Pourtant, je ne me suis pas jetée alors, tête baissée, dans l'aventure avec le Professeur... Je savais que quelque chose dans cette histoire était biaisé, condamné... En amour, dès le départ les jeux sont faits. Ce qui cloche ne s'arrangera pas. Au contraire, cela grossira jusqu'à dégoûter du reste, du bonheur, du plaisir, de la surprise...

Ou bien n'avais-je alors des désastres, des désillusions, qu'une prescience vague, le goût du bonheur à tout prix et pas encore celui du confort, le dégoût de la tranquillité et pas encore le goût de la paix qui est une recherche tout aussi illusoire que la quête juvénile du bonheur ?

*

Le Professeur avait fait mon éducation intellectuelle, ou du moins la partie de celle-ci qu'on ne peut effectuer seule. Il semblait maintenant vouloir se charger aussi de mon éducation amoureuse et je décidai de le laisser faire. Je ne le cherchais pas, mais je ne mettais pas non plus de pierre en travers de son chemin. Cette inertie, mélange de soumission et de difficulté, lui plaisait. Il aimait un peu de rébellion. La mienne ne résonnait qu'en sourdine, juste assez pour donner du goût au jeu.

Je mis ma plus belle lingerie, tout en sachant que le Professeur n'en verrait rien. Si j'avais pensé devoir en dévoiler quelque chose, je n'aurais pas fait cet effort.

Le Professeur sonna à midi. Une gêne m'envahit lorsque je le vis sur le seuil.

« Je peux entrer ? Il pleut ! » demanda-t-il. Il dut presque me pousser pour pénétrer à l'intérieur.

Il tombait une pluie plaisante de printemps. Quelques gouttes brillaient sur le front du Professeur qui commençait à se dégarnir. Cela le rendait, d'une certaine façon, émouvant. Je réprimai l'envie d'essuyer ces traces mouillées.

Le Professeur se tenait en face de moi. Il me regardait pour me dire de venir à lui mais il ne le disait pas. Je voulais qu'il vienne me chercher, je ne bougeai pas. Après tout, sa paresse m'arrangeait. Je n'étais pas encore sûre de pouvoir faire face à la situation, de ne pas partir en courant s'il me touchait.

Je m'arrachai à cette glu du regard.

« Je vais chercher mon imper », criai-je en montant l'escalier. Ça lui apprendrait. Il attendrait. Dans la salle de bains, j'ouvris le robinet d'eau froide. J'en passai sur mon visage. Je voulais être aussi mouillée que lui. Je redescendis. Il s'était assis près du feu qui se mourait. Je restai debout, les mains dans les poches de mon imper. Il se leva.

« On y va ? » dit-il.

Le Professeur avait acquis une nouvelle voiture, « sportive », dans laquelle il fallait mettre les jambes à l'oblique pour être confortable. Je les rejetai du mauvais côté, instinctivement, ou du bon, comme on voudra. Résultat, la main du Professeur, chaque fois qu'elle se dirigeait vers le changement de vitesse, se posait sur mon genou, hésitait puis se reportait sur la gauche. Une fois de plus, je me sentis rougir. Je vis que le Professeur souriait. Je me mis à sourire aussi. Enfin, je me décidai à reporter mes genoux sur la droite. Le sourire du Professeur s'éteignit.

Pendant tout le trajet, il se tut, mais recommença bientôt à sourire. Je savais pourquoi. J'étais gaie pour la même raison que lui.

Lorsque Aline nous vit arriver ainsi allègres, elle s'étonna.

« Colombine t'a offert l'apéritif ? » dit-elle à son mari.

« Non, répondit-il. Mais elle m'a raconté une histoire drôle. »

« Racontez-moi que je puisse rire aussi ».

« C'est une histoire un peu bête, dis-je. Une fois, ça suffit. Vous demanderez au Professeur, il vous la racontera après mon départ. »

« Non, fit le Professeur. Je ne sais pas raconter les histoires comme Colombine. »

« J'ai préparé un déjeuner léger, dit Aline, vous serez en forme pour travailler après. »

Il y avait du poulet rôti et une salade. Les changements de vitesse du Professeur m'avaient coupé l'appétit. Je me sentais pleine de bulles. J'acceptai un verre de gewurtz, pour avoir une bonne raison de me sentir saoule.

Le Professeur découpa le poulet et proposa de me servir.

« Vous préférez l'aile ou la cuisse ? » demanda-t-il.

« L'aile », répondis-je.

« Elle est toute petite », gronda le Professeur d'un air déçu.

J'éclatai de rire. Je ne pouvais plus m'arrêter. A travers mes larmes, je vis le Professeur se mordre les lèvres.

« Qu'est-ce qu'il y a ? » demanda Aline revenant de la cuisine.

« Excusez-moi, c'est les nerfs », articulai-je péniblement.

« Je comprends ça, j'étais pareille avant un examen », dit Aline.

Je mangeai trois bouchées de mon aile, déchiquetai deux feuilles de salade. Aline repartit chercher du pain.

« Encore un peu de poulet ? » dit le Professeur, qui voyait bien que je n'avais pas terminé le premier morceau. Il saisit la cuisse restante entre la cuiller et la fourchette de service, la souleva du plat.

Le fou rire revint.

« Je n'en veux pas, de votre cuisse », hoquetai-je.

361

« Vous n'en voulez pas de ma cuisse ? dit le Professeur d'un ton navré. Ce n'est pas gentil. »

Il la reposa. Je le regardai. Il se mit à rire à son tour. Il poussa son assiette, posa les coudes sur la table et se prit la tête dans les mains. Il poussait de petits hoquets. Aline revint avec la corbeille de pain.

« Mais qu'est-ce que vous avez tous les deux ? Si seulement je pouvais en profiter ! Personne ne me fait jamais rire, moi. »

« Colombine ne veut pas de ma cuisse ! » hurla le Professeur.

« Fiche-lui la paix avec ta cuisse, dit Aline. Je comprends ça. Je n'aime pas ça non plus, moi, la cuisse. D'ailleurs, elle est un peu rose. Il ne faut pas forcer cette petite. »

Elle repartit avec le plat de poulet. Le Professeur releva la tête et me regarda. Nous nous essuyâmes les yeux.

Aline ne but pas le café avec nous. Elle disparut dans la cuisine d'où parvinrent des bruits de rangement puis de vaisselle. Le Professeur, assis en face de moi, me contemplait sans parler.

« Je devrais aller aider Aline », dis-je finalement.

« Il n'en est pas question, répondit-il. Ma femme est une perfectionniste du ménage. Elle n'était pas comme ça au début de notre mariage. Depuis quelque temps, elle a changé. Je ne sais pas ce qui se passe. Il ne faut pas l'encourager. »

Dans la cuisine, des casseroles s'entrechoquaient dans un bruit de fanfare vengeresse. Le Professeur soupira, baissa les yeux d'un air accablé. Mon cœur palpita de compassion.

Au fond du couloir, un objet tomba sur le carrelage, se brisa avec fracas. Le Professeur haussa les épaules, se leva et se dirigea vers la cuisine en traînant les pieds. Je restai clouée dans mon fauteuil par la honte. J'avais le désir de filer à l'anglaise, sans adieux embarrassants. Mais je ne pouvais pas faire ce coup-là au Professeur. Je demeurai engourdie. Je n'osais même pas boire mon café, qui refroidit en laissant, dans la soucoupe, une curieuse carte de géographie. Je rêvai à des vacances lointaines. J'entendis des pleurs, des reniflements, des sanglots, les objurgations tour à tour exaspérées et caressantes du Professeur. Par la fenêtre, le soleil brillait, implacable. Je m'endormis. Lorsque j'ouvris les yeux, le Professeur était assis tout près. Il avait rapproché son fauteuil et me fixait profondément.

Je marmonnai d'une voix d'enfant, la langue embarrassée par ce court sommeil inconfortable.

« J'ai rêvé... »

« A quoi ? » demanda le Professeur d'un ton de plaisanterie.

« A Lawrence d'Arabie. Il était sur son cheval, il caracolait dans le désert. Il y avait des dunes et des ennemis cachés derrière, embusqués. Son cheval se cabrait, tournait dans le soleil. C'est à cause des dessins dans le café... » Je soulevai la tasse à demi vide. Dans la soucoupe apparurent les contours de l'Afrique, le canal de Suez, les confins asiatiques.

« Lawrence d'Arabie », dit le Professeur, et il sourit tendrement. Malgré moi, je fermai à nouveau les yeux.

« Vous aimeriez voyager ? » demanda-t-il.

« Oui, les vacances... »

« Moi aussi, dit le Professeur à mi-voix. Un jour... »

Il n'acheva pas. Je ne lui demandai pas ce qui arriverait ce jour-là, ni quel jour ça serait.

« Vous êtes fatiguée, reprit-il sur un autre ton. Vous avez beaucoup travaillé. Le concours... Aline aussi est fatiguée. Elle est allée se reposer. Voulez-vous que nous

363

travaillions un peu ? Je pourrais vous faire réviser la leçon sur Kant. C'est votre faiblesse... »

Le Professeur sortit, revint avec livres et papier. Il s'installa à la table débarrassée, m'invita à le rejoindre. Je m'assis près de lui. Je trouvai que ma chaise était trop près de la sienne. Je sentis son souffle et, pour la première fois, son odeur. Une odeur d'homme ému. J'eus chaud, repoussai ma chaise. Le Professeur, sans rien dire, rapprocha la sienne. A ce rythme-là nous aurions bientôt fait le tour de la table. Je résolus de ne plus bouger.

Je n'avais pas envie de parler de Kant.

« On ne peut pas vraiment dire que la recherche du bien procure le plaisir, n'est-ce pas ? » demandai-je.

« Ça dépend, dit le Professeur. C'est une affaire compliquée. Aristote... »

J'avais amorcé la machine. Le Professeur commença à parler. Sa voix s'enfla, assez forte pour un amphi. Il avait retrouvé ses cadences professorales. Je ne risquais rien. Il ne bougerait plus sa chaise.

Je n'écoutais plus les paroles, seulement la chanson. J'étais prise d'un engourdissement heureux. Pendant mon sommeil, le Professeur était allé mettre, sur sa chemise, un pull-over de laine bleu poudre, légère et douce, qui sentait un peu le cuir de Russie. Ses mains, posées sur la table, bougeaient au rythme de l'argumentation, comme s'il jouait d'un instrument. Je regardai le contour des doigts, les ongles carrés, jaunis par le tabac, la carte d'état-major de sa peau. J'étais dans une excitation vaguement plaisante, comme parfois le matin, en m'éveillant d'un rêve érotique. J'aurais pu rester comme ça des heures et le Professeur aussi. Je compris, à un changement dans sa voix, qu'il n'était plus entraîné par son discours mais le prolongeait artificiellement pour ne pas avoir à se lever, rompre le charme. J'eus le sentiment d'une présence. En tournant la tête, je vis qu'Aline se tenait sur le seuil de la pièce. Elle nous regardait fascinée. Elle avait les traits tirés, les yeux gonflés. Mon propre regard l'arracha à sa contemplation hypnotique.

Elle dit à son mari, d'une voix grondeuse :

« Laisse cette petite tranquille. Tu ne vois pas qu'elle en a assez ? Il est plus de quatre heures. »

« C'est vrai que vous en avez assez ? » dit le Professeur d'un air peiné, reculant légèrement sa chaise.

« Pas du tout, c'est passionnant », répondis-je d'un ton forcé.

« Tu vois, dit-il à Aline, je ne l'embête pas du tout. »

« Mon pauvre chéri ! » soupira Aline.

« Qu'est-ce qu'on fait ? demanda le Professeur. Vous voulez prendre le thé ou vous préférez que je vous ramène ? »

« Ramenez-moi, ça vaudra mieux », répondis-je.

Aline disparut sans me dire au revoir. Durant le trajet du retour, je repliai soigneusement mes jambes vers la droite.

« Il ne faut pas m'en vouloir de tous mes discours, dit le Professeur. Bientôt, vous en saurez plus long que moi. Je ne pourrai plus rien vous apprendre. Vous me prendrez pour un vieux con. »

« Jamais », m'écriai-je, sincère. J'eus envie de pleurer.

« Mais si, vous verrez. Ça arrive à tout le monde, vous savez. Un jour, ça sera fini. »

Oral

Une semaine avant l'oral, le Professeur me téléphona. Il voulait savoir où j'allais loger. Je pensais descendre au foyer de jeunes filles proche du lycée où se dérouleraient les épreuves. Il était ouvert aux candidates.

« Ce n'est pas une très bonne idée, dit-il. Vous serez entourée de toutes ces filles en train de comparer leurs chances. Les jalousies... Ça risque de vous abîmer le moral... Vous savez comme vous êtes timide. Il vous faut les meilleures conditions. »

Je ne savais pas où aller.

« Descendez à l'hôtel des Étrangers, rue Cujas. Vous serez en plein quartier Latin, c'est plus gai. Vous pourrez aller au cinéma le soir pour vous changer les idées... Prenez la chambre quinze. Je l'ai occupée autrefois. C'est calme et ensoleillé. »

Je téléphonai à l'hôtel des Étrangers, réservai la chambre quinze.

En pénétrant dans le hall, je me sentis désemparée. Je n'avais pas demandé à Conrad de m'accompagner. Il ne me l'avait pas proposé. Tout d'un coup, je paniquai à l'idée de ces jours de solitude. J'eus peur de ne pas savoir me diriger dans le métro, d'arriver en retard aux épreuves. La première avait lieu le lendemain matin. J'étais incapable de réviser. Je n'avais pas faim, je me couchai sans manger. En bas, dans la rue, j'entendis des bruits de pas, une conversation qui s'éloignait. Je tremblais de nervosité sous mes draps.

Le téléphone sonna.

« Ne vous inquiétez pas, ça va marcher. Dormez bien », dit le Professeur. Sa voix était douce et lointaine au bout du fil.

Je rêvai que j'étais en Afrique, dans un bungalow de bois. Dehors, c'était la savane. Sur la véranda, le Professeur était assis, un fusil sur les genoux.

« Je suis reçue, disais-je en montant les marches. La première. »

Le lendemain, je passai l'épreuve dans un état second. Je rentrai à l'hôtel, toujours incapable de manger.

« Il y a une lettre pour vous », dit le portier.

Le Professeur écrivait : « J'ai fait tous mes cours pour vous pendant six ans. Maintenant, je ne vous verrai plus. Cette idée m'est intolérable. »

Je décidai que, si je revoyais le Professeur, je ferais l'amour avec lui.

Lorsque je sortis de la dernière épreuve, il faisait très beau. Je n'avais pratiquement rien mangé depuis trois jours. Je flottais dans ma robe. Dans la cour du lycée, j'eus l'impression de tanguer comme sur le pont d'un bateau. Je passai le portail, me retrouvai sur le trottoir. Devant moi, je vis la voiture du Professeur.

Je devais m'être trompée. C'était la même voiture, mais appartenant à quelqu'un d'autre. Il n'avait pas le privilège du modèle... Je marchai en direction du métro. J'entendis des pas rapides. Je m'arrêtai. Le Professeur cria mon nom. Je me retournai. Il s'approcha. Je m'évanouis.

Je revins à moi du soleil dans les yeux. J'étais à demi couchée par terre, à demi soutenue par le Professeur qui, de l'autre main, me donnait de petites gifles tendres.

« Colombine, vous êtes reçue ! » répétait-il.

« Qu'est-ce que vous en savez ? » demandai-je. J'avais de la bouillie plein la bouche.

« Je connais le président du jury. Je lui ai parlé. Vous avez été brillante. Il n'y a pas de problème. »

Le Professeur me tira jusqu'à sa voiture, m'y assit et démarra.

« Comment vous sentez-vous ? » demanda-t-il.

« Bizarre. Je vois des papillons blancs. J'ai mal au cœur. Je crois que je vais repartir. »

Le Professeur freina brusquement.

« Essayez de faire un effort, enfin, vous me faites peur ! Je vais nous envoyer dans le décor pour de bon si ça continue ! »

« Ça va aller », dis-je faiblement.

La voiture était toujours arrêtée. Je vis, dans la vitre avant gauche, s'encadrer le visage d'un gardien de la paix.

« Cette jeune femme est malade, je l'emmène à l'hôpital », dit le Professeur.

Le flic fit signe de passer.

« Je ne veux pas aller à l'hôpital », balbutiai-je.

« C'était un bobard », dit le Professeur.

En arrivant à l'hôtel des Étrangers, le Professeur me soutint aux épaules.

« Appelez un médecin, mademoiselle se trouve mal », dit-il au portier, tout en ouvrant la porte de l'ascenseur.

« Ce n'est pas mademoiselle, c'est madame, dis-je dans la cabine. Je suis mariée. »

« Pas vraiment », dit le Professeur.

Je n'essayai pas d'argumenter. Le Professeur ouvrit la porte de la chambre, m'allongea sur le lit, ouvrit la fenêtre, ôta mes sandales.

« Vous avez de tout petits pieds », dit-il.

Il s'assit sur le fauteuil en face du lit et me regarda. Je ne disais rien. J'étais en dehors du monde, dans un état catastrophique où je me sentais extrêmement bien. J'étais une poupée. Il ne pouvait plus rien m'arriver, puisque je ne bougerais plus jamais. Le Professeur veillerait sur moi. S'il voulait que je m'assoie, il n'aurait qu'à me plier. S'il ne le voulait pas, je n'aurais pas besoin de m'asseoir. Il n'y aurait plus jamais de problème. Je ne voudrais plus jamais rien.

Le Professeur se leva, se dirigea vers la fenêtre, me tourna le dos. Il regarda dehors. Sa silhouette mit de l'ombre dans la pièce.

« Il faudrait que je rentre, dit-il. Aline ne sait pas que je suis ici. Je lui ai raconté toute une histoire... »

Je sortis de ma bulle.

« C'est vrai que vous avez toujours fait cours pour moi ? »

« Oui, dit le Professeur. Vous ne vous en étiez pas rendu compte ? »

« Non. Je voyais bien que vous me regardiez, de temps en temps. Vous aviez l'air mécontent. Je pensais que vous me trouviez idiote. »

« Je ne vous regardais pas de temps en temps. Je vous regardais tout le temps. Quand je pouvais, je vous regardais en douce. Parfois, j'avais absolument besoin de vous regarder en face. Je ne pouvais pas détacher mes yeux de vous. Je n'avais pas l'air mécontent, j'avais l'air paniqué. Lorsque je préparais un cours, je pensais à vous à chaque phrase. Je me disais : " Est-ce que ça va lui plaire ? " Si vous aviez l'air distraite, si vous ne preniez pas de notes, je craignais de vous ennuyer. C'était moi qui croyais que vous me preniez pour un idiot. »

« Vos cours étaient merveilleux. Vous m'avez fait vivre pendant toutes ces années. Moi aussi je suis triste que ce soit fini. »

« Oui, c'est bien fini maintenant. Pour moi ce ne sera plus jamais la même chose. Si j'étais bon, c'est parce que vous étiez là. »

« Non, vous serez meilleur encore. Vous verrez. Vous n'avez pas encore fait ce que vous deviez faire. Vous avez l'étoffe d'un grand universitaire. Il n'y en a que quelques-uns par génération. Ceux qui justifient l'existence de tous les autres. »

« Vous croyez ? dit le Professeur l'air surpris. C'est gentil, ça, de votre part, vous ne pouvez pas savoir ce que ça me fait plaisir... Mais je ne crois pas, non... Je ne crois pas... »

« Vous avez toujours été brillant. L'entrée à Normale, la première place à l'agrégation... »

« Vous savez ça ? »

« Tout le monde le sait à la fac. Ça fait partie de la légende... je vous ai entendu pendant six ans. Je compare avec les livres que je lis, dont les auteurs sont des vedettes... Vous ne faites pas comme les autres, vous ne vous contentez pas de répéter, de résumer... Vous avez la capacité de théoriser, vous trouvez des idées... C'est pour ça que vos collègues ne vous aiment pas. Ce n'est pas seulement parce que vous avez mauvais caractère... Vous les dérangez... Les gens qui dérangent, pour eux il y a toujours de l'espoir... Et puis vous avez la passion de comprendre et de communiquer... Il faut faire un livre, ce que vous dites, il faut que ce soit entendu par d'autres gens que vos étudiants... »

Le Professeur était revenu s'asseoir dans le fauteuil.

J'étais sortie de mon état bizarre, à nouveau sur terre. Je le voyais plus clairement. Il baissait la tête, regardait le dessin que son pied traçait sur la moquette rouge de la chambre. Une goutte de sueur perla à sa tempe.

« Vous ne vous rendez pas compte... Vous ne me connaissez pas... Vous ne savez pas le mal que j'ai à écrire... Un malheureux article... Quelques pages... C'est une torture abominable... J'attends des jours et des jours pour trois lignes... Je suis obligé de m'arracher ça... »

« On n'écrit pas de la philosophie comme on écrit un roman ou un article de journal. Vous êtes sûrement aussi bon que Villemant. D'ailleurs, il vieillit, Villemant. Il y a une place à prendre. Prenez-la. »

« Mais je ne suis pas comme Villemant, moi... Villemant, c'est un maître... Moi, je ne suis qu'un disciple, je n'ai jamais pu être autre chose... Je suis le disciple de l'Ancêtre... Je suis là pour diffuser sa pensée, la faire connaître, c'est tout... »

« Laissez l'Ancêtre tranquille ! Vous n'en avez plus besoin... »

« Mais sans ça, je ne serais rien... »

« Au contraire... Vous vous accrochez à ça par peur de vous lancer... Un moment, ça vous a été utile, mais maintenant je peux vous dire que c'est quand vous en sortez, que vous parlez pour vous, que vous êtes le plus intéressant... »

« L'Ancêtre... c'était un génie... Je voulais que tout le monde s'en aperçoive... Une pensée tellement moderne, et le monde est passé à côté... C'est trop injuste... Sartre qui est arrivé... »

« Oui, Sartre est arrivé... Et alors ? Vous ne pouvez pas faire qu'il ne soit pas arrivé... vous ne pouvez pas faire pour l'Ancêtre ce qu'il n'a pas été capable de faire

371

pour lui-même... La pensée de l'Ancêtre, c'est intéressant, mais enfin justement il y a eu Sartre... Vous dites que c'est moderne, ce n'est pas vrai, *c'était* moderne... Depuis Sartre, ça ne l'est plus... Sans compter que Sartre n'est plus si moderne non plus... Les gauchistes l'adorent, mais ils préfèrent Althusser et Marcuse... L'Ancêtre croyait à une idée de l'homme pris jusqu'au bout dans ce qu'il fait, sans aucune concession, il croyait à la vie absolue, il a vécu ce qu'il croyait, il a disparu. Quand on prêche pour la réalisation dans l'instant, pour soi et sans les autres, on est tout seul et quand on est mort il ne reste plus rien... Ça, c'est logique. L'Ancêtre a récolté ce qu'il a prêché. Voilà. C'est peut-être triste, mais alors c'est la vie qui est triste. Ni vous ni moi n'y pouvons rien... Ni vous ni moi ne pouvons rien au fait que l'Ancêtre soit mort. Par contre, nous pouvons l'un et l'autre quelque chose au fait que l'un et l'autre nous soyons vivants... »

« Vous ne comprenez pas... » Le Professeur était l'image de l'accablement. Ses mains pendaient entre ses genoux. « Je n'ai pas eu de père, pas vraiment, pas celui que je voulais... Avec l'Ancêtre j'en ai trouvé un... »

« On ne s'accroche pas à son père toute sa vie... Pour être un homme on doit bien lui dire au revoir un jour... L'Ancêtre vous a apporté beaucoup. En retour vous avez sans doute fait plus encore pour lui que le contraire, alors tenez-vous pour quitte. Travaillez pour vous, vivez pour vous, arrêtez de vous accrocher au passé... »

« Je ne peux pas faire ça, dit le Professeur. Il faudrait que je quitte Aline... Je ne peux pas quitter Aline... »

« Aline ne vous empêche pas d'écrire et de travailler... »

« Si, si... Aline, c'est le passé... Quand je l'ai rencontrée, j'ai cru qu'elle m'aiderait à rompre avec un temps que vous ne connaissez pas. Je ne peux pas vous raconter... Je pensais qu'elle m'aiderait, et puis au contraire... Le passé me colle aux semelles et elle avec... Chaque fois que je la vois, c'est toutes mes mauvaises années qui reviennent... »

« Je n'y peux rien, dis-je. Je ne peux vraiment rien contre ça. Je n'aurais sans doute pas dû vous dire ce que je vous ai dit. Après tout, de quoi je me mêle ? »

« Mais si, mais si... Vous ne comprenez pas ce que ça signifie pour moi... Ce que ça a signifié, ce soutien que j'ai eu de vous pendant toutes ces années... Bien sûr on ne se parlait pas. Mais ça ne faisait rien. Ça passait quand même... C'est à cause de ça que j'ai eu la force... de faire ce que j'ai fait... Sans ça, je me serais découragé. Sans ça, je serais mort... »

« J'ai faim », dis-je soudain.

« Venez, dit le Professeur. Vous pouvez vous lever ? Je vous emmène dîner. »

« Et Aline ? »

« Aline, je descends lui téléphoner. Ne vous inquiétez pas, ça s'arrangera. »

Le Professeur était à peine sorti qu'on frappa à la porte. J'allai ouvrir. Sur le seuil se tenait un homme en complet gris, une mallette à la main.

« Qu'est-ce que vous voulez ? »

« Je suis le médecin. »

« Je n'ai pas besoin d'un médecin », répondis-je.

« Vous avez bien appelé un médecin ? » dit l'homme.

« Vous vous trompez, il doit s'agir de quelqu'un d'autre. »

Je refermai la porte.

Deux minutes plus tard on frappa à nouveau. Je me précipitai et trouvai sur le seuil l'homme à la mallette noire. Il s'effaça et laissa passer le Professeur.

« Entrez, docteur », dit le Professeur.

« Je n'ai pas besoin de docteur », marmonnai-je.

« Nous avons un petit malaise nerveux ? » dit le médecin en s'approchant d'un air précautionneux.

Il me prend pour une folle, pensai-je.

« Je me sens très bien », dis-je en essayant d'avoir l'air normal et raisonnable, ce qui me donna une forte envie de rire.

Le Professeur se lança dans une description éloquente de mes symptômes.

« Vous êtes de la famille ? » demanda le médecin.

« Oui », assura le Professeur juste comme j'allais répondre non.

Le médecin me regarda perplexe.

« Du repos, de l'air », articula-t-il finalement d'un air ennuyé.

Le Professeur se précipita vers la fenêtre et l'ouvrit.

« Si je l'emmenais dîner, ça l'aérerait ? » demanda-t-il en revenant vers le lit.

« Pourquoi pas ? » dit le médecin en regardant la porte.

Le Professeur sortit son portefeuille et paya. Cet aveu de culpabilité me ravit.

« Je reviens tout de suite », dit-il en sortant sur les traces de l'autre. Il remonta cinq minutes plus tard.

« J'ai demandé à ce médecin comment il vous trouvait, franchement. Il dit qu'il faut faire attention. Vous êtes sensible aux chocs nerveux, je dois vous ménager. » Il eut une étincelle dans l'œil, se mordit la lèvre. « J'ai téléphoné à Aline. Je lui ai dit que je vous avais rencontrée par hasard chez Gibert. C'est pas bête, ça, hein ? Tout le monde va chez Gibert. »

« Justement », objectai-je.

« Je lui ai dit que vous aviez eu un malaise... chez Gibert... Que je vous avais ramenée à votre hôtel... Que j'avais appelé le médecin... Qu'il avait suggéré que je vous emmène dîner, parce que vous faites de l'anorexie nerveuse. Tout va bien. »

« Elle vous a cru ? »

« Bien sûr ! D'ailleurs, c'est la vérité ! »

« Ah bon ! »

« Dépêchez-vous, je vous emmène chez Lipp. »

« Je n'ai pas besoin de montre ! »

Le Professeur éclata de rire.

« Vous êtes formidable ! Il n'y a que vous pour dire des trucs comme ça ! Vous avez vécu dans les bouquins, c'est ma faute, je vais réparer ça ! »

Je fus déçue. J'aurais quand même bien aimé qu'il m'offre une montre. Un dîner, c'est éphémère.

Chez Lipp, le Professeur me fit du pied sous la table. Je pris mon courage à deux mains.

« Pourquoi vous faites ça tout le temps ? »

« Pourquoi je fais quoi ? » dit le Professeur la fourchette en l'air.

« Avec votre pied. »

Le Professeur rougit.

« Ça doit être freudien », dit-il enfin.

« Ça veut dire quoi ? »

Le Professeur sembla avaler une grosse pilule.

« Ça veut dire que je vous désire », articula-t-il péniblement.

Je rougis aussi.

« Ça vous embête ? » demandai-je après un temps de réflexion.

Le Professeur réfléchit également.

« Un peu, oui. »

« Pourquoi ? »

« Vous savez pourquoi », dit-il en regardant son assiette.

Je lui donnai un coup de pied sous la table.

« Je ne l'ai pas fait exprès », mentis-je.

« Vous pourriez me toucher plus doucement que ça », dit-il en se frottant le tibia.

« Jamais la première », souris-je.

« Vous avez un culot monstre, fit le Professeur en regardant la carte. Timide, mon œil ! »

Nous mangeâmes tous les deux la même chose. Le Professeur me raccompagna à pied à l'hôtel des Étrangers.

« Je voulais que vous descendiez là parce que j'y allais autrefois. J'occupais la chambre quinze. Je me suis dit que comme ça je pourrais penser à vous. Je saurais où vous seriez, dans quel décor. »

Nous marchions boulevard Saint-Germain. La nuit était tiède. Le Professeur prit mon bras.

« J'avais envie de faire ça depuis si longtemps. »

« Pourquoi avez-vous attendu toutes ces années ? »

« Je vous croyais inaccessible. »

Je ne répondis pas. La main du Professeur sur mon bras produisait un effet curieux, entre le plaisir et la douleur. Il l'ôta.

Mon Dieu, faites qu'il la remette, priai-je tout bas.

Il la remit.

« Le bon Dieu fait bien les choses », dis-je tout haut.

Nous arrivâmes devant l'hôtel des Étrangers.

« Qu'est-ce qu'on fait ? » dit le Professeur à voix basse.

« Je vais me coucher », répondis-je.

« Vous ne voulez pas ? » demanda le Professeur.

« Je suis une femme mariée. »

« Il n'y a que vous pour dire des choses comme ça », soupira-t-il à nouveau.

« Je ne serai pas mariée longtemps », rectifiai-je.

« Dépêchez-vous de régler ça. » Il tapa du pied.

Un ange passa. La nuit s'assombrit.

« J'ai quand même envie de vous embrasser », dit le Professeur.

Je ne bougeai pas. Le Professeur planta sur mes joues deux baisers tendres. Il partit en courant sans rien dire, traversa la rue Cujas en gambadant. Une voiture qui arrivait le rata de peu. Il tourna le coin du boulevard et je ne le vis plus.

Je restai un instant sur le trottoir, regrettant qu'il n'ait pas choisi plutôt ma bouche.

Retour

Je repris le train. Conrad était à la gare avec des fleurs. Je l'avais complètement oublié. Je me forçai à sourire. En rentrant, je posai les fleurs dans la cuisine.

« Tu ne les mets pas dans l'eau ? » demanda-t-il.

J'allai chercher un vase. Je regardai les roses et les lupins posés sur la table et les détestai. J'aurais voulu qu'ils viennent du Professeur.

Deux jours passèrent. La vie d'avant avait repris. Je m'étais trompée de film. Qu'est-ce que je faisais là dans cette maison étrangère avec cet homme étranger ? La nuit, je rêvais du Professeur. La journée, je pensais à lui. Il me semblait qu'à n'importe quel moment j'allais le voir surgir dans l'allée.

Deux jours passèrent encore. Mon euphorie retomba. Je me réhabituai à la vie moche. Les moments ensoleillés à Paris avaient été une aberration miraculeuse. Je regardai autour de moi et me dis :

« Il n'y a que ça, pour moi, il n'y a que ça. »

Le ciel m'était tombé sur la tête. Seulement, ça ne se voyait pas.

Le cinquième jour, quand le facteur arriva, Conrad était dans le jardin. Il rentra sans rien dire et me tendit une lettre. Il n'avait pas pu ne pas reconnaître la grande écriture penchée du Professeur. Je cachai la missive sous un coussin et attendis le départ de Conrad. Je me dis que j'allais sûrement mourir, foudroyée par une crise d'espérance.

Conrad descendit les escaliers, dit : « Je sors », et sortit.

Je décachetai la lettre. Mes mains tremblaient. Le Professeur écrivait :

« Chère Colombine,
« Je pense à vous à la rentrée. Est-ce que je vous reverrai ? Je pense à vous dans l'automne. Je pense à vous tout le temps. Je pars aux États-Unis pour trois mois. Voici mon adresse.

P. »

Je passai la journée à lire la lettre. Le soir, je la rangeai dans le tiroir secret. Le lendemain, j'allai en ville.

Je me rendis à la poste, pris un formulaire de télégramme et écrivis : « D'accord. Stop. Colombine. »

Je fis quelques courses en dansant de joie. Dans la rue les passants me regardaient en souriant. J'allai à la gare des cars et attendis. Je fus prise d'un remords affreux, me traitai d'imbécile. Après tout, le Professeur ne m'avait pas écrit qu'il m'aimait. Il avait seulement parlé de ses cours. J'avais mal compris.

Juste comme le car arrivait, je ressortis de la gare. Je courus jusqu'à la poste. Au guichet des télégrammes, six personnes faisaient la queue. Je pris la suite en pensant que j'allais m'enfoncer dans le sol de honte, d'un instant à l'autre.

Finalement, je me trouvai devant le guichet.

« J'ai envoyé un télégramme tout à l'heure. J'ai fait une erreur. Je voudrais le récupérer. »

« Trop tard, mademoiselle », dit la préposée d'un ton revêche, en tapant de petits coups secs sur le comptoir avec son crayon.

« Il n'y a vraiment rien à faire ? »

« Vous n'avez qu'à en écrire un autre. »

Je repris un formulaire et écrivis : « Annulez premier télégramme. Stop. Erreur. Stop. Coup de folie. Stop. Colombine. »

L'employée relut le texte, me dévisagea avec commisération. Je sortis de la poste. Il pleuvait. C'était une chance. Les gens, à la gare, prendraient peut-être mes larmes pour des gouttes de pluie.

Une semaine plus tard arriva une autre lettre. Conrad était là. Je la mis dans ma poche et filai dans le bois. Je m'assis sous un arbre et décachetai. Le Professeur écrivait :

« Chère, chère Colombine,

« Je suis fou (de joie). Vous voyez, c'est partagé. Tout d'abord je n'ai rien compris car le second télégramme est arrivé avant le premier. Mais c'est le deuxième qui est une erreur. J'ai relu le premier trente-six fois pour me persuader de son sens. Dès mon retour je pourrai vous serrer dans mes bras. J'en avais envie depuis si longtemps ! J'ai été un imbécile. Quand je veux très fort quelque chose je tergiverse et je souffre pour rien. Qu'est-ce que je fais ici loin de vous ? Je voudrais être en septembre. En attendant je vous écrirai. Je vous raconterai tout de ma vie ici. Envoyez-moi une photo que je puisse vous voir.

« A vous, entièrement à vous.

P. »

« *P.-S.* Je ne quitterai pas Aline. Je ne peux pas lui faire çà. »

J'embrassai la lettre et pleurai dessus. Puis je la rangeai avec les autres. Le Professeur ne quitterait pas Aline. Je me racontai que je m'en fichais. Je ne voulais qu'un petit morceau de lui.

J'allai voir un avocat. J'entamai la procédure de divorce. L'avocat me demanda les motifs.

« Mon mari me bat. »

« Vous avez des preuves ? »

« Non. »

« Ça n'ira pas. »

« Il me trompe », m'entendis-je dire avec stupéfaction.

En sortant, j'étais affreusement triste. Je décidai d'aller prendre un verre au Relax Bar. J'imaginerais le Professeur assis à sa table habituelle, buvant une bière.

Le café était désert à cette époque de vacances, sauf pour la table du fond. Conrad et Coralie s'y tenaient enlacés.

Je ressortis précipitamment. Conrad me suivit. Je me mis à courir. Lui aussi. Il me rattrapa et me prit par le bras.

« Je rentre à la maison. »

« Pourquoi tu fais la tête ? »

« Je ne fais pas la tête. »

« Tu ne veux pas venir prendre un pot ? »

« Non merci. »

« Eh ben merde ! » dit Conrad.

« C'est ça », répondis-je.

Amandine me téléphona. Je lui expliquai la situation. Elle me proposa de venir passer quelques jours dans sa maison sur la côte. L'avocat me conseilla de me procurer un certificat médical selon lequel j'y allais pour ma santé. Sans cela, je serais accusée de désertion du domicile conjugal. Grâce à la loi, je m'enfonçais un peu plus dans le marécage de mensonges qu'était devenu mon mariage. Je partis. J'en avais besoin, j'étais épuisée. Lorsque je rentrai, la voisine s'empressa de me dire que Coralie avait séjourné chez moi pendant mon absence. Je dis à Conrad que, grâce à lui, je n'aurais aucun mal à divorcer. Il me répondit que Coralie n'avait aucune importance. Je m'installai dans la chambre d'amis. Conrad voulut m'y suivre. Je m'enfermai à clé. Conrad défonça la porte. Dans la bagarre qui suivit il me poussa dans l'escalier. Je tombai, je crus mourir. Je m'en tirai avec des bleus. Je retournai chez l'avocat. Les bleus produisirent sur la justice le meilleur effet.

Le Professeur continuait à m'écrire. A la fin du mois d'août, en ville, je rencontrai Aline. Elle fut très aimable et me proposa de déjeuner avec elle. J'essayai de me défiler, mais elle insista. Je me retrouvai en face d'elle dans un restaurant, incapable d'avaler une bouchée.

« Vous avez beaucoup maigri, dit-elle. Et vous avez mauvaise mine. C'est le divorce, n'est-ce pas ? On m'en a parlé. Je vous comprends, parce que j'ai failli divorcer aussi. Ça allait très mal avec mon mari ces derniers mois. Alors nous avons décidé une petite séparation. Et ça a très bien marché. Il m'envoie de longues lettres. Il me raconte tout ce qu'il fait là-bas. A son retour, nous nous retrouverons comme deux jeunes mariés. »

Le déjeuner terminé, Aline me demanda d'entrer avec elle dans une parfumerie. Elle souhaitait faire un effort pour achever de reconquérir son mari. Elle avait rendez-vous chez le coiffeur à cinq heures. En attendant, elle allait s'acheter du maquillage.

« Ce n'est pas parce que je suis une intellectuelle que je n'ai pas le droit à la frivolité, n'est-ce pas ? » dit-elle en gloussant. Elle s'accrocha à mon bras. En sortant, elle me remercia de l'avoir si bien conseillée. Il faudrait qu'on se voie plus souvent. Elle sentait que nous pourrions devenir très amies. Le Professeur m'appréciait tellement ! D'ailleurs, il lui avait écrit pour lui demander de veiller sur moi.

Je restai un temps sidérée. Jusque-là je l'avais prise pour une brave fille, isolée du monde encore plus que moi, victime du Professeur et de son sale caractère. Maintenant, je me demandais quelles étaient en elle la part de la bêtise et celle de la perversité. Peut-être Coralie avait-elle exagéré ses confidences. Peut-être Aline croyait-elle que l'intérêt du Professeur pour moi n'avait rien de charnel. Peut-être cherchait-elle à se concilier mon amitié dans le but de m'empêcher d'accomplir ce qui reviendrait alors à une trahison. Si c'était là son mobile, c'était astucieux. En utilisant mes scrupules, Aline jouerait sur du velours.

En m'engageant dans une liaison avec le Professeur, je courais au-devant des ennuis. Quelque chose me disait que notre histoire se terminerait mal. Cette passion exacerbée par des années d'attente risquait de se consumer dans un feu violent qui nous laisserait l'un et l'autre en cendres. Le Professeur s'était mis en travers de ma vie. J'étais longtemps parvenue à le contourner, maintenant c'était impossible. Il fallait que nous nous rencontrions, ensuite on verrait. Ce « on verrait » m'inquiétait davantage encore que le reste.

Cependant, Aline m'offrait une porte de sortie. En devenant son amie, ne parviendrais-je pas à me dominer suffisamment pour rester l'enfant chérie du Professeur en même temps que je deviendrais celle de son épouse, situation qui m'éviterait tout passage à l'acte ? Le Professeur et sa femme n'avaient pas d'enfant. Aline, avec ses fume-cigarette, avait un côté « groupie de Simone de Beauvoir ». Au cours de notre déjeuner elle m'avait raconté la rencontre du Professeur avec Sartre, en se donnant le beau rôle. A l'en croire, le Professeur était un enfant qu'elle dirigeait à sa guise. Plus encore que son époux, Aline était un personnage équivoque. Il y avait un côté « invitée » dans la relation qu'elle m'offrait. Elle m'avait proposé, si les choses tournaient mal avec Conrad, de m'installer chez elle. Cela me parut trop beau pour être honnête.

Je découvrais le monde des adultes, ses petits mensonges sales, ses hypocrisies et ses compromissions. Je me demandais comment je réussirais à tirer mon épingle d'un jeu pareil. Le ménage à trois, je le vivais en esprit depuis des années, mais la proportion était à mon avantage. Deux hommes et une femme, je voulais bien. Un homme et deux femmes, cette combinaison me laissait froide. De toute manière ce qui, dans ma fantaisie, prenait des contours flous et poétiques me dégoûterait dans la réalité.

La première phase du divorce avait eu lieu. Je pouvais désormais quitter le foyer conjugal. J'avais reçu ma nomination pour une petite ville située à une vingtaine de kilomètres de Cythère-sur-Largeau, au bord de la mer. Je trouverais facilement à m'y loger, car il y avait beaucoup de locations.

Une vieille femme me loua le premier étage de sa maison, deux pièces avec une salle de bains et un coin-cuisine. La petite ville était assez jolie, avait un charme campagnard. Une odeur marine venait d'au-delà des prés. Mes fenêtres donnaient sur un vieux jardin à demi abandonné où lilas, poiriers et framboisiers retournaient à l'état sauvage, où s'ébattait un peuple de chats nourris par la propriétaire.

Le Professeur rentra des États-Unis et sonna à ma porte quelques jours avant la rentrée scolaire. Je ne m'attendais pas à le voir si tôt. Il se tenait là sur le seuil, rouge de plaisir et embarrassé, passant lentement d'un pied sur l'autre.

« Je suis venu tout de suite, dit-il, tout de suite... »

Je le fis asseoir sur le canapé, servis à boire pour cacher mon trouble. Mes mains tremblaient. Finalement je m'assis près de lui. Il me prit dans ses bras et m'embrassa. Je me laissai faire avec une espèce de résignation. Non que je ne voulusse pas de ses caresses. Mais cette prise de possession avide et silencieuse m'attristait.

Le Professeur s'en aperçut.

« Je suis mal élevé, dit-il. Je me jette sur vous, là, comme ça... Seulement, il y avait si longtemps... »

Il se rejeta vers le bout du canapé. Je me rajustai. J'étais soulagée et un peu déçue.

« Vous êtes si jolie, dit-il. Je ne peux pas me lasser de vous voir. »

Il se leva.

« Il faut que je rentre. J'ai prétexté une course pour venir. Si vous voulez, je repasserai après-demain en fin d'après-midi. »

J'acquiesçai. J'étais devenue, sans avoir fait l'amour avec lui, la maîtresse du Professeur.

Il revint deux jours plus tard, un carton à gâteaux à la main, l'air d'un enfant bien peigné qui se rend à un goûter d'anniversaire. Il m'enlaça dès son arrivée. Nous allâmes dans ma chambre. Il y eut un moment de gêne.

« Est-ce que vous n'allez pas regretter après ? » demanda-t-il soudain.

Je répondis que je ne regrettais jamais rien. Je pensai que pour lui le sexe était une chose coupable et cela me désola. Il me fit l'amour assez rapidement. J'avais envie de lui mais le désir resta intact après l'acte.

« Vous n'avez pas eu beaucoup de plaisir », dit le Professeur assis dans mon lit, les couvertures pudiquement remontées sous le menton et fumant. Je mentis que si.

« Je vois bien que non. Ça me fait de la peine. J'aurais tant voulu... Pour moi ça a été formidable. »

Je me levai.

« Vous êtes belle, dit le Professeur. Vous êtes très belle. »

J'enfilai un kimono, allai dans la cuisine préparer le thé. Pendant que l'eau chauffait, je regardai par la fenêtre le jardin noyé de pluie. Sur l'arbre le plus proche, un oiseau chantait. Je sortis les gâteaux de leur carton, les disposai sur une assiette. Je mis le tout sur un plateau et l'apportai dans la chambre. Le Professeur était toujours assis dans le lit. Il mangea un baba au rhum avec conviction, en se léchant les doigts.

« C'est joli, cette chambre, tout blanc avec des dentelles partout. Ça vous ressemble. »

Les dentelles provenaient du grenier de ma propriétaire. Elle m'avait dit :

« Il y a plein de vieilleries là-haut. Si vous voulez des rideaux, servez-vous. »

J'avais trouvé des merveilles.

L'oiseau chantait toujours, une chanson gaie. Moi, j'étais triste. J'attendais que le Professeur parte.

« Je ne peux pas me résoudre à vous quitter, dit-il. C'est affreux. J'ai l'impression que je m'arrache une partie de moi-même. »

Il se leva. Son corps me parut à la fois fort et vulnérable. Il n'était pas particulièrement beau, seulement c'était lui.

386

Il s'habilla. Quand il me prit dans ses bras pour me dire au revoir, je plongeai le nez dans sa poitrine pour garder le souvenir de son odeur. Je relevai la tête et vis qu'il avait les larmes aux yeux. Je le conduisis à la porte. Son pas hésita un instant dans l'escalier, puis s'éloigna. Je guettai le démarrage de la voiture. Lorsque je ne l'entendis plus, je me mis à pleurer. L'oreiller avait gardé l'empreinte de son corps. Je m'y enfouis et m'endormis de tristesse.

Je commençai à vivre pour ses visites. Les journées passaient dans un rêve. Quelqu'un d'autre que moi s'agitait devant le tableau. Je rentrais, rangeais la maison, mangeais un peu. Je descendais au jardin, je caressais les chats. J'attendais. Je me dis que finalement, le Professeur n'avait rien changé à ma vie.

Foie de veau

De temps en temps ma logeuse frappait à ma porte, apportait deux pommes cuites sur une assiette, un peu de gâteau de riz. Un jour, elle me dit :

« Il vous aime beaucoup, le monsieur. Il a l'air si malheureux quand il part. »

Elle mettait sa lessive à sécher dans le jardin, sur une corde entre deux arbres. De ma fenêtre je regardais ses bas de coton, son cache-cœur mauve et ses chemises de pilou à fleurs. Elle avait peut-être eu un Professeur dans sa vie. Maintenant, elle n'avait que ses chats.

J'achetai la télévision. Cela faisait un peu de bruit, le soir dans l'appartement.

Le Professeur me faisait l'amour de façon de plus en plus passionnée. Il m'entraînait dans la chambre dès son arrivée. Le plaisir était incomplet. Je vivais avec un désir constant, inassouvi. Je comprenais pourquoi je n'avais pas tenté de l'approcher durant toutes ces années. C'était une sorte de sagesse intérieure. Même dans mes bras, le Professeur m'était lointain. Ce que je désirais c'était sa présence, et quelque chose d'autre qu'il aurait pu me donner, et ne me donnait pas. Je ne lui demandais rien. Nous étions étrangers l'un à l'autre, et pourtant proches. Nous ne partagions aucun des gestes de l'intimité. Il était toujours sur le point de s'en aller. Je l'attendais même quand il était là.

Parfois il venait à l'heure du déjeuner. Il m'emmenait manger dans une auberge. Il y avait un feu de bois, nous regardions les flammes.

« J'aimerais tellement rester avec vous tout le temps », disait le Professeur.

Je ne répondais pas. Je craignais de me mettre à pleurer. Nous ne parlions plus des choses de l'esprit. Nos corps nous faisaient taire, réduisaient la conversation à des trivialités.

Le temps était toujours compté. Le Professeur s'en plaignait. Il se consolait en évoquant la possibilité de quelque week-end, de quelque semaine de vacances que nous pourrions passer ensemble. Ah, si seulement il pouvait décider Aline à passer plusieurs jours à Paris, travaillant à la Bibliothèque nationale sur des documents qui lui seraient utiles pour sa thèse! Le Professeur réfléchissait à ce projet.

« Pars, ma chérie, disait-il, il faut faire les choses à fond, et puis ça te changera les idées. » Mais Aline ne se décidait pas.

« Je ne peux pas me résoudre à te laisser, affirmait l'excellente épouse. Tu es si maladroit! Tu ferais déborder le lait, la viande se gâterait dans le frigidaire, tu oublierais d'arrêter l'eau du bain! »

Cette description, relatée par lui-même, du Professeur comme un enfant incapable me surprenait. Cela m'étonnait plus encore de découvrir l'importance des détails ménagers dans la vie de ce grand esprit.

Un soir, le Professeur débarqua chez moi à l'improviste. Il arriva avec l'air joyeux et malin d'un gamin qui fait l'école buissonnière.

« J'avais tellement envie de vous serrer dans mes

bras ! s'écria-t-il joignant le geste à la parole. J'ai dit
que je devais passer à la bibliothèque... J'avais très
envie aussi de vous emmener dîner, qu'on ait toute la
soirée pour nous. Malheureusement, ça ne sera pas
possible. »

« Pourquoi ? » demandai-je, une fois n'étant pas
coutume.

« Parce que... répondit-il un peu gêné. C'est Aline...
Elle a acheté du foie de veau... Elle l'a commandé
exprès chez le boucher... Il paraît que ça ne se garde
pas, le foie de veau. »

Cette réplique innocente me fit réfléchir. Je croyais
vivre avec le Professeur une passion secrète, hors
norme. L'intérêt de la situation, en ce qui me concernait, était l'absence de cette routine matérielle et
conjugale qui m'avait pesé lors de mon mariage. Or, le
Professeur venait m'expliquer que mon bonheur tenait
à une tranche de foie de veau.

« Comment est-ce qu'elle le fait ? »

« Comment est-ce qu'elle fait quoi ? »

« Eh bien, le foie de veau ! Niçoise, aux raisins ? »

« Je ne sais pas », répondit-il avec embarras.

« Mais si, vous savez. Ça fait quinze ans qu'elle vous
en prépare, vous lui devez de vous en souvenir ! »

« Aux oignons... », murmura le Professeur malheureux et baissant la tête.

« C'est une erreur, affirmai-je. Les oignons c'est bon
pour le foie de génisse, ou le foie de porc. Le foie de
veau, c'est trop délicat pour les oignons. »

« J'ai des goûts simples, intervint le Professeur
poussé par la loyauté conjugale. Mes origines pay-
sannes... »

« Encore du thé ? » coupai-je. Je n'avais aucune
envie qu'il me fasse une fois de plus le coup du
péquenot.

Pour cause de Conrad, je n'avais plus de rapports avec Coralie. Mais je l'avais rencontrée en ville par hasard. Elle m'avait jeté un regard complice qui en disait long. Coralie connaissait ma relation avec le Professeur, et elle n'était pas la seule. La voiture du Professeur stationnait régulièrement devant chez moi. Innocent comme un Parisien, le Professeur se croyait incognito. Native de Cythère-sur-Largeau, je savais que les vingt kilomètres qui m'en séparaient n'empêchaient pas les habitants de ma ville de connaître mes écarts de conduite.

Conrad s'obstinait à faire semblant de ne rien savoir. Il marchait à reculons vers le Palais de Justice et une séparation irrévocable, effectuait à intervalles réguliers de molles tentatives de réconciliation. Coralie, j'en étais sûre, ne disait rien à Aline. Si le Professeur cessait de me voir, cela risquerait de me rendre à nouveau disponible pour Conrad. Ainsi, l'édifice du secret de Polichinelle branlait, mais ne s'effondrait pas.

L'affaire du foie de veau marqua une date dans mes relations avec le Professeur. Par la suite, dans les moments les plus passionnés, les mots « foie de veau » me venaient à l'esprit, éteignant ma flamme. Le Professeur ne comprenait pas les raisons de ces changements d'humeur. Je refusais de m'expliquer. Je ne pouvais quand même pas lui dire : « C'est à cause du foie de veau. » C'eût été avouer la bassesse de nos rapports. Cette trivialité provenait de la vie du Professeur, donc du Professeur lui-même. Je l'avais aimé parce que je le situais au-dessus des autres. Le jour où je ne pourrais plus le mettre à ce niveau, même en rêve, je cesserais de l'aimer. De plus en plus, je chérissais mon amour pour le Professeur davantage que le Professeur lui-même. J'avais beau savoir qu'un jour il me

391

faudrait quitter cet amour, je suppliais le temps, ce bourreau des cœurs, de m'accorder un sursis, encore un sursis et puis un autre encore.

On dit que la passion se nourrit de l'absence. La passion, oui. Mais pendant ce temps la cause de cette passion dépérit, jusqu'au jour où apparaît une telle disproportion entre le sentiment et celui qui l'inspire, que le sentiment meurt de lui-même, brusquement et sans remède, comme certaines plantes crèvent un jour par leur générosité même, ayant pompé toute la nourriture de leur pot. Le Professeur n'avait pas connaissance de cette triste vérité. Il croyait qu'en se faisant rare, il se faisait plus cher. Il avait lu cette maxime dans un texte de Sartre sur la réification. Bien que nous n'eussions plus d'intérêts philosophiques communs, le Professeur, par déformation profession-nelle, citait encore parfois les auteurs dans les moments les plus incongrus, c'est-à-dire les plus char-nels. Ces coq-à-l'âne m'amusaient et m'exaspéraient à la fois. Le Professeur n'avait recours à Sartre que dans les grands moments. Sartre était devenu pour lui l'objet conjoint de la haine et de la vénération. Il avait eu le dessus sur l'Ancêtre et, donc, sur le Professeur lui-même.

Le Professeur faisait à Sartre une confiance indue. En réalité, plus le Professeur se faisait rare, plus le sentiment que j'avais pour lui me devenait cher. Le sentiment, et non sa personne qui s'éloignait petit à petit dans les brumes où je l'avais laissée séjourner si longtemps. Un moment, le Professeur avait été l'homme que j'aimais. De plus en plus il se révélait autre, c'est-à-dire lui-même. Cette évidence que tout amour doit surmonter pour subsister, je la découvrais tardivement. De quoi le sentiment, privé du mirage qui l'avait suscité, trouverait-il à se nourrir ? Nulle habitude quotidienne, nul terreau vital ne pourrait donner naissance à la tendresse et à la nécessité. Ma passion était condamnée à court terme. Pour l'heure, je la chérissais d'autant plus.

Que faire contre Aline et son foie de veau ? Rien du tout, songeai-je. Aline avait la patience, vertu des épouses. Ignorait-elle vraiment ma relation avec son mari, comme celui-ci s'obstinait à le croire ? J'en doutais. Le Professeur, par stratégie, l'avait informée qu'il me voyait. Il avait prétexté une amitié qui aurait pris le relais des années d'étude. De loin en loin, lui disait-il, il venait me voir pour parler du bon vieux temps. La politique d'Aline consistait à ne jamais attaquer de front. La capacité de silence de cette femme était telle que je commençais à me demander si ce n'était pas là ce qui attachait à elle le Professeur. En fait, je le comprendrais plus tard, sa force ne résidait pas tant dans une mutité qui laissait le champ libre à la logorrhée de son époux, qu'à sa capacité de souffrir. Aline en bavait énormément. La douleur lui était nécessaire. Elle était sa raison d'exister, sa force, son âme. Son ascendant sur le Professeur résidait dans l'enthousiasme avec lequel elle assumait les fonctions de repoussoir et de souffre-douleur. Le Professeur pouvait bien lui faire n'importe quel affront, elle serait toujours là. Il n'avait pas, comme avec moi, à se tenir sur son trente et un, surveillant sa conduite afin d'être à la hauteur de mes espérances, sachant que de toute manière il n'y parvenait jamais tout à fait.

Cette position de victime expiatoire qu'Aline adoptait si volontiers faisait du Professeur, par un retournement pervers de situation, son obligé et d'une certaine manière son esclave. Plus les années passaient, plus le Professeur se conduisait mal vis-à-vis de cette femme, plus il se sentait coupable et redevable envers elle, enchaîné à la fois par une dette infinie et par l'attrait de la facilité. Aline supportant tout était martyre mais non sainte. Sa patience était une prise de pouvoir, sa passivité un chantage. Près d'elle le Professeur n'avait plus besoin d'être héroïque. Il pouvait se comporter en gamin méchant. Qu'elle le sût ainsi, le vît dans des attitudes que l'autre face de lui-même exigeait de dissimuler le rendait dépendant. Le silence d'Aline n'était pas celui du vide et de l'impuissance, mais celui de la connaissance et du secret. Derrière le masochisme, vieille arme féminine, Aline savourait la certitude d'avoir raison, d'être en définitive la plus forte et de gagner toujours.

L'affaire du foie de veau, qui révélait chez le Professeur des capacités infantiles de soumission, fut une étape sur la voie de la compréhension. L'épisode du cinéma en fut une autre.

Mes dimanches étaient très solitaires. Je les passais à récupérer des fatigues de la semaine. J'aurais pu aller en ville, sortir, voir des amis. Mais durant la semaine, j'étais par nécessité exposée à des contacts sociaux. En présence des autres, je me sentais attaquée dans mon être même, menacée de désintégration. Alors le septième jour, je ne voyais personne. Je prenais un bain, lavais mes cheveux, m'oignais de crème, lisais, somnolais et regardais la télévision. Lorsqu'il faisait beau, je descendais au jardin jouer avec les chats.

Par un dimanche après-midi d'hiver, le Professeur frappa à ma porte. Je ne m'attendais pas à le voir, crus à une visite de ma logeuse et ouvris en robe de chambre. La joie que me causa cette apparition allait me faire sauter au cou du visiteur quand je découvris dans son regard quelque chose d'éteint et de précautionneux. Derrière lui, dans la pénombre, je vis le visage d'Aline, qui avait mis ce jour-là ses grosses lunettes noires dont je ne savais pas si elles dissimulaient une myopie sous le prétexte de la frivolité, ou si elles étaient l'accessoire d'une lutte constante pour cacher ses sentiments. L'espace d'un instant, ces hublots sombres me parurent le signe de la haine. A ce moment-là, elle me dit d'un ton joyeux :

« Alors, vous n'allez pas nous laisser entrer ? J'ai un peu l'impression qu'on vous dérange... Ce n'est pas gentil, nous qui étions venus jusqu'ici pour vous réconforter ! »

« Me réconforter, pourquoi ? »

« Le Professeur dit que vous vous ennuyez le dimanche... Qu'il n'y a personne de fréquentable pour vous dans ce trou... Alors j'ai pensé, n'est-ce pas, comme on donne aujourd'hui *Sweet Movie* au ciné-club de Cythère... Nous pourrions vous y emmener... »

Le Professeur se tenait maintenant au milieu de mon salon, en pleine lumière. Il souriait, débonnaire et content de lui.

« Mais... c'est que... j'allais... », balbutiai-je.

« Vous alliez quoi ? » demanda le Professeur. Il désigna le livre ouvert sur le canapé, le programme de télévision sur le tapis à côté de la boîte de biscuits.

« Me reposer, je suis fatiguée. »

« Il faut prendre l'air et vous changer les idées », dit le Professeur avec autorité. Je proposai du thé, histoire de temporiser. J'allai dans la cuisine calmer ma colère en donnant des coups de pied dans la poubelle, qui se renversa. J'apportai le plateau. Mes mains tremblaient. Je servis le thé. Le Professeur regardait mes jambes. Soudain, il s'éclipsa en s'excusant. Je me demandai ce qu'il cherchait à cacher. Je m'assis en face d'Aline. C'était elle maintenant qui me regardait.

« Mon mari a des défauts, mais je dois reconnaître une chose, il ne m'a jamais trompée. »

Elle eut un petit rire. Je me demandai une fois de plus si elle était idiote ou perverse. J'eus pitié d'elle. Je respirais difficilement. J'allai ouvrir la fenêtre.

« Il fait froid », dit Aline.

« Le jardin est plein de chats », dis-je. Je refermai la fenêtre. Le Professeur réapparut. Je compris ce qu'il était allé cacher.

« Alors ce thé ? » dit-il jovial. Il prit sa tasse.

« Allez vite vous préparer », ordonna-t-il.

Je me demandai comment Aline pouvait ne pas voir qu'il s'adressait à moi sur le ton d'un amant à sa maîtresse.

Nous partîmes. Pendant le trajet le Professeur chantonna. J'étais pliée en deux sur le siège baquet, à l'arrière.

Dans la salle de cinéma, Aline entra d'abord. Je suivis. Tout d'un coup le Professeur passa devant, de manière à se placer entre son épouse et moi. Je me demandai pourquoi il avait fait quarante kilomètres pour m'amener là. Le film commença. Dans l'obscurité, Aline posa sa main gauche sur la main droite du Professeur. Peu après, le Professeur dégagea sa main. Quelques minutes passèrent encore. Il posa sa main gauche sur ma main droite. Saisie, je laissai faire quelques instants puis retirai à mon tour ma main. Il était fou. Pourquoi prenait-il le risque d'être vu par sa femme ? Espérait-il provoquer un esclandre par un demi-désir de vérité, ou savait-il au contraire que quoi qu'il fasse Aline ne dirait rien ? Où se trouvait exactement son plaisir ? Dans le contact avec moi ou dans la présence proche d'Aline ?

Le film me parut interminable. A la sortie, je déclinai la proposition de dîner ensemble émise par le Professeur. Aline semblait épuisée.

« Je vais rentrer, dis-je. J'ai envie de lire. »

« Qu'est-ce que vous allez lire ? » demanda le Professeur.

« *L'invitée*. »

« Beauvoir, ça vieillit. »

« Peut-être, mais il y a des choses encore très actuelles. »

Aline me serra la main. Son regard était, comme d'habitude, neutre, absent.

Hésitations

Le Professeur revint trois jours plus tard. Je l'accueillis avec gêne.

« Qu'est-ce qui se passe ? demanda-t-il. Vous n'avez pas l'air contente de me voir. »

« Ce n'est pas cela. Mais vous êtes si loin. »

« Ma petite enfant, dit-il tendrement. Je vous donne si peu... Vous méritez tellement mieux... »

« Ça c'est vrai », criai-je avec conviction.

Le Professeur me regarda surpris et presque offensé. D'habitude, lorsqu'il faisait ce genre de remarque, je protestais.

« Est-ce qu'Aline sait ? demandai-je. Dimanche, elle m'a dit que vous ne l'aviez jamais trompée. »

« Vous voyez bien ! dit le Professeur en se frottant les mains. Vous ne trouvez pas que ma femme est un peu nunuche ? »

J'eus envie de lui flanquer une claque. Je levai la main puis la laissai retomber.

« Vous voyez que vous avez envie de me toucher, dit-il. Pourquoi est-ce qu'on perd notre temps ? »

« Je n'ai pas envie comme vous croyez. »

Le Professeur me poussa vers la chambre et me fit l'amour. En plein acte il s'arrêta.

398

« Il y a quelque chose qui ne va pas. »

« Je ne ressens rien. »

« Vraiment rien ? » dit le Professeur d'une petite voix pleine d'espoir.

Je réfléchis. Dans mon coquillage intérieur, la mer avait cessé de bruire.

« Non, rien. »

Le Professeur soupira et posa sa tête sur mon épaule.

« Vous pouvez terminer quand même », concédai-je attendrie.

Le Professeur se remit à bouger et poussa bientôt le même cri qu'à l'accoutumée.

« De toute façon pour vous ça ne change rien », constatai-je.

« Détrompez-vous, je suis triste », dit le Professeur.

Il m'attira contre lui et s'endormit.

Lorsqu'il se réveilla, la nuit tombait. J'avais somnolé moi aussi. Je me tournai vers la fenêtre, imaginai le jardin sombre et moussu, les ombres des chats filant dans l'obscurité. Je pensai à ma vieille logeuse assise à l'étage au-dessous dans son fauteuil de velours pourpre, perdue dans ses souvenirs. Il me sembla que tout devait finir, que je n'avais plus de place sur terre. Le Professeur devina peut-être mes pensées car à ce moment il me serra à nouveau dans ses bras. Cela ne fit qu'accroître ma désolation. Celle-ci m'accompagnait depuis l'enfance. J'avais cru pouvoir y échapper avec l'âge adulte. Parce que je pouvais séduire les hommes, j'avais espéré qu'ils m'arracheraient à cette terre d'abandon, ce désert pluvieux qui était ma contrée interne. Ils en étaient incapables. La chaleur de leurs bras n'était que momentanée. L'image que je me faisais d'eux ne correspondait pas à la réalité. Un jour, le voile qui recouvrait la mélancolie de mon spectacle intérieur se déchirait. Je me retrouvais plus seule encore en leur présence qu'en mon unique compagnie, plus désertée alors que je plaisantais, que nous échangions des mots tendres.

La nuit était maintenant tout à fait tombée.

« Je suis sûr que vous regrettez », dit le Professeur dans l'obscurité.

« Regretter quoi ? » demandai-je.

« Que nous soyons devenus amants. »

« Pourquoi regretterais-je ? »

« Nous ne sommes pas plus heureux qu'avant. Nous ne nous parlons plus. C'était un tel plaisir de se parler. »

« Vous vous trompez, rectifiai-je. Nous ne nous sommes jamais parlé. C'est vous qui parliez. Vous dites que vous ne parliez que pour moi, mais vous n'avez jamais eu le courage de l'assumer. C'est-à-dire de l'avouer publiquement, ni même de me l'avouer à moi, avant qu'il ne soit trop tard, et qu'en fait vous ne me parliez plus. Vous parliez au-dessus de ma tête. Ce que vous vouliez de moi, c'était que je vous admire parlant, mais parlant à quelqu'un d'autre, quelqu'un qui n'était pas là. Je ne sais pas qui. Dieu, peut-être. »

« Avant vous, dit le Professeur, je parlais pour l'Ancêtre. »

Cet aveu ne m'étonna pas.

« Vous n'avez pas cessé quand vous m'avez rencontrée. Vous avez seulement trouvé en moi quelqu'un qui vous observe. Vous ne vous sentez vivant que sous l'œil d'autrui. Vous avez tout le temps besoin d'un témoin. Il faut que je vous regarde être avec Aline, et qu'Aline vous regarde être avec moi. A la fin, j'ai mal aux yeux. »

« Je n'ai pas su vous rendre heureuse, dit le Professeur. Sexuellement, je veux dire. »

« Je ne sais pas pourquoi vous faites ces distinctions.

400

Lorsque nous faisons l'amour, à défaut de témoin vous vous regardez vous-même. Vous vous regardez faisant l'amour à une femme. Il faut que je bouge et que je crie pour que le tableau soit réussi. Je doute que vous ayez vous-même beaucoup de satisfaction. Je crois que ce qui vous plaît, c'est l'idée de me satisfaire. »

« Non. Vous vous trompez. Je suis triste parce que je ne vous ai jamais comblée. Je n'ai pas su. »

« Vous avez éveillé en moi le désir. Avant, mon corps dormait. Conrad me berçait. S'il berçait trop fort, ça me réveillait. Je criais. Avec vous j'ai connu le désir d'avoir du désir. »

« Vous n'avez jamais vraiment eu de plaisir ? » demanda le Professeur.

« Si, deux fois. La première fois j'étais seule, je pensais à vous. C'était juste avant que vous ne reveniez des États-Unis. Cela m'a submergée tout entière. Alors j'ai cru que lorsque nous ferions l'amour ce serait la même chose en mieux. Ensuite, j'ai eu du plaisir avec vous, la seconde fois je crois. »

« Pourquoi pas par la suite ? » La voix du Professeur était altérée.

« Parce que après je ne pouvais plus y croire. Je n'avais plus d'espoir. On ne peut pas jouir sans espoir. En tout cas moi, je ne peux pas. »

« Pourquoi plus d'espoir ? »

« Je savais qu'en commençant ça finissait. Qu'en nous rencontrant nous nous quittions. Que nous ne nous rejoindrions jamais. Que vous joueriez toujours ce petit jeu entre Aline et moi, de manière à être sûr de ne vous rapprocher ni de l'une ni de l'autre. »

« Pourtant vous avez continué à me voir. »

« Oui, parce que je tenais à vous. On peut savoir quelque chose et mettre du temps à l'admettre. »

« Je vais partir, dit le Professeur. Quelques jours en

Italie pour les vacances de Noël. Aline a tout combiné. »

« Venise, j'imagine. Quelle bonne idée ! Ça me permettra de me détacher de vous. »

Le Professeur se leva et s'habilla. Son corps faisait une tache blanche dans l'ombre.

Je décidai d'anticiper sur les vacances. Le mal de tête qui m'avait prise dans le cinéma revenait à intervalles réguliers et de manière violente. J'allai chez le médecin. Il me prescrivit un traitement.

« C'est un nouveau médicament, dit-il. C'est très efficace. »

Il me mit en congé. Je téléphonai à Amandine. Je partis sans prévenir le Professeur.

Je passai les vacances à dormir et me promener. Je prenais les pilules prescrites, mais les maux de tête ne s'arrêtèrent pas. Au contraire, ils crûrent en intensité. Je ne pouvais plus lire.

Je rentrai. Je regardai dans la boîte aux lettres, dans l'espoir d'y trouver une lettre du Professeur. Il n'y en avait pas.

Je repris mes cours. Les céphalées augmentèrent encore. Deux jours après la rentrée, le Professeur vint me rendre visite. Il souriait largement. Il tira de sa poche un petit paquet. Je l'ouvris. C'était un collier, une boule d'ivoire au bout d'une chaîne d'or.

« J'ai trouvé ça à Venise. J'ai pensé que ça vous irait, et que comme ça, vous m'auriez toujours autour du cou. »

Je lui demandai s'il avait passé de bonnes vacances.

« Excellentes. Je n'étais jamais allé à Venise. En cette saison il y a très peu de touristes. Nous avons rencontré de vieux amis. Un camarade de l'École et sa femme. Ils sont historiens d'art tous les deux. Ils nous ont tout expliqué. »

Le Professeur avait réussi à éviter de se trouver seul avec Aline.

« Ça a été formidable, ajouta-t-il. Je me sens très reposé. »

Je le regardai. De deux choses l'une : ou bien il était heureux quand il se trouvait avec sa femme, et alors qu'est-ce qu'il faisait chez moi ? Ou bien il mentait dans le but de me faire de la peine, et alors qu'est-ce que je faisais avec lui ?

Jusque-là le Professeur, conformément aux méthodes usuelles des hommes mariés en situation braconnière, m'expliquait combien la vie était triste auprès d'une épouse qui ne le comprenait pas, avec qui il ne restait que par sens du devoir. Se sentait-il désormais sûr de moi au point d'envisager soit de ne plus prendre la peine de mentir, soit de me torturer tout son soûl ? Est-ce que moi aussi j'étais en train de passer, comme Aline, dans la catégorie des souffre-douleur ?

J'avais vingt-quatre ans. Je passais mes soirées seules. Je venais de passer seule les vacances de Noël. Il y avait trois mois que cela durait. Les quelques jours d'intimité promis par le Professeur s'étaient volatilisés. Qu'est-ce que j'attendais ? Le Professeur n'avait fait vers moi que la moitié du chemin promis. C'était pour cela que mon corps se rebellait.

Élan

Aline partit à Paris quinze jours plus tard. Je ne l'appris pas par le Professeur mais par Amandine qui s'empressa de me téléphoner. Autour de nous, le filet invisible de la province se resserrait. On nous observait. Nous étions le feuilleton du moment. La clandestinité de la situation la rendait paradoxalement spectaculaire. Mon goût du secret s'en trouvait frustré. J'aimais rencontrer le Professeur à l'insu de tous, dans une chambre obscure, entretenir avec lui un rapport insoupçonné, d'autant plus précieux. Mais les témoins affluaient. Les gens me parlaient de lui d'un air entendu. Même le plaisir du secret m'était enlevé.

Le coup de fil d'Amandine provoqua en moi l'incrédulité puis la fureur. Le Professeur ne m'aimait-il plus, ne voulait-il plus me voir ? Dans ce cas pourquoi ne le disait-il pas clairement ?

Je décidai d'aller chez lui. Dans le taxi, je songeai que jamais jusque-là je n'avais fait une chose pareille : jamais téléphoné, jamais écrit. J'en avais assez d'être l'objet disponible. J'allais brusquer les choses. Je cherchais une occasion de rompre. En même temps, je ne pouvais croire qu'il ne m'aimât plus. Dans nos étreintes il se montrait plus passionné qu'auparavant,

404

sans doute parce qu'il me sentait moins accessible. Mais j'en avais assez de jouer les princesses lointaines.

En arrivant, je vis que le quartier avait changé. En face de l'immeuble, là où auparavant se trouvait un terrain vague, une rangée de magasins étalait ses devantures criardes, ses néons vulgaires. Je levai la tête. La fenêtre du bureau du Professeur était allumée. Il travaillait et ne pensait pas à moi. Ou s'il pensait à moi, c'était pire encore.

Je montai et sonnai. Il ouvrit la porte et me regarda stupéfait.

« C'est vous, répétait-il l'air un peu idiot, comme tiré du sommeil, c'est vous ? »

« Si je vous embête, je peux partir. »

En réponse il me serra dans ses bras. Il passait la main dans mes cheveux, m'embrassait sur le front, répétait encore, tendrement :

« C'est vous... C'est vous... »

Tout d'un coup il me lâcha.

« Entrez, on pourrait vous voir. »

« Si ça vous ennuie, je peux repartir. »

Il me prit la main, me tira à l'intérieur.

« Ne partez pas, venez, venez... »

Nous traversâmes le couloir, entrâmes dans son bureau. Il me fit asseoir. Il se mit à faire les cent pas avec agitation, s'arrêtant de temps en temps pour me regarder. Soudain, il alla à la fenêtre, tira les rideaux.

« La boucherie d'en face, dit-il. Aline est cliente... Ils pourraient vous voir... »

J'étais partagée entre l'exaspération, la honte et l'envie de pleurer.

« Je me fiche bien qu'on me voie. Qu'est-ce que le boucher a à faire avec nous ? Si vous pensez tellement à Aline, je repars... »

« Non, non, dit encore le Professeur. Je suis maladroit, parce que... je suis un peu affolé... C'est inattendu... Et puis vous voyez, je n'étais pas prêt pour vous recevoir... »

Il portait une robe de chambre écossaise sur un pyjama à rayures bleues. Nus dans ses pantoufles, ses pieds semblaient curieusement vulnérables. Il ne s'était pas lavé les cheveux. Il émanait de lui une odeur de sommeil ou de maladie.

Il s'assit en face de moi. Je pensai : le fauteuil où je me trouve, d'habitude c'est Aline qui s'y assoit quand elle vient lui demander si son travail avance.

« Votre travail avance ? »

« Non, dit-il, passant une main nerveuse dans ses cheveux. Je ne peux pas travailler, pas du tout... Je pense à vous tout le temps. Je suis obsédé par vous, c'est épouvantable... Deux fois cette semaine, j'ai appelé Aline Colombine. Elle m'a demandé si je devenais fou. »

« Toujours aussi perspicace, cette chère Aline. Grande lectrice de l'âme humaine. »

« Ne vous fichez pas d'elle, gronda le Professeur. Je sais bien qu'elle est, comment dire, enfin... un peu gnangnan. Mais il ne faut tout de même pas oublier que c'est ma femme. »

« L'oublier, ça il n'y a pas de danger. » Je me levai. Le Professeur m'attrapa et me poussa vers le canapé.

« Nous ne devrions pas », dit-il en se couchant sur moi. Une vague de rage me traversa. Cette hypocrisie m'exaspérait. Le Professeur utilisait de telles phrases pour dédouaner sa conscience à peu de frais, et se procurer de surcroît le frisson de l'interdit. J'étais son péché mignon, sa putain respectueuse. Ces petits jeux devenaient lassants.

Le Professeur, comme d'habitude, se battait avec

l'agrafe de mon soutien-gorge. Cette fois, je ne l'aidai pas à faire semblant de s'en tirer élégamment.

« Vous ne portez pas celui qui ferme devant ? » dit-il d'un ton de reproche, en haletant un peu.

Je ne répondis pas. Pour la première fois, je ne désirais pas qu'il me voie nue. Jusque-là son regard avait toujours provoqué un trouble agréable. Je me laissai déshabiller avec le sentiment d'être un fruit qu'on épluche. L'idée de son sexe en moi sur ce divan qui ne m'appartenait pas, dans cette maison qui n'était pas la mienne, m'était repoussante. Pour le Professeur, qui devenait très ardent dans ses caresses, c'était un encouragement au désir. Je glissai de sous lui, me penchai sur son ventre et l'embrassai. Il émit un gémissement de surprise et de plaisir, et s'épancha. Je relevai la tête, regardai les gouttes de liquide moiré sur sa peau. Ça avait goût de pas grand-chose. Il me remercia avec effusion.

« Je ne suis pas digne », dit-il d'un ton grave. Je me trouvai à nouveau partagée entre l'envie de rire et celle de pleurer. Je me levai et me dirigeai nue jusqu'à la fenêtre. Dans la nuit, les enseignes des boutiques clignotaient. Il n'osait pas me rappeler à l'ordre, ou bien le plaisir lui avait fait oublier les voisins. Je cherchai la salle de bains. Cette pièce était pleine des serviettes d'Aline, de son savon au santal, de son talc à la rose. J'ouvris l'armoire de toilette, pris un pot de plastique vert, y mis le doigt et m'en passai un peu sur les joues. L'odeur était désuète, agréable. Je me lavai, me rhabillai, retournai dans le bureau. Le Professeur s'était rajusté lui aussi. Il était toujours allongé sur le divan.

« Je m'en vais. »

« Vous ne voulez pas rester un peu ? »

Je pensai qu'en fait, il serait soulagé de mon départ.

Sur le palier, en attendant l'ascenseur, j'éclatai en sanglots. Le Professeur me serra contre lui.

« Pourquoi est-ce que vous ne voulez pas m'aimer ? »

« Vous savez bien que si, souffla-t-il. Vous savez bien qu'on vous aime. »

Il n'était même pas capable d'employer la première personne. Je descendis comme une noyée. Une fois dehors je levai les yeux. Le Professeur était à sa fenêtre et faisait des signes. Il avait oublié le boucher.

Départ

Le Professeur et moi ne ferions plus l'amour. Cette histoire devenait sale. A chaque rapport je tuais un peu de moi-même.

J'expliquai cela au Professeur lorsqu'il revint quelques jours plus tard. Il me dit qu'il était d'accord, qu'il comprenait tout. Aussitôt après, il me sauta dessus. J'eus l'impression qu'il s'agissait de quelqu'un d'autre. Je me mis à pleurer. Le Professeur me prit dans ses bras et me consola. Une heure plus tard, il partit.

J'avais atrocement mal à la tête. J'allai dans la salle de bains, pris une des boîtes de pilules que le médecin m'avait ordonnées, et que j'avais jusque-là hésité à utiliser. Je lus la posologie, vis que le dépassement de la dose prescrite pouvait entraîner des accidents cardiaques. J'emplis d'eau le verre à dents et avalai le contenu de deux boîtes. Je retournai me coucher.

Je fus bientôt parcourue par les vagues d'une nausée violente. L'univers était zébré de couleurs étranges et oscillait. Je vis, chaloupant devant moi, le corps déformé de ma propriétaire. Deux infirmiers me firent glisser sur une civière. Mon cœur battait de façon irrégulière. J'étais dans les montagnes russes, à la fête foraine. Dehors, il faisait froid. A l'hôpital, un interne me demanda combien de pilules j'avais prises.

« Une dizaine », mentis-je avant de basculer au fond de l'abîme. J'espérais que je pourrais mourir quand même.

On me coucha dans un lit. Mon cœur se mit à descendre de plus en plus vite. Je plongeais avec lui dans un abîme infini. Puis il remontait lentement et en hésitant comme un seau trop lourd qu'on retire du fond d'un puits. Il se maintenait quelques instants au niveau de la margelle, mais soudain la corde redescendait à une vitesse vertigineuse. Mon cœur restait à nouveau dans les profondeurs de la terre au-dessus de l'eau noire, suspendu à cette corde sur le point de lâcher. A chaque fois, il descendait un peu plus bas et y demeurait un peu plus longtemps. Une dernière fois je sentis que la corde était usée et sur le point de se rompre. Je regardai en haut vers la lumière étroite et décidai de remonter par mes propres forces. Si celles-ci n'étaient pas suffisantes, je mourrais. La mort était très proche et la vie lointaine. L'effort suffirait peut-être à me faire basculer définitivement vers l'arrière et alors, je n'aurais plus rien à craindre, puisque tout serait fini et tel que je l'avais souhaité.

Seulement tout d'un coup, je ne le souhaitais plus. La tache de lumière au-dessus de moi me paraissait éperdument désirable. Rien, jamais, n'avait eu autant de valeur. Je commençai à me hisser vers elle centimètre par centimètre. Je n'avais plus rien à craindre et cependant, j'avais peur comme jamais encore. La mort n'avait pas eu de réalité jusqu'à ce moment. Maintenant elle était à mes trousses et elle était laide. Elle n'avait rien de commun avec moi. Je lui échapperais. J'avais toujours fui la bassesse et la laideur. Je grimpai très lentement dans la douleur extrême. Soudain je

410

sentis autour de moi l'éblouissante clarté de la vie. Je
perdis conscience.

Le lendemain, un médecin vint me voir. Je devrais
passer quelque temps à l'hôpital pour me remettre. Je
regardai un instant le jour par la fenêtre. Je me sentais
extrêmement faible. Je disparus à nouveau dans le
brouillard. Lorsque celui-ci se dissipa, quelqu'un me
tenait la main. Je vis, penché au-dessus de moi, le
visage du Professeur.

« Vous m'avez fait peur. » Il déposa quelque chose
sur le lit à côté de moi.

« Depuis combien de temps suis-je ici ? »

« Une semaine. »

« Qu'est-ce qu'on me fait ? Quand vais-je sortir ? »

« Le médecin veut vous garder encore un peu. Vous
êtes épuisée, vous devez vous remettre. »

« Ce n'est pas ici que j'irai mieux. »

« Aline propose que vous veniez à la maison. Elle
pense que vous avez besoin d'être entourée. Vous
pourriez occuper la chambre d'amis. »

Le vertige me prit. Le Professeur me regardait d'un
air bizarre. Je changeai de sujet.

« Qu'est-ce que c'est que ça ? » demandai-je en désignant le paquet déposé sur le lit.

« Les premières fraises », dit le Professeur.

Je ne mangeai pas les fraises. Pendant la nuit, elles
pourrirent. Le lendemain, le Professeur revint. Dans un
petit sac, il portait deux artichauts.

« Je sais que vous aimez les artichauts », dit-il en les
posant sur la table de nuit.

« J'aimais ça, dans le temps. »

« Vous allez les manger maintenant. Tout de suite,
devant moi. Je ne partirai pas avant. »

« Il n'y a pas de sauce, dis-je. Je n'aime pas les
artichauts sans sauce. »

Je me tournai vers le mur, fermai les yeux.

Le lendemain, le Professeur revint. Les artichauts de la veille étaient toujours sur la table.

« J'en ai apporté des frais », dit le Professeur.

Il les déballa, hésita. Enfin, il tira autre chose du fond du sac. C'était un petit pot de verre, un petit pot Gerber vidé de sa purée pois-carottes et rempli de vinaigrette.

« C'est Aline qui l'a faite », dit le Professeur comme une incitation.

Je me demandai où elle avait trouvé le petit pot, quel enfant imaginaire elle rejetait là.

Le Professeur me regardait et souriait.

Je pris le petit pot. Je l'ouvris. Je respirai à fond. D'un trait, j'avalai toute la vinaigrette.

« C'est dégueulasse », dis-je au Professeur.

« Il y en avait pour une semaine », protesta-t-il. La désapprobation se peignait sur son visage.

Je pris un des artichauts. Je le jetai contre le mur. Il s'y écrasa en laissant des traces verdâtres. Je pris le deuxième artichaut, le troisième, le quatrième. Ils s'écrasèrent à leur tour. Le mur semblait constellé de merde.

« Je ne comprends pas quelle place je tiens dans votre vie », dis-je au Professeur qui regardait le mur, stupéfait.

« La place de l'amour », répondit-il d'une voix blanche.

« Sortez, maintenant, hoquetai-je. Je vais vomir. »

Le Professeur sortit. Je pris le petit pot vide et le fracassai à son tour contre le mur. Puis je vomis.

Le psychiatre revint me voir. Une infirmière lavait le mur, changeait les draps.

« J'ai vu votre ami hier. Ce n'est pas un type

412

pour vous. La solution serait d'épouser un brave garçon, ça vous redonnerait la santé. Pourquoi cet homme-là vient-il vous voir ? »

« Parce qu'il m'aime. »

« Vous croyez ? Pourquoi le croyez-vous ? »

« Parce qu'il le dit. ».

« Je l'ai vu hier. Je l'ai rencontré dans le couloir. Je voulais lui parler depuis longtemps, à cet homme... Ça vous intéresse de savoir comment il m'a parlé de vous ? »

« Allez-y », soufflai-je. Derrière sa barbiche, le psychiatre avait une tête d'assassin.

« Il m'a dit : " Vous comprenez, docteur, cette fille-là... Je ne suis pas allé la chercher... Un jour sans prévenir elle s'est jetée à mon cou... Alors je suis un homme, moi, docteur, un homme comme les autres... Devant une femme, je suis faible... " »

Dans ma tête, je tirai deux coups de 6.35 en direction du psychiatre qui tomba foudroyé. Je regardai la fenêtre, elle était grillagée. Au fond de l'hôpital un fou hurla.

« Si je ne pensais pas que vous m'en voudriez à mort, dit le psychiatre, j'interdirais ses visites. »

« C'est la meilleure chose à faire », affirmai-je.

Huit jours passèrent. Les minutes étaient des heures, les heures des minutes. J'avais disparu, une autre fille avait pris ma place. De temps en temps, je tâtais les bras, les jambes de celle qui m'occupait pour vérifier qu'elle était toujours là.

« Quand est-ce que je sors ? » demandai-je.

Le psychiatre me regarda derrière sa barbiche.

« Vous allez très mal. Vous êtes extrêmement déprimée. »

« Ça ira mieux bientôt. Je ne reverrai plus cet homme. »

« Si seulement je pouvais vous croire », dit le psychiatre en me fixant d'un air découragé.

Je fis un pari. Je décidai qu'à ma sortie de l'hôpital je coucherais avec le premier qui m'adresserait la parole. Je me vengerais ainsi des années passées à attendre le Professeur, et de la déception qui avait suivi.

Débarquement

Huit jours plus tard, je sortis. Il faisait beau. Je me sentais aussi blanche et fragile qu'une feuille de papier. Je n'avais pas voulu qu'on vienne me chercher. En face de l'hôpital se trouvait un café, quelques tables en terrasse. Sur l'une d'elles, dans une corbeille, deux croissants. Assis derrière, un homme en dévorait un troisième. Soudain, j'eus très faim. La table d'à côté était vide, je m'y assis. Un garçon arriva, je commandai à mon tour des croissants. Ils étaient tendres et dorés. Dès la première bouchée je m'aperçus que je ne pouvais pas manger. Une boule me serrait la gorge.

« Ça ne passe pas ? dit le jeune homme d'à côté avec un accent américain. Ils sont pourtant bons. »

« Je n'ai pas faim », répondis-je en posant le croissant.

« Qu'est-ce que vous faites là, alors ? » demanda le jeune homme.

« Qu'est-ce que je pourrais bien faire ailleurs ? »

« Vous baigner. Je vais à la mer, vous venez ? »

« Pourquoi est-ce que je viendrais avec vous ? je ne vous connais pas. »

« Je me présente, dit-il en s'inclinant avec un petit sourire. Robert Mappleton III. »

415

« Pourquoi trois, vous êtes un triplé ? »

« Non, je suis le troisième du nom. Mon père et mon grand-père s'appelaient aussi Robert Mappleton. Dans notre famille le fils aîné s'appelle toujours Robert. »

« Ça remonte à quel siècle ? »

« C'est une question d'Européenne. Mon arrière grand-père est arrivé d'Europe centrale avec un nom impossible. Il l'a changé. Il était tailleur et il a fait des affaires dans la fabrication de sous-vêtements. Ça vous fait rigoler, hein ? Vous ne devriez pas. Ça rapporte, le sous-vêtement. Mais pour devenir le roi du caleçon, il vaut mieux porter un nom qui sonne américain. C'est comme ça qu'il est devenu Robert Mappleton. Il avait dix-huit ans à son arrivée. Vous comprenez pourquoi dans la famille nous accordons de l'importance à nos traditions. On se les est fabriquées nous-mêmes et on les soigne. Mon père, Robert II, a épousé par obéissance filiale une fille de la bonne bourgeoisie géorgienne qui se révéla stérile. Il avait quarante ans lorsqu'elle mourut dans un accident de voiture. Trois ans plus tard il épousa ma mère qui avait vingt-six ans de moins que lui. »

« Alors vous êtes dans le caleçon ? A vous voir on ne dirait pas. »

« Les caleçons, ça ne se porte pas sur la figure, fit Robert. Si je vous dis que j'en ai un sous mon jean, est-ce que vous refuserez de venir à la plage avec moi ? »

« Je ne sais pas encore. Vous n'avez pas vraiment répondu à ma question. Je ne voulais pas savoir si vous êtes dans un caleçon mais dans les caleçons. »

« Non, répondit Robert. Les caleçons, enfin les caleçons en gros, ça me donne des boutons. Alors c'est mon cousin qui s'en occupe. Il adore ça et moi, je suis devenu dermatologue, pigé ? »

« Pour soigner vos boutons, et ceux des autres par-dessus le marché. Mais pas les boutons de culotte. »

« Je vois que vous comprenez tout. Je viens de finir mes études. Avant d'entamer ma vie professionnelle, je me suis offert un voyage en Europe. Je suis arrivé hier dans cette ville. Je voudrais aller au bord de la mer, je ne connais pas la région. J'ai besoin d'un guide. »

« Vous avez de la suite dans les idées. Mais vous parlez vraiment très bien le français. C'est suspect, pour un Américain qui vient d'arriver. »

« Je vais vous expliquer. Pendant la Seconde Guerre mondiale, mon père faisait partie des troupes améri-caines qui ont débarqué en Normandie. Il a été logé chez des paysans, dans un petit village. Il est tombé amoureux de la fille de la maison, qui l'a promené dans le coin. Elle avait quatorze ans. Il a couché avec elle. Le jour même il a écrit à sa mère pour lui dire qu'il avait rencontré une jeune fille merveilleuse, chez les fer-miers qui le logeaient. Lorsque sa mère a reçu la lettre, elle savait déjà qu'il était mort. Il venait de sauter sur une mine. Ma grand-mère a écrit à la jeune fille qu'il disait aimer et s'appelait Jeanne. Elle voulait tout savoir des derniers jours de son fils. Jeanne lui a répondu qu'elle attendait un enfant. Ses parents ne voulaient plus d'elle. Quatorze ans, et enceinte d'un Américain mort. Ma grand-mère a envoyé à Jeanne un billet de bateau. Jeanne a trouvé un passage sur un liberty-ship. Elle est arrivée en Géorgie. Elle a rencon-tré le frère aîné de mon père qui était veuf et fabriquait des caleçons. Il l'a épousée et moi, je suis né. Voilà pourquoi je parle si bien le français. Une fois mes études finies, je me suis offert le pèlerinage de mes origines. »

« Alors vous n'avez pas besoin de moi. Vous irez dans la famille de votre mère. Ils s'occuperont de vous... »

« Ils se sont déjà occupés de moi. J'ai loué une voiture hier en arrivant. Je suis allé là-bas et j'y ai passé la nuit. Si je vous demande de m'accompagner, ce n'est pas seulement pour trouver comme mon père une jeune fille charmante qui habiterait le coin et me montrerait la région. Avant d'aller au bord de la mer profiter de cette belle journée, j'ai quelque chose à faire. Quelque chose de pas très drôle, et j'aimerais bien ne pas y aller tout seul. »

« Qu'est-ce que c'est ? »

« Il s'agit d'aller sur la tombe de mon père, dans le cimetière militaire qui se trouve près d'ici. Je suis dans une situation bizarre. Mon père est mort, pourtant j'en ai un. Ma mère s'est mariée avec le frère de mon vrai père. Je n'ai connu que lui et il s'est occupé de moi comme de son fils. Je n'ai appris la vérité que lors de ma majorité. Jusque-là je pensais que ma mère avait été invitée en Amérique suite à la correspondance qui s'était engagée entre elle et la famille américaine, après la mort de Robert... Lorsque j'ai su, je me suis promis que je viendrais ici en pèlerinage. J'y vais cet après-midi. Et je me sens un peu ému et mal à l'aise. »

Je le regardai. Il était assez beau garçon, plutôt grand, brun, un profil marqué, très américain avec son blue-jean, sa chemise rouge à carreaux verts, ses tennis. Qu'est-ce que je faisais à écouter un parfait inconnu me raconter sa vie ? Mais j'étais sûre qu'il était sincère. Et puis, il y avait mon pari. Je n'avais pas imaginé que les choses iraient aussi vite. D'ailleurs, Robert Mappleton III n'était pas en train de me suggérer de visiter sa chambre à coucher. C'est bien à moi qu'il faut que ça arrive, pensai-je : si un type me drague dans un café, c'est pour me proposer un tour au cimetière. Ça bat les estampes japonaises.

Je regardai Robert. Penché vers moi, il m'observait lui aussi, l'air sérieux. Il avait des prunelles vertes, piquetées de brun.

Je me demandai si je n'étais pas tombée sur un dangereux maniaque, un nécrophile qui essaierait de me violer entre deux sépultures.

Robert Mappleton III éclata de rire.

« Vous avez l'air absolument terrifiée ! dit-il. Évidemment... Vous me prenez pour un cinglé... »

« Ce n'est pas cela, mentis-je. Mais je sors de l'hôpital, j'ai été malade. Alors le cimetière... »

« Écoutez, je connais un petit restaurant de fruits de mer... Enfin, on me l'a recommandé. Vous le connaissez peut-être... »

« Je sais tout de cette ville. »

« Alors on pourrait aller déjeuner, et puis vous me remonteriez le moral pendant le repas. Moi aussi je vous remonterais le moral, parce que je vois bien que vous n'avez pas l'air très gai. C'est normal si vous sortez de l'hôpital... Enfin on se remontera le moral mutuellement. Après, ça ira mieux et je me sentirai capable d'aller tout seul sur la tombe de mon père. »

« D'accord », acquiesçai-je. J'avais très faim, et puis j'aimais les fruits de mer. Depuis qu'il m'avait dit qu'il voyait bien que je le prenais pour un fou, je savais qu'il ne l'était pas.

Au restaurant, Robert Mappleton III me fit boire du vin blanc. Je me laissai faire, pour me consoler des infâmes repas ingérés à l'hôpital. A la crème caramel, je l'appelai Bébert. Ça lui plut beaucoup.

« Bébert Mappleton III, ça sonne bien », répéta-t-il en se tenant les côtes. Il avait lui aussi un coup dans le nez.

« Je suppose qu'il faut que j'y aille », dit-il en se levant après avoir payé l'addition.

« Je viens avec vous. »

« Je ne veux pas que vous vous sentiez obligée... »

« Ce n'est pas par obligation. J'aime les cimetières américains, c'est émouvant... Et puis après, vous m'emmènerez à la plage. Je n'ai pas encore vu la mer, cette année. »

« Comme vous êtes gentille ! » Il m'embrassa sur les deux joues. « Gentille, gentille, gentille ! »

Sur la route qui sortait de la ville, je demandai à Robert d'arrêter la voiture. J'allai acheter des fleurs.

« Pour la tombe, dis-je. Il faut que ça ait l'air gai, une tombe. »

Robert regardait droit devant lui. Au cimetière nous passâmes devant la sentinelle en faction, tournâmes longtemps avant de trouver la petite dalle blanche semblable à toutes les autres. Je déposai les fleurs. Robert se taisait. Il regardait la terre à ses pieds. Puis il se retourna, se dirigea vers la sortie. Je le suivis. Il prit ma main. Nous partîmes en direction de la mer.

Sur la plage, il y avait du vent. Deux nuages se pourchassaient. Un chien courait, flairant le varech. Nous nous approchâmes de l'eau. Elle semblait terriblement froide, opaque et verte comme un mauvais rêve. Je reculai. Nous allâmes nous asseoir à l'abri des dunes. J'avais froid mais cela ne me dérangeait pas vraiment. Bob me prit la main et ça ne me dérangea pas non plus. Il l'enfouit, en même temps que la sienne, dans la poche de sa veste. Il se réchauffait et il me réchauffait en même temps.

Nous ne nous regardions pas. Nous regardions tous les deux la mer, son air mauvais et dangereux. Nous étions à l'abri. Puis nous allâmes dans un café, le seul ouvert en cette saison. Il était situé sur une sorte de promontoire, avec de grandes baies vitrées ternies par les embruns. Il était grand et désert avec des tables de Formica bleu, des chaises en forme de haricot. Nous regardions toujours la mer. Puis Bob tourna son visage vers moi et me sourit. La simplicité de ce sourire me fit plaisir. C'était cela qui me rassurait en lui, la spontanéité de ses paroles et de ses expressions. Je ne me sentais plus sur une scène, devant des spectateurs. L'excitation du jeu me manquait un peu, mais après tout j'étais fatiguée.

« Je te remercie d'être venue avec moi au cimetière, dit Bob. Ça a été un moment important, très difficile et tu étais là. C'était tellement formidable. C'est comme quand mon père a rencontré ma mère. Il se sentait perdu, elle est apparue. »

Je ne répondis pas. Je ne voulais pas pleurer devant ce jeune homme que je connaissais à peine. Je regardai le ciel, mes larmes s'évanouirent. Bob attendait que je parle.

« Moi aussi, quand je suis sortie de l'hôpital, je ne voulais voir personne. D'ailleurs, il n'y avait personne pour moi. Pourtant je cherchais quelqu'un. »

« Tout va aller bien maintenant », déclara Bob qui ne savait rien de mon passé.

Nous sortîmes du café. Bob reprit ma main. C'était déjà une chose habituelle.

« Je te raccompagne », fit-il.

Lorsque la voiture s'arrêta devant la maison de ma logeuse, je m'apprêtai à dire au revoir. Le pari ne comptait plus. Bob n'était pas un inconnu mais un ami. Je n'avais pas envie de le quitter. Je me sentais le cœur serré. Pourtant il fallait bien, c'était ça la vie. Les gens se rencontrent, passent quelques heures ensemble et se disent poliment au revoir.

« Je n'ai pas envie d'être seul, dit Bob. Invite-moi chez toi, donne-moi quelque chose à boire. »

Je le fis monter. Je l'assis sur le canapé et ne sus plus quoi faire de lui. Je craignais qu'il ne me touche. J'allai à la cuisine chercher des verres, du whisky, du jus de fruit, pour cacher mon embarras. Je revins, je me rassis. Je repensai au Professeur, à la première fois qu'il était venu ici, et je rougis.

« C'est toi que je veux, pas ça », dit Bob repoussant le verre et se penchant vers moi.

*

Deux jours plus tard, je partis en vacances avec Bob. Il n'avait pas été très difficile de me persuader. La première fois que nous avions fait l'amour, j'avais pensé au pari : je donnais mon corps à quelqu'un d'autre qu'au Professeur, donc je me le rendais. En appartenant à Bob, je m'appartenais à nouveau. La jouissance arriva comme un cadeau surprenant. Je m'étais répété, au moment de me déshabiller devant cet étranger gentil mais quand même étrange, qu'il s'agissait là d'un acte d'hygiène, presque d'une opération chirurgicale. Je devais me prouver que je pouvais fonctionner sans le Professeur, qu'il y avait d'autres hommes au monde, et j'y parviendrais. Il le fallait si je voulais recommencer à vivre. Je n'avais pas pensé que la preuve en serait si agréable.

J'avais follement désiré le Professeur ; je ne désirais pas Bob. J'avais connu avec le Professeur l'ombre du plaisir ; avec Bob, j'en découvrais la lumière. L'absence de désir, dans ces conditions, ne posait guère de problème. Bob deviendrait aisément une chaude et douce habitude, qui remplacerait avantageusement l'affreux besoin que le Professeur m'avait fait éprouver.

Bob ignorait tout de ces réflexions. Il était content,

tout simplement. Il était allé sur la tombe de son père, c'était ce qu'il pouvait faire qui ressemblât le plus à des retrouvailles. La famille de sa mère l'avait accueilli avec une curiosité mêlée de fierté. Enfin, il avait connu une fille très gentille avec qui il faisait très bien l'amour. Ça faisait beaucoup de rencontres.

Rien dans l'appartement ne venait du Professeur, hormis la boule d'ivoire au bout d'une chaîne que je portais au cou et dont Bob m'avait dit, timidement, avec l'instinct des amoureux, qu'il aimait ma façon de m'habiller mais que ça par contre, ça ne lui plaisait pas. Il lui semblait que ce n'était pas vraiment mon style. J'enlevai le collier. J'en voulus un peu à Bob. Désavouant les goûts du Professeur, c'était aussi moi qu'il désavouait. Mais il s'agissait là de cette partie de moi-même que je souhaitais parvenir à rejeter. La partie malade. La boule, abandonnée sur la table de chevet, me parut celle du forçat au bout de sa chaîne.

Le premier matin, je tentai de persuader Bob de partir. Je regardais ce grand corps d'homme allongé dans mon lit, et il me semblait que je ne le connaissais pas du tout. J'avais trahi le Professeur. Je craignais de voir celui-ci surgir sur le pas de la porte, sans prévenir, à sa manière habituelle. S'il trouvait Bob sur les lieux, il le tuerait, ou du moins il essaierait. Je ne pensai pas que Bob était plus grand, plus jeune et mieux découplé que le Professeur. Ce dernier avait changé de place. Il n'occupait plus celle de l'amour, mais celle de la vengeance et du dépit.

Et moi, je me sentais toujours coupable. J'avais beau me dire qu'il n'y avait aucune raison pour cela : le Professeur était en ce moment avec Aline, assis à la table du petit déjeuner, lisant le journal du matin... je me sentais coupable quand même. Le Professeur avait réussi à s'arroger tous les droits.

Bob refusa de comprendre pourquoi je voulais le mettre à la porte. C'est une brève rencontre, expliquai-je. Je garderais un merveilleux souvenir de la journée et de la nuit que nous avions passées ensemble. Lui aussi, rétorqua-t-il. C'était une excellente raison de ne pas s'en tenir là. Mon angoisse montait. Le fantôme du Professeur faisait les cent pas dans la chambre et criait vengeance. Je dis à Bob qu'il ne pouvait pas rester à cause de ma logeuse, qui avait des principes et me flanquerait à la porte, si j'hébergeais un homme sous son toit. Bob se leva, enfila son jean, secouant la tête comme pour déplorer la folie féminine. Finalement, il déposa un morceau de papier sur la table de nuit.

« C'est l'adresse de mon hôtel, dit-il. J'y serai jusqu'à demain. Si à midi tu n'es pas là, je quitterai la ville. Jusque-là, je t'attends. Si tu me rejoins, nous irons où tu voudras. »

Il finit de boutonner sa chemise à carreaux, noua les lacets de ses tennis, m'embrassa, m'effleura la joue et sortit sans un mot de plus. Je tirai les rideaux et me recouchai.

J'espérais que le Professeur, monté sur un cheval blanc, viendrait à la rescousse. Il suffisait que j'attende. Il n'était plus venu à la clinique parce qu'on le lui avait interdit. Ne me voyant pas, il aurait eu le temps de réfléchir. Il comprendrait la force du lien qui l'attachait à moi. Il saurait où était son bonheur, sa vie. Il changerait. Il serait un autre homme : celui que j'avais aimé. A chaque rendez-vous le Professeur s'était présenté à sa place, comme pour me consoler du désappointement infligé par son double, mon amant magique, inexplicablement retenu. Maintenant que j'avais failli mourir et que de plus je venais de faire l'amour avec un jeune homme charmant prêt à m'aimer, le véritable Professeur paraîtrait. Il n'y aurait plus d'Aline, plus de malentendu. Le Professeur, au lieu de me prendre pour un miroir, me verrait et m'entendrait. Je venais de passer vingt-quatre heures avec quelqu'un qui m'avait regardée et écoutée. Tout cela, désormais, paraissait facile.

Un peu de lumière filtrait à travers les rideaux. Je restais étendue au milieu du lit, les yeux fixés sur la porte, l'oreille tendue vers la fenêtre et le bruit de la voiture du Professeur que je reconnaissais entre tous les autres, et dont j'allais entendre le ronronnement au-delà du mur du jardin. Dans ce jardin, en ce moment même, une chatte hurlait langoureusement. Tous les matous du quartier devaient se mettre en route, descendre vers le pré d'herbes folles, en passant par les pierres du vieux mur ou en se laissant glisser de branche en branche. Et moi, je ne criais pas mais j'attendais aussi. J'appelais le Professeur, intérieurement, de toutes mes forces. Amandine, un jour qu'elle avait à cœur de me consoler, m'avait dit que si l'on pensait à quelqu'un suffisamment fort et suffisamment longtemps, cette personne pensait à vous elle aussi.

A mesure que j'attendais, la pièce se vidait de l'Américain. Pourtant, je n'avais rien fait pour enlever les signes de sa présence. Je n'étais pas allée me doucher, comme si les traces de lui sur ma peau me protégeaient. Je n'avais pas changé les draps du lit, ni vidé le cendrier dans lequel, avant de partir, il avait écrasé une cigarette à peine commencée. Il y avait aussi, sur la table de chevet, le papier avec son adresse, « Hôtel Majestic », et un bouton de nacre qui devait provenir de sa chemise.

Bob, en restant chez moi quelques heures, y avait laissé plus de lui-même que le Professeur en plusieurs mois de visites. Le Professeur était prudent. Ses boutons de chemise étaient parfaitement cousus. Il ne fumait pas le cigare chez moi sous prétexte qu'il aimait trop mon parfum pour empuantir l'atmosphère. Il ne m'avait jamais donné, m'aperçus-je soudain, à l'exception d'une façon gourmande qu'il avait de m'embrasser sur la bouche en arrivant, que de petits baisers rapides, à bouche fermée. Il ne tachait pas les draps, soit que sa semence fût peu abondante, soit que mon corps assoiffé l'absorbât tout entière.

Mon regard tomba à nouveau sur la boule au bout de sa chaîne. Cette boule était l'œil du Professeur, et me fixait avec reproche. J'ouvris le tiroir, la jetai dedans, le refermai.

Le Professeur ne venait pas. La désolation m'envahit. Je pensai à toutes les heures passées ainsi à l'attendre. Je pensai aussi au médicament pour le cœur, à l'hôpital, à la chute dans le puits. Toute la douleur accumulée pendant ces mois me tomba dessus. Je ne pus supporter de rester dans cette pièce. J'enfilai un kimono et des ballerines, et descendis au jardin.

Les chats avaient disparu. Les arbres étaient tranquilles et frais dans l'air du soir. Je m'assis sur un banc vermoulu. La propriétaire sortit de chez elle, portant une cuvette de linge.

« Il est parti, le jeune homme ? » demanda-t-elle.

J'eus un mouvement d'humeur. Mais après tout, si elle ne s'était pas mêlée de ma vie au bon moment, je ne serais pas là.

« J'étais si contente de vous voir avec quelqu'un de votre âge, ajouta-t-elle. Il avait l'air triste en s'en allant. Pas autant que l'autre, là, le monsieur. Celui-là, un jour, je l'ai vu, il pleurait dans le couloir en bas. Il pleurait et il m'a dit : " Elle est belle, madame Leblanc, elle est très belle. " Il pleurait mais il est reparti quand même. Il est venu quand vous étiez à

426

l'hôpital. Je lui ai dit ma façon de penser. Il a dit que vous étiez si amoureuse de lui qu'il ne pouvait pas vous laisser. " Je fais ça pour elle, c'est une grande responsabilité ", qu'il a eu le culot de me dire. Je savais bien qu'il mentait, je le vois quand il arrive comme il est pressé, comme il monte les escaliers quatre à quatre, et comme il a pâli quand je lui ai dit où on vous avait emmenée. Seulement c'est un homme qui n'est pas courageux. Il a peur de ce qu'on va penser de lui, ça compte plus que tout. Qu'est-ce que vous faites avec un type comme ça, et trop vieux encore ? Pardonnez-moi de vous dire tout ça mais quand je vous ai vue arriver avec l'autre, je me suis dit : " Elle est devenue raisonnable, elle va penser à son bonheur un peu. " L'autre, le vieux, c'est tout pour lui, rien pour vous. Il sacrifiera votre vie à ça si vous vous laissez faire. »

Je sortis du jardin sans répondre. Le Professeur mentait. Il mentait à ma logeuse, à Aline sans doute, au psychiatre et à moi-même. Le Professeur n'assumait rien et trahissait tout. Je ne me laisserais plus piétiner le cœur. Dorénavant, je me méfierais des hommes. Après tout, je ne connaissais pas Bob. Qu'était une nuit ? Je ne savais pas ce qu'il voulait de moi. Je m'étais sentie bien en sa compagnie. Mais je continuais à attendre le Professeur. Quelque chose me rivait là. Je pensais à sa trahison et je le méprisais. Mais je pensais aussi à l'enchantement que je ressentais en sa présence, cette impression que je ne pouvais plus manquer de rien alors même qu'il me donnait si peu. Je ne pouvais pas abandonner cela. Je ne pouvais pas faire comme si je ne l'avais jamais connu. Je ne pouvais pas tourner la page. Je regardai le téléphone qui ne sonnait pas, et je pensai à Bob qui était dans sa chambre de l'hôtel Majestic, près de la gare, à attendre lui aussi une sonnerie qui ne se décidait pas à retentir. Cette idée me procura une certaine satisfaction. Au moins, je n'étais pas seule à souffrir. Je pouvais faire à quelqu'un d'autre ce que le Professeur me faisait à moi. Je réfléchis aux paroles de ma logeuse, qui me faisait voir Bob sous un autre jour : non plus inférieur au Professeur, mais supérieur à lui. Non pas un gamin en bluejean et en baskets mais un beau jeune homme, un jeune homme qui pouvait me sauver.

Pendant plusieurs heures, j'hésitai. A onze heures je ne pouvais pas dormir. Je n'avais pas dîné. Je me levai, m'habillai. J'arrivai à Cythère-sur-Largeau à minuit. A l'hôtel Majestic, le portier qui somnolait derrière son bureau ouvrit la porte en clignant les yeux. Je montai comme une folle. Bob occupait la chambre quinze. Je frappai. Il ouvrit tout de suite.

« Ah, je suis content ! » dit-il en me voyant.

Il m'entraîna à l'intérieur de la pièce et m'embrassa. La télévision clignotait, il l'éteignit.

« Qu'est-ce que tu veux faire, as-tu dîné ? »

« Non. »

« Ça tombe bien, moi non plus. J'avais peur de te manquer au cas où tu appellerais. »

Nous ressortîmes devant le portier éberlué. Dans le quartier de la gare, un café était encore ouvert. Nous commandâmes des sandwiches que nous dévorâmes, le bras de Bob autour de mes épaules. Puis nous rentrâmes à l'hôtel. Bob alluma la radio.

« C'est la guerre, dit-il. Les Égyptiens et les Israéliens se battent dans le Sinaï. »

Nous entendîmes, derrière le commentaire du journaliste, des bruits de mitrailleuses, des cris.

« Tu crois que le type est vraiment dans le désert, ou que c'est une bande enregistrée qu'ils ressortent dans les grandes occasions ? »

Bob éclata de rire. Il éteignit la radio, me renversa

sur le lit, se mit à m'embrasser. Pendant qu'il me faisait l'amour, je pensai aux soldats qui mouraient dans le désert, pour rien, pour un peu de caillasse, à leurs familles qui étaient près d'une radio à guetter les nouvelles. Puis je pensai au Professeur qui n'était pas là, qui ne me tenait pas dans ses bras, à la douleur qu'il aurait s'il savait. Il me conseillait parfois de prendre un amant. Je lui répondais : « Mais j'en ai un, et c'est vous. » Il disait : « Mais non, je veux dire quelqu'un qui s'occupe vraiment de vous, qui vous consacre du temps, qui vous rende heureuse. » Je lui répondais que c'était impossible, il n'y avait que lui. Maintenant, non seulement c'était possible mais c'était fait. J'étais là sur ce lit de l'hôtel Majestic avec cet inconnu qui remuait en moi. Je me mis à pleurer.

J'avais du plaisir et en même temps j'étais loin de ce plaisir, séparée de lui, maintenue dans cet espace imaginaire où je rencontrais le Professeur ou plutôt son fantôme, où je souffrais la douleur de son absence mais où je vivais de la présence rêvée de l'autre, l'amant espéré, promis. J'étais avec le Professeur dans ce pays où personne ne pouvait me ravir à lui. De là j'écoutais, je voyais comme à travers une fenêtre les bruits de l'amour avec Bob, son corps qui bougeait, son visage en sueur, déformé par l'exercice exaspéré de l'amour. Je ne savais pas si je pleurais de la trahison faite au Professeur ou de la volupté qu'elle provoquait. Je pleurais aussi d'être séparée de Bob et de la joie du corps qu'il me donnait par cette ombre du Professeur qui était comme un reste d'hiver, la fin d'une tempête.

Bob me regardait avec des yeux étonnés, inquiets, et l'amorce d'un émerveillement. Je pensai le protéger de tout cela en lui faisant croire que je pleurais de joie, puis je me dis que c'était impossible. Je ne voulais pas gâcher cette rencontre en la faisant reposer sur le mensonge. La dissimulation, l'hypocrisie, les jeux de langage, les manipulations mutuelles m'avaient dégoûtée de ce perpétuel et épuisant rapport de forces en dehors duquel le Professeur ne pouvait communiquer avec autrui. Il n'était pas question de reproduire cela avec un autre. Un autre qui était, par surcroît, innocent là où le Professeur était cynique, pur où le Professeur était coupable. Car il m'apparaissait désormais que c'était lui, le coupable. Je regardais le visage de Bob, j'écoutais le son de sa voix, j'y discernais la pureté. C'était cela qui m'avait attirée en lui : la perspective d'un repos, d'une transparence. J'avais sur Bob l'avantage du Professeur sur moi : celui de la connaissance. Je ne voulais pas tout pourrir d'avance en m'en servant. Je voulais un vrai rapport, un partage.

Je racontai tout.

Bob m'écouta couché sur le dos. Il était comme assommé. Lorsque j'eus fini de parler, nous restâmes un certain temps sans rien dire. Sur le plafond de la chambre passaient les faisceaux de lumière des voitures. On entendait le roulement des moteurs sur la route qui longeait l'hôtel. Je m'absorbai dans ces jeux d'éclairage, tentai de m'y perdre. Je ne voulais plus penser à rien. Je ne voulais pas toucher Bob. Je ne voulais pas qu'il parle. Je voulais seulement qu'il soit là. Depuis que j'avais raconté le Professeur, celui-ci s'était éloigné comme un nuage qui passe, s'alourdit dans le ciel et finalement poursuit sa course. Je respirais. J'étais vidée mais je respirais.

Le temps passait toujours. Les voitures se firent plus nombreuses. Le plafond de la chambre devint violet, puis bleu, puis gris. Je ne dormais pas, Bob non plus. J'entendais son souffle assez fort, parfois irrégulier. Je me souvins d'une lettre que le Professeur m'avait écrite des États-Unis. Il m'expliquait pourquoi tout compte fait il ne se sentait pas capable de quitter Aline. Il avait l'habitude de son souffle auprès du sien la nuit. Aux États-Unis, ce souffle lui manquait, il avait peine à s'endormir. Aline était pour lui réduite à une respiration silencieuse. Le Professeur n'avait pas pensé à me demander comment moi je dormais sans un homme pour bercer mon sommeil. Je ne me souvenais pas d'avoir écouté, la nuit, le souffle de mon mari. A présent, j'écoutais celui de Bob et il me calmait.

Derrière les rideaux l'air pâlit. L'aube arrivait.

« Partons », dit Bob.

« Partons où ? »

« Où tu voudras. En vacances. Partons en Autriche, en Italie. Tu choisis. Seulement, il faut partir. C'est le mieux pour toi. Moi non plus, maintenant, je ne veux plus rester ici. »

« Quand est-ce qu'on part ? »

« Tout à l'heure. On passe chez toi, on prend tes affaires, et on y va. »

Je tournai mon visage vers Bob. Il me prit dans ses bras. Nous refîmes l'amour.

*

Nous allâmes en Allemagne, longeâmes le Rhin mélancolique et pollué, vîmes les châteaux d'autrefois et ceux d'aujourd'hui, les forteresses nucléaires. Nous visitâmes les villes allemandes, leurs quartiers historiques reconstitués, les trompe-l'œil dissimulant les trous béants de la guerre. Puis nous gagnâmes l'Autriche, quittâmes rapidement Vienne et nous arrêtâmes finalement au bord des lacs italiens. Au fil des jours je pleurais moins souvent. Je voyais parfois passer sur le visage de Bob l'appréhension des larmes à venir. Il m'avait demandé de ne plus lui parler du Professeur. Il disait :

« Je sais mais je ne veux plus entendre son nom. »

Lorsque je restais longtemps silencieuse, il savait que c'était à lui que je pensais.

Graduellement j'y pensais avec moins de douleur. La violence s'estompait, faisait place au pastel du souvenir. Je vivais. Je marchais, je nageais, je mangeais, je riais, je dormais, je faisais l'amour. Je faisais beaucoup l'amour. Ça me lavait. Je rajeunissais.

De Milan, j'envoyai une carte postale au Professeur. J'y écrivis, d'une main appliquée : « Bon souvenir de vacances. »

Retour

Nous rentrâmes aux derniers jours du mois d'août.

« Comme vous êtes belle et bronzée », dit ma logeuse. Elle me tendit un gros paquet de courrier. Le sourire de Bob s'effaça.

Le Professeur avait écrit vingt lettres. Les enveloppes étaient très épaisses. Je les déchirai l'une après l'autre et me mis à lire. Il m'écrivait comme il ne m'avait jamais parlé. Il commençait : « Mon amour, mon bel amour, mon cher amour. » Il me tutoyait. Il disait qu'il ne dormait pas, qu'il ne mangeait pas, qu'il téléphonait tout le temps. Il téléphonait à mes amis, à la logeuse, et à mes parents. Il savait que j'étais partie avec un homme, mais évidemment ça ne pouvait pas durer. Je reviendrais, je m'apercevrais qu'il avait changé. Il avait réfléchi. Il avait compris qu'il m'avait fait du mal.

Il écrivait : « Je savais que je ne pourrais pas te garder, alors j'ai voulu que tu crèves. »

Le Professeur n'envisageait de me garder que morte.

Il écrivait : « Je t'appelle tout le temps. Je t'appelle la nuit, je t'appelle en dormant. Aline m'entend. Elle ne comprend rien. »

Aline avait toujours compris qu'il ne fallait rien comprendre.

Je lisais les lettres l'une après l'autre. Le ton changeait. Dans la première, le Professeur écrivait : « Écris-moi, mais tape l'enveloppe à la machine, au cas où Aline se méfierait. »

A la troisième lettre, le Professeur mettait : « Écris-moi. »

Il ne parlait plus de l'enveloppe.

A la sixième lettre, il me demandait de lui téléphoner. Par deux fois le téléphone avait sonné, il avait décroché, il n'y avait personne au bout du fil. Est-ce que par hasard c'était moi ?

Non, ce n'était pas moi.

A la vingtième et dernière lettre, le Professeur écrivait : « Enfin un signe de toi. Mais comment peux-tu mettre " Bon souvenir de vacances ", mon amour, comme si nous ne nous connaissions pas ? »

Je me dis : ... Comme ça, Aline n'a pas dû faire d'histoires...

A la vingtième et dernière lettre, il écrivait : « La semaine dernière, Aline est allée passer trois jours à Paris. J'avais mis quinze jours à la persuader d'y aller. Je m'étais dit que tu serais sûrement rentrée et que nous aurions enfin trois jours à passer entièrement ensemble, comme tu l'avais toujours voulu. Et tu n'étais pas là ! »

Je pars trois mois, me dis-je, et tout ce qu'il trouve à me proposer, c'est trois jours. Il croit que je vais me mordre les doigts de ne pas en avoir profité.

Une profonde tristesse me tomba dessus. Le Professeur ne comprenait rien, n'avait jamais rien compris. Il était perpétuellement à côté de la plaque.

Le téléphone sonna. C'était ma mère.

« Enfin tu es rentrée ! Nous avons eu plusieurs coups de téléphone de monsieur le Professeur. Il s'inquiétait de te savoir partie comme ça à l'aventure, de ne pas avoir de nouvelles. Je lui ai dit que nous non plus nous ne savions rien. C'est un homme qui s'inquiète beaucoup pour ta santé. »

« Oui, maman », répondis-je.

Je savais qu'en vérité elle savait.

Bob, qui était allé se servir un verre, rentra dans la pièce.

« Alors, c'est fini maintenant ? fit-il en désignant les feuillets couverts de la large écriture du Professeur, épars sur le lit. Qu'est-ce qu'il te veut, ton Roméo ? Il te raconte ses dernières lectures ? »

« Ne parle pas comme ça », dis-je. Il me semblait qu'il donnait des coups de poing au Professeur. Celui-ci ne savait plus se défendre.

« Voyons un peu, dit Bob s'emparant d'une lettre. Est-ce qu'il sait écrire, cet homme ? »

Je sautai sur lui. Je tentai de lui arracher le feuillet mais il le tenait à bout de bras, au-dessus de sa tête. Je sautais comme un enfant à la foire, dans un manège, pour attraper la queue du singe en peluche qui donne droit à un tour gratuit. Je me rendis compte, pour la première fois, que Bob était beaucoup plus grand que moi.

« " *Mon bel amour!* " lut Bob d'un ton sarcastique. Il ne mâche pas ses mots. En voilà un qui sait parler aux femmes. Seulement, le timing est mauvais. »

« Donne-moi ça », criai-je. Je sautai en l'air une fois de plus. J'attrapai la feuille. Bob se jeta sur moi pour la reprendre.

« Si tu te moques de lui, je ne te verrai plus jamais », criai-je.

« Tu crois ? » fit Bob ironique. Mais il abandonna le jeu.

Je tombai sur le lit, au milieu des feuillets épars qui

435

bougèrent dans un bruit de feuilles mortes. Je me mis à pleurer.

Bob me regardait l'air embarrassé, un peu rouge.

« Arrête », dit-il.

Pour la première fois, je le voyais comme un ennemi.

« Toi aussi tu es méchant, criai-je. Vous êtes tous méchants. »

« Viens », dit Bob. Il me tira vers lui. Je pleurais toujours mais je le laissai me prendre dans ses bras. D'une main, il déblaya le lit. Les feuilles tombèrent. Il me fit l'amour. Je pleurais toujours, mais je m'accrochais à son cou.

Je me réveillai. Je vis les feuilles par terre. Je regardai Bob. Il semblait dormir. Je me mis à relire les lettres. Je craignais que Bob ne se réveille si je faisais un mouvement trop brusque. Je ne pus lire que quelques phrases ici et là. Je recommençai à pleurer. Bob se réveilla.

« J'ai faim », dit-il.

J'enfilai un peignoir et allai dans la cuisine. Il ne restait que du Nescafé et un paquet de petits-beurre. Bob me rejoignit. Nous mangeâmes les biscuits en silence, sans nous regarder.

On frappa à la porte. J'allai ouvrir. Le Professeur se tenait sur le seuil.

Il a l'air mi-honteux, mi-vengeur, comme un gamin qui a fait une bêtise et qui vient se faire pardonner. Il est plein de reproche. La bêtise, c'est moi qui l'ai poussé à la faire. En l'espace de quelques intants, son visage change, mes pensées aussi. Ce n'est plus lui qui a fait la bêtise, c'est moi. Je suis coupable. Je l'ai abandonné. Il a la mansuétude de revenir quand même. Je dois lui ouvrir les bras, tout faire pour le consoler, pour qu'il oublie la douleur.

Il m'observe. Il a un air fanfaron maintenant. Mais

derrière, toujours la gêne. Il voit que j'hésite, que je suis ennuyée. Il se croyait irrésistible. Toujours, sur le pas de ma porte, il a été irrésistible. Mais là, ce n'est pas l'accueil habituel. Il chancelle. Il n'avait pas imaginé ça.

Je barre la porte. Je gagne du temps. Il ne faut pas qu'il entre. Ça lui fera mal inutilement. Quand j'étais à l'hôpital, je lui en voulais. C'est là que j'ai fait le pari. De le remplacer. Qu'il disparaisse. Que ce soit dans ma vie comme s'il n'avait jamais existé. Effacer complètement ces quelques mois de l'ardoise de mon existence.

Je me sens coupable. Je comprends que c'était ça, l'emprise qu'il avait sur moi. La culpabilité. J'étais coincée. Toutes les portes de sortie bouchées. Il n'était pas à moi, cet homme-là. D'ailleurs, j'avais à la fois très envie qu'il le soit, et pas envie du tout. La tension dans laquelle il me mettait. Toujours marcher sur des œufs, surveiller tout. La crainte permanente de lui déplaire. Qu'il trouve à redire. Ses yeux contredisant son sourire. Sa bouche contredisant son regard. Une moitié de lui à charmer, l'autre à juger. La moitié qui charme sert à montrer qu'il est formidable, celle qui juge, que je ne suis pas à la hauteur. J'ai marché là-dedans.

Il n'était presque jamais là. Évidemment puisqu'il était près d'Aline. J'en voulais à Aline. Je me sentais coupable de lui en vouloir. Lui, il faisait ce qu'il fallait pour ça. Comment pouvais-je me sentir le droit d'en vouloir à Aline ? Elle était la femme légitime, je lui prenais des morceaux de son mari. J'aurais dû, au contraire, lui être reconnaissante. Me sentir redevable. C'est exactement ce qu'il avait réussi : que je me sente redevable face à cette femme qui m'empoisonnait la vie. Lui, à ce jeu-là, il était gagnant. Il me parlait d'Aline avec une larme au coin de l'œil. La pauvre. Il lui avait retiré son amour pour me le donner, à moi. Ça méritait bien qu'il lui donne tout le reste.

M'aimait-il seulement ? Avant de me l'écrire, il me l'a dit une seule fois, de l'air ennuyé, réticent, d'un homme acculé à faire plaisir. Sans pronom de première personne.

« Vous savez bien qu'on vous aime. »

Qui c'est, on ? C'est tout le monde et personne. C'est lui, c'est un autre, c'est n'importe qui. Qui parle ? L'hypocrisie.

On ne se dit rien. On se regarde. Je suis de plus en plus en colère. Son regard se fait fuyant. Il lance de petits coups d'œil à droite et à gauche, pour éviter ce qu'il lit sur mon visage, qu'il préfère ne pas savoir. Ça lui retire l'avantage. Le jeu a changé.

Je barre toujours la porte. Le silence se fait plus pesant. Par deux fois, il passe d'un pied sur l'autre. Dans son embarras, il a l'air d'un ours. Il regarde par-dessus mon épaule, dans le couloir. Il ne voit rien, le couloir est vide. Il amorce un pas, recule.

Je barre toujours la porte. Est-ce que j'ai peur ? A l'hôpital, toutes les nuits le même rêve. J'étais chez moi, et on tambourinait à la porte. Je ne savais pas qui c'était. Je savais seulement que je ne voulais pas ouvrir. Les gens, derrière la porte, me voulaient du mal. Je le sentais à leur façon de frapper. Ils se mettaient à donner des coups contre la porte. J'avais peur. Je fermais le verrou de sûreté. Les coups se faisaient plus violents. Terrorisée, je regardais la porte près de céder. Je me collais contre elle, pesais dessus de tout mon poids. Ça ne servait à rien. Une poussée plus forte, la porte s'ouvrait. J'étais jetée à terre. Des gens entraient, un homme et une femme. Je ne les connaissais pas. J'étais terrifiée. Ils se conduisaient comme chez eux.

Le rêve est devenu vrai. L'homme et la femme, c'était Aline et le Professeur. Le Professeur entre. Il est seul, mais c'est la même chose. De toute façon, Aline est avec lui. Aline, c'est sa protection, son garde-fou. Son bouclier contre l'amour que je pourrais lui demander, contre celui que je pourrais lui donner, qu'il préfère regarder de loin.

Chez moi, il y a Bob, maintenant. Je ne veux pas qu'il voie Bob. Il m'a fait du mal. Il a tout sali. Il a mangé ma vie. Bob c'est à moi, c'est privé, ce n'est pas pour lui.

Je ne veux pas non plus que Bob le voie. Bob aussi le salirait, le réduirait à rien. Je ne veux pas qu'il soit réduit à rien, seulement qu'il me laisse tranquille. Qu'il sorte de ma vie. Mais il ne veut pas. Il essaie d'y entrer à nouveau.

Il a vu. Bob est derrière moi et le regarde.

« Laissez-la tranquille, dit Bob. Ça suffit comme ça, maintenant. »

« Viens avec moi, dit le Professeur. On s'en va. C'est avec moi que tu viens. Alors, tu viens ? »

Je regarde Bob. Je n'ai pas le temps de le regarder. Il n'est déjà plus là. Il est sur le Professeur. Bob et le Professeur se battent comme deux chiens dans la rue. Je me jette entre eux. Je les tire, je les pousse, je leur donne des tapes. Je suis hors de moi. Je les déteste tous les deux. Je les déteste.

« Arrêtez. Arrêtez, vous me dégoûtez. Arrêtez, bande d'imbéciles ! »

Ils n'arrêtent pas. Ils ne me voient même pas. Ils sont dans leurs bêtes histoires d'hommes, histoires de coups, histoires de faire mal, histoires de gagner. Je me détourne, je prends la porte. Derrière moi, je sens le silence, l'immobilité. Je me retourne.

Le Professeur et Bob me regardent, décoiffés, furieux, un peu déchirés.

« Tu viens avec moi », dit le Professeur.

Je fais cette chose-là. Je viens avec lui. Je regarde Bob en partant. Il a l'air défait. Je descends l'escalier, je monte dans la voiture du Professeur. Je ne dis rien, lui non plus. Il prend la route de la ville.

Je suis venue avec lui parce que je ne peux pas faire autrement. C'est à cause de la souffrance sur son visage. C'est de la lâcheté. Je suis en train de tuer cet homme-là, quelque chose dans cet homme-là. Je ne peux pas faire ça. Je l'ai trop aimé.

Il arrête la voiture devant le Relax Bar. Mais le Relax Bar est fermé pour les vacances. Alors il m'amène au café d'à côté, un endroit triste où nous n'allions jamais. Il me raconte ce qu'il a fait pendant ses vacances. Je l'écoute. Je n'entends pas les mots. J'entends seulement la mélodie de sa voix, comme une chanson d'autrefois, qui revient.

Il me parle. Il organise l'année, nos relations futures. Il fait comme si Bob n'existait pas, n'avait pas existé. L'hôpital non plus, ni le temps séparé. Est-ce que je vais passer toute ma vie ainsi, avec cet homme qui viendra me voir de temps en temps ? Je vieillirai, j'étoufferai comme cela. Je suis déjà dans la mort.

Je ne dis rien. Il ne se doute de rien. Il ne cherche pas à savoir ce que je pense, ce que je ressens. Il ne me voit pas. Je n'existe pas pour lui. Il me fait promettre de ne pas revoir Bob. Je promets. Je dirais n'importe quoi. Aucun mot n'a de sens.

Je lui demande de me ramener chez moi. Il a l'air soulagé. Il veut rentrer chez lui à temps pour dîner.

« Foie de veau », murmuré-je.

« Que dites-vous ? » dit le Professeur qui a recommencé à me vouvoyer.

« Rien. »

Lorsque je rentre chez moi, Bob est parti.

Le lendemain, lorsque le Professeur sonne à la porte, je n'ouvre pas, et les jours suivants non plus.

Au bout d'une semaine, je reçois un télégramme d'Amérique, avec un numéro de téléphone, stop Bob.

Arrivée

Il ne reste plus que quelques minutes avant l'entrée
en gare. Dans le train les voyageurs se préparent. Les
mères rangent les biberons, les femmes leur tricot, leur
magazine. Les hommes d'affaires remettent leurs dos-
siers dans leur attaché-case. Il y a quelques rajuste-
ments, des pieds qui reviennent discrètement dans le
carcan de la chaussure, des pulls tirés, des chemises
rentrées dans le pantalon, de brefs coups d'œil à des
poudriers, des éclairs de peigne. Le train va vite, mais
il me semble qu'il s'essouffle un peu, comme un
coureur en fin de piste. Dans la campagne, les taches
des maisons sont plus nombreuses. Puis cette zone
grise d'entrepôts, d'usines, d'échangeurs routiers,
d'hypermarchés, de HLM qui font à toutes les villes de
France un collier de disgrâce.

Je ne reconnais rien. En dix ans tout a changé. La
ville, alors, se fondait plus discrètement dans la campagne. La transition était triste, mais douce. Cette
brutalité me déçoit. Elle menace les souvenirs et la
poésie qui les entoure d'une brume bienfaisante.

Je me souviens du Professeur. Son visage oublié est
très net soudain.

Une voix annonce que le train va entrer en gare.

J'attends quelque chose, je ne sais pas quoi.

Les voyageurs se lèvent. Je range le magazine que je n'ai pas lu, brosse mes cheveux, passe un peu de rouge sur mes lèvres. Dans la glace du poudrier, je me trouve mauvaise mine.

Je me demande si le Professeur habite toujours ces quartiers désolés de la périphérie, ce purgatoire urbain qui doit, comme tant d'autres, avoir prématurément vieilli tout en restant à moitié en friche.

Par la fenêtre, les bâtiments de la gare apparaissent.

Il est dix heures. J'ai rendez-vous à onze heures chez le notaire.

Le train s'arrête. Je vois le nom familier sur les pancartes : Cythère-sur-Largeau. Les voyageurs descendent, cherchent des yeux ceux qui, sur le quai, guettent l'arrivée d'un parent, d'un ami, d'un amoureux. Il n'y a plus personne pour moi en ville. Voici quelques années, mes parents ont vendu leur maison. Ils ont acheté un appartement dans un de ces immeubles modernes avec vue sur la mer, sur la côte d'Azur, là où tant de gens attendent de mourir. Deux fois, ils sont venus à Atlanta pour nous voir, après la naissance de chacun de nos fils.

J'aurais voulu que Bob m'accompagne pour ce voyage, mais c'était difficile. Les enfants sont encore petits, et Bob a beaucoup de travail. Son cabinet marche bien. Il s'est fait une belle clientèle. Nous partons quinze jours en vacances chaque année. L'été dernier, nous sommes allés aux îles Vierges. Il y avait des fleurs énormes, rouge sang. Je ne me rappelle plus leur nom. Il a plu pendant deux jours, une pluie violente, tropicale.

Bob pense que j'aurais pu m'épargner ce voyage. Je n'avais jamais été proche de ma tante. Les papiers auraient pu se régler par courrier. Je ne sais pas au juste pourquoi j'ai voulu venir. J'aurais pu prendre un avion tout de suite, assister à l'enterrement. Mais elle est morte très vite. Je n'ai pas ressenti le besoin d'aller sur la tombe. C'est seulement lorsque j'ai reçu la convocation du notaire que j'y ai pensé. Ma tante m'a laissé de l'argent. Je ne m'y attendais pas. J'avais donc, pour elle, signifié quelque chose. Rien dans son attitude, distante et polie, comme si j'avais été une étrangère qu'il faut traiter avec courtoisie, et non sa nièce, ne pouvait le laisser prévoir. Elle est morte seule. Je suis passée près d'elle sans la voir.

J'aurais pu attendre l'été. Bob serait alors venu avec moi. Nous serions allés sur la tombe de son père, comme lors de notre première rencontre il y a dix ans. Il aurait fallu emmener les enfants, passer quelques jours dans la famille de sa mère, puis descendre sur la Côte, chez mes parents. Mon mari est un homme très occupé. Moi aussi, je suis une femme très occupée. Lorsque je suis arrivée en Amérique, au moment de mon mariage, j'ai repris des études. J'ai un doctorat d'histoire de l'art. J'écris des biographies d'artistes, de peintres, de sculpteurs. Elles ont un certain succès. Je donne aussi des conférences.

Ma vie me satisfait. Elle m'a donné autant et davantage que ce que j'aurais osé en attendre dans les années lointaines où j'habitais cette ville. J'aimais, alors, me promener jusqu'à la gare, qui n'était pourtant pas plus belle qu'aujourd'hui. Je regardais les voyageurs, les trains en partance. J'espérais qu'un d'eux, un jour, m'emmènerait.

J'aurais pu revenir au bras de mon mari. Nous serions descendus à l'hôtel Majestic. Nous aurions fait l'amour comme autrefois, dans la lumière et dans l'ombre de la route. Derrière les rideaux, voitures et camions seraient passés comme le tonnerre derrière les nuages. Mais Bob n'a pas eu envie de revenir. Il ne voulait pas se pencher sur l'incertitude des débuts de notre amour, sur ces jours de folie et de possession où dans ses bras j'étais encore à un autre.

Cet été, nous irons sur les lacs canadiens. On dit que les paysages de l'Ontario sont superbes. J'aime les forêts, les lieux solitaires, et Bob aime pêcher. Sa mère sera ravie de s'occuper des enfants. Je retrouverai mon mari. Nous serons, pendant ces deux semaines, uniquement l'un à l'autre.

J'emprunte le couloir souterrain. Il a été peint de neuf. Des fresques représentent des voyageurs portant des valises. Les couleurs cherchent à donner une impression de gaieté. L'entrée de la gare a été entièrement refaite, avec des verrières, des peintures de tons pastel. Je me dirige vers le kiosque à journaux. Il n'a pas changé de place.

Je regarde ma montre. Il me faudra vingt minutes, en taxi, pour me rendre chez le notaire. Je me dirige vers le buffet, lui aussi rénové, chrome et pastel. Le personnel n'a pas changé de style. Le garçon qui vient prendre ma commande semble mal à l'aise, le regard fuyant, les cheveux gras, une rougeur à l'endroit du col. Sans doute il vient de la campagne, n'est en ville que depuis peu de temps.

Je bois mon café. Soudain la pluie bat les vitres, une giboulée comme il y en a souvent dans cette région, en cette saison. C'est vers cette même époque que je suis sortie de l'hôpital, que j'ai rencontré Bob.

Je me souviens d'être venue un jour déjeuner ici avec le Professeur. Dernier rendez-vous à Cythère-sur-Largeau. J'étais malheureuse. L'étendue de ma colère m'angoissait. Comment l'exprimer ? Je ne pouvais pas lui lancer la carafe d'eau au visage. J'ai toujours eu honte des gestes spectaculaires. Pourtant j'y pensais.

445

Je pensais à son expression stupéfaite, au ridicule de l'eau coulant sur son front, sur son crâne légèrement dégarni. Je me demandais s'il deviendrait violent à son tour, ferait un esclandre, ou quitterait le café brusquement, me plantant là, ou encore resterait sur place sans rien dire, en attendant de sécher. En fait, c'était moi qui avais envie de me lever brusquement, et de quitter le restaurant sans un mot, muette de colère et de mépris. Au lieu de quoi j'étais restée assise sans rien dire. Le Professeur avait attribué mon silence à la mélancolie provoquée par son amour servi en tranches. Comme cela devait lui être agréable, au Professeur, d'occuper cette position, celle de celui qui détient le trésor et décide s'il fera l'aumône ce jour précis, quelle sera exactement son importance ! Quel plaisir de voir l'autre attendre, et espérer, et dissimuler par gêne l'étendue de sa douleur quand l'attente n'est pas récompensée ! Et elle ne l'était jamais vraiment. Comment aurait-elle pu l'être, puisque cela aurait signifié la perte de son pouvoir, et de sa jouissance ?

Bob n'est pas un homme parfait. Mais il a besoin de moi. Le Professeur aussi avait besoin de moi, mais il s'arrangeait pour le dissimuler, inverser les choses, me priver de ma part du pouvoir amoureux, dans son désir effréné d'avoir tout le contrôle, toutes les cartes dans la main.

Je n'ai pu récupérer ma partie du jeu qu'en l'abandonnant tout entier.

La pluie a cessé. Le soleil brille, entre deux nuages, avec un éclat de néon. Je regarde la pendule. Il me reste encore dix minutes avant de prendre un taxi.

Comment ai-je pu oublier toutes ces choses ? Comment ai-je pu pendant dix années rayer de ma mémoire presque autant d'années de ma vie ?

Je paie, me dirige vers la sortie. Je vois deux cabines téléphoniques. L'une d'entre elles est allumée. Un homme basané, à l'intérieur, parle avec animation. Je bifurque, traverse à nouveau. Les tables sont des galets échoués sur le sable à marée basse. Je reviens sur mes pas. J'entre dans l'autre cabine.

J'ouvre l'annuaire téléphonique. Le Professeur porte un nom assez courant. Quatre de ses homonymes partagent l'initiale de son prénom. Pour aucun d'entre eux l'adresse attribuée n'est celle dont je me souviens.

Je décide d'essayer le premier nom. Si c'est une femme qui répond, je raccrocherai. Si c'est un homme, je demanderai à parler à M. P., professeur à l'université.

Je compose le premier numéro. Un homme répond. La voix ne m'est ni familière ni étrangère. Je pose ma question. La voix, en retour se fait résolue, martiale :

« Je ne suis pas professeur à l'université, je suis colonel en retraite. »

Je m'excuse, raccroche. Je ris un peu. Je compose le second numéro. Personne.

J'ai envie de sortir de la cabine. Il est presque l'heure de mon rendez-vous. Je voudrais oublier tout cela à nouveau. Je pense à Amandine qui habite encore la ville, qui est elle aussi mariée avec deux enfants. Voilà des années que nous ne nous sommes pas écrit. Et si j'allais la voir ?

Mais cela ne servirait à rien. De toute façon, Amandine me parlerait du Professeur.

Je compose le troisième numéro. Une voix d'homme répond « allô ». Elle ne signifie toujours rien. Je pose ma question.

« Colombine ! » s'écrie la voix.

Je suis étonnée et, en même temps, ça ne m'étonne pas. C'est seulement lorsqu'il a dit mon nom que je le

447

reconnais. Soudain il me semble que rien n'a changé. Dix ans n'ont pas passé depuis la dernière fois qu'il a dit mon nom. La prononciation immédiate de ce nom rend très proche ce qui n'était, quelques instants auparavant, qu'un inconnu au téléphone. Il est très proche mais aussi, il reste l'inconnu. Il l'a toujours été. Je ne sais pas comment passer ce gouffre entre moi et lui. Je ne sais pas si j'ai envie de le passer. Je ne suis pas sûre d'en avoir jamais eu envie.

Il y a un silence.

« Attendez, dit le Professeur. Je vais prendre la communication sur l'autre poste. »

Aline est toujours là. Il ne perd pas une minute pour me le faire savoir. Mais je constate avec soulagement qu'il ne peut plus me blesser par ce moyen. Je n'ai rien de plus à faire d'Aline que de la femme qui fait en ce moment les cent pas devant la cabine téléphonique en attendant son tour.

Il y a dix ans, il n'y avait qu'un seul poste chez le Professeur.

« Voilà », fit-il soulagé, un peu essoufflé, comme s'il avait craint que pendant les vingt secondes qu'il a mises à passer du salon au bureau, j'aie disparu.

Il y a à nouveau un silence.

« Ça me fait plaisir de vous entendre », affirme-t-il finalement.

Je suis interdite. Je ne sais même plus pourquoi j'ai téléphoné. Je me pose la question, et ne trouve en réponse que ceci : j'ai appelé pour savoir s'il était toujours en vie. C'est idiot. S'il était mort, d'une façon ou d'une autre je l'aurais su. Non, j'ai appelé pour vérifier qu'il existait bien, qu'il y avait encore dans cette ville un morceau vivant de mon passé... Quelqu'un pour qui j'ai des raisons de penser que je signifie quelque chose... Pour que la ville soit autre chose qu'un cimetière.

« Je suis ici. Je suis venue pour la journée. J'ai des affaires à régler, je repars ce soir... »

« Quand est-ce qu'on peut se voir ? »

J'hésite. Je ne sais pas si j'ai envie de le voir.

« Si... vous voulez... »

Pourquoi ne pas le voir ?

« Vous n'avez pas l'air d'en avoir envie », déplore-t-il.

« Ce n'est pas ça, c'est que... Je n'y avais pas pensé... »

« Pourquoi avez-vous téléphoné alors ? »

« Pour prendre de vos nouvelles. Je me demandais ce que vous deveniez. J'étais là, alors j'ai téléphoné. La première fois que j'ai essayé un numéro, je suis tombée sur un colonel en retraite. »

Il rit. Je reconnais son rire. C'est comme s'il chantait.

« Je ne suis ni colonel ni en retraite, dit-il. Quand est-ce qu'on se voit ? »

« Je dois aller chez le notaire. Après le déjeuner, j'ai deux autres courses à faire. J'aurai fini vers cinq heures. Il y a un train à sept heures. »

« A cinq heures au Relax Bar, alors. »

« Non, je... C'est un peu loin... »

« Vous ne voulez pas à cause des souvenirs. Alors, au buffet de la gare. »

Il est gentil. Il était gentil, dans les petites choses.

Je vais chez le notaire. Je règle tout. Ce n'est pas très long. En sortant, je marche à travers un de ces quartiers calmes, bourgeois, qui constituent la majeure partie de la ville. Je me prends à nouveau à me demander quelles vies rangées, sans surprises, se déroulent derrière ces voilages, ces rideaux de dentelle au milieu desquels un cupidon de coton bande son arc.

449

Tout cela, ces maisons, ces jardins, semble à la fois si vide et immobile, comme si rien ne devait changer, jamais. On n'imagine pas que ces gens puissent se poser des questions, vivre des drames. Tout est tracé.

J'atteins le centre, cherche un endroit où déjeuner. Tout a changé. Les cafés d'étudiants sont transformés en crêperies, et les restaurants en pizzerias. Je choisis l'endroit le plus vide, parce que aucune musique n'y braille. Je mange mal, mais dans le calme. Puis je retourne à la gare, monte dans un taxi. Je me fais conduire au cimetière de ma tante. A l'entrée, le gardien vend des fleurs. J'achète deux pots de tulipes. La tombe est fraîche, la pierre brillante. Il reste des fleurs de l'enterrement. Elles sont en nylon. Je reste un instant, dépose les tulipes. Le cimetière est désert. Il fait du vent. Pourtant c'est plutôt gai. Les tombes sont autant de jardins minuscules. Lorsque je sors, la femme du gardien me dit au revoir en souriant avec l'amabilité des gens de province.

Je remonte dans le taxi qui m'attend. Je lui demande de me conduire au cimetière américain.

Lors du trajet de retour vers la ville je ressens une émotion, un énervement, comme s'il allait se passer quelque chose d'excitant, une fête qui ne me concerne pas vraiment mais qui m'intéresse quand même. Je vais voir le Professeur de même qu'enfant, j'attendais sur le bord de la route le passage du tour de France.

Voyage

Il est cinq heures cinq lorsque j'arrive. J'avais oublié que nous étions un vendredi. Les gens sortent plus tôt du travail. Certains partent en week-end. L'esplanade, tout à l'heure désolée, est constellée de groupes qui parlent, qui marchent. Il fait beau, plus de pluie. Les cafés ont sorti tables et chaises. Le Professeur est là, au premier rang. J'ai une bouffée de saisissement.

Je m'assois très vite. Je dis bonjour, je pose mon sac, je croise les jambes. Je dis que j'ai soif, cherche des yeux le garçon, pour dissimuler une émotion dont je ne veux pas qu'elle soit perçue. Car je connais le Professeur. Il prendrait cela pour un avantage stratégique, il s'en servirait. Je ne l'ai pas regardé en face, je n'ai pas cherché son regard.

Une musique braillarde s'échappe d'un transistor. Autour de nous des gens s'exclament, rient, s'interpellent. Assise comme ça sur le trottoir, j'ai l'impression d'être en vitrine.

« Il n'y a pas un endroit un peu plus tranquille ? » demandé-je.

« Si, dit le Professeur. Je connais un petit salon de thé pas loin. Nous pouvons y aller, si vous préférez. »

Le Professeur a toujours été expert en salons de thé,

endroits propices à la dissimulation des rendez-vous. Mais je me fiche de savoir qui le Professeur peut bien amener habituellement dans cet endroit.

Le salon de thé est situé deux rues plus loin. C'est le genre bonbonnière, avec des chaises de fonte ripolinées de blanc. Le Professeur choisit la terrasse pour profiter du soleil. J'ai perdu l'habitude des terrasses, il n'y en a pas aux États-Unis.

Une jeune femme en robe rose et tablier de dentelle vient prendre la commande. Elle ne semble pas reconnaître le Professeur. Pourtant, je suis sûre que s'il m'a proposé de venir là, c'est qu'il y a déjà amené quelqu'un d'autre. Il est toujours nécessaire à son plaisir, ou à sa protection, qu'il y ait quelqu'un d'autre.

« Il y a eu d'autres femmes dans votre vie depuis mon départ ? » demandé-je.

« Non », dit le Professeur. Il baisse les yeux. Je ne le crois pas.

« Vraiment pas ? »

« Oui et non », répond-il le regard toujours à terre. Il est comme un gamin qui a eu une mauvaise note.

« Qu'est-ce que vous voulez dire par " oui et non " ? C'est bien une réponse d'homme, ça alors ! »

« Je veux dire, personne qui ait compté. Personne comme vous. Il n'y a jamais eu personne d'autre que vous dans ma vie, il n'y avait personne avant vous et il n'y aura personne après », affirme le Professeur d'une voix forte qui fait se retourner les deux femmes qui sirotent une menthe à la table d'à côté.

C'est difficile de ne pas être émue. Je suis derrière la glace du temps passé, de la méfiance et du refus, mais je suis émue quand même. Je suis émue comme par un personnage dans un film que je serais en train de regarder. Je trouve ça beau, ce qui arrive à ce personnage. Il aurait mieux fait de me dire ça dix ans plus tôt.

Mais s'il me l'avait dit à ce moment-là, ça aurait été pire, puisque je l'aurais aimé encore plus.

Ça ne fait rien, il vaut mieux qu'il me l'ait dit quand même, maintenant, que pas du tout. Je le regarde. Il est rouge d'émotion, les yeux brillants.

« Vous n'avez pas changé », dis-je sincère.

C'est vrai, il n'a pas changé. Pas un cheveu blanc, pas un kilo de plus. Il est habillé en jeune homme. Un jeune homme à la mode d'il y a dix ans, ce qui vu le retour des choses lui donne un air d'avant-garde. Il ne passe pas inaperçu parmi les habitants de la ville à la mise conservatrice. Il s'est toujours débrouillé pour ne pas passer inaperçu.

« Vous non plus vous n'avez pas changé. Pas du tout. »

Ça me vexe.

« Bien sûr que j'ai changé. A l'intérieur. Je ne suis plus la même. »

« Je suis sûr que vous êtes exactement la même », dit le Professeur d'un ton tendre.

« Le temps a passé, dis-je. Dix ans. »

« Dix ans, ça ne compte pas. Pas au regard de ce qui nous lie. »

Il a l'air illuminé, il croit à ce qu'il dit. Pour lui, le temps s'est arrêté.

« Je pense à vous souvent », poursuit-il. Il hésite. « Très souvent, même. »

Je le regarde. Je le sais. Il pense à moi tous les jours. C'est pour ça qu'il a reconnu ma voix tout de suite.

« Vous avez reconnu ma voix tout de suite. »

« Je savais que vous alliez venir. »

Comment a-t-il su ?

« Je savais bien que vous reviendriez. Un jour, il fallait bien que vous reveniez. »

Il énonce ça tranquillement, comme une évidence. Il

est dans son monde : un monde que j'occupe en permanence. Enfin, pas moi. Un fantôme qui se fait passer pour moi. Un fantôme auquel il a donné mon nom.

« Votre livre a été bien accueilli. La biographie de Rodin. »

Comment sait-il ? Le livre n'a pas été traduit.

« J'ai une amie dans l'Oregon. Vous savez que j'ai vécu là-bas autrefois. Je suis resté en rapport avec elle. Elle m'a envoyé toutes vos critiques. J'ai tout ça chez moi. »

Il a l'air content. Il dit ça comme il dirait : « J'ai bien fait mon devoir, j'ai bien entretenu la tombe. » Je suis une morte pour lui, j'ai toujours été une morte. Il ne m'a jamais supportée vivante, proche de lui. Pour lui je n'ai pas été une personne. Une idée, puis un corps, puis à nouveau une idée. Mon corps lui-même ne lui était sans doute pas réel. C'est un homme qui n'aime pas les gens. Ils le gênent. Ils sont imprévisibles, incontrôlables. C'est un homme qui n'aime que les idées. Les idées, on peut en faire ce qu'on veut. Enfin, presque. C'est ce qu'on appelle un intellectuel.

Je lui en veux beaucoup. Je voudrais bien me réconcilier avec lui, que pour moi aussi il devienne un mort, quelqu'un dont on entretient la tombe, à qui de temps en temps on apporte des fleurs. Pour me réconcilier avec lui, il faudrait que je puisse lui dire les choses que je lui reproche. Mais ce n'est pas possible. Il ne comprendrait pas. Je ne peux pas lui parler. Je n'ai même pas envie d'essayer. Je ne peux lui dire que des faussetés, des choses de surface.

« Je n'ai jamais été une personne pour vous. »

« Je vous ai fait beaucoup de mal, dit-il. J'ai été ignoble. »

« Vous m'avez traitée très mal, oui. Enfin, il ne faut pas exagérer. »

« Ce n'est pas de l'exagération. Il n'y a pas d'exagération pour ce que j'ai fait. Je voulais vous détruire. Je ne comprends pas pourquoi. Vous étiez ce que j'avais de plus précieux. »

Il est de ceux qui ont la haine de l'amour. Mais je ne le dis pas.

« Vous exagérez votre pouvoir sur moi. Cette plongée vers la mort... Bien sûr, c'est en partie vous. En partie seulement. C'est aussi quelque chose en moi... Je me sentais dans la mort à ce moment-là. Quand je vous ai rencontré, je me sentais déjà dans la mort. C'était une idée fausse, évidemment. Pour comprendre qu'elle était fausse, il m'a fallu regarder la mort en face. C'est à ce moment-là que j'ai compris que je voulais vivre, et d'ailleurs, que je vivais. Alors j'ai pu remonter. Et alors il fallait bien que je vous quitte. Parce que je crois que c'était cette idée d'être morte qui vous a séduit. Encore une idée. »

« Pourtant... Pourtant, c'était la vie que j'aimais en vous... Vous étiez tellement vivante... »

« Oui, j'étais vivante. La vie en moi ressortait d'autant plus par contraste avec la mort. Comme un objet blanc sur un fond noir. Comme une cible. Ça vous a donné envie de tirer. »

« Je ne sais pas pourquoi. Je ne sais pas ce qui me prenait. Vous étiez tellement fragile, tellement vulnérable... C'était irrésistible. Je ne pouvais pas m'en empêcher. J'étais affolé, absolument affolé. Plus vous alliez mal, plus j'étais affolé, plus je vous faisais du mal... C'était affreux. Je ne pouvais plus m'arrêter... »

Je le regarde. Il baisse la tête. Il se tord les mains. Il transpire à grosses gouttes. Il relève la tête, me

455

regarde. Je prends ses yeux en plein visage comme un faisceau de lumière violente.

« Mais maintenant, dit-il, maintenant vous allez bien. Vous avez l'air forte, plus comme avant. »

« J'étais forte aussi avant, dis-je. Seulement, ça ne se voyait pas. Même moi, je ne le savais pas. J'ai compris plus tard, quand j'ai su que je voulais vivre. C'était pour vivre que je voulais mourir. »

« Je sais que vous allez bien, dit le Professeur. J'ai vu une photo, vous aviez l'air gaie... J'ai compris que vous étiez sauvée de moi... J'étais bien content... »

Qui a pu lui montrer cette photo ? Amandine, à qui j'avais envoyé, il y a des années, un cliché de moi avec l'aîné de mes enfants, et Bob souriant, en arrière-plan, sur une plage de vacances...

« Et votre mari... Il y avait votre mari, aussi, sur la photo... On voit qu'il vous aime... »

« Oui, je suis heureuse. Autant que je peux l'être, je crois. Je ne suis pas faite pour être entièrement heureuse, probablement. Comme tout le monde, sans doute... La vie m'a donné à peu près ce que je pouvais lui demander, ce qui est déjà beaucoup... »

« Quand vous avez écrit un livre, dit le Professeur, j'étais tellement content... Avant, je me disais : elle s'est mariée, elle ne travaille plus, quel gâchis... Alors là maintenant, avec ce livre vous existez... N'est-ce pas, je suppose que ça vous permet d'exister... D'un point de vue ontologique... »

Je le regarde. Lui n'en a pas écrit, de livre. C'est chez lui qu'il y a du gâchis.

« Oui, d'une certaine façon c'est vrai, ça aide à exister. Et vous alors, qu'est-ce que vous faites ? »

« Moi... », dit le Professeur. Il prend l'air modeste. Il se met à énumérer les honneurs qui se sont accumulés sur sa tête pendant ces années. Il vient d'être nommé à

456

Paris, au collège des Hauts Savoirs. Le Professeur va quitter Cythère-sur-Largeau. En quelques mois la ville l'oubliera, comme je l'avais prévu autrefois. J'ai menti tout à l'heure. Comme autrefois, pour lui faire plaisir. Il a changé. Son image s'est figée. Auparavant c'était un homme en mouvement. Maintenant, l'intérieur et l'extérieur se rejoignent. Je me souviens d'autres étonnements, lorsque admise dans l'intimité du personnage j'avais découvert combien sa vie privée était rangée, traditionnelle, et contrastait avec l'image révolutionnaire, battle-dress, baskets, collier de barbe et cigare, qu'il affectait. Je regarde le sweat-shirt saumon, les pieds chaussés de Reeboks. Cet uniforme américain représente une audace. La dernière. Une fois revenu à Paris, le Professeur achètera sans doute un complet gris à rayures. A Paris, le sweat-shirt n'étonnerait personne.

« Avez-vous mangé du foie de veau à déjeuner ? » demandé-je.

« Mais oui, s'écrie le Professeur... Comment avez-vous deviné ? »

« Comme ça », dis-je. J'ajoute en mon for intérieur : « Il ne se souvient pas, tant mieux pour lui. »

Le Professeur appelle la serveuse.

« Un double whisky, s'il vous plaît. »

« Ils servent des alcools, ici ? »

« Oui, ça fait aussi restaurant le soir. »

Le Professeur contemple d'un air sombre son verre rempli d'une liqueur ambrée.

« Je me suis mis à boire », dit-il.

Je me contente de commenter intérieurement : « Une connerie de plus dans sa vie. »

« Je bois parce que je ne suis pas heureux », déclare-t-il lugubrement tout en faisant tinter les glaçons.

« Vous n'êtes pas heureux parce que vous avez renoncé aux choses qui vous tenaient le plus à cœur. »

457

« Oui, c'est exactement ça. J'ai renoncé à vous. »

« Quand on renonce à une chose très importante, après on renonce aussi aux autres. Vous n'avez pas fait les livres auxquels vous rêviez. Vous n'avez pas changé le cours de la philosophie. »

« On ne peut pas dire que j'ai totalement perdu mon temps. J'ai travaillé, mais j'ai de plus en plus de mal. La moindre ligne, vous ne pouvez pas savoir la torture que c'est... C'est pire qu'avant. Parce que je n'ai pas pu vous choisir, j'ai perdu tout le reste avec. »

« Vous avez choisi votre voie. Celle des honneurs officiels, de la reconnaissance des pairs. C'est une solution comme une autre. »

« Oui, mais je ne suis pas heureux, affirme-t-il à nouveau. D'ailleurs, je ne m'y prends pas si bien que ça... Il y a toujours des moments où le naturel reprend le dessus, où tout ça m'énerve, et où je dis une bêtise, c'est-à-dire ce que je pense. »

« Vous êtes obligé de vous forcer un peu. Mais vous y trouvez quand même votre compte. »

« Vous me jugez », dit le Professeur.

« Oui et non. Dans la vie, on fait ce qu'on peut. On ne peut pas toujours éviter les tragédies. On les traverse mais on y laisse des plumes. Vous avez fait un compromis. Moi aussi, peut-être. »

« Vous avez l'air de bien aller, vous, dit-il. Bonne mine, l'air gai et prospère. Ça me fait plaisir. »

« J'ai un bon mari, de beaux enfants, une jolie maison, un métier qui m'intéresse. Je ne vois pas ce que je pourrais demander de plus. »

« Non, en effet », dit le Professeur sans conviction, regardant toujours le fond de son verre.

« Évidemment, j'ai renoncé à vous, mais ça, vous ne m'en avez pas tellement laissé le choix. Je n'avais pas un tempérament à attendre vos visites. Je peux me contenter de vivre à moitié, comme tout le monde, mais au quart, ça ne suffit pas. »

« Moi, je vis au quart, dit le Professeur. Ça ne me suffit pas non plus, et pourtant... » Il commande un autre double whisky.

« Pourquoi ? » demandé-je.

« J'ai eu peur, répond-il. J'ai eu peur, je ne comprends pas de quoi... »

« Vous avez eu peur d'aimer. Moi aussi. Nous ne savions pas, nous n'avons pas su. Nous avons vécu une passion mais nous n'avons pas su vivre un amour. »

« C'est vrai, c'est exactement ça. Exactement... »

Le silence se fait. La serveuse apporte le double whisky. Le Professeur prend le verre dans sa main, le regarde sans le boire. Je jette un coup d'œil à ma montre. Il est six heures et demie.

« Croyez-vous... » Le Professeur s'arrête.

« Qu'est-ce que je peux croire ? » demandé-je.

« Croyez-vous, dit-il d'une voix basse, que tout pourrait recommencer... Que nous pourrions reprendre à zéro ? Je quitterais Aline... »

D'un trait, il avale le contenu de son verre.

Je réfléchis. Je ressens à nouveau l'atmosphère enchantée d'autrefois, un plaisir étrange à sa compagnie. Je me souviens de ce que j'éprouvais alors, lorsque j'étais avec lui. Le sentiment que rien ne me manquait plus, que rien ne me manquerait plus jamais. Rien à faire, je n'y crois plus.

« C'était une illusion », dis-je tout haut.

« Croyez-vous ? »

Je regarde autour de moi. Les années ont pourtant bien passé. La vie, la ville, les gens ne sont plus les mêmes. Et moi non plus, ni lui. Soudain le charme s'évanouit. Le Professeur habite résolument le passé.

Une dernière fois je sors du rêve. Au bout de la nuit, comme d'habitude, Bob m'attend.

« Il est l'heure », dis-je.

« Je vais vous amener au train », dit le Professeur. Il soupire.

Nous attendons sur le quai. Le vent s'est levé. Le soir tombe. Peu de voyageurs. Il fait presque froid.

« Je n'ai pas été heureux avec les femmes, dit le Professeur. J'ai tout gâché. Je n'ai pas su m'y prendre. »

« C'est la vie. Quand on sait s'y prendre, c'est souvent trop tard. »

Au loin, là où les voies rejoignent l'horizon, une ombre, un grondement.

Le Professeur se tourne vers moi.

« Je voudrais vous demander quelque chose. »

« Quoi donc ? »

« Je voudrais qu'on se dise tu. »

« Je suis désolée », dis-je. Ma voix s'étrangle. « Je suis désolée, je ne peux pas. »

« Pas maintenant, répond-il. Pas maintenant, mais la prochaine fois. »

Voyage	7
Rencontres	22
Fiançailles	39
Cet homme-là	53
Noces	66
Mensonge	78
Campagne	83
Changements	93
Attente	107
Rêveries	116
Sortie	125
Automne	135
Conflit	141
Soutenance	150
Mésentente	162
Triomphe	190
Appel	213
Défaite	223
Solitude	231
Été	237
Rentrée	241

Histoire	250
Carrière	279
Accommodements	291
Victoire	299
Vie conjugale	306
Exil	315
Restauration	325
Fin d'un monde	332
Révélations	340
Téléphone	347
Concours	356
Oral	366
Retour	378
Foie de veau	388
Hésitations	398
Élan	404
Départ	409
Débarquement	415
Retour	433
Arrivée	442
Voyage	451

DU MÊME AUTEUR

Aux Éditions Gallimard

PORTRAIT DE GABRIEL, *roman.*
LE BAL DES DÉBUTANTES, *roman.*
LES ABÎMES DU CŒUR, *roman.*
LES PETITES ANNONCES, *roman.*
LA FAVORITE, *roman.*
TRIOMPHE DE L'AMOUR, *roman.*
KIDNAPPING, *théâtre.*
SOLEIL, *roman.*

Aux Éditions Mazarine

HISTOIRE DE JEANNE, TRANSSEXUELLE

Aux Éditions Ramsay

LA NUIT DE VARENNES

Aux Éditions Denoël

TENTATION

Aux Éditions Orban

BRIGITTE BARDOT, UN MYTHE FRANÇAIS

COLLECTION FOLIO

Dernières parutions

1895.	Cesare Pavese	*Le métier de vivre.*
1896.	Georges Conchon	*L'amour en face.*
1897.	Jim Thompson	*Le lien conjugal.*
1898.	Dashiell Hammett	*L'introuvable.*
1899.	Octave Mirbeau	*Le Jardin des supplices.*
1900.	Cervantès	*Don Quichotte, tome I.*
1901.	Cervantès	*Don Quichotte, tome II.*
1902.	Driss Chraïbi	*La Civilisation, ma Mère !...*
1903.	Noëlle Châtelet	*Histoires de bouches.*
1904.	Romain Gary	*Les enchanteurs.*
1905.	Joseph Kessel	*Les cœurs purs.*
1906.	Pierre Magnan	*Les charbonniers de la mort.*
1907.	Gabriel Matzneff	*La diététique de lord Byron.*
1908.	Michel Tournier	*La goutte d'or.*
1909.	H. G. Wells	*Le joueur de croquet.*
1910.	Raymond Chandler	*Un tueur sous la pluie.*
1911.	Donald E. Westlake	*Un loup chasse l'autre.*
1912.	Thierry Ardisson	*Louis XX.*
1913.	Guy de Maupassant	*Monsieur Parent.*
1914.	Remo Forlani	*Papa est parti maman aussi.*
1915.	Albert Cohen	*Ô vous, frères humains.*
1916.	Zoé Oldenbourg	*Visages d'un autoportrait.*
1917.	Jean Sulivan	*Joie errante.*
1918.	Iris Murdoch	*Les angéliques.*
1919.	Alexandre Jardin	*Bille en tête.*
1920.	Pierre-Jean Remy	*Le sac du Palais d'Été.*
1921.	Pierre Assouline	*Une éminence grise (Jean Jardin, 1904-1976).*

1922.	Horace McCoy	*Un linceul n'a pas de poches.*
1923.	Chester Himes	*Il pleut des coups durs.*
1924.	Marcel Proust	*Du côté de chez Swann.*
1925.	Jeanne Bourin	*Le Grand Feu.*
1926.	William Goyen	*Arcadio.*
1927.	Michel Mohrt	*Mon royaume pour un cheval.*
1928.	Pascal Quignard	*Le salon du Wurtemberg.*
1929.	Maryse Condé	*Moi, Tituba sorcière...*
1930.	Jack-Alain Léger	*Pacific Palisades.*
1931.	Tom Sharpe	*La grande poursuite.*
1932.	Dashiell Hammett	*Le sac de Couffignal.*
1933.	J.-P. Manchette	*Morgue pleine.*
1934.	Marie NDiaye	*Comédie classique.*
1935.	Mme de Sévigné	*Lettres choisies.*
1936.	Jean Raspail	*Le président.*
1937.	Jean-Denis Bredin	*L'absence.*
1938.	Peter Handke	*L'heure de la sensation vraie.*
1939.	Henry Miller	*Souvenir souvenirs.*
1940.	Gerald Hanley	*Le dernier éléphant.*
1941.	Christian Giudicelli	*Station balnéaire.*
1942.	Patrick Modiano	*Quartier perdu.*
1943.	Raymond Chandler	*La dame du lac.*
1944.	Donald E. Westlake	*Le paquet.*
1945.	Jacques Almira	*La fuite à Constantinople.*
1946.	Marcel Proust	*A l'ombre des jeunes filles en fleurs.*
1947.	Michel Chaillou	*Le rêve de Saxe.*
1948.	Yukio Mishima	*La mort en été.*
1949.	Pier Paolo Pasolini	*Théorème.*
1950.	Sébastien Japrisot	*La passion des femmes.*
1951.	Muriel Spark	*Ne pas déranger.*
1952.	Joseph Kessel	*Wagon-lit.*
1953.	Jim Thompson	*1275 âmes.*
1954.	Charles Williams	*La mare aux diams.*
1955.	Didier Daeninckx	*Meurtres pour mémoire.*
1956.	Ed McBain	*N'épousez pas un flic.*
1958.	Mehdi Charef	*Le thé au harem d'Archi Ahmed.*

1959. Sidney Sheldon — *Maîtresse du jeu.*
1960. Richard Wright — *Les enfants de l'oncle Tom.*
1961. Philippe Labro — *L'étudiant étranger.*
1962. Catherine Hermary-Vieille — *Romy.*
1963. Cecil Saint-Laurent — *L'erreur.*
1964. Elisabeth Barillé — *Corps de jeune fille.*
1965. Patrick Chamoiseau — *Chronique des sept misères.*
1966. Plantu — *C'est le goulag !*
1967. Jean Genet — *Haute surveillance.*
1968. Henry Murger — *Scènes de la vie de bohème.*
1970. Frédérick Tristan — *Le fils de Babel.*
1971. Sempé — *Des hauts et des bas.*
1972. Daniel Pennac — *Au bonheur des ogres.*
1973. Jean-Louis Bory — *Un prix d'excellence.*
1974. Daniel Boulanger — *Le chemin des caracoles.*
1975. Pierre Moustiers — *Un aristocrate à la lanterne.*
1976. J. P. Donleavy — *Un conte de fées new-yorkais.*
1977. Carlos Fuentes — *Une certaine parenté.*
1978. Seishi Yokomizo — *La hache, le koto et le chrysan-thème.*
1979. Dashiell Hammett — *La moisson rouge.*
1980. John D. MacDonald — *Strip-tilt.*
1981. Tahar Ben Jelloun — *Harrouda.*
1982. Pierre Loti — *Pêcheur d'Islande.*
1983. Maurice Barrès — *Les Déracinés.*
1984. Nicolas Bréhal — *La pâleur et le sang.*
1985. Annick Geille — *La voyageuse du soir.*
1986. Pierre Magnan — *Les courriers de la mort.*
1987. François Weyergans — *La vie d'un bébé.*
1988. Lawrence Durrell — *Monsieur ou Le Prince des Ténèbres.*
1989. Iris Murdoch — *Une tête coupée.*
1990. Junichirô Tanizaki — *Svastika.*
1991. Raymond Chandler — *Adieu, ma jolie.*
1992. J.-P. Manchette — *Que d'os !*
1993. Sempé — *Un léger décalage.*
1995. Jacques Laurent — *Le dormeur debout.*

1996. Diane de Margerie   *Le ressouvenir.*
1997. Jean Dutourd   *Une tête de chien.*
1998. Rachid Boudjedra   *Les 1001 années de la nostal-gie.*
1999. Jorge Semprun   *La Montagne blanche.*
2000. J. M. G. Le Clézio   *Le chercheur d'or.*
2001. Reiser   *Vive les femmes !*
2002. F. Scott Fitzgerald   *Le dernier nabab.*
2003. Jerome Charyn   *Marilyn la Dingue.*
2004. Chester Himes   *Dare-dare.*
2005. Marcel Proust   *Le Côté de Guermantes* I.
2006. Marcel Proust   *Le Côté de Guermantes* II.
2007. Karen Blixen   *Le dîner de Babette.*
2008. Jean-Noël Schifano   *Chroniques napolitaines.*
2009. Marguerite Duras   *Le Navire Night.*
2010. Annie Ernaux   *Ce qu'ils disent ou rien.*
2011. José Giovanni   *Le deuxième souffle.*
2012. Jan Morris   *L'énigme (D'un sexe à l'autre).*
2013. Philippe Sollers   *Le cœur absolu.*
2014. Jacques Testart   *Simon l'embaumeur (ou La solitude du magicien).*
2015. Raymond Chandler   *La grande fenêtre.*
2016. Tito Topin   *55 de fièvre.*
2017. Franz Kafka   *La Métamorphose et autres récits.*
2018. Pierre Assouline   *L'homme de l'art (D.-H. Kahnweiler 1884-1979).*
2019. Pascal Bruckner   *Allez jouer ailleurs.*
2020. Bourbon Busset   *Lettre à Laurence.*
2021. Gabriel Matzneff   *Cette camisole de flammes (Journal 1953-1962).*
2022. Yukio Mishima   *Neige de printemps (La mer de la fertilité, I).*
2023. Iris Murdoch   *Pâques sanglantes.*
2024. Thérèse de Saint Phalle *Le métronome.*
2025. Jerome Charyn   *Zyeux-Bleus.*
2026. Pascal Lainé   *Trois petits meurtres... et puis s'en va.*

2028. Richard Bohringer — *C'est beau une ville la nuit.*

2029. Patrick Besson — *Ah ! Berlin et autres récits.*

2030. Alain Bosquet — *Un homme pour un autre.*

2031. Jeanne Bourin — *Les amours blessées.*

2032. Alejo Carpentier — *Guerre du temps et autres nouvelles.*

2033. Frédéric H. Fajardie — *Clause de style.*

2034. Albert Memmi — *Le désert (ou La vie et les aventures de Jubaïr Ouali El-Mammi).*

2035. Mario Vargas Llosa — *Qui a tué Palomino Molero ?*

2036. Jim Thompson — *Le démon dans ma peau.*

2037. Gogol — *Les Soirées du hameau.*

2038. Michel Déon — *La montée du soir.*

2039. Remo Forlani — *Quand les petites filles s'appelaient Sarah.*

2040. Richard Jorif — *Le Navire Argo.*

2041. Yachar Kemal — *Meurtre au marché des forgerons (Les seigneurs de l'Aktchasaz, I).*

2042. Patrick Modiano — *Dimanches d'août.*

2043. Daniel Pennac — *La fée carabine.*

2044. Richard Wright — *Fishbelly (The Long Dream).*

2045. Pierre Siniac — *L'unijambiste de la cote 284.*

2046. Ismaïl Kadaré — *Le crépuscule des dieux de la steppe.*

2047. Marcel Proust — *Sodome et Gomorrhe.*

2048. Edgar Allan Poe — *Ne pariez jamais votre tête au diable et autres contes non traduits par Baudelaire.*

2049. Rachid Boudjedra — *Le vainqueur de coupe.*

2050. Willa Cather — *Pionniers.*

2051. Marguerite Duras — *L'Eden Cinéma.*

2052. Jean-Pierre Enard — *Contes à faire rougir les petits chaperons.*

2053. Carlos Fuentes — *Terra Nostra, tome I.*

2054. Françoise Sagan — *Un sang d'aquarelle.*

2055. Sempé — *Face à face.*

2056. Raymond Chandler — *Le jade du mandarin.*
2057. Robert Merle — *Les hommes protégés.*
2059. François Salvaing — *Misayre ! Misayre !*
2060. André Pieyre
de Mandiargues — *Tout disparaîtra.*
2062. Jean Diwo — *Le lit d'acajou (Les Dames du Faubourg, II).*
2063. Pascal Lainé — *Plutôt deux fois qu'une.*
2064. Félicien Marceau — *Les passions partagées.*
2065. Marie Nimier — *La girafe.*
2066. Anne Philipe — *Je l'écoute respirer.*
2067. Reiser — *Fous d'amour.*
2068. Albert Simonin — *Touchez pas au grisbi !*
2069. Muriel Spark — *Intentions suspectes.*
2070. Emile Zola — *Une page d'amour.*
2071. Nicolas Bréhal — *L'enfant au souffle coupé.*
2072. Driss Chraïbi — *Les Boucs.*
2073. Sylvie Germain — *Nuit-d'Ambre.*
2074. Jack-Alain Léger — *Un ciel si fragile.*
2075. Angelo Rinaldi — *Les roses de Pline.*
2076. Richard Wright — *Huit hommes.*
2078. Robin Cook — *Il est mort les yeux ouverts.*
2079. Marie Seurat — *Les corbeaux d'Alep.*
2080. Anatole France — *Les dieux ont soif.*
2081. J. A. Baker — *Le pèlerin.*
2082. James Baldwin — *Un autre pays.*
2083. Jean Dutourd — *2024.*
2084. Romain Gary — *Les clowns lyriques.*
2085. Alain Nadaud — *Archéologie du zéro.*
2086. Gilles Perrault — *Le dérapage.*
2087. Jacques Prévert — *Soleil de nuit.*
2088. Sempé — *Comme par hasard.*
2089. Marcel Proust — *La Prisonnière.*
2090. Georges Conchon — *Colette Stern.*
2091. Sébastien Japrisot — *Visages de l'amour et de la haine.*
2092. Joseph Kessel — *La règle de l'homme.*
2093. Iris Murdoch — *Le rêve de Bruno.*
2094. Catherine Paysan — *Le nègre de Sables.*

2095. Dominique Roulet — *Le crime d'Antoine.*
2096. Henri Vincenot — *Le maître des abeilles (Chronique de Montfranc-le-Haut).*
2097. David Goodis — *Vendredi 13.*
2098. Anatole France — *La Rôtisserie de la reine Pédauque.*
2099. Maurice Denuzière — *Les Trois-Chênes.*
2100. Maurice Denuzière — *L'adieu au Sud.*
2101. Maurice Denuzière — *Les années Louisiane.*
2102. D. H. Lawrence — *Femmes amoureuses.*
2103. XXX — *Déclaration universelle des droits de l'homme.*
2104. Euripide — *Tragédies complètes, tome I.*
2105. Euripide — *Tragédies complètes, tome II.*
2106. Dickens — *Un conte de deux villes.*
2107. James Morris — *Visa pour Venise.*
2108. Daniel Boulanger — *La dame de cœur.*
2109. Pierre Jean Jouve — *Vagadu.*
2110. François-Olivier Rousseau — *Sébastien Doré.*
2111. Roger Nimier — *D'Artagnan amoureux.*
2112. L.-F. Céline — *Guignol's band, I. Guignol's band, II (Le pont de Londres).*
2113. Carlos Fuentes — *Terra Nostra, tome II.*
2114. Zoé Oldenbourg — *Les Amours égarées.*
2115. Paule Constant — *Propriété privée.*
2116. Emmanuel Carrère — *Hors d'atteinte ?*
2117. Robert Mallet — *Ellynn.*
2118. William R. Burnett — *Quand la ville dort.*
2119. Pierre Magnan — *Le sang des Atrides.*
2120. Pierre Loti — *Ramuntcho.*
2121. Annie Ernaux — *Une femme.*
2122. Peter Handke — *Histoire d'enfant.*
2123. Christine Aventin — *Le cœur en poche.*
2124. Patrick Grainville — *La lisière.*
2125. Carlos Fuentes — *Le vieux gringo.*
2126. Muriel Spark — *Les célibataires.*
2127. Raymond Queneau — *Contes et propos.*

2128.	Ed McBain	*Branle-bas au 87.*
2129.	Ismaïl Kadaré	*Le grand hiver.*
2130.	Hérodote	*L'Enquête,* livres V à IX.
2131.	Salvatore Satta	*Le jour du jugement.*
2132.	D. Belloc	*Suzanne.*
2133.	Jean Vautrin	*Dix-huit tentatives pour devenir un saint.*
2135.	Sempé	*De bon matin.*
2136.	Marguerite Duras	*Le square.*
2137.	Mario Vargas Llosa	*Pantaleón et les Visiteuses.*
2138.	Raymond Carver	*Les trois roses jaunes.*
2139.	Marcel Proust	*Albertine disparue.*
2140.	Henri Bosco	*Tante Martine.*
2141.	David Goodis	*Les pieds dans les nuages.*
2142.	Louis Calaferte	*Septentrion.*
2143.	Pierre Assouline	*Albert Londres (Vie et mort d'un grand reporter, 1884-1932).*
2144.	Jacques Perry	*Alcool vert.*
2145.	Groucho Marx	*Correspondance.*
2146.	Cavanna	*Le saviez-vous? (Le petit Cavanna illustré).*
2147.	Louis Guilloux	*Coco perdu (Essai de voix).*
2148.	J. M. G. Le Clézio	*La ronde (et autres faits divers).*
2149.	Jean Tardieu	*La comédie de la comédie* suivi de *La comédie des arts* et de *Poèmes à jouer.*
2150.	Claude Roy	*L'ami lointain.*
2151.	William Irish	*J'ai vu rouge.*
2152.	David Saul	*Paradis Blues.*
2153.	Guy de Maupassant	*Le Rosier de Madame Husson.*
2154.	Guilleragues	*Lettres portugaises.*
2155.	Eugène Dabit	*L'Hôtel du Nord.*
2156.	François Jacob	*La statue intérieure.*
2157.	Michel Déon	*Je ne veux jamais l'oublier.*
2158.	Remo Forlani	*Tous les chats ne sont pas en peluche.*
2159.	Paula Jacques	*L'héritage de tante Carlotta.*

2161. Marguerite Yourcenar — *Quoi ? L'Éternité (Le labyrinthe du monde,* III).

2162. Claudio Magris — *Danube.*

2163. Richard Matheson — *Les seins de glace.*

2164. Emilio Tadini — *La longue nuit.*

2165. Saint-Simon — *Mémoires.*

2166. François Blanchot — *Le chevalier sur le fleuve.*

2167. Didier Daeninckx — *La mort n'oublie personne.*

2168. Florence Delay — *Riche et légère.*

2169. Philippe Labro — *Un été dans l'Ouest.*

2170. Pascal Lainé — *Les petites égarées.*

2171. Eugène Nicole — *L'Œuvre des mers.*

2172. Maurice Rheims — *Les greniers de Sienne.*

2173. Herta Müller — *L'homme est un grand faisan sur terre.*

2174. Henry Fielding — *Histoire de Tom Jones, enfant trouvé,* I.

2175. Henry Fielding — *Histoire de Tom Jones, enfant trouvé,* II.

2176. Jim Thompson — *Cent mètres de silence.*

2177. John Le Carré — *Chandelles noires.*

2178. John Le Carré — *L'appel du mort.*

2179. J. G. Ballard — *Empire du Soleil.*

2180. Boileau-Narcejac — *Le contrat.*

2181. Christiane Baroche — *L'hiver de beauté.*

2182. René Depestre — *Hadriana dans tous mes rêves.*

2183. Pierrette Fleutiaux — *Métamorphoses de la reine.*

2184. William Faulkner — *L'invaincu.*

2185. Alexandre Jardin — *Le Zèbre.*

2186. Pascal Lainé — *Monsieur, vous oubliez votre cadavre.*

2187. Malcolm Lowry — *En route vers l'île de Gabriola.*

2188. Aldo Palazzeschi — *Les sœurs Materassi.*

2189. Walter S. Tevis — *L'arnaqueur.*

2190. Pierre Louÿs — *La Femme et le Pantin.*

2191. Kafka — *Un artiste de la faim et autres récits (Tous les textes parus du vivant de Kafka,* II).

2192. Jacques Almira — *Le voyage à Naucratis.*

2193. René Fallet — *Un idiot à Paris.*
2194. Ismaïl Kadaré — *Le pont aux trois arches.*
2195. Philippe Le Guillou — *Le dieu noir (Chronique romanesque du pontificat de Miltiade II pape du XIXᵉ siècle).*
2196. Michel Mohrt — *La maison du père suivi de Vers l'Ouest (Souvenirs de jeunesse).*
2197. Georges Perec — *Un homme qui dort.*
2198. Guy Rachet — *Le roi David.*
2199. Don Tracy — *Neiges d'antan.*
2200. Sempé — *Monsieur Lambert.*
2201. Philippe Sollers — *Les Folies Françaises.*
2202. Maurice Barrès — *Un jardin sur l'Oronte.*
2203. Marcel Proust — *Le Temps retrouvé.*
2204. Joseph Bialot — *Le salon du prêt-à-saigner.*
2205. Daniel Boulanger — *L'enfant de bohème.*
2206. Noëlle Châtelet — *A contre-sens.*
2207. Witold Gombrowicz — *Trans-Atlantique.*
2208. Witold Gombrowicz — *Bakakaï.*
2209. Eugène Ionesco — *Victimes du devoir.*
2210. Pierre Magnan — *Le tombeau d'Hélios.*
2211. Pascal Quignard — *Carus.*
2212. Gilbert Sinoué — *Avicenne (ou La route d'Ispahan).*
2213. Henri Vincenot — *Le Livre de raison de Glaude Bourguignon.*
2214. Émile Zola — *La Conquête de Plassans.*
2216. Térence — *Théâtre complet.*
2217. Vladimir Nabokov — *La défense Loujine.*
2218. Sylvia Townsend Warner — *Laura Willowes.*
2219. Karen Blixen — *Les voies de la vengeance.*
2220. Alain Bosquet — *Lettre à mon père qui aurait eu cent ans.*
2221. Gisèle Halimi — *Le lait de l'oranger.*
2222. Jean Giono — *La chasse au bonheur.*
2223. Pierre Magnan — *Le commissaire dans la truffière.*

2224. A.D.G. — *La nuit des grands chiens malades.*

2226. Albert Camus — *Lettres à un ami allemand.*
2227. Ann Quin — *Berg.*
2228. Claude Gutman — *La folle rumeur de Smyrne.*
2229. Roger Vrigny — *Le bonhomme d'Ampère.*
2230. Marguerite Yourcenar — *Anna, soror...*
2231. Yukio Mishima — *Chevaux échappés (La mer de la fertilité, II).*

2232. Jorge Amado — *Les chemins de la faim.*
2233. Boileau-Narcejac — *J'ai été un fantôme.*
2234. Dashiell Hammett — *La clé de verre.*
2235. André Gide — *Corydon.*
2236. Frédéric H. Fajardie — *Une charrette pleine d'étoiles.*
2237. Ismaïl Kadaré — *Le dossier H.*
2238. Ingmar Bergman — *Laterna magica.*
2239. Gérard Delteil — *N'oubliez pas l'artiste !*
2240. John Updike — *Les sorcières d'Eastwick.*

Impression Bussière à Saint-Amand (Cher),
le 1ᵉʳ mars 1991.
Dépôt légal : mars 1991.
Numéro d'imprimeur : 175.
. ISBN 2-07-038343-1./Imprimé en France.